Zum Buch:

Was für ein Tag! Erst macht ihr Freund per SMS mit ihr Schluss, dann muss Chrissy ihren Bruder aus dem Gefängnis holen. Zu guter Letzt bleibt ihr Wagen auf dem Highway liegen. Und der Mann, der Chrissy in ihrer Not hilft, ist ausgerechnet ihr Teenager-Schwarm Jack Daniels. Früher Bad Boy, heute ein knallharter Cop und Kampfsportler. Jack ist noch heißer als in ihrer Erinnerung. Kopfüber stürzt Chrissy sich in eine Affäre mit dem durchtrainierten Martial-Arts-Fighter. Doch mit jedem Kuss gerät sie tiefer in Jacks unbeugsame Welt, mit der sie nie etwas zu tun haben wollte …

Zum Autor:

USA Today-Bestsellerautorin Sidney Halston führt ihr Leben nach einer einfachen Regel: „Nicht reden, einfach machen!“ Und genau das hat sie getan. Obwohl sie zuvor außer Geschäftsbriefen noch keine Zeile zu Papier gebracht hatte, griff sie sich einen Stift und verliebte sich Hals über Kopf in die Schriftstellerei. Heute lebt sie mit ihrem Mann und ihren Kindern im Süden Floridas.

Der Preis dieses Bandes versteht sich einschließlich
der gesetzlichen Mehrwertsteuer.

Umwelthinweis:
Dieses Buch wurde auf chlor- und säurefreiem Papier gedruckt.

Sidney Halston

Hot Fighters – Gegen alles, was uns trennt

Roman

Aus dem Amerikanischen von
Gabriele Ramm

mtb

MIRA® TASCHENBUCH
Band 25923
1. Auflage: Mai 2016

MIRA® TASCHENBÜCHER
erscheinen in der HarperCollins Germany GmbH,
Valentinskamp 24, 20354 Hamburg
Geschäftsführer: Thomas Beckmann

Titel der amerikanischen Originalausgabe:
Against The Cage

erschienen bei: Loveswept, New York

Published by arrangement with
Jeanette Escudero

Konzeption/Reihengestaltung: fredebold&partner GmbH, Köln
Umschlaggestaltung: büropecher, Köln
Redaktion: Mareike Müller
Titelabbildung: Thinkstock / Getty Images, München / Kiuikson / Robert Daly
Satz: GGP Media GmbH, Pößneck
Druck und Bindearbeiten: CPI books GmbH, Leck – Germany
Printed in Germany
Dieses Buch wurde auf FSC®-zertifiziertem Papier gedruckt.
ISBN 978-3-95649-298-3

www.harpercollins.de

Werden Sie Fan von MIRA Taschenbuch auf Facebook!

Gewidmet den Kämpfern in meinem Leben.

1. KAPITEL

„Super-dämlich-klasse!" Chrissy schlug mit der Faust auf das Lenkrad ihrer zehn Jahre alten Mistkarre.

Blaulicht blinkte hinter ihr auf. Verärgert fuhr sie an den Straßenrand und hielt an. Vor knapp zwei Stunden hatte sie sich den Absatz ihrer roten Lieblingsstilettos abgebrochen, als sie aus dem Gericht gekommen und nicht gerade graziös in einem Spalt im Bürgersteig stecken geblieben war. Sie war zu ihrem Auto gehinkt, das sich leicht zu einer Seite geneigt hatte, was sie idiotischerweise ignorierte. Natürlich entpuppte sich dieses Ungleichgewicht als ein platter Reifen, was ihr schlagartig bewusst wurde, kaum dass sie den Highway erreicht hatte. Sie hatte die Pannenhilfe anrufen und eine Stunde warten müssen, bis man ihr den Reifen gewechselt hatte. Und jetzt, um diesem verdammten Tag sozusagen das Sahnehäubchen aufzusetzen, näherte sich ein Polizist ihrem Wagen. Plötzlich wurde der Strahl einer Taschenlampe direkt auf ihr Gesicht gerichtet. Völlig geblendet sah sie nur noch schwarze Punkte und die Silhouette eines großen Mannes, der vor ihrem Seitenfenster stand. *Na, großartig!*

Kaum begann sie, das Fenster herunterzukurbeln, da drang schon die für Florida typische Hitze und Feuchtigkeit ins Auto. Sofort rannen ihr kleine Schweißperlen über den Nacken und das Gesicht. Und, ja, sie kurbelte das Fenster wirklich herunter, denn an ihrem elenden Auto funktionierte leider noch nichts elektrisch.

„Führerschein und Fahrzeugpapiere", ertönte eine tiefe Stimme von draußen.

Chrissy hatte noch immer schwarze Punkte vor den Augen, während sie sich laut seufzend zum Rücksitz umdrehte, um nach dem schweren, überdimensionalen Chaos zu greifen, das sich Handtasche nannte. Ihre Hände zitterten leicht, und sie musste die Augen zusammenkneifen, als sie in der Tasche, die einige vielleicht eher als Reisegepäck und nicht als Handtasche bezeichnen würden, nach ihrem Führerschein suchte. Sie spürte, dass sich ihr Puls erhöhte; sie hasste es, sich mit Cops abgeben zu müssen. Doch wer tat das nicht?

Oh Gott, wo war ihr Führerschein? Sobald ich wieder Ordnung in mein Leben gebracht habe, werde ich als Erstes mal meine Handtasche aufräumen müssen, nahm sie sich beim Anblick des heillosen Durcheinanders vor. Nachdem sie endlich ihre Fahrerlaubnis gefunden hatte, stieß sie ein triumphierendes „Ha!“ aus. Dann öffnete sie das Handschuhfach und begann auf der Suche nach dem Fahrzeugschein Papiere auf den Beifahrersitz zu werfen. Nach dem Aufräumen der Tasche stand das Handschuhfach als Nächstes auf ihrer To-do-Liste.

„Wird das heute noch was, Ma'am?“, meinte der Cop und trommelte mit den Fingern auf das Dach ihres Wagens. Er nervte.

Laut stöhnte Chrissy auf.

„Haben Sie mich gerade angefaucht, Ma'am?“

Nein, du Idiot, ich habe gestöhnt, nicht gefaucht. Erneut stöhnte sie.

„Hey, Lady, ich rede mit Ihnen.“

Nach dem heutigen Tag wollte sie nichts weiter als so schnell wie möglich raus aus diesem Kaff, das zufälligerweise der Ort war, an dem sie aufgewachsen war. Seit ihrem achtzehnten Lebensjahr war sie nicht mehr hier gewesen, und sie bereute es, dass sie heute Morgen ans Telefon gegangen war. Slade hatte sie nämlich angerufen, um sie zu bitten, die Kaution für ihn zu bezahlen und ihn aus dem Gefängnis zu holen.

Elf Jahre lang hatte sie einen großen Bogen um Tarpon Springs in Florida gemacht. Elf lange Jahre, die ohne Drama verlaufen waren. Und jetzt, nach den Ereignissen der letzten zwölf Stunden, wusste sie auch wieder genau, warum sie dem Ort ferngeblieben war. Diese Stadt bedeutete nichts als Ärger.

„Hier ist er!“, meinte sie erfreut und wollte dem Polizisten ohne hinzuschauen schwungvoll die Dokumente durch das offene Fenster reichen. Doch statt ihm die Papiere in die ausgestreckte Hand zu drücken, rammte sie ihm ihren Arm direkt in eine Ausbuchtung. Eine sehr große Ausbuchtung.

Es folgten ein Keuchen und dann ein „Ooh!“. Mehr hörte sie nicht, bevor er zusammensackte.

„Ach, herrje!“ Erschrocken schlug sie die Hand auf den Mund. „Oh mein Gott, Officer, es tut mir so leid. Ich wollte nicht ...“

„Ssch!“, klang es gereizt von unten.

Da sie die Tür nicht öffnen konnte, weil er sich dagegenlehnte und unverständlich vor sich hin murmelte, löste Chrissy schließlich den Sicherheitsgurt und streckte den Kopf aus dem Fenster. Langsam blickte sie auf den Boden hinunter.

„Bitte, sagen Sie mir, dass ich Sie nicht gerade in die ...“ Das Ganze war ihr so unglaublich peinlich, dass sie es nicht einmal aussprechen konnte.

„Mir eine in die Eier verpasst haben? Ja, Lady, Sie haben einen wahren Treffer gelandet.“

„Das tut mir so leid, Officer. Es war ein Versehen. Ich hatte einen furchtbaren Tag. Meine Handtasche ist ein einziges Chaos. Ich war so nervös, weil ich meinen Führerschein nicht gleich finden konnte. Und dass Sie die ganze Zeit mit den Fingern auf dem Autodach herumgetrommelt haben, hat die Sache nicht besser gemacht. Natürlich will ich dieses nervige Geklopfe nicht als Entschuldigung vorschieben, doch es hat mich wirklich völlig durcheinandergebracht. Wie auch immer, der Pannendienst hat ewig gebraucht, und dann haben Sie mich mit Ihrer Taschenlampe geblendet, sodass ich nichts sehen konnte, und dann ...“

Okay, jetzt plapperte sie hirnlos vor sich hin. Sie schüttelte hektisch den Kopf, als könnte sie damit verhindern, dass sie weiter irgendeinen verbalen Dünnpfiff von sich gab. „Na ja, was ich versuche zu sagen, ist, dass es mir sehr, sehr leidtut. Ich bin Ärztin – lassen Sie mich Ihnen helfen."

„Nein! Nein. Bleiben Sie einfach im Wagen! Ich denke, Sie haben genug angerichtet. Geben Sie mir nur eine Minute Zeit, um wieder zu Kräften zu kommen", grummelte er, wobei seine Stimme eine Oktave höher als vorhin klang.

Mit geröteten Wangen ließ sich Chrissy in den Fahrersitz zurückfallen. Da hatte sie eben noch ganz optimistisch geglaubt, schlimmer könne es nun nicht mehr werden, und dann – zack! – rammte sie einem Cop mit Schwung ihre Hand in den Schritt. Wahrscheinlich würde er sie deswegen verhaften. Lebenslange Freiheitsstrafe. Das war nicht auszuschließen an solch einem Tag wie dem heutigen.

„Officer?" Chrissy streckte wieder den Kopf aus dem Fenster und schob die Brille hoch, die ihr auf die Nasenspitze gerutscht war.

„Können Sie nicht wenigstens eine verdammte Minute lang den Mund halten?", fuhr er sie an. Er kauerte noch immer auf dem Boden, den Rücken an die Autotür gelehnt. Jetzt, da keine Punkte mehr vor ihren Augen tanzten, konnte sie die Rückseite seines Khakishirts und die hochgezogenen Schultern erkennen, während er, wie sie vermutete, seine Männlichkeit umklammert hielt. Das Hemd sah aus, als würde es gleich zerreißen, so groß war die Spannung zwischen seinen ziemlich breiten Schultern.

„Sie brauchen sich ja nicht gleich wie ein Arsch zu benehmen", murmelte sie. Doch kaum waren die Worte heraus, bereute sie sie auch schon.

„Haben Sie mich gerade einen Arsch genannt, nachdem Sie mir kurz zuvor einen Schlag in die Eier verpasst haben? Wissen

Sie, dass ich Leute schon für weniger mit einem Taser schachmatt gesetzt habe?"

Das war mal wieder typisch: Ein dominantes Alpha-Männchen, das glaubte, es könne nach Lust und Laune Frauen einschüchtern! Das entsprach genau dem Bild, das sie von einem Cop hatte. Sie lehnte sich zurück und verschränkte die Arme vor der Brust. „Ich habe Ihnen keinen Schlag in die Eier verpasst. Na ja, okay, hab ich. Doch das war ein Versehen. Ich versuche zu helfen. Ich habe mich bereits entschuldigt. Ach, und übrigens sollten Sie sich nicht so dicht neben der Fahrbahn aufhalten. Es ist dunkel, und Sie könnten überfahren werden."

Er räusperte sich. „Sie haben recht. Das gehört zu den grundlegenden Dingen, die man auf der Polizeischule lernt. Obwohl ich mich nicht erinnere, dass einem korrektes Verhalten speziell für dieses Szenario beigebracht wurde, in der eine durchgeknallte Frau einem in die Eier haut. Ich frage mich, wie da wohl das richtige Vorgehen ist." Trotz seiner immer noch leicht nach Schmerz klingenden Stimme schien er amüsiert.

Ganz langsam erhob sich der Officer und drehte sich zum Fenster um, einen Arm auf das Autodach gestützt, sodass Chrissy jetzt sozusagen sein malträtiertes männliches Organ *sozusagen* direkt vor der Nase hatte. Nervös schluckte sie.

Schließlich beugte er sich vorsichtig zum Fenster hinunter, und zum ersten Mal erhaschte sie einen Blick auf sein Gesicht. Wie ein Blitz durchzuckten Chrissy Bilder aus ihrer Vergangenheit – eine Vergangenheit, die sie nur allzu gerne vergessen würde.

„Heilige Scheiße! Ich werd nicht wieder!" Sie senkte die Lider und ließ den Kopf aufs Lenkrad fallen.

Jack blinzelte. „Chris?"

„Hallo, Jack."

„Jetzt ergibt das alles einen Sinn. Du hast mir mit Absicht eine in die Eier verpasst!"

„Quatsch! Das war ein reines Versehen. Doch wenn ich gewusst hätte, dass du es bist, dann wäre es vermutlich auf das Gleiche hinausgelaufen."

„Was machst du wieder hier in der Stadt?"

„Ich schätze mal, das ist dir klar", erwiderte Chrissy.

„Dein Bruder?"

Sie nickte. „Na klar, der unvergleichliche berühmt-berüchtigte Slade Martin."

„Er hätte dich nicht anrufen sollen. Ich hätte die Sache morgen geklärt", meinte Jack.

„Zu spät. Jetzt bin ich schon hier. Nachdem du also weißt, dass ich es bin, wie wäre es da, wenn ich dich mit meinem Charme davon überzeuge, auf den Strafzettel zu verzichten?"

Leise lachte Jack. „Charme war noch nie deine Stärke, Chris."

Als Slade fünf und Chrissy zwei gewesen war, war die Mutter der beiden gestorben, und ihr Vater, Richard Martin, war mit ihnen von Miami fünf Stunden weiter nordwestlich nach Tarpon Springs gezogen. Slade hatte Jack erzählt, dass sein Vater überzeugt gewesen war, dass es besser wäre, seine Kinder in einer Kleinstadt in der Nähe seiner besten Freunde, Abbot und Joan Daniels, Jacks Eltern, großzuziehen. Das Schicksal hatte es so gewollt, dass das Gebäude neben den Daniels zum Verkauf stand, und innerhalb von drei Monaten nach dem Tod seiner Frau hatte Richard das kleine Haus am Ozean gekauft. Jack und Slade hatten sich im Kindergarten getroffen, wo sie beide den Sand aus der Sandkiste verspeist hatten (was natürlich prompt zu Magenschmerzen geführt hatte). Seitdem waren die beiden Jungs beste Freunde und unzertrennlich. Chrissy, die drei Jahre jünger war, hatte versucht, ihnen überallhin zu folgen, war jedoch eigentlich nur eine Plage gewesen. In den Augen der beiden Jungs war sie immer Chris, die Zicke, die Streberin und Petze. Jack und Slade hatten dagegen ständig in

Schwierigkeiten gesteckt; immer kurz davor, in der Schule sitzen zu bleiben, hatten sie sich zum Schrecken der ganzen Stadt entwickelt. Es war keine Frage, dass Chrissy das heiße, feuchte und moskitoverseuchte Tarpon Springs bei der nächstbesten Gelegenheit verlassen würde. Und genau das hatte sie einige Monate nach dem Highschoolabschluss auch getan. Jack hatte nicht einmal die Chance gehabt, sich von ihr zu verabschieden – eines Tages war er aufgewacht, und Chrissy war verschwunden gewesen.

Als er sie zuletzt gesehen hatte, war sie ein unvorteilhaft gekleideter, leicht übergewichtiger Bücherwurm mit einer Frisur gewesen, die an die eines Kobolds erinnerte. Schon immer hatte sie eine Brille getragen, ihre Klamotten waren eher praktisch gewesen und ihr Aussehen alles andere als aufsehenerregend. Nicht, dass sie hässlich gewesen wäre, nein, sie war einfach nur … Chris. Die kleine Streber-Schwester seines besten Freundes. Sie hatte nicht wirklich dazugehört, aber sie hatte immer versucht, so oft wie möglich mit ihrem Bruder und seinem Freund herumzuhängen. Sie hasste es, sich schmutzig zu machen, versuchte aber dennoch, im Schlamm zu spielen, weil Slade und Jack das machten. Sie hatte sich im Stickball versucht, war allerdings ständig verletzt worden. Sie hatte sich so sehr bemüht, ihnen zu imponieren, und war doch immer kläglich gescheitert.

Aber sie hatte auch nichts für Ballett oder Rüschenkleider übrig, so wie die anderen Mädchen. Sie las gerne und erledigte ihre Hausaufgaben. Sie war der Liebling der Stadt, und alle mochten sie. Wahrscheinlich weil sie immer freundlich war und das Wörtchen Nein nicht zu kennen schien. Genau genommen war sie jemand, der sich von allen herumschubsen ließ – man könnte auch sagen, sie war ein Schaf. Immer endete es damit, dass sie genau das tat, was Slade oder Jack von ihr verlangten. Ohne Fragen zu stellen. Manchmal hatte sie mit dem Fuß aufgestampft oder geschmollt, dennoch hatte sie immer das gemacht, was sie ihr befohlen hatten.

Die Frau, die Jack jetzt anstarrte, sah nicht so aus, als würde sie jemals Stickball spielen oder sich auch nur in die Nähe eines Schlammlochs begeben. Und ganz gewiss wirkte sie nicht mehr so, als ließe sie sich herumkommandieren. Genauso wenig wie sie versuchte, ihm zu imponieren. Stattdessen schien sie wütend zu sein, weil er sie angehalten hatte. Genauer gesagt, sie kochte vor Wut, und er konnte durch die Autotür förmlich die Hitze spüren, die ihr aus allen Poren zu dringen schien. Noch immer trug sie eine Brille, die die blauesten Augen betonte, in die er je geschaut hatte. Doch von dem, was er vom Hals aufwärts erkennen konnte, war das auch das Einzige, was sich nicht verändert hatte. Jetzt lag ein Funkeln in ihrem Blick, das damals gefehlt hatte. Plötzlich konnte er es nicht erwarten, den Rest von ihr zu sehen.

Normalerweise nutzte er seine Machtposition nicht aus, aber …

Er bemühte sich, seine Ich-bin-Cop-und-meine-es-ernst-Miene aufzusetzen, mit der er normalerweise alle Leute einschüchtern konnte, aber so ganz gelang es ihm nicht, das Grinsen zu unterdrücken. Er hoffte nur, dass Chrissy es nicht mitbekam. „Hast du was getrunken?"

„Was? Nein!"

Oh ja, sie kocht vor Wut.

„Bist du sicher? Du bist ziemlich auffällig gefahren", log er.

„Nein, bin ich nicht. Vielleicht bin ich ein bisschen zu schnell gefahren, aber ich bin nicht auffällig gefahren."

„Warum steigst du nicht erst einmal aus?"

„Ist das dein Ernst?" Sie sah aus, als wollte sie ihn gleich eigenhändig erwürgen. *Oh, das ist ja mal was Neues!* Wenn es eins gab, woran er sich nicht erinnern konnte, dann war es eine wütende Chris.

„Es ist mein voller Ernst."

Sie stieß ein genervtes Schnauben aus. „Soll das ein Witz sein? Oh Gott! Kann dieser Scheißtag noch schlimmer werden?"

„Du fluchst ziemlich viel."

„Aus dem Weg, Jack Daniels, damit ich dir zeigen kann, dass ich nicht betrunken bin! Wenn ich das beweise, lässt du mich dann ohne Strafzettel davonkommen?"

„Ja. Ich verzichte auf den Strafzettel wegen Geschwindigkeitsüberschreitung, wenn du nüchtern bist, und hör auf, mich Jack Daniels zu nennen."

„Okay. Aber so heißt du nun mal."

„Ja. Doch du sagst es nur, um dich über mich lustig zu machen, Chris."

„Wieso? Ich bin nicht diejenige, die dich nach einer Whiskey-Sorte genannt hat. Gib deinen Eltern die Schuld. Und hör auf, mich Chris zu nennen, ich hasse das."

„Na schön, ich nenne dich nicht mehr Chris, Christine."

„Chrissy, bitte. Weder Christine noch Chris, und schon gar nicht Zicken-Chris, sondern einfach nur Chrissy. Du hast es noch nie geschafft, mich Chrissy zu nennen, warum auch immer."

„Weil es so viel Spaß gemacht hat, dich zu ärgern."

„Einige Dinge ändern sich anscheinend nie. Elf Jahre später, und du bist wie früher gemein zu mir", erwiderte sie, die Hände noch immer um das Lenkrad geklammert.

„Okay, okay. Der Fairness halber höre ich auf. Also, Chrissy. Und du weißt genau, was ich von meinem Namen halte. Da brauche ich keine Klugscheißerin, die mich damit aufzieht. Vor allem, wenn besagte Klugscheißerin sich Sorgen machen sollte, weil sie vielleicht einen Alkoholtest nicht besteht und zudem noch einen Cop angegriffen hat."

„Ich habe dich nicht angegriffen. Es war ein Versehen. Und jetzt geh beiseite, damit ich die Tür öffnen kann."

Er machte einen Schritt zurück, als sie die Tür aufstieß.

Ein langes, wohlgeformtes Bein mit den wohl aufregendsten roten High Heels, die er je gesehen hatte, schwang sich aus dem Wagen. Dann das nächste. *Oh Mann! Ist das die gleiche schusselige kleine Chrissy Martin?* Jack kam sich vor wie eine dieser Cartoon-Figuren, der die Augäpfel aus den Augenhöhlen ploppten.

Oh Gott!

Im Stillen betete er, dass ihr ein Schwanz oder ein dritter Arm gewachsen war, denn das, was er bis jetzt von ihr zu Gesicht bekommen hatte, brachte ihn völlig aus dem Gleichgewicht. Er war überzeugt davon, nicht noch mehr verkraften zu können, dabei hatte er bisher nur ihre Beine gesehen. Endlich stieg sie ganz aus dem Auto aus und wollte einen Schritt nach vorn machen. Dabei verlor sie die Balance und stolperte. Reflexartig streckte Jack den Arm aus, packte sie an der Taille und fing sie auf, ehe sie stürzte. Ihr ganzer Körper war auf einmal an seinen gedrückt. Jeder einzelne Zentimeter schmiegte sich an ihn. Er schluckte. Und verschluckte sich fast. Es folgten einige Sekunden betretenen Schweigens, ehe er nach ihrem Kinn griff und ihren Kopf anhob, damit sie ihn anschaute. „Alles okay?"

„Äh … ja. Ich hatte vergessen, dass mir ein Absatz abgebrochen ist." Sie winkelte ihr rechtes Bein an und blickte über die Schulter nach hinten. Jack beugte sich über ihren Körper, damit er den abgebrochenen Absatz mustern konnte, und presste sich dabei noch enger an Chrissy, sofern das überhaupt möglich war.

„Was für eine Schande! Das waren doch so hübsche Schuhe", erklärte er … nur Zentimeter von ihrem Ohr entfernt.

„Wem sagst du das." Sie löste sich ein wenig von ihm, und er hob die Hand, um mit dem Zeigefinger ihre Brille wieder hochzuschieben. Noch nie hatte er so auf eine Frau reagiert.

Sie zupfte ihr schwarzes Kleid zurecht und strich sich mit den Fingern durch ihr langes dunkles Haar. Anschließend richtete sie sich auf und drückte die Schultern durch. Kampfbereit, wie es schien. Na gut, eine Sache hatte sich nicht verändert – sie war noch immer selbstgerecht und stolz. Aber die kleine Göre, die sich hatte herumschubsen lassen, war verschwunden. Und ihm gefiel diese neue herangewachsene Teufelin.

„Na schön, wo hättest du mich gern?“, fragte Chrissy, während sie ihre Schuhe auszog.

Völlig nackt, ausgestreckt auf der Haube meines Streifenwagens und dieses winzige schwarze Kleid über deine Hüften geschoben. Fast hätte er das tatsächlich laut herausposaunt. „Wie bitte?“, brachte er stattdessen hervor.

„Der Alkoholtest. Ich musste noch nie einen machen. Was soll ich tun?“

„Weißt du was? Vergiss es. Du kannst mit einem abgebrochenen Absatz keinen Alkoholtest absolvieren, und ich will nicht, dass du hier auf dem Seitenstreifen barfuß herumläufst.“

„Bedeutet das, dass ich jetzt doch ein Ticket bekomme?“

„Nein. Hau einfach ab!“, blaffte er.

„Was verdammt noch mal ist mit dir los? Du warst schon immer so ein Arschloch. Wie ich sehe, hast du dich nicht verändert.“

„Tut mir leid, Chris. Es war ein langer Tag. Ich wollte mich nicht wie ein Mistkerl aufführen. Wo übernachtest du, solange du hier in der Stadt bist?“

„Chrissy“, stieß sie verärgert hervor.

„Was?“

„Du hast mich schon wieder Chris genannt. Ich habe dich lediglich korrigiert.“

„Oh, verdammt. Entschuldige. Ist einfach Gewohnheit, nehme ich an.“ Sie war nicht länger Chris. Von dem kleinen Streber-Mädchen war nichts mehr zu erkennen. Sie war ganz

Frau, angefangen bei den höllisch sexy Schuhen bis hin zu den Spitzen ihrer glänzenden schwarzen Haare.

„In Slades Haus", meinte sie. Er sah sie verwirrt an, und sie schnippte mit den Fingern, sodass er wieder in der Gegenwart landete. „Du hast mich gefragt, wo ich schlafen will. Darauf habe ich geantwortet. Ich wohne bei Slade. Allerdings muss ich wohl einbrechen." Sie beugte sich ein wenig zu ihm vor und flüsterte: „Erzähl das nicht den Bullen", und fing dann an zu lachen. Ihr Lachen hatte er ganz vergessen. Sie war schon immer eine Kichererbse gewesen, aber heute war das richtiggehend ansteckend. Früher hatte er das nur nervig gefunden. Was war er doch nur für ein Idiot!

„Warum?"

„Ich habe keinen Schlüssel. Dir ist ja bekannt, dass ich ihm das Haus nach Dads Tod überlassen habe, und es ist Jahre her, seit ich zuletzt hier war. Rein formell gesehen gehört es zur Hälfte noch mir, also ist es kein wirklicher Einbruch."

„Komm, fahr mir hinterher. Ich habe einen Ersatzschlüssel", sagte Jack.

„Hast du?"

„Ja. Er ist für mich wie ein Bruder, das weißt du doch. Er hat ja auch einen Ersatzschlüssel für mein Haus."

„Oh, okay. Wo wohnst du denn?"

„Noch immer im selben Haus."

„Soll das heißen, dass du noch bei deinen Eltern lebst?", fragte sie erstaunt. Ihre Miene verriet, dass sie ihn dafür sowohl verachtete als auch bemitleidete. Das war typisch für sie – schon früher war sie höllisch schnell mit einem Urteil zur Hand gewesen. Er konnte sich nicht erinnern, ob ihm das vor elf Jahren etwas ausgemacht hatte, aber verdammt, jetzt störte es ihn gewaltig, und er wurde auf einmal ziemlich sauer. Dabei war er sich gar nicht so sicher, warum er den Drang verspürte, sie zu korrigieren.

„Nein, Chris, ich wohne nicht mehr mit meinen Eltern zusammen. Ich habe ihnen das Haus abgekauft, bevor sie in eine Seniorenanlage ein paar Meilen von hier gezogen sind."

Sie trat einen Schritt auf ihn zu und bohrte ihm den Zeigefinger in die Brust. „Hör. Auf. Mich. Chris. Zu. Nennen. Und es ist toll, dass du das Haus gekauft hast. Es war lediglich eine Frage, also entspann dich. Ich habe mir nichts weiter dabei gedacht. Da musst du nicht gleich so übellaunig werden."

Er schnappte sich ihren Finger. „Ich bin nicht übellaunig. Du bist nur einfach so vorschnell mit deinen Urteilen."

„Bin ich überhaupt nicht", antwortete sie. Er schaute sie ungläubig an, woraufhin sie die Schultern hängen ließ. „Na gut, vielleicht ein bisschen. Als ich dich jetzt wiedergesehen habe, habe ich mich wohl an das Mädchen erinnert, das du und Slade immer herumgeschubst habt, und wahrscheinlich hat mich das in die Defensive gedrängt. Tut mir leid. Hör zu, es war ein schrecklicher Tag. Ich brauche ein schönes heißes Bad und eine ordentliche Portion Schlaf, damit ich morgen früh zu Slades Anhörung im Gericht gehen und ihn aus dem Gefängnis holen kann."

„Okay, dann lass uns losfahren. Komm schon, fahr mir hinterher!" Er wartete, bis sie in ihr Auto gestiegen war, ehe er zum Streifenwagen lief.

Vor ein paar Stunden war er zu einer Barschlägerei gerufen worden und hatte vier Typen in Handschellen abführen müssen. Das war am Ende einer langen Schicht gewesen, und eigentlich hatte er direkt nach Hause fahren, ein kühles Bier trinken und die nächsten vierundzwanzig Stunden schlafen wollen. Sich mit einer Geschwindigkeitsüberschreitung abzuplagen war wirklich das Letzte gewesen, womit er sich noch befassen wollte, aber sein Pflichtbewusstsein hatte wieder einmal gesiegt. Er hatte den Wagen angehalten – ohne zu wissen, dass ihn ein Paar blau funkelnder Augen erwartete. Auf dem

Heimweg musste er daher einige Male seine Hose zurechtzupfen, und das lag nicht an dem Schlag in die Eier, den Chrissy ihm verpasst hatte.

Sie sah fantastisch aus! Aus dem einst unsicheren, leicht übergewichtigen Mädchen war eine selbstsichere, wohlgerundete, schöne Frau geworden, die einen im wahrsten Sinne des Wortes umhaute. Er war froh, dass sie wenigstens noch ihre Brille trug. Bei jemand anderem würde dieses klobige schwarze Gestell vermutlich albern wirken, aber Chrissy verlieh es den Look einer unartigen Krankenschwester, die Männerfantasien beflügelte. Während er fuhr, stellte er sich Christine vor, die schamlose Schwester im weißen Kittel. Der würde am Oberkörper eng anliegen und dadurch die für ihre schmale Figur außergewöhnlich großen Brüste besonders betonen und so kurz sein, dass er einen Blick auf ihr Strumpfband erhaschen könnte. Dazu würde sie eine kleine weiße Haube tragen, die im Kontrast zu ihrem streng zurückgekämmten rabenschwarzen Haar stand. Jack stellte sich vor, wie sie sich vorbeugte, um seine Reflexe zu überprüfen, und die Hand ausstreckte, um ihm ein Thermometer in den Mund zu schieben. Natürlich wäre sie eine gute und gründliche Krankenschwester, die ihn mit sanfter, verlegener Stimme dazu auffordern würde, doch bitte die Hosen herunterzulassen, damit sie ihn …

Fuck! Reiß dich zusammen, Daniels! Hast du etwa gerade aus der kleinen Chris eine Porno-Krankenschwester gemacht? Was ist los mit dir, Alter? Hör auf damit!

Sie war nicht einmal eine Krankenschwester, sondern Ärztin. Nach dem, was er gehört hatte, war sie als Helferin in Dritte-Welt-Ländern tätig gewesen. Sie war so weit außerhalb seiner Liga, dass er nicht einmal das Spielfeld sehen konnte. Aber verdammt, ihr unerwartetes Verhalten machte ihn total an. So war sie früher nie gewesen. Klug und schusselig, ja. Aber kratzbürstig und heißblütig? Nein, niemals kratzbürstig und nie im

Leben heißblütig. Wenn sie etwas getan hatte, was Slade und ihm missfiel, hatten sie an ihr herumgemeckert, und sie hatte das akzeptiert, ohne jemals dagegen zu rebellieren. Und dennoch war sie ihm und Slade wie ein Welpe stets gefolgt. Er hatte es gehasst, wenn sie zusammen mit seinen und Slades Freunden rumgehangen hatte. Das waren alles Rowdys gewesen, etwas, was ihm durchaus bewusst gewesen war. Bei denen hatte sie nichts verloren gehabt, schon gar nicht, wenn sie wieder irgendeinen Unfug ausgeheckt hatten. Aber dann, während der letzten Monate, ehe sie verschwand, hatte sie ihn gemieden wie die Pest. Schon immer hatte er sie fragen wollen, warum, aber sie war weg gewesen, ehe er Gelegenheit dazu gehabt hatte.

2. *KAPITEL*

Himmel, war er immer schon so ... so ... Gibt's dafür Worte? Männlich! Genau, das ist es! Ich fasse es nicht, dass ich ihm eine in die Eier gehauen habe. Wie peinlich!" Chrissy schlug sich mit der Hand gegen die Stirn. „Blöd! Blöd! Blöd!!"

Als Teenager hatte Chrissy immer für Jack geschwärmt, aber häufig genug hatte sein idiotisches Verhalten ihr die Schwärmerei ausgetrieben. Jedes Mal, wenn sie Jack angehimmelt hatte – und sie hatte ihn oft angehimmelt! –, hatte er etwas gemacht, was sie daran erinnert hatte, was für ein Blödmann er war.

Slade hatte sie ignoriert und weggeschubst. Aber während ihr Bruder sie total übersehen hatte, hatte Jack das nie getan. Er war immer derjenige gewesen, der sie schnurstracks nach Hause gebracht hatte, wenn sie sich zu einem ihrer heimlichen Kämpfe geschlichen hatte. Geschimpft hatte er mit ihr, wenn sie etwas unternommen hatte, was er als waghalsig ansah, so wie damals, als sie ins Mädchen-Basketball-Team eingetreten war. Er hatte ihr erklärt: „Da verletzt du dich doch nur, Chris. Du bist ein Knirps. Was weißt du schon über Basketball?" Oder als sie im Abschlussjahr an der Highschool auf eine Party gehen wollte, die vom Cheerleader-Captain veranstaltet wurde. Der Plan war, aus dem Haus zu schleichen, nachdem ihr Vater ins Bett gegangen war. Ihre beste Freundin Veronica hatte ihr ein paar Klamotten geliehen und ihr beim Make-up und mit der Frisur geholfen. An dem Abend hatte Chrissy sogar beschlossen, auf ihre Brille zu verzichten – es war ihr egal, dass sie keine zwei Schritte weit sehen konnte. Sie war so aufgeregt gewesen! Es war eine Party mit coolen Leuten, und sie und Veronica hatten vor, heftig mit Roger und Nick zu flirten, die zum Wrestling-Schulteamchef gehörten. Sie war sich sicher, dass Roger sie endlich bemerken würde, schließlich trug sie einen superkurzen Jeansrock. Es sollte der Abend ihres ersten Kusses werden, und Roger war das Ziel ihrer Sehnsüchte. Kaum waren sie auf der Party angekommen, bemerkten sie, wie die Menge laut johlend an einem Tisch stand, wo Beer Pong, eines dieser pubertären Saufspiele, im Gang war. Ein Team, das von der Menge angefeuert wurde, bestand aus niemand anderem als Slade und Jack.

Nachdem sie große rote Becher Bier leer getrunken hatten, blickten Slade und Jack sich um und entdeckten Chrissy. Beide Jungs funkelten sie böse an. Slade verdrehte die Augen, sichtlich verärgert, und fuhr sie an, sie solle nach Hause gehen. Sie schüttelte den Kopf und stampfte mit dem Fuß auf. Ja, genau, sie hatte mit dem Fuß aufgestampft. Wie ein Kleinkind. Jack machte sich gar nicht erst die Mühe, etwas zu sagen, er packte sie am Handgelenk, zog sie zu seinem Wagen und fuhr sie nach Hause, während er sie die ganze Zeit über belehrte, warum sie auf dieser Party nichts zu suchen hatte. Die Ausreden, die er fand, gründeten im Grunde alle darauf, dass sie einfach nur störte und ihm und Slade es vermasselte, ein Mädchen flachzulegen. Das Schlimmste an der Sache war, dass Veronica, seit sechs Jahren ihre beste Freundin, nach diesem Abend kein Wort mehr mit ihr sprach.

Seitdem hatte sich viel verändert. Chrissy war nicht länger das naive, wehrlose kleine Mädchen. Sie war eine Frau. Eine Frau, die eine Menge durchgemacht hatte. Sie hatte sich an den schlimmsten Orten der Welt aufgehalten und es überlebt. Sie hatte, was ihr Privatleben anging, die Hölle durchgemacht und war davongekommen. Der dumme, liebeskranke Teenager war längst Vergangenheit. Und wenn Jack ihr jetzt dieses Lächeln schenkte, bei dem man schlichtweg dahinschmolz, weil zu allem Überfluss noch seine Grübchen sichtbar wurden, dann würde sie sich daran erinnern, wie gemein er früher zu ihr gewesen war und wie er die Beziehung zu ihrer besten Freundin zerstört hatte. Dass er nie etwas anderes in ihr gesehen hatte als Zicken-Chrissy, eine blöde kleine Schwester, die einen großen Bruder brauchte, der sie beschützte. Dass er sie immer bevormundet und sie nie das hatte tun lassen, was sie hatte tun wollen. Aber während der letzten elf Jahre hatte sie ihr Leben gut gemeistert, und sie brauchte auch jetzt keinen Mann, der auf sie aufpasste. Wenn Jack glaubte, dass er sich nach so langer Zeit wieder einmischen und sie so herumschubsen konnte, wie er es früher getan hatte, dann hatte er sich aber gründlich getäuscht!

Ein alter Songtitel von Helen Reddy schoss ihr durch den Kopf: *I am woman, hear me roar! Grrr!* Genau, sie würde brüllen!

Sie hatte sich in Rage geredet, und kam erst in die Realität zurück, als sie sich ihrem Haus näherten. Jack fuhr noch immer vor ihr. „Er ist ein Arsch! Vergiss das niemals, Christine! Lass dich von seinem tollen Aussehen nicht beeindrucken. Arsch! Arsch! Arsch …“

Oh Gott, sie würde diesen Arsch zu gern sehen!

Nackt.

In ihrem Bett.

Nein, halt! Das geht gar nicht.

Einen Augenblick später bog sie in die Auffahrt von Slades Haus ein, während Jack vor seinem Haus vorfuhr.

„Hast du Selbstgespräche geführt?“, rief er über den Rasen, als sie aus dem Wagen stieg.

„Was?“

„Ich konnte es wegen der Dunkelheit zwar nicht genau erkennen, aber ich hatte das Gefühl, dass ich dich im Rückspiegel Selbstgespräche habe führen sehen. Du bist ziemlich lebhaft, wenn du redest, und hast mit den Händen herumgefuchtelt, so als würdest du dich mit jemandem unterhalten.“

Sie lachte, doch selbst in ihren Ohren klang es ein wenig unecht. Würden die Peinlichkeiten heute denn nie ein Ende nehmen? „Ich habe nur gesungen. Ich singe manchmal", log sie.

Forschend sah er einen Moment lang zu ihr herüber, entschied sich dann aber offenbar, nichts weiter dazu zu sagen. „Komm rein. Ich muss den Schlüssel erst suchen. Ich habe ihn seit Jahren nicht benutzt."

Sie lehnte sich gegen das Auto. „Ist schon okay. Ich kann hier warten."

„Sei nicht so stur! Komm schon rein."

Sie stieß sich vom Auto ab, holte tief Luft und ging – na ja, hinkte, da der eine Absatz ja fehlte – über den Rasen in Slades Vorgarten hinüber zu Jack. Der schloss seine Haustür auf und trat zur Seite, um sie hineinzulassen.

„Stört es dich, wenn ich die Schuhe ausziehe? Es ist nicht so einfach, sich mit einem zwölf Zentimeter hohen Absatz an dem einen Fuß und einem flachen Schuh an dem anderen fortzubewegen."

„Nein, überhaupt nicht. Mach es dir gemütlich. Ich bin gleich zurück."

Chrissy konnte es sich nicht verkneifen, Jack heimlich zu beobachten. Es erstaunte sie, wie sehr er sich in all den Jahren verändert hatte. Er war schon immer hochgewachsen, und das hatte sich naturgemäß auch nicht geändert – sie schätzte, dass er jetzt mindestens einen Meter neunundachtzig war –, aber früher war er schmaler gewesen. Regelrecht mager. Und während er als Jugendlicher langes dunkelblondes Haar gehabt hatte, das ihm immer ins Gesicht gefallen war, wenn er es nicht zurückgebunden hatte, war sein Kopf jetzt rasiert. Es war keine Glatze, aber die Stoppeln waren nur millimeterkurz. Chrissy stellte sich vor, dass es sich wie Schmirgelpapier anfühlte. Es war die Art von kahlem Kopf, der bei Frauen den Wunsch hervorrief, darüberzustreichen. Sie war sich sicher, dass er es aus ästhetischen Gründen so kurz geschoren hatte, wahrscheinlich um sein Image als harter Kerl zu festigen.

Er war extrem gut gebaut, und sie war überzeugt davon, dass sich Muskeln über Muskeln unter seiner Uniform verbargen. Breite Schultern, kräftiger Hals und ein riesiger Bizeps. Die weichen, jungenhaften Züge waren verschwunden, und härtere und markantere Linien, die man nur mit zunehmendem Alter bekam, prägten jetzt sein Gesicht. Auf andere mochten seine dunkelbraunen Augen und die wie gemeißelt wirkenden Wangenknochen vielleicht einschüchternd wirken, auf sie nicht; Chrissy wusste, dass sich unter der harten Schale ein weicher Kern verbarg. Okay, manchmal konnte er auch ziemlich unnachgiebig sein. Andererseits machten die Grübchen auf seinen Wangen, die immer dann erschienen, wenn er – leider viel zu selten – lächelte, den aufgesetzten Ich-bin-ein-knallharter-Typ-also-nimm-dich-in-Acht-Ausdruck wieder zunichte.

Im Augenblick bedeckte ein Bartschatten sein Gesicht, der von der Länge her ganz gut zu seiner Kopfrasur passte. Chrissy stellte sich vor, wie sich das wohl an der Innenseite ihrer Schenkel anfühlen würde. *Wie kommst du auf solch einen absurden Gedanken?* Passend zum Khakishirt bestand seine Polizeiuniform aus hässlichen Khakibermudas. Allerdings wirkten sie an Jack alles andere als hässlich. Die Bermudas spannten sich über seinen kräftigen Oberschenkeln. Du meine Güte, einer seiner Schenkel hatte fast den Umfang ihrer Taille! Okay, nicht ganz, denn sie war auch nicht gerade zierlich, aber wenn sie neben ihm stand, kam sie sich winzig vor.

Während Jack nach oben ging, zog Chrissy die Schuhe aus und sah sich um. Der Grundriss seines Hauses glich dem, in dem sie aufgewachsen war. Aber es sah hier längst nicht mehr so aus wie früher. Jacks Mom hatte, was die Inneneinrichtung anging, einen ausgeprägten Hang zum Kitsch gehabt. Überall hatte Schnickschnack herumgestanden, nichts war undekoriert geblieben. Aber jetzt stand Chrissy in einem schlicht, aber gemütlich eingerichteten Junggesellendomizil. „Gemütlich“ und „Junggesellendomizil“ waren eigentlich ein Widerspruch in sich, aber das traf auf Jacks Zuhause nicht zu. Auch wenn eine weibliche Note fehlte, waren die Möbel leicht und hell, eigentlich typisch für die Häuser an Floridas Küste. Der Fernseher war groß, nahm aber nicht, wie sonst bei Männern üblich, die ganze Wand ein. Und statt ihn an die Wand zu hängen und einen Gartenstuhl davorzustellen, hatte Jack ihn auf eine hübsche hölzerne Kiste vor ein weißes Leinensofa mit blauen Kissen platziert. In der Nähe der Küche stand ein runder Holztisch mit passenden Stühlen. Sie ging um die Ecke in die Küche, die inzwischen ebenfalls renoviert worden war. Es gab neue, in Schränke aus dunklem Holz eingebaute Edelstahlgeräte, darüber eine Arbeitsplatte aus Granit. Alles war schlicht und sehr geschmackvoll. Die dem Meer zugewandte Wand war verglast worden. Wäre es nicht schon Nacht, könnte man vom Wohnzimmer aus den Ozean sehen. Sie stellte sich ans Fenster und blinzelte nach draußen. Das Meeresrauschen drang leise herein, und sie konnte vage das sich leicht im Wind wiegende Dünengras erkennen.

„Hungrig?“ Die schroffe Stimme erschreckte sie.

Sie drehte sich um und sah Jack im Türrahmen stehen. „Nein danke. Ich genieße nur die Aussicht. Oder besser gesagt, ich versuche es. Aber es ist zu dunkel. Dein Haus ist hübsch geworden. Hast du das hier alles so eingerichtet?“ Sie machte eine ausladende Handbewegung.

„Ja.“ Er nickte stolz. „Als meine Eltern ausgezogen sind, habe ich Moms Stühle mit dem Leopardendruck, die goldenen Vasen und alles, was rosa oder mit Zebramuster versehen war, entsorgt.“

Chrissy lachte. „Sie hatte schon immer einen interessanten Geschmack.“

„Den hat sie immer noch. Du solltest ihre Wohnung sehen. Schrecklich! Ich weiß nicht, wie Dad das aushält. Wie auch immer, ich bin auf Einkaufstour gegangen und habe mich mehr oder weniger für ein Komplettpaket entschieden, in dem alles farblich und auch anderweitig schön aufeinander abgestimmt war. Island-Design nannte es sich." Er machte Anführungszeichen in die Luft. „Da brauchte ich mir keine großen Gedanken mehr über die Einrichtung zu machen. Das hatte man schon im Möbelhaus für mich getan."

„Trotzdem hast du guten Geschmack bewiesen. Du hättest dich ja auch für so etwas wie Space-Age-Chic aus den Sechzigerjahren entscheiden können, hast aber stattdessen etwas Schlichtes und Klassisches genommen." Sie kicherte nervös. Plötzlich hatte sie ihre Nerven nicht mehr richtig unter Kontrolle.

„Ist das ein Kompliment? Ich glaube, das ist das erste Mal in zwanzig Jahren, dass du etwas Nettes zu mir gesagt hast."

„Na ja, es ist ja auch schwierig, jemandem etwas Nettes zu sagen, wenn er sich immer wie ein Arsch benimmt."

Er wirkte ein wenig reuevoll, woraufhin sie ein schlechtes Gewissen bekam, weil sie ihn – wieder einmal – beleidigt hatte. Sie hatte sich noch nie in einer solchen Situation mit Jack befunden. Es machte sie nervös. Langsam kam er auf sie zugeschlendert, und ihr Herz begann schneller zu schlagen. Sein Blick wanderte zu ihrem Mund, und Chrissy hatte das Gefühl, dass er sie gleich küssen würde. Das war das Letzte, was sie wollte. *Küss mich nicht! Küss mich nicht!* Sie spürte seinen Atem an ihrem Hals, als er die Hand über ihren Kopf hob und einen Schalter betätigte, bevor er wieder zurücktrat. *Verdammt, wieso hat er mich nicht geküsst?* Er nickte zum Fenster, und sie drehte sich um.

„Was mir aber wirklich wichtig war, ist, dass ich das Meer jederzeit vom Haus aus sehen kann. Das ist doch der Grund, warum man am Meer wohnt, oder?"

„Wow, Jack! Das ist unglaublich! Wunderschön. Das hast du toll gemacht. Wirklich toll!“ Sie musste lächeln. Jetzt, nachdem die Außenbeleuchtung angeschaltet war, konnte sie den Strand erkennen. Es war fast unheimlich, ihn so verlassen daliegen zu sehen. Sie war an die Strände von Miami gewöhnt, wo immer etwas los war. Aber das hier war anders. Es gab einen schmalen Holzsteg, der von Jacks Garten über die niedrigen Dünen mit dem Seegras hinunter zum leeren Strand führte.

Die Tatsache, dass Jack nur Zentimeter von ihr entfernt stand, verunsicherte sie, deshalb machte sie schnell einen Schritt zur Seite und wechselte das Thema. „Was ist jetzt mit dem Schlüssel?“

Er blickte sie verschämt grinsend an und streckte ihr einen mit Schlüsseln gefüllten Schuhkarton entgegen. In der Kiste klimperte es. „Einer davon ist es.“

„Mist.“ Sie ließ sich auf den direkt vor ihr stehenden Stuhl fallen.

„Ich weiß. Es sind eine Menge Schlüssel da drin. Lass uns nach nebenan gehen und ausprobieren, welcher passt.“

„Ich will dir nicht zur Last fallen. Bist du noch im Dienst?“

„Nein. Ich war auf dem Weg nach Hause, als ich dich gestoppt habe.“

„Na ja, ich bin sicher, ich halte dich von irgendeinem Date ab oder so. Ich kann das auch allein tun.“ Sie griff nach dem Karton, doch er entwand ihn ihr.

„Kein Problem. Ich hatte lediglich vor, mir ein Sandwich zu machen und mich zusammen mit Drogo für die nächsten achtundvierzig Stunden vor den Fernseher zu setzen. Aber wenn es dich nicht stört, kurz zu warten, dann würde ich gern schnell duschen gehen. Ich hatte eine Zwölf-Stunden-Schicht und fühle mich verschwitzt.“

„Drogo?“, fragte sie und runzelte die Stirn.

„Mein Chihuahua“, erklärte er. Er öffnete eine Tür, und

heraus kam der kleinste Hund, den Chrissy je gesehen hatte.

„Ach, du meine Güte!“, quietschte sie und klatschte in die Hände. Sie liebte Tiere und streckte sofort die Finger nach dem winzigen Hund mit dem Stachelhalsband aus, doch Jack nahm den Kleinen hastig hoch, ehe sie die Gelegenheit hatte, ihn zu berühren.

„Er beißt. Er hat mindestens ein Viertel Pitbull in sich“, meinte Jack trocken.

„Oh, bitte. Wie kann so ein winziger süßer Hund beißen?“ Chrissy streckte erneut die Hand nach dem Tier aus, doch Jack versteckte ihn hinter seinem Rücken. Seine Hand war größer als der ganze Hund. „Das ist doch ein Witz, die Sache mit dem Pitbull, oder?“ Chrissy lachte.

„Glaub mir. Er beißt und knurrt. Er zieht das volle Programm ab. Ich schätze, er hat einen Napoleon-Komplex. Daher auch der Name Drogo.“

Verwirrt schaute Chrissy ihn an. „Äh … tut mir leid. Ich glaube, ich weiß nicht, wer oder was Drogo ist.“

Jack wedelte mit der Hand. „Macht nichts. Khal Drogo ist nur der Name eines Charakters aus einer Fernsehserie, die ich mir gern angucke. Der Typ ist groß und tough, und ich war gerade dabei, mir die Sendung anzuschauen, als dieses kleine Monster vor meiner Tür auftauchte und bellte und knurrte. Eben genauso wie dieser Kerl aus der Serie. Ich habe die Tür geöffnet und eigentlich einen Schäferhund erwartet.“

„Hm. In den Orten, in denen ich mich in den letzten Jahren aufgehalten habe, gab es nicht viele Fernseher.“ Sie legte die Hände auf den Rücken und trat ein wenig vor, um mit dem kleinen schwarz-braunen Hund mit den großen hervorstehenden Augen zu sprechen. Das Tier war das komplette Gegenteil seines Besitzers. „Ich bringe dich dazu, dass du mich magst, wart nur ab, kleiner Drogo“, sprach Chrissy auf den Hund ein.

Jack lachte. „Nenn ihn bloß nicht klein, das hasst er. Und sag nicht, dass ich dich nicht gewarnt hätte. Er hat schon diverse Leute gebissen. Die hatten ihn alle unterschätzt, dein Bruder eingeschlossen. Genau genommen beißt er deinen Bruder ziemlich oft", meinte er grinsend, als er den Chihuahua wieder auf den Boden setzte.

„Okay, okay. Ich passe auf. Na los, geh schon duschen! Ich mache dir ein Sandwich, während ich warte."

„Bist du sicher?", fragte er.

„Natürlich. Magst du immer noch Schinken, Käse und Butter, oder bist du inzwischen erwachsen geworden und nimmst Mayonnaise, Senf, Salat und Tomaten?"

„Bloß nicht. Noch immer Butter. Gemüse ist für Mädchen. Schinken und Käse ist Männeressen", erklärte er, wobei er die Augenbrauen hochzog. „Ich fasse es nicht, dass du dich daran noch erinnerst."

„Wie sollte ich das je vergessen? In dem Sommer, bevor ich auf die Highschool kam, habe ich dir und Slade jeden Tag Sandwiches geschmiert, damit ihr groß und stark werdet und den anderen im Ring in den Hintern treten konntet."

„Stimmt. Das wusste ich gar nicht mehr. Das war das Jahr, in dem wir mit dem Kämpfen im Cage, im Käfig, angefangen haben. Wie kam es eigentlich, dass du dich damit abplagen musstest, uns Sandwiches zu machen?"

„Dad hat mich dazu verdonnert. Er meinte, bei dem vielen Training braucht ihr zwei ordentlich Kalorien, und er wollte nicht, dass ihr vor Hunger umkippt. Er war bei der Arbeit, genauso wie deine Eltern, und da ich in dem Sommer nicht viel zu tun hatte, wurde mir die Ehre zuteil. Ich habe immer mal versucht, den Belag zu variieren, aber du wurdest immer sauer, wenn da nicht Schinken, Käse und Butter drauf waren. Slade wollte immer Erdnussbutter und Marmelade."

„Tja, Schinken, Käse und Butter findest du im Kühlschrank,

und das Brot ist in der Speisekammer. An die Arbeit, Weib." Er zwinkerte ihr zu und begann, sein Hemd aufzuknöpfen.

„W…was tust du da?", stotterte sie.

„Oh, entschuldige. Reine Gewohnheit. Ich werfe mein Hemd immer in den Korb im Hauswirtschaftsraum." Er deutete auf eine Tür hinter Chrissy. „Einmal die Woche kommt eine Hilfe und wäscht und bügelt sie für mich."

Unsicher, wohin sie blicken sollte, obwohl sie nichts lieber tun würde, als seine nackte Brust anzustarren, beeilte Chrissy sich, nach den Zutaten für das Sandwich zu suchen, während Jack seine Waffe und den Waffengürtel auf die Arbeitsplatte legte, das Hemd in einen großen Korb schmiss und nach oben verschwand. Während sie das Sandwich zubereitete, legte sie für Drogo ein paar kleine Bissen Schinken und Käse neben ihre Füße. Vorsichtig kam der Hund näher und näher, bis er schließlich die Bissen erreichte, an ihnen schnüffelte und dann, ohne sie anzurühren, davonstolzierte. Chrissy lachte. Sie kannte Tiere, und mit ein paar leckeren Happen konnte man sie immer für sich einnehmen. Sie würde schon noch herausfinden, was der Kleine gerne mochte, und ihn dazu bringen, sie zu mögen. Es würde ihr bestimmt gelingen, Drogos Zuneigung zu gewinnen, selbst wenn das alles war, was sie während ihres Aufenthaltes hier in ihrer Heimatstadt erreichen konnte.

Nachdem sie Jacks Sandwich fertig hatte, legte sie es auf einen Teller, tat noch ein paar Kartoffelchips dazu, die sie in der Speisekammer gefunden hatte, und holte ein Bier für ihn heraus. Anschließend ließ sie sich auf die Couch fallen. Es war ein langer Tag gewesen.

Heute Morgen, nachdem sie fast ein Jahr lang mit ihm zusammen gewesen war, hatte Gary per SMS mit ihr Schluss gemacht. Ja, per SMS! Die Trennung hatte sie verletzt, aber sie war nicht am Boden zerstört. Was ihr am meisten zusetzte, war die beiläufige Art und Weise, wie er ihr den Laufpass gegeben hatte. Dabei hatte sie in Gary durchaus Potenzial gesehen. Er war ein netter Typ. Genau wie Chrissy, war auch er Arzt. Aber anders als sie war er ein unanständig reicher Schönheitschirurg, der nicht verstehen konnte, wieso sie sich in „gottverlassenen Ländern herumtreiben" musste. Er wollte eine Frau, die zu Hause blieb, seine Babys bekam und ihm das Essen servierte, wenn er abends aus der Klinik kam. Was glaubte er eigentlich, in welcher Zeit er lebte? In den Zwanzigerjahren des letzten Jahrhunderts? Er hatte gehofft, sie würde es bald leid sein, ständig durch die Welt zu gondeln, und stattdessen bei ihm in Miami bleiben. Was sie ihm nicht erzählt hatte, ehe er die unsensible SMS geschickt hatte, war, dass sie ihren Vertrag mit der Non-Profit-Organisation, für die sie in die Länder der Dritten Welt gereist war, nicht verlängert hatte. Stattdessen hatte sie ein Jobangebot im Miami-West-Krankenhaus annehmen wollen. Gerade einmal zwanzig Minuten lang hatte sie nach der SMS Zeit gehabt, in Selbstmitleid zu baden, zu toben und Rache zu schwören, als sie einen Anruf von Slade erhalten hatte. Ihr Bruder hatte ihr erzählt, dass er wegen Körperverletzung verhaftet worden war und jetzt Geld für die Kaution brauchte. Kaum eine Stunde später hatte sie sich also notgedrungen auf dem Weg gen Norden nach Tarpon Springs befunden.

In ihrer Heimatstadt eingetroffen, war sie direkt zum Gefängnis gefahren, wo sie mit Officer Ramos gesprochen hatte, der sich um den Fall kümmerte. Er hatte sie informiert, um welche Zeit Slades Anklageerhebung am nächsten Morgen stattfinden sollte, und ihr geraten, einen Kautionsagenten zu engagieren. Sie hatte darum gebeten, Slade kurz sehen zu dürfen. Officer Ramos erlaubte ihr einen fünfminütigen Besuch. Natürlich war Slade wie immer gewesen, lässig und entspannt. Als wäre es keine große Sache, dass seine Schwester eine fünfstündige Autofahrt hinter sich hatte und viel Geld hinblätterte, um ihn aus dem Gefängnis zu holen. Kein „Danke, Schwesterchen, dass du alles stehen und liegen gelassen hast, um meinen Arsch aus dem Gefängnis zu retten.“ Nicht einmal ein „Wie geht es dir, Schwesterchen? Wir haben uns ja jahrelang nicht gesehen.“ Nichts. Aber sie war es ihm und ihrem Dad schuldig, dass sie ihm half. Er war schließlich ihr Bruder. Er würde das ja auch für sie tun.

Vielleicht.

Vermutlich nicht.

Verärgert war sie nach diesem kurzen Gespräch mit ihrem Bruder aus dem Gefängnis gekommen und in einem Spalt im Gehweg hängen geblieben. In diesem Spalt steckte jetzt der rote, zwölf Zentimeter hohe Absatz ihrer hübschen Schuhe. Sie hatte noch versucht, ihn herauszuziehen, doch der Absatz steckte fest. Also hatte sie aufgegeben, war aufgestanden, hatte ihren ganzen Stolz zusammengekratzt und ihr schwarzes Kleid glatt gestrichen. Mit hocherhobenem Kopf war sie, wie ein Pirat mit einem Holzbein, den ganzen Weg zu ihrem dämlichen Auto gehinkt und hatte sich auf den Weg zu ihrem alten Zuhause gemacht. Wegen des platten Reifens hatte sie kurz darauf die Pannenhilfe anrufen müssen. Und als sie dann noch eine geschlagene Stunde hatte warten müssen, war sie überzeugt gewesen, dass nun nichts Schlimmeres mehr passieren konnte. Aber natürlich hatte es das Schicksal heute auf sie abgesehen, und so war sie von einem sehr dominanten Officer angehalten worden.

Jetzt, zwölf Stunden nachdem ihr Freund ihr den Laufpass gegeben hatte, saß sie im Haus ihres Nachbarn, den sie seit Kindertagen kannte, und ein winziges Monster knurrte sie an und weigerte sich, die angebotenen Schinken- und Käsehäppchen zu fressen. Außerdem würde sie vermutlich eine Stunde brauchen, um diese Kiste mit den Schlüsseln zu durchsuchen. Es war ganz offensichtlich, dass sie im falschen Film war. Sie hätte einfach in Slades Haus einbrechen, auf das Bad verzichten und sich das nächstbeste Bett suchen sollen. Erschöpfung machte sich in ihr breit. Sie zog die Beine unter sich und versuchte, nicht länger an den grässlichen Tag zu denken, den sie heute erlebt hatte.

„Ich hoffe, ich habe nicht zu lange gebraucht …“ Jack schlenderte ins Wohnzimmer und entdeckte eine kleine, zusammengerollte Gestalt, die schlafend auf seiner Couch lag. Chrissy sah winzig aus auf seinem großen Sofa. Es war ein bemerkenswerter Kontrast: ihr langes, glattes pechschwarzes Haar und das schwarze Kleid auf der weißen Couch. Ihre Alabasterbeine hatte sie unter sich gezogen, den Kopf auf eine der Armlehnen gelegt, und ihr Kleid war an den Oberschenkeln hochgerutscht. Drogo saß auf dem Boden, nur wenige Zentimeter von Chrissys Gesicht entfernt, und starrte sie an. Das war merkwürdig, denn normalerweise war er ein Killer und schlug erbarmungslos zu – okay, Killer war vielleicht übertrieben, da seine Zähne winzig waren, aber auf jeden Fall war er bissig. Jetzt saß er jedoch nur da und starrte sie an. Nicht mit einem sonderlich freundlichen Blick, aber auch nicht drohend. Die Leute wollten Jack die Sache mit dem Pitbullblut, das durch Drogos Adern floss, nie glauben, aber es war die Wahrheit. Welcher Mann würde sich schon einen Chihuahua halten? Das war was für Mädchen, nichts für echte Kerle, und Jack war ein echter Kerl. Sein Hund hatte Biss, im wahrsten Sinne des Wortes, auch wenn man das bei seiner Größe nicht vermuten würde. Doch wenn dieser Hund zuschnappte, schloss sich sein Kiefer, und er ließ nicht mehr los. *Auf jeden Fall Pitbullblut.* Echte Männer besaßen Pitbulls.

Jack blickte hinüber zum Esstisch und sah, dass Chrissy ihm das Sandwich zusammen mit einer Flasche Bier auf ein Platzset gestellt hatte. Das Set musste sie wohl in einer der Schubladen gefunden haben. Es fühlte sich gut an, jemanden im Haus zu haben, der sich um einen kümmerte. Weil er sie nicht wecken wollte, griff er sich eine kleine Decke, die neben dem Fernseher lag, und ging hinüber, um Chrissy damit zuzudecken. Doch Drogo lief hinter der Decke her, biss sich darin fest und zerrte an der Ecke. Jack zog noch kräftiger, ohne dass der angriffslustige Hund losließ. Genervt hob Jack die Decke hoch, aber noch immer hatte sich der Hund eisern darin verbissen, sodass er jetzt einen halben Meter über dem Boden schwebte. *Verdammter Köter!* Selbst nach einem Jahr in diesem Haus hasste der Hund Menschen – Jack inbegriffen.

Nach einem längeren Tauziehen gab Drogo schließlich klein bei und ließ von der Decke ab, bevor er sich in seine Ecke trollte – vermutlich, um auf Rache zu sinnen. Er ließ Jack nicht aus den Augen und fletschte seine scharfen, spitzen Zähne – eine Drohgebärde, ganz offensichtlich dazu gedacht, Jack einzuschüchtern. Wenn der Hund reden könnte, hätte er vermutlich gesagt: Du hast diese Schlacht gewonnen, Daniels. Aber jetzt herrscht Krieg! Vorsichtig breitete Jack endlich die Decke über Chrissy aus. Danach lief er zum Tisch und bemühte sich, nicht an die Frau zu denken, die da schlafend auf seiner Couch lag. Nachdem er gegessen hatte, stellte er den Teller in den Geschirrspüler, schnappte sich den Karton mit den Schlüsseln und marschierte nach nebenan. Natürlich musste er erst sämtliche hundertachtundvierzigtausend Schlüssel ausprobieren, ehe es ihm mit dem letzten gelang, die Tür zu öffnen. „Ja!“, stieß er triumphierend aus, obwohl ihn niemand hören konnte.

Jack überquerte den Rasen und ging zurück in sein Haus, wo Drogo ihn knurrend begrüßte. Jack verdrehte die Augen. Eigentlich wollte er Chrissy nicht stören, aber sie die ganze Nacht auf dem Sofa schlafen zu lassen gefiel ihm auch nicht. Er kniete sich hin, damit er sie nicht aufweckte, aber gerade, als er sanft ihre Schulter berühren wollte, stockte er und bewunderte sie einen Moment lang. Im Schlaf hatte sie nichts mehr von ihrer kratzbürstigen Art, die sie vorhin zur Schau gestellt hatte. Sie sah aus wie ein Engel, obwohl ihr das schwarze Brillengestell halb von der Nase gerutscht war. Kurzentschlossen schob er beide Arme unter sie und hob sie mühelos hoch. Drogo beäugte ihn zwar misstrauisch, machte sich jedoch nicht die Mühe, sich auch nur einen Millimeter zu bewegen. Instinktiv schmiegte Chrissy sich an Jack, und er atmete ihren leichten Duft nach Seife ein. Während er dann in Richtung Tür marschierte, schreckte die Bewegung sie jedoch offenbar auf, denn sie zuckte so heftig zusammen, dass sie ihm aus den Armen glitt.

Hastig griff Jack nach ihr und zog Chrissy auf die Füße. Dabei stießen ihre Körper aneinander, und ihre Hand blieb auf seinem Unterarm liegen. „Verdammt! Geht es dir gut?“, fragte er.

„J…ja.“ Sie nahm die Hand weg, als hätte sie sich verbrannt, strich ihr Kleid glatt und lehnte sich danach gegen die Wand, um ein wenig Distanz zwischen ihnen zu schaffen. Sie beäugte ihn, als wäre sie die Beute und Jack der große böse Wolf. Zwischen ihnen herrschte plötzlich ein aufregendes Knistern, und es dauerte eine gefühlte Ewigkeit, ehe Jack seine Aufmerksamkeit von ihren Beinen bis hinauf zu ihren großen blauen Augen richten konnte.

„Was sollte das?“ Ihre Augen wirkten riesig, und sie hatte die Lippen leicht geöffnet. Ihr Oberkörper hob und senkte sich, und Jack hätte zu gern auf die Wölbung ihrer Brüste geschaut, doch er beherrschte sich und hielt angestrengt den Augenkontakt aufrecht.

„Tut mir leid, Chrissy. Du hast so friedlich ausgesehen, da wollte ich dich nicht wecken. Ich wollte dich nach Hause tragen. Während du geschlafen hast, habe ich den richtigen Schlüssel gefunden. Gott, du duftest köstlich.“ Er war näher gekommen und nur noch wenige Zentimeter von ihrem Gesicht entfernt, die Hände rechts und links neben ihrem Kopf an die Wand gestützt. Sie fühlte sich wie gefangen. Langsam senkte er den Kopf, und sie spürte an ihrem Hals, wie er ihren Duft einatmete.

„Oh! Ich war wohl ziemlich müde und bin eingedöst. Hast du gegessen?“ Sie plapperte nervös vor sich hin.

„Ja. Danke. Es war lecker.“ Mit seinen Daumen begann er auf einmal, ihre Wangen zu streicheln. Drogo knurrte, und Jack scheuchte ihn weg. Er bemerkte, dass Chrissys Blick leicht verhangen war, obwohl sie ihn unverwandt anschaute, und plötzlich befeuchtete sie mit ihrer Zunge die Lippen. Der Anblick dieser rosa Zunge brachte ihn vollends durcheinander.

„Und w…was machst du jetzt?“

„Ich werde dich jetzt küssen“, antwortete er mit leiser, heiserer Stimme.

„Oh.“ Sie leckte sich noch einmal über die Unterlippe und flüsterte: „Meinst du, dass das eine gute Idee ist, Jack …“

Er legte ihr einen Zeigefinger auf den Mund, um sie zum Schweigen zu bringen. „Ich glaube, dass es die beste Idee ist, die ich je hatte.“

3. KAPITEL

Chrissy spürte die flatternden Schmetterlinge in ihrem Bauch. Jack senkte den Kopf noch tiefer und strich auf köstlich langsame Art mit den Lippen über einen ihrer Mundwinkel. Instinktiv öffneten sich ihre Lippen, und ihr entschlüpfte ein kleiner Seufzer. *Verräterische Lippen!* Mehr Ermunterung brauchte Jack nicht. Sein Mund eroberte ihren, und seine Arme glitten nach unten, sodass sein Körper sich an ihren schmiegte, während er sie an die Wand presste. Mit einer Hand zeichnete er die Kontur ihres Körpers nach, während sich ihr rechtes Bein um seine Hüfte schlang. *Verräterisches Bein!*

Ihr Körper schien auf Autopilot zu laufen; sie hatte anscheinend keine Kontrolle mehr über ihn, und er führte nichts Gutes im Schilde! Jacks Knie schob sich zwischen ihre Schenkel, und als der Kuss immer leidenschaftlicher wurde, wurden auch Chrissys Bewegungen immer wilder. Hemmungslos rieb sie sich an ihm und drängte ihm ihre Hüften entgegen. Sie schlang die Arme um seinen Nacken und vertiefte den Kuss. Ihre Zungen umkreisten einander in einem ungestümen Tanz. Sie knabberte an Jacks Unterlippe, und er keuchte auf. Er glitt mit der Zunge über ihre Oberlippe, und sie stöhnte. Alles, was ihre Weiblichkeit ausmachte, war in Alarmbereitschaft, und seine nicht zu übersehende Erektion drückte sich gegen ihre Mitte.

Sie seufzte wohlig. „Jack …“

„Ich bin hier, Babe.“ Er ließ sie eine Sekunde lang los, machte einen Schritt nach hinten und streifte sich rasch das Hemd ab. Chrissy brauchte eine Minute, ehe sie aufhören konnte, ihn anzustarren. Sie hatte recht gehabt: Da lag eine Muskelschicht über der anderen. Kein Wunder, dass sie sich danach sehnte, ihn mit Haut und Haaren zu verschlingen! Also tat sie das einzig Richtige. Sie schnappte sich den Saum ihres Kleides und zog es sich über den Kopf.

Jack trat einen weiteren Schritt zurück, um sie von oben bis unten anschauen zu können. „Fuck!“, stieß er keuchend hervor, sowie er sie in ihrem klitzekleinen schwarzen Slip und dem dazu passenden BH sah. Im Bruchteil einer Sekunde war er wieder bei ihr. Seine Zunge drang heiß und verzehrend in ihren Mund ein, und Chrissy hieß ihn glücklich willkommen. Dieses Mal jedoch schlang sie die Arme nicht um seinen Hals, sondern griff nach unten und begann, den Knopf an seiner Jeans zu öffnen.

„Jack! Beeil dich, hilf mir, die auszuziehen.“

Während er versuchte, den Kuss nicht zu unterbrechen, streifte er ihr mit einer Hand die Jeans hinunter, gleichzeitig probierte er mit der anderen, Drogo wegzuscheuchen, der auf den Hinterpfoten herumhüpfte und knurrte. „Verschwinde, Drogo!“, befahl Jack.

Aus dem Augenwinkel heraus bemerkte Chrissy etwas Rotes. Noch immer stöhnend, schubste sie Jack von sich und deutete zu seinem Hüftknochen. „Was ist das?“ Sie griff nach dem Bund seiner Boxershorts, wo ein großes quadratisches Wundpflaster klebte. „Was ist passiert?“

„Nichts. Bin nur ein bisschen verletzt worden. Mach dir keine Sorgen.“ Seine Jeans glitt zu Boden, und sofort wollte er wieder Chrissy an sich ziehen, doch sie hielt ihn auf Abstand.

„Warte, das blutet! Hier, es fängt schon an durchzusickern. Lass mich die Wunde anschauen. Es muss doch wehtun!“

„Nicht so sehr wie mein Schwanz gleich wehtun wird, wenn wir jetzt aufhören.“

Sie deutete zur Couch. „Oh, spiel hier nicht den Helden. Setz dich!“

Jack stöhnte, schnappte sich den noch immer knurrenden Hund und drückte ihn auf sein Kissen, bevor er sich selbst, wie von Chrissy befohlen, auf dem Sofa niederließ. Chrissy kniete sich zwischen seine Schenkel. *Du meine Güte, will sie mich umbringen? Habe ich meine Krankenschwester-Fantasien doch laut ausgesprochen?* Noch immer fast nackt, begann sie langsam, das Wundpflaster zu lösen, und Jack zuckte zusammen. „Es tut weh, stimmt's?"

„Ja, tut es wohl. Aber nur ein bisschen. Es ist keine große Sache."

Sie verdrehte die Augen. „Du musst mir nichts vormachen." Nachdem sie den Bund der Boxershorts nach unten geschoben und sorgfältig den Verband entfernt hatte, schüttelte sie den Kopf. „Verdammt, Jack! Das sieht ziemlich übel aus. Wer hat dich verarztet? Derjenige hat echt keinen guten Job gemacht. Du hättest genäht werden müssen! Wurde die Wunde wenigstens gereinigt? Ich fürchte, sie hat sich entzündet. Wie ist das passiert?" Sie inspizierte die Verletzung, aber Jack konzentrierte sich darauf, dass sie zwischen seinen Beinen und direkt vor seiner Erektion hockte, die nur wenige Zentimeter von ihrem Gesicht entfernt war.

„Ich habe mich selbst verarztet. Das wird schon wieder. Keine Sorge!" Er fuhr jedoch zusammen, als sie mit dem Finger am Rand der Wunde entlangstrich. „Mist!", zischte Jack.

„Geh zu meinem Wagen und hol mir den schwarzen Rucksack aus dem Kofferraum. Zum Glück habe ich noch ein paar Verbandssachen von meiner letzten Reise dabei."

„Chrissy, können wir …"

„Nichts da, los, geh schon!" Sie zeigte auf die Tür. „Das sieht nicht gut aus, Jack. Es könnte sein, dass es genäht werden muss, und wahrscheinlich brauchst du Antibiotika. Ich werde inzwischen Wasser aufkochen, um meine Instrumente zu sterilisieren."

Nur mit seinen weißen Boxershorts bekleidet lief Jack nach draußen, überquerte den Rasen und marschierte mit dem größten Ständer, den er je in seinem Leben gehabt hatte, zu Chrissys Auto. Völlig verwirrt betete er, dass keiner der Nachbarn ihn so sah. Doch eigentlich war es ihm auch egal. Seine Gedanken waren ohnehin woanders, nämlich bei der halb nackten, unglaublich verführerischen Frau, die in seinem Haus die Krankenschwester spielte. Genau genommen waren nicht nur seine Gedanken in andere Regionen geschossen, sondern auch sein Blut – und zwar auf dem direkten Weg nach unten.

Er marschierte zurück ins Haus und zuckte zusammen, als er Chrissy in seinem schwarzen T-Shirt in der Küche stehen und Wasser aufkochen sah. Sie gehörte anscheinend zu den spät entwickelten Frauen, denn vor elf Jahren waren ihre Brüste definitiv nicht derartig üppig gewesen wie jetzt. Sie war schlank, jedoch an den richtigen Stellen – sprich an den Brüsten und am Hintern – ausgesprochen wohlgerundet. „Ich finde, das sollte die offizielle Uniform für Ärzte werden. Genauer gesagt, du bist hier in meinem Haus nicht länger willkommen, es sei denn, du trägst eins meiner T-Shirts und sonst nichts." Sie lachte, während sie fortfuhr, in der Küche herumzuhantieren. *Da ist es schon wieder, dieses Kichern. Es wird noch mein Untergang sein!*

„Okay, setz dich." Sie deutete auf einen Esszimmerstuhl, und gehorsam nahm er dort Platz. Drogo kam zu ihm. Der Hund schaute zu seinem Herrchen hoch, und es schien fast, als wäre er um Jack besorgt, denn er neigte seinen winzigen Kopf zur Seite und winselte leise. War das etwa Mitgefühl, oder hatte der Hund bloß Hunger? Eher Letzteres, entschied Jack. Als Chrissy den Hund anlächelte und meinte, sich bei ihm für die Umstände entschuldigen zu müssen, trippelte Drogo tatsächlich ein paar Schritte zur Seite. Der Hund bellte nicht, er biss nicht, und er gehorchte sogar. Er ließ Chrissy einfach Raum, damit sie arbeiten konnte. Jack begriff kaum, was eben zwischen Drogo, dem Satansbraten, und Chrissy, der Hundeflüsterin, geschehen war. Vermutlich war ihr nicht einmal bewusst, dass sie gerade mit Drogo kommuniziert hatte.

Als Chrissy begann, Jacks Wunde zu versorgen, arbeitete sie zügig, gewissenhaft und sicher, sie wirkte ganz auf ihre Aufgabe konzentriert. Alles, was die lustvolle, sinnliche Frau von soeben ausgemacht hatte, war wie weggewischt – trotz ihres anregenden Outfits. Sie schob sich einen weiteren Stuhl heran, setzte sich, bevor sie Pflaster, Schere, Verbandszeug, eine Nadel und diverse Fläschchen mit unterschiedlichen Flüssigkeiten aus ihrem Rucksack holte. Jack konnte nicht anders – sie war einfach so verführerisch nahe. Er fasste sie an der Taille und hob Chrissy hoch. Sie quietschte, doch er ließ sich nicht beirren, sondern ließ sie zwischen seinen gespreizten Oberschenkeln wieder runter. „Du willst mich verarzten? Na schön. Aber dann tu es hier. Zwischen meinen Beinen." Er griff nach ihrem Rucksack und zog ihn über den Tisch, damit sie leichter an ihn herankam. Mit ihren großen saphirblauen Augen schaute sie ihn an und lächelte. Das Verlangen kehrte in ihren Blick zurück. Irgendwann im Laufe der letzten Minuten hatte sie ihre Haare zu einem festen Knoten zusammengebunden, was ihr das Aussehen einer Bibliothekarin verlieh. Eine dieser Bibliothekarinnen, die vor allem in Männerträumen existierten. Während sie ihre Sachen vorbereitete, griff Jack unter den Saum des T-Shirts und streichelte ihren Schenkel bis hinauf zu ihrem Hintern. Sie schaute ihn an und rückte ihre Brille zurecht.

„Nimm die bloß nie ab. Du bist ein wahr gewordener Traum, weißt du das? Das bedient alle meine Fantasien", erklärte er und deutete auf sie.

„Oh, du stehst auf Doktorspiele? Soso." Mit dieser Bemerkung heizte sie seiner Fantasie erst richtig ein. Vergiss die Sache mit der unartigen Bibliothekarin, dachte er. *Sie ist eher eine unartige Ärztin.* Damit konnte er auch gut leben. Innerhalb von nur einer Stunde hatte er sich alle möglichen Rollenspiele ausgedacht, Krankenschwester, Bibliothekarin, Ärztin. Was zum Teufel war nur in ihn gefahren?

„Nein, Baby, ich stehe auf Spiele mit der sexy Chrissy." Er schlang ihr einen Arm um die schmale Taille, drückte sie eng an sich und begann, sie am Hals zu küssen.

„Ich muss mich konzentrieren, und du musst dich ganz gerade hinsetzen. Du bist ein furchtbarer Patient. Ich kann deine Hüfte nicht versorgen, wenn du dich vorbeugst."

Sie machte einen Schmollmund und lehnte sich ein Stückchen zurück, aber ihre Augen funkelten verschmitzt. Oh, sie spielte sein Spiel mit, und er würde jede einzelne Sekunde davon genießen.

„Entschuldigung, Doc. Es tut nur so weh. Vielleicht könntest du die Wunde küssen, damit sie schneller heilt?", jammerte Jack theatralisch.

Obwohl sie auf das Spiel einging, fuhr sie fort, sich um seine Verletzung zu kümmern. „Oh, du armer Junge. Wo tut es denn genau weh?"

Er wackelte bedeutungsvoll mit den Augenbrauen und ließ langsam den Blick zu seiner Mitte wandern. Sie lachte laut auf.

„Na ja, sobald ich hiermit fertig bin", sie deutete zu seiner Hüfte, „könnte ich vielleicht das küssen", meinte sie und zeigte auf seine unübersehbare Erektion.

Plötzlich war sie jedoch wieder ganz auf ihre Arbeit konzentriert. Sie zwang ihn, sich aufzurichten, und begann, Alkohol auf die offene Wunde zu reiben. „Das verdammte Zeug brennt wie Hölle!", protestierte er.

„Ach, stell dich nicht so an!" Als sie ihn weiterverarztete, zuckte er wieder zusammen und presste die Zähne aufeinander. „Übrigens hast du mir immer noch nicht erzählt, wie das geschehen ist."

„Willst du mich mit dieser Frage von den grauenvollen Schmerzen ablenken, die du mir gerade zufügst?" Er erschauerte erneut, da sie noch einmal etwas auf die Wunde träufelte.

„Nee. Das habe ich mit dem Flirten versucht. Jetzt bin ich einfach nur neugierig.“

„Letzte Woche wollte ich einen betrunkenen Autofahrer festnehmen, doch leider hat er sich mit einer zerbrochenen Flasche gewehrt. Weil er so betrunken war, habe ich nicht richtig aufgepasst. Ich hätte wachsamer sein müssen. Es war mein Fehler.“

„Wirst du in deinem Job häufig verletzt?“, erkundigte sie sich besorgt.

„Nicht wirklich. Es war ein Anfängerfehler.“

„Und du blutest seit einer Woche und hast niemanden mal draufschauen lassen?“

„Nein. Es war schon fast verheilt, aber bei dem Kampf gestern Abend wurde ich getreten, und die Wunde ist wieder aufgeplatzt. Ich habe sie selbst verbunden.“ Wenn Jack je hätte Chrissys volle Aufmerksamkeit auf sich ziehen wollen, dann hatte er das gerade geschafft, denn sie erstarrte.

„Kampf?“

„Ja. Die Sache, bei der Slade und ich gestern für Schlagzeilen gesorgt haben.“

„Soll das heißen, dass du auch kämpfst?“

„Ja, sicher. Das wusstest du doch. Erinnerst du dich an die Sandwiches? Wir haben doch schon darüber geredet.“

„Das ist hundert Jahre her. Ich dachte, du wärst erwachsen geworden. Du hast einen vernünftigen Job. Du meine Güte, du bist Polizist, Jack! Was soll denn das Kämpfen?“ Während sie sprach, kümmerte sie sich weiter sorgfältig um seine Verletzung. Sie presste die Mullbinde jedoch ein wenig fester als nötig auf die offene Stelle.

„Hey, lass deinen Unmut nicht an meiner Wunde aus. Könntest du bitte ein wenig sanfter mit mir umgehen?“ Ganz offensichtlich konnte sie das nicht, denn er musste schon wieder die Zähne zusammenbeißen, weil es so verdammt schmerzte.

„Also bist du tagsüber Polizist und abends Boxer? Ich begreife das nicht."

„Nein, ich bin immer Polizist – Tag und Nacht. Und ich bin kein Boxer. Hast du schon mal von MMA gehört? Mixed Martial Arts? Es ist eine Vollkontaktsportart. Dazu gehören Boxen, Judo, Kickboxen und Jiu-Jitsu, alles zusammen. Wenn ich nicht arbeiten muss, trainiere ich, und ein paarmal im Jahr kämpfe ich auch. Es ist ein Hobby, das gut bezahlt wird, wenn ich gewinne. Ich liebe es, und ich bin gut darin."

„Du sagst das so, als wäre es 'ne gute Sache."

„Nein, es ist keine gute Sache, aber auch keine schlechte. Es ist einfach das, was wir gerne tun. Was wir schon immer getan haben. Ich mache es aus Spaß. Dein Bruder, um sich damit seinen Lebensunterhalt zu verdienen. Er ist ein Profi-MMA-Fighter. Ich dachte, du wüsstest das."

„Natürlich wusste ich das, aber ich habe euch beide nie richtig kämpfen sehen. Ich habe ja häufiger versucht, mich zu einem dieser Hinterhof-Kämpfe zu schleichen, aber du hast mich immer nach Hause gebracht, ehe ich irgendetwas richtig mitbekam. Als Slade schließlich Profi wurde, war ich schon nicht mehr in der Stadt. Und ich war immer davon ausgegangen, dass du, nachdem du Cop geworden warst, mit dem Kämpfen aufgehört hast. Ich verstehe das Ganze einfach nicht, es ist so brutal. Und was hat es Slade eingebracht? Ich muss ihn morgen mit einer Kaution aus dem Gefängnis holen, falls du das vergessen haben solltest. Sag doch noch mal, weshalb wird er angeklagt?"

Jack antwortete nicht, und sie legte ihm schweigend den Verband an, bevor sie fortfuhr: „Du musst den Verband täglich wechseln. Du hättest genäht werden müssen. So wirst du eine Narbe zurückbehalten. Aber ...", sie atmete tief durch, „wahrscheinlich findest du so eine Narbe auch noch toll. Damit kannst du ja gegenüber den anderen Kerlen angeben", stellte sie ungerührt fest und begann, ihre Sachen wieder einzupacken. „Und auch gegenüber den Groupies, die die großartigen Fighter, die anderen in den Arsch treten, heiß und innig lieben."

Jack stand auf und half ihr beim Einpacken. Sofort begann Drogo wieder zu kläffen. „Dein Bruder hat gestern Abend nichts falsch gemacht. Ich war schon weg, als das passiert ist, aber ich kenne ihn besser als sonst jemand. Ich weiß, dass er einen guten Grund gehabt hat. Ich wollte morgen früh mit Chief Lyon sprechen, damit Slade wieder freikommt."

„Warum hast du nicht heute schon dafür gesorgt? Das hätte uns allen diesen Ärger erspart. Ich wäre nicht hergekommen, und wir würden uns jetzt nicht streiten." Chrissy blickte zu Boden. „Drogo, Schluss jetzt!", sagte sie streng. Der Hund verstummte.

Jack runzelte die Stirn, sowohl Chrissys Kommentar als auch Drogos Treulosigkeit irritierten ihn. Er zog Chrissy zu sich heran und beugte sich zu ihr, um ihr in die Augen schauen zu können. „Erstens hatte ich keine Ahnung, dass er dich anrufen würde. Normalerweise meldet er sich bei mir…"

„Normalerweise? Soll das heißen, dass das öfter passiert?"

„Kannst du nicht wenigstens einmal zuhören?" Er umschloss ihre Lippen mit Daumen und Zeigefinger. „Zweitens fand dieser Kampf nicht während unseres Matches statt. Es geschah hinterher. Es ist eine lange Geschichte, die er dir lieber selbst erzählen sollte, aber eins kann ich dir verraten: Es ging um eine Frau. Ich fand, er könnte ruhig mal eine Nacht eingesperrt bleiben, damit er sich beruhigt. Und zu guter Letzt, verdammt, ich könnte nicht glücklicher sein, dass du hier bist. Also stört es mich nicht im Geringsten, dass er dich angerufen hat."

„Ich hasse es, dass mein Bruder ein professioneller Kämpfer ist. Ich hasse Gewalt. Ich habe einen Eid geleistet, Menschen zu helfen, und ihr zwei Idioten lasst euch zu blutigem Brei schlagen, mein Bruder für Geld und du – wofür? Zum Spaß?"

Inzwischen schrie sie ihn an. „Und ich hasse es, Idiotektomie vorzunehmen. Ich …“

„Was hast du gesagt?“

„Idiotektomie. So nenne ich es, wenn ich jemanden zusammenflicken muss, weil er etwas Idiotisches getan hat. Und was du machst – deine Kämpferei – ist idiotisch! Vielleicht sogar noch idiotischer als die von Slade, denn du tust es aus Spaß!“

„Ich wurde nicht beim Match verletzt. Ich habe mir die Wunde während meiner Arbeit zugezogen. Und fang gar nicht erst an, dich über die Verletzungsgefahr in meinem Job auszulassen! Manchmal werde ich verwundet, ja. Das gehört dazu, wenn man Polizist ist. Ich bin gut in meinem Job, Chris, aber Shit happens. Wie auch immer, ich vermute mal, dass es dir ohnehin egal ist – anscheinend bin ich in deinen Augen einfach nur ein Idiot. Danke, dass du das Einzige, was ich, abgesehen von meinem Job, noch gern tue, so runtermachst. Vermutlich ändern sich einige Dinge wirklich nie. Du bist immer noch eine selbstgerechte Zi…“ Er sah, wie sie zusammenzuckte, gerade als er es aussprechen wollte. Sofort hielt er inne, doch es war zu spät.

„Zicke? Sag es doch einfach! Keine Angst, ich habe schon schlimmere Beleidigungen zu hören bekommen. Ich bin ein großes Mädchen, ich kann damit umgehen.“ Drogo hüpfte bellend auf und ab, um sich in den Streit einzumischen. Chrissy warf sich ihren Rucksack über die Schulter, machte einen großen Schritt über den kläffenden Hund hinweg und stieß Jack zur Seite. Kurz bevor sie die Haustür erreicht hatte, schrie sie: „Übrigens, du bist immer noch ein Idiot, Jack Daniels!“ Zornentbrannt stapfte sie aus dem Haus und schlug die Tür hinter sich zu.

Nachdem sie im Haus nebenan angekommen war, bemerkte sie, dass Jack ihr schon auf den Fersen war, nur Drogo fehlte.

„Was soll das? Geh nach Hause! Kümmere dich um deinen Chihuahua. Pitbull? Dass ich nicht lache!“ Sie kam jetzt richtig in Fahrt. „Ich hoffe, du glaubst nicht, dass wir jetzt noch, du weißt schon …“

Sie stieß die Tür auf, aber er blieb direkt hinter ihr.

„Was? Vögeln? Du kannst das Wort ruhig aussprechen … Schließlich bist du doch ein großes Mädchen, oder nicht? Ja, wir werden immer noch vögeln. Aber nicht heute Abend. Heute wollte ich nur sicherstellen, dass du sicher ins Haus kommst.“

„Wir?“ Aufgebracht wirbelte sie zu ihm herum. „Du und ich, das wird nie im Leben passieren. Es gibt kein *wir*. Ich gehe nicht mit bösen Jungs aus, geschweige denn, dass ich mit ihnen *vögele*. Ich halte nichts von One-Night-Stands! Und ich hasse brutale Männer! Vergiss, was passiert ist! Es war ein riesiger Fehler. Du warst früher, als wir noch Kinder waren, schon ein Mistkerl, und das werde ich nie vergessen! Was da vorhin geschehen ist, war ein Ausrutscher meinerseits. Soweit ich mich erinnere, hasst du mich. Ich war immer nur Slades kleine lästige Schwester für dich.“

Plötzlich wusste Jack nicht genau, ob er sie einfach schütteln sollte. Oder sie zu Boden werfen und es direkt hier und jetzt mit ihr treiben, um sie zum Schweigen zu bringen. Er entschied, dass zu diesem Zeitpunkt wohl keine der beiden Möglichkeiten die richtige war. „Wenn du dich irgendwann beruhigt hast, werde ich dich über diese Couch dort beugen.“ Er drehte sie nicht gerade zimperlich herum, damit sie das Sofa sehen konnte, ehe er ihr ins Ohr flüsterte: „Ich werde dir dieses winzige Teil, das du Slip nennst, mit meinen Zähnen vom Leib reißen, dich von hinten lecken, und wenn du dann schön feucht und bereit bist, werde ich dich so hart vögeln, dass du dich nicht einmal mehr an den hippokratischen Eid wirst erinnern können.“ Ihre Brust hob und senkte sich. Jack, der noch immer hinter ihr stand, knabberte an ihrem Hals und küsste sie direkt hinters

Ohr. Er wusste, dass sie erregt war, aber er wusste auch, wenn sie jetzt miteinander schliefen, dann würde es aus einer Wut heraus geschehen, und es würde nur ein einziges Mal passieren. Und nur einmal mit dieser Wahnsinnsfrau zu schlafen war definitiv nicht genug. Er wandte sich um, marschierte hinaus und knallte die Tür hinter sich zu.

Nach einer schlaflosen Nacht, in der sie sich hin und her gewälzt hatte, zog Chrissy einen dezenten schwarzen Hosenanzug an, kämmte sich das Haar zurück und schlang es zu einem Knoten, bevor sie wenig Make-up auflegte, um sich anschließend auf den Weg zum Gericht zu machen. Am Abend zuvor hatte sie Mr. Robertson angerufen, den einzigen Kautionsagenten der Stadt, und hatte ihn engagiert. Er wartete bereits vor dem Gericht auf sie.

„Das ist ja die kleine Chrissy Martin! Na, das ist ja lange her, seit du dich hier mal hast blicken lassen. Tut mir leid, dass der Ärger, den sich dein Bruder eingehandelt hat, der Grund für deine Rückkehr ist. Wir haben dich hier vermisst. Du warst immer solch ein Sonnenschein."

Chrissy lächelte. Bevor sie aufs College gegangen war, bevor all das verfluchte, beschissene Geschehen sie zu einer Zynikerin gemacht hatte, hatte sie wirklich ein sonniges Gemüt besessen. Sie hatte ehrenamtlich im Tierheim geholfen, hatte bei einigen Kindern im Ort den Babysitter gespielt und war immer freundlich zu allen Leuten gewesen.

„Weißt du, ich war ganz überrascht, als du angerufen hast. Es gab ja mal 'ne Zeit, da hat dein Bruder mich ziemlich auf Trab gehalten. Grober Unfug, Trunkenheit in der Öffentlichkeit, Kneipenschlägereien … Du weißt schon, das Übliche."

Chrissy seufzte. „Wie lange ist seine letzte Verhaftung her?"

„Ich schätze mal, so ungefähr ein Jahr."

Na, das war ja immerhin etwas! Während des vergangenen

Jahres war er also endlich erwachsen geworden und hatte mit all dem Blödsinn aufgehört, oder er war einfach nur nicht erwischt worden. Sie hoffte, es war Ersteres, fürchtete aber, dass es sich wohl eher um Letzteres handelte.

Mr. Robertson erklärte ihr das Vorgehen, und dann setzten sie sich hin und warteten darauf, dass Slades Fall aufgerufen wurde. Sie sah, wie Jack hereinkam. Er trug Zivilkleidung und nahm einige Reihen hinter ihr Platz, schaute jedoch nicht zu ihr. Als Slades Fall schließlich verhandelt wurde, sagte der Richter ein paar Worte, danach redete noch der vom Gericht bestellte Staatsanwalt, und innerhalb weniger Minuten, ehe Chrissy recht begriff, dass es begonnen hatte, war das Ganze auch schon wieder vorbei.

„Okay, Kleines. Hast du das alles verstanden?“, fragte Mr. Robertson sie. Sie schüttelte den Kopf. Aus dem Augenwinkel sah sie, dass Jack jetzt direkt hinter ihr stand.

„Da dies nicht sein erstes und einziges Vergehen war, und weil es sich bei dem angeblichen Opfer um den Neffen des Bürgermeisters handelt, wurde die Kaution auf dreißigtausend Dollar festgelegt. Ich bürge für diese Summe, und ihr zahlt mir ein Honorar in Höhe von zehn Prozent – also dreitausend Dollar.“

„Halt, Moment! Sind dreißigtausend Dollar Kaution nicht ein bisschen sehr hoch?“, fragte Chrissy.

Sie spürte Jacks Hand zwischen den Schulterblättern und wusste, er wollte ihr damit signalisieren, dass er sie unterstützte, sowohl physisch als auch psychisch. Er beugte sich vor und flüsterte: „Der Typ hatte schon lange mal eine verpasst verdient, Chris, aber er ist trotzdem noch der Neffe des Bürgermeisters, und dies hier ist eine Kleinstadt. Keine Sorge, ich werde alles daransetzen, damit die Anklage fallen gelassen wird.“ Sie sah ihn an und schob die Brille hoch, als er sie aufmunternd anlächelte. „Keine Angst, das wird schon wieder.“

„Komm, Kleines. Hier längs." Der Kautionsagent führte sie durch eine Reihe von Türen und ging mit ihnen einen Flur entlang, bis sie an einen Tresen traten, wo Chrissy den Scheck sowie weitere Papiere ausfüllen sollte.

„Na, wer ist denn da mal wieder in der Stadt? Die geschätzte Frau Doktor!" Melinda, eine dünne Frau Anfang vierzig, kam um den Tresen herum und umarmte Chrissy.

„Hey, Mels. Lange her. Wie ist es dir so ergangen?"

„Nicht so gut wie dir, Schätzchen. Schau sich das einer an, schicke Klamotten und so glänzendes Haar! Du siehst toll aus!"

„Oh, danke." Chrissy errötete. Sie hatte eigentlich keine Lust auf Small Talk, aber Melinda war schon immer recht geschwätzig gewesen. Genau genommen waren eigentlich alle in der Stadt ziemlich geschwätzig.

„Weißt du, mein Bruder Miles ist gerade geschieden worden. Erinnerst du dich noch an Miles? Er ist auch Arzt. Ein Chiropraktiker. Du solltest mal vorbeikommen, um ihn zu treffen. Wie wäre es morg…"

„Hey, Mels", unterbrach Jack sie. „Chrissy hatte keinen besonders tollen Morgen. Meinst du, du kannst deine Verkupplungsversuche auf ein andermal verschieben? Ich bin sicher, sie ruft dich bald mal an, um das mit dir zu besprechen." Chrissy verspürte den Drang, ihn zu umarmen, aber sie wollte auch nicht unhöflich sein. Sie erinnerte sich an Miles. Obwohl er ungefähr zehn Jahre älter war als sie, wusste auch sie – wie jeder andere –, dass er alles anbaggerte, was nicht bei drei auf den Bäumen war. Er war kein übler Kerl, nur ein wenig zu alt und zu aufdringlich für ihren Geschmack.

„Oje, Schätzchen, es tut mir leid. Natürlich. Wir sprechen gegen Ende der Woche noch mal darüber. Jetzt lass uns den Papierkram erledigen, damit ich Slade freilassen kann."

Chrissy nickte und zwang sich zu einem freundlichen Lächeln.

„Geht es dir gut?“, fragte Jack, während sie auf Slade warteten.

Sie zuckte mit den Schultern. „Ich hatte schon bessere Tage.“ Sie stützte die Ellenbogen auf ihren Knien ab und vergrub das Gesicht in den Händen.

Jack setzte sich neben sie und streichelte ihr den Rücken. „Brauchst du Hilfe in Bezug auf das Geld, Chris?“

„Nein, das habe ich. Aber danke“, antwortete sie, ohne den Kopf zu heben. „Oh Gott, wehe er verlässt die Stadt. Dann bringe ich ihn um! Weißt du, dass er glaubt, ich sei reich, weil ich Ärztin bin?“ Sie drehte den Kopf zur Seite, um ihn anzuschauen, wobei ihre Brille wieder verrutschte. „Bin ich nämlich nicht. Reich, meine ich. Seit ich mit der Ausbildung fertig bin, habe ich im Grunde nur Freiwilligendienste abgeleistet. Das hat mir zwar geholfen, das Studentendarlehen zurückzubezahlen, das ich für das Medizinstudium gebraucht habe, doch mein Konto hat ziemlich darunter gelitten. Aber es hat mir Spaß gemacht. Um die ganze Welt zu reisen und anderen zu helfen – das ist wirklich aufregend. Ich wünschte, ich könnte noch mehr tun, um zu helfen.“ Sie blickte wieder nach unten. „Keine Ahnung, warum ich dir das alles erzähle, da wir gestern Abend ja nicht gerade im Guten auseinandergegangen sind. Das ist mir unangenehm.“

„Weil du mich schon ewig kennst. Weil dein Bruder und ich uns so nahestehen. Weil du mir vertrauen kannst. Du kannst mir alles sagen, das weißt du, oder?“ Jack beugte sich vor und gab ihr einen Kuss auf die Stirn, so als wäre sie seine kleine Schwester. Dabei wollte sie nach dem gestrigen Abend von ihm unter keinen Umständen wie eine kleine Schwester behandelt werden. Nein, das konnte man auch streichen – sie wollte nicht, dass Jack überhaupt an sie dachte. *Du bist hier, um Slade aus dem Gefängnis zu holen, und dann verschwindest du wieder. Kurz rein in die Stadt und wieder raus. Das ist der Plan.* Aber

Jack verhielt sich so lieb, und Gott, er war ein so heißer Typ. So verdammt heiß. *Schwester? Igitt! Wie eklig.*

„Die Sache mit gestern Abend tut mir wirklich leid", meinte sie zu ihm. „Ich wollte nicht so gemein sein. Ich war nur … Na ja, ich war sehr überrascht. Diese ganze MMA-Sache kam einfach … so unerwartet."

„Ich vergebe dir", meinte er lächelnd.

Sie war überwältigt von all den Gefühlsregungen der letzten vierundzwanzig Stunden, ganz zu schweigen von dem Minus, das dieses kleine Fiasko auf ihrem Konto hinterlassen würde. „Der Neffe des Bürgermeisters." Sie schüttelte den Kopf. „Slade ist ein Idiot. Weißt du jetzt, warum ich Gewalt hasse?" Sie setzte sich wieder auf und schaute ihn direkt an, doch ehe Jack etwas erwidern konnte, kam ein Mann, den sie nie zuvor gesehen hatte, auf sie zu.

„Jack", begrüßte der Mann ihn.

Jack stand auf und streckte ihm die Hand entgegen. „Cain, Kumpel, wie geht's?"

„Wie lief's bei der Anklageerhebung?"

„Dreißigtausend Dollar, Alter. Seine Vorstrafen und die Tatsache, dass es sich um den Neffen des Bürgermeisters handelte, waren nicht gerade hilfreich."

Der Mann schüttelte den Kopf. „Habt ihr die Kohle?"

Chrissy sah zwischen den beiden hin und her. Dieser andere Typ, der furchterregend ernst wirkte und genauso groß wie Jack war, schien definitiv kein Freund großer Worte zu sein.

„Ja, Mann, das läuft. Seine Schwester hat das Geld." Jack blickte zu Chrissy hinunter. „Cain, das ist Chrissy, Slades Schwester. Chrissy, das ist Cain, ein Freund."

Cain deutete eine Art Nicken an.

War das ein Hallo? Eingeschüchtert und nicht sicher, was diese kleine Interaktion bedeuten sollte, lächelte Chrissy ihm zu. Sie war froh, dass Slade offensichtlich noch einen Freund hatte, der ihm notfalls zu Hilfe eilen konnte.

„Du hast diesen Jas ja richtig schön fertiggemacht. Hab gehört, dass er eine Weile nicht mehr kämpfen wird. Man munkelt, dass ihm so viel Blut aus der Nase geströmt ist, als sie ihn ins Krankenhaus gebracht haben, dass sie schon dachten, er bräuchte eine Blutkonserve." Cain streckte seine Faust aus, und wie in einem alten Ritual schlug Jack mit seiner Faust dagegen.

Jack strahlte. „Danke, Alter, freut mich zu hören. Der Typ war riesig. War mir nicht mal sicher, ob ich gewinnen würde."

Cain blickte hinunter zu Chrissy, die bleich geworden war, bevor er sich wieder an Jack wandte. „Wie ich sehe, habt ihr hier alles unter Kontrolle. Wir sehen uns."

„Bis später, Mann", sagte Jack, als Cain sich umdrehte und verschwand.

Während Chrissy noch dabei war, diese Unterhaltung zu verdauen und sich darüber wunderte, wie ruhig und stolz die beiden über diesen barbarischen Sport und die Verletzungen, die Jack seinem Gegner zugefügt hatte, gesprochen hatten, öffneten sich die Türen, und Slade spazierte heraus. Schlenderte, genauer gesagt.

„Hallo, Schwesterchen. Danke, dass du mich gerettet hast." Er beugte sich vor und küsste Chrissy liebevoll auf die Wange. Danach drehte er sich zu Jack um und verpasste ihm einen spielerischen Schlag auf den Arm.

„Fuck, Mann! Wieso hast du mich nicht gestern schon hier rausgeholt?"

Slade war größer als Jack, mindestens einen Meter zweiundneunzig. Aber genau wie Jack war er ziemlich kräftig. Seine enorme Statur machte Slade zum geborenen Fighter. Er besaß einen breiten Oberkörper, und sein Bizeps und die Muskeln in den Unterarmen schwollen jedes Mal an, wenn er gestikulierte. Während Jack so gut wie keine Haare auf dem Kopf hatte, kräuselten sich Slades schwarze Haare, die er nach hinten gekämmt trug, im Nacken. Er würde es Conan, dem Barbaren, alles andere als leicht machen. Ein großes dunkles Tattoo lugte am Halsausschnitt seines T-Shirts hervor, und ein weiteres zierte seinen rechten Unterarm. Das waren jedenfalls die beiden, von denen Chrissy wusste. So wie sie hatte auch Slade durchdringend blaue Augen und lange schwarze Wimpern.

„Alter, du musstest erst mal ein wenig runterkommen! Ich habe dir einen Gefallen getan. Was zum Teufel ist passiert, nachdem ich weg war?“ Jack sah sich um, als würde ihm auf einmal bewusst werden, wo sie sich befanden. „Nein, warte, lass uns nach drüben gehen und im EE’s frühstücken. Da kannst du uns dann alles erzählen.“

Chrissy kam sich winzig vor zwischen den beiden Gladiatoren. Aber während die meisten Frauen, und vermutlich sogar nicht wenige Männer, sich von ihnen eingeschüchtert fühlen würden, war sie das nicht im Geringsten. Dies waren doch dieselben Jungs, die sich mit fünfzehn mit Mrs. Daniels’ teurem Eyeliner Ringe unter die Augen gemalt hatten, um sich zu tarnen, bevor sie losgezogen waren, um das Nachbarhaus mit Toilettenpapier einzuwickeln. Dummerweise waren sie innerhalb von fünf Minuten erwischt und nach Hause gebracht worden, wo sie sich dem Zorn von Dad und Mr. Daniels stellen mussten. So viel Tarnung im Gesicht, und dann zogen sie gelbe T-Shirts und weiße Shorts an! Wie doof konnte man eigentlich sein?

Chrissy musste doppelt so viele Schritte machen, um mit den beiden mithalten zu können, doch sie gab schnell auf. Noch bevor sie die Straße überquerten, um zum Diner zu gelangen, weigerte sie sich, auf ihren hohen Absätzen ein solches Tempo vorzulegen. Also passte sie ihren Gang ihrer Größe von einem

Meter fünfundsechzig an. Sie würde sich einfach mit ihnen im Restaurant treffen. Nachdem sie achtzehn Jahre lang hinter diesen beiden Dummköpfen hergetrottet war, hatte sie sich daran gewöhnt, von ihnen ignoriert zu werden. Als die Männer die Kreuzung erreichten, sah sie, dass Slade in beide Richtungen schaute, ehe er die Straße überquerte, und auch Jack sah nach rechts und links, ehe er nach hinten blickte. „Was tust du da?", rief er Chrissy zu.

„Gehen."

Er lief zu ihr. „Warum so langsam?"

„Ich bin nicht langsam. Ihr Kerle habt irre lange Beine. Da kann ich nicht mithalten. Beim nächsten Mal bringe ich mir Rollschuhe mit."

„Chrissy, tut mir leid."

„Ach, vergiss es. Ist doch keine große Sache."

„Für mich schon. Komm." Jack passte sich ihren Schritten an, und als sie an der Kreuzung ankamen, legte er ihr in Taillenhöhe die Hand auf den Rücken, um sie hinüberzugeleiten und zu beschützen.

Kaum hatten sie das kleine Restaurant betreten, wurden sie von einer molligen älteren Frau mit rosa Pausbacken freundlich begrüßt. „Hey, Jack! Hab dich ja eine Weile nicht mehr gesehen. Hab von der Kneipenschlägerei gestern gehört. Gut, dass du diese Rabauken dingfest gemacht hast. Earl und ich haben schon gesagt, wie stolz wir auf dich sind, Junge. Ich weiß noch, wie du ein kleiner Bengel warst und …" Sie brach mitten im Satz ab, als sie Chrissy an seiner Seite bemerkte. „Oh, ist das zu fassen!" Sie klatschte in die Hände. „Ist das wirklich die kleine Chrissy? Ich hab dich ja eine Ewigkeit nicht gesehen. Komm her, Schätzchen!" Sie streckte die Hände nach Chrissy aus und umarmte sie.

„Esther! Wow, wie schön, Sie zu treffen! Wie ich sehe, führen Sie hier immer noch das Regiment."

„Natürlich. Wir sind seit fünfunddreißig Jahren an diesem Ort und haben nicht vor, in absehbarer Zeit zu verschwinden. Earl würde zugrunde gehen, wenn er nicht jeden Tag in diesen alten Schuppen kommen könnte. Wie lange bist du in der Stadt?"

„Nur ein paar Tage."

„Sehr schön. Mein Sohn Jeffrey ist auch hier. Vielleicht kannst du mal zum Essen vorbeikommen. Ich glaube, ihr zwei habt ganz viel gemeinsam. Erinnerst du dich an Jeffrey?"

„Oh … äh, ja, ich glaube schon, Esther. Das hört sich supernett an, aber ich bin ja nur für ein oder zwei Tage hier, und dann muss ich zurück nach Hause. Vielleicht beim nächsten Mal."

Was ist los zum Teufel? Habe ich ein Schild auf meiner Stirn kleben, auf dem steht „Suche dringend Ehemann"?

„Na, dann setz dich, Schätzchen. Ich sage Earl Bescheid, dass du da bist. Er freut sich bestimmt, dich zu sehen."

„Wenn du an einem Date, einem Freund und/oder heißem Sex interessiert bist, kenne ich da jemanden, mit dem ich dich verkuppeln könnte", flüsterte Jack ihr ins Ohr.

Chrissy stieß ihm einen Ellenbogen in die Seite. „Du meine Güte, ich scheine ja wirklich tiefste Verzweiflung auszustrahlen! Wenn noch irgendjemand versucht, mich mit seinem Sohn, Neffen oder irgendeinem anderen männlichen Verwandten zu verkuppeln, dann schreie ich."

Jack schnaubte amüsiert.

Ihre Stimmung hob sich wieder, als sie zu der Nische gingen, in der ihr Bruder bereits saß. Sie rutschten auf die Bank gegenüber von Slade.

„Wieso habt ihr so lange gebraucht? Ich bin am Verhungern. Wisst ihr überhaupt, was für einen Scheiß sie einem da drüben servieren?" Slade deutete mit dem Daumen in Richtung Gefängnis.

Jack wollte gerade antworten, aber Chrissy legte ihm eine

Hand auf den Oberschenkel und drückte leicht zu. Er fuhr mit dem Kopf zu ihr herum und sah, dass sie ihn mit ihrem Blick anflehte, nichts zu erwidern. Sie wollte sich mit Slade nicht streiten.

Slade war es völlig entgangen, dass sie nicht mit dem Tempo der Männer hatte mithalten können. Es war ihm völlig egal, ob sie ihm die Kaution überwies oder persönlich kam. Sicher, sie hatten während der vergangenen elf Jahre immer mal wieder telefoniert; sie hatten zwar nur über belanglose Sachen gesprochen und meist nur kurz, aber sie waren in Kontakt geblieben. Zuletzt hatte sie ihn vor zehn Jahren gesehen, zur Beerdigung ihres Vaters. Die Worte, die er ihr da an den Kopf geworfen hatte, waren der Grund, warum sie sich entschieden hatte, nicht wieder in ihre Heimatstadt zurückzukehren. Sie hatten sich für immer in ihr Gedächtnis eingebrannt. „Das ist alles dein Fehler, Chrissy. Du hättest mich sofort anrufen sollen, schon beim ersten Mal, als der Typ dich angefasst hat. Sobald du in der Stadt warst, hättest du dich bei mir melden und mir erzählen müssen, was da abging. Du wusstest, dass Dad sich sofort ins Auto setzen würde, um die Sache ins Reine zu bringen. Du wusstest, dass er jähzornig war und seine kleine vollkommene Tochter beschützen würde. Du wusstest das! Es war egoistisch von dir, erst nach Hause zu kommen, als der ganze Mist außer Kontrolle geraten war, statt uns schon vorher mal Bescheid zu sagen. Ehe es so schlimm wurde. Und jetzt habe ich meinen Dad verloren. Jetzt habe ich niemanden mehr."

Er hatte an dem Abend sehr viel getrunken und ziemlich undeutlich geredet, doch die Wahrheit hatte in seinen feuchten Augen gestanden. Jack hatte von dem Streit nichts mitbekommen, weil er mit seinen Eltern auf der anderen Seite des Beerdigungsinstituts gestanden und sie getröstet hatte. Aber Chrissy war überzeugt davon, dass auch er etwas getrunken hatte, denn sein Blick wirkte glasig, sein Gang unsicher, und als er sie begrüßt hatte, war seine Umarmung ein wenig zu fest gewesen.

Letztlich hatte Slade seine Schwester immer als selbstverständlich betrachtet. Er glaubte, weil sie Ärztin war, konnte sie es sich leisten, die Kaution für ihn zu bezahlen. Er machte sie für den Tod ihres Vaters verantwortlich. Und weil die Schuldgefühle sie innerlich auffraßen, gab sie sich keine Mühe, sich zu verteidigen. Sie hatte das Gefühl, ihm etwas schuldig zu sein, denn wäre sie nicht gewesen, wäre ihr Vater heute noch am Leben. Daher waren seine schnellen Schritte es nicht wert, darüber mit ihm zu streiten.

Slade studierte die Speisekarte und bemerkte den stummen Austausch nicht. Jack griff unter den Tisch und drückte Chrissys Hand, die noch immer auf seinem Schenkel lag. Die Kellnerin kam zu ihnen, nahm ihre Bestellung auf und brachte Wasser und Kaffee. Und die ganze Zeit über blieben Jacks und Chrissys Hände unter dem Tisch aufeinander liegen.

Nur kurz rein und wieder raus aus der Stadt, Chrissy. Händchenhalten ist nicht Teil des Plans, ermahnte sie sich. Jack hatte ihre Hand herumgedreht und zeichnete kleine Kreise auf ihre Handfläche, bevor er über ihr Handgelenk strich. *Oh Gott, worauf lasse ich mich hier gerade ein?*

Jack sah zu Slade. „Na los, fang an zu erzählen, Bruder."

Slade griff nach seinem Kaffeebecher, und Chrissy bemerkte das leichte Zittern in seiner Hand. Sie zog die Augenbrauen zusammen, was Slade anscheinend mitkriegte, denn er stellte den Becher hastig wieder ab und legte die Hände unter dem Tisch in den Schoß, bevor er anfing zu sprechen.

Als Slade mit seiner Geschichte begann, griff Chrissy automatisch in ihre chaotische Handtasche und suchte nach den antibakteriellen Feuchttüchern, die sie irgendwo da drin haben musste. Dort befand sich eigentlich alles, was sie irgendwann einmal würde brauchen können. Ihr Kopf steckte schon fast in ihrer überdimensionalen Tasche, da berührte Jack sie am Unterarm, um ihre Aufmerksamkeit zu erregen. „Chrissy? Was soll diese Schatzsuche?"

Sie fuhr hoch und sah die beiden Männer an. „Entschuldigung. Achtet nicht auf mich. Erzähl einfach weiter."

„Weitererzählen?", meinte Slade. „Ich kann ja gar nicht richtig anfangen, so wie dieses riesige Teil den halben Tisch einnimmt, und bei all dem Lärm, den du …"

„Ah! Gefunden." Sie schob die Tasche zur Seite, packte eine kleine Tube auf den Tisch und ein Folienpäckchen, wovon sie eins aufriss. Dann lehnte sie sich über den Tisch.

Slade zuckte zurück. „Was zum Teufel soll das, Chris? Ist das ein Kondom?"

„Du bist so ein Blödmann!" Sie stieß laut hörbar die Luft aus. „Das sind ein antibakterielles Feuchttuch und eine antibakterielle Salbe. Hör auf, dich wie ein kleiner Junge zu benehmen, und lass mich das auf deinen Hals streichen. Ich wette, sie haben die Wunde im Gefängnis nicht einmal gesäubert. Wahrscheinlich hat sie sich schon entzündet."

„Nein, Chrissy, im Gefängnis gibt es keine nette Krankenschwester, die einen badet und wickelt. Führ dich hier nicht wie eine fürsorgliche Mutter auf. Lass meine Wunde in Ruhe und hör dir an, was ich erzählen will."

Chrissy ignorierte ihn und beugte sich über den Tisch. Ihr Hintern befand sich praktisch direkt vor Jacks Nase. Sie säuberte die Wunde und strich etwas von der Salbe darauf, während die beiden Männer sie schweigend beobachteten. Als sie fertig war, setzte sie sich wieder auf ihren Platz. Danach schaute sie Jack und Slade an. „Was?"

„Du bist meine kleine Schwester, aber du benimmst dich, als wärst du die Ältere von uns beiden."

„Ich bin Ärztin. Deshalb habe ich das getan." *Das ist eine Lüge.* „Und außerdem, wenn der große Bruder sich wie ein

Riesenidiot verhält, der kämpft wie ein Berserker und sich verhaften lässt, wie soll er sich denn da um seine kleine Schwester kümmern?" Jack nahm unter dem Tisch Chrissys Hand und legte sie wieder auf seinen Oberschenkel.

Slade schien ihre Worte einen Moment lang zu überdenken, ehe er sich räusperte und zu reden begann. „Okay, also nachdem du nach dem Kampf verschwunden warst, Jack, habe ich meine Sachen zusammengesucht und wollte gerade zu meinem Wagen gehen. Diese hübsche Kleine, Jessica – du weißt schon, die heiße Brünette, die ich seit Monaten versuche anzubaggern. Die, die an der Bar im Pier arbeitet – na ja, die sprach mich an. Sie erzählte mir, dass sie sich endlich von Dennis getrennt hätte. Da habe ich sie zu einem Date eingeladen. Wieder einmal. So wie schon hundert Mal vorher. Aber diesmal hat sie eingewilligt. Ich habe sie zu ihrem Wagen begleitet und nur mit ihr geredet, als ich plötzlich von hinten angegriffen wurde. Auf echt feige Art. Als ich mich umgedreht habe, hat dieser Drecksack Dennis versucht, mir einen Schlag zu verpassen. Ich habe mich geduckt und dann mit zwei Hieben gekontert. Dabei habe ich ihm anscheinend eine Rippe gebrochen. Doch dann hat sich dieser Mistkerl auf Jessica gestürzt. Was zum Teufel sollte ich denn tun? Sollte ich danebenstehen und zusehen, wie der Mann eine Frau schlägt?" Slade blickte zu Chrissy, deren Körper plötzlich unter Hochspannung zu stehen schien, und Jack spürte in seinen Fingerspitzen, wie sich ihr Pulsschlag erhöhte. Aber als Slade sich wieder an Jack wandte und mit seiner Erklärung fortfuhr, entspannte Chrissy sich sofort wieder. Jack blickte zwischen Chrissy und Slade hin und her; hatte er sich das nur eingebildet, oder hatte es tatsächlich eben einen wortlosen Austausch zwischen ihnen gegeben?

„Also habe ich ihm einen Schlag ins Gesicht verpasst und ihm die Nase gebrochen. Alter, der Kerl ist ein Wichser, ob er nun der Neffe des Bürgermeisters ist oder nicht." Slade trank einen Schluck Kaffee, bevor er weiterredete. „Und ich würd's wieder tun. Er wollte sie schlagen. Ich bereue das nicht."

Als das Bestellte kam, zog Chrissy ihre Hand zurück, doch bevor Jack zu essen begann, drückte er zärtlich ihren Schenkel. Während sie aßen, schwiegen sie die meiste Zeit.

„Na ja, ich werde mein Möglichstes tun, damit die Anklage fallen gelassen wird, aber ich kann dir nichts versprechen, Bruder", meinte Jack schließlich. „Er ist der Bürgermeister. Er hat viel Einfluss hier im Bezirk. Wir leben schließlich in einer Kleinstadt."

„Danke, Jack", sagte Chrissy. „Und Slade, tu nichts Idiotisches, während du auf Kaution frei bist, dann wird das schon alles wieder. Und wehe, du verstößt gegen die Auflagen!"

„Keine Sorge. Ich werde die Stadt nicht verlassen. Ich hab heute Abend einen Kampf. Da muss ich ja hierbleiben", antwortete Slade.

Chrissy verschluckte sich an ihrem Kaffee, bekam einen Hustenanfall, und Tränen schossen ihr in die Augen. Slade stand schnell auf und kam um den Tisch herum. Er klopfte ihr auf den Rücken, während Jack ihr ein paar Servietten reichte. Sie trocknete sich die Augen und wartete einen Moment, bis der Husten abgeklungen war, bevor sie mit einer Serviette den Kaffee aufwischte, den sie ausgespuckt hatte.

„Alles okay, Schwesterchen?", fragte Slade.

Als sie wieder reden konnte, erkundigte sie sich: „Slade, was hast du eben gesagt?"

„Ich habe heute Abend einen Kampf."

„Alter, ich glaube nicht, dass das eine so gute Idee ist", warf Jack ein. „Du darfst dir im Moment nichts zuschulden kommen lassen."

„Macht euch keine Sorgen, ich habe alles unter Kontrolle."

„Slade, du kannst heute Abend nicht kämpfen. Verdammt,

bist du völlig verrückt geworden?" Chrissy hatte die Handflächen auf den Tisch gelegt und beugte sich zu ihm vor.

„Beruhige dich! Ist doch keine große Sache. Ich mach das ständig …" Slades Handy klingelte. Er antwortete sofort und redete kurz mit dem Anrufer, während Jack und Chrissy ihn anstarrten. Er beendete das Gespräch und stand auf. „Danke für alles, Leute. Muss zum Training. Das war mein Trainer. Sie warten schon auf mich. Jack, kannst du mich mitnehmen?"

Chrissys blaue Augen flehten Jack an, Slade nirgendwohin zu fahren. Einen Moment lang zögerte Jack, bevor er sein Portemonnaie herauszog, zwei Zwanziger auf den Tisch warf und aufstand. „Bis später", sagte er zu der völlig verdutzten Chrissy. Statt ihr zu helfen, Slade davon zu überzeugen, nicht zu kämpfen, brachte er ihren Bruder auch noch zum Training! Wieder stiegen ihr Tränen in die Augen, aber dieses Mal nicht, weil sie sich verschluckt hatte, sondern vor Wut. Sie wusste nicht einmal, auf wen sie wütender war: auf Slade, weil er sich hatte verhaften lassen und heute Abend wieder kämpfen wollte, oder auf Jack, weil der ihn zum Training brachte, oder auf sich selbst, weil es ihr etwas ausmachte.

Kurz bevor er hinausging, sah Jack noch einmal zu Chrissy, die den Blick ungläubig auf ihn gerichtet hatte. Er zuckte mit den Schultern, als wollte er sich entschuldigen, doch Chrissy schüttelte nur fassungslos den Kopf und wandte sich ab. Sie saß noch eine halbe Stunde lang allein im Diner, ehe sie sich auf dem Heimweg machte.

Zu Hause verschanzte sie sich in ihrem Zimmer und fuhr ihren Laptop hoch. Bisher hatte sie das Jobangebot des Krankenhauses in Miami noch nicht offiziell angenommen, und die Personalabteilung hatte ihr eine E-Mail geschickt und um Antwort gebeten. Sie ignorierte die Bitte. Irgendwann hörte sie, wie unten eine Tür geöffnet und wieder geschlossen wurde. Sie blieb jedoch in ihrem Zimmer, viel zu wütend, um mit Slade auch nur ein Wort zu wechseln; außerdem wusste sie, dass sie nicht in der Lage sein würde, ihn davon zu überzeugen, heute Abend nicht zu kämpfen. Was sie am liebsten wollte, war, dass er ganz damit aufhörte. Eine Stunde lang surfte sie durchs Internet, während von unten diverse Geräusche zu ihr heraufdrangen – das Piepen der Mikrowelle, das Öffnen und Schließen der Badezimmertür –, dann hörte sie, wie die Haustür wieder zuschlug und ein Wagen von der Auffahrt fuhr. Weil sie es nicht länger aushalten konnte, sprang sie vom Bett auf. Sie hatte sich um seine Kaution gekümmert, also war sie ihm das schuldig! Sie würde sicherstellen, dass er sich heute Abend wie ein guter Junge verhielt, seinen kleinen Kampf ausfocht und dann brav wieder mit nach Hause kam.

Hastig machte sie sich fertig, schlug die Haustür hinter sich zu und stürmte zu ihrem Auto. Sie ließ es an und musste dann feststellen, dass sie keine Ahnung hatte, wohin sie fahren sollte. Slade konnte sie ja wohl nicht anrufen, um ihn zu fragen, denn das würde er ihr nie im Leben verraten. Damit blieb nur einer übrig. Sie blickte hinüber und sah, dass sein Wagen vor dem Haus geparkt war. Also würde sie ihren Stolz runterschlucken und mit Jack reden müssen.

4. KAPITEL

Klopf. Klopf. Klopf.

Kläff. Kläff. Kläff.

Seidig schwarzes Haar fiel auf seinen Oberkörper, als Chrissy sich rittlings auf ihm niederließ. Ihre strahlend blauen Augen flehten ihn an, ihr noch mehr Wonne zu bereiten. Sie sagte nichts, sie stritt nicht, sie genoss und akzeptierte einfach das, was er ihr geben konnte. Es fühlte sich wie ein Triumph an, weil es ihm gelungen war, sie mit dem, was er unter Erotik verstand, zum Schweigen zu bringen. Er legte die Hände um ihre Hüften und hob sie hoch, bevor er sie wieder auf sich zog, während er gleichzeitig noch tiefer in sie eindrang, wieder und wieder, bis sie vor höchstem Entzücken die Augen verdrehte. Sie stöhnte seinen Namen, als sie …

Klopf. Klopf. Klopf.

Kläff. Kläff. Kläff.

„Verdammt! Kann ein Mann nicht ein einziges Mal in Ruhe träumen?“ Er sprang aus dem Bett, rückte seine Erektion zurecht und ging mit leicht gequältem Gesicht die Treppe hinunter, wo Drogo vor der Haustür auf und ab sprang und bellte. „Wehe, es gibt keinen vernünftigen Grund, warum du mich weckst, Martin!“ Er riss die Tür auf.

„Gibt es! Ich muss wissen, wo Slade heute kämpft.“

„Oh, entschuldige. Ich hatte einen anderen Martin erwartet.“ Sein Traum war ihr nicht annähernd gerecht geworden; sie war in Wirklichkeit noch viel hinreißender. *Ich hoffe, sie schaut nicht nach unten.* Er versuchte noch einmal, seine Shorts zurechtzuziehen, diesmal jedoch unauffällig. Chrissy bückte sich, um Drogo zu streicheln, doch der knurrte sie an, also richtete sie sich wieder auf und schmollte. Der sinnlichste Schmollmund, den er je gesehen hatte.

„Wie bitte?“

„Ich dachte, Slade würde vor der Tür stehen. Er ist der Einzige, der so unbarmherzig anklopft. Scheint in euren Genen zu liegen." Er stieß einen Seufzer aus und trat zur Seite. „Komm rein."

„Nein. Keine Zeit. Ich brauche die Adresse von dem Ort, wo Slades Kampf stattfindet." Er merkte, dass sie sich bemühte, sich von ihm nicht aus der Ruhe bringen zu lassen, doch ihr Blick wanderte über seine nackte Brust, bevor sie ihm hastig wieder in die Augen sah. „Die Adresse. Jetzt. Bitte."

„Wofür?"

„Damit ich hinfahren kann."

„Warum?"

„Ich will sicherstellen, dass ihm nichts passiert und er anschließend direkt nach Hause kommt."

„Er ist kein kleiner Junge mehr, Chris. Du kannst ihn nicht kontrollieren."

„Willst du mir jetzt helfen oder nicht? Dies hier ist eine Kleinstadt. Ich bin sicher, wenn ich mich umhöre, wird mir jemand anderes die Adresse geben."

„Gibt es irgendeine Möglichkeit, dich davon abzuhalten?" Sie schüttelte den Kopf. „Fuck, Chris! Lass mir eine Minute Zeit zum Anziehen. Komm kurz rein."

„Warum? Ich brauche dich nicht als Begleiter, sondern nur die Adresse." Sie bückte sich noch einmal, doch Drogo knurrte erneut. Als wäre es ihr Zuhause, ging Chrissy daraufhin in die Küche, öffnete den Kühlschrank und nahm Erdnussbutter und das Traubengelee heraus. Jack sah sie fassungslos an. Wusste sie überhaupt, was sie da tat? War sie hungrig? Sie bestrich eine Scheibe Toast mit Erdnussbutter und dem Gelee, bevor sie sie in kleine Stücke schnitt. Ein Stückchen Toast legte sie auf ihre Handfläche und bückte sich.

Jack schüttelte den Kopf. „Ich lass dich da nicht allein hinfahren! Und was zum Teufel tust du da?" Er streckte die Hand aus, um sie hochzuziehen.

„Lass mich!“ Sie schlug seine Hand fort und blieb in der Hocke. „Spar dir das Großer-Bruder-Gehabe. Ich bin nicht mehr das kleine Mädchen, das du immer beschützen musstest. Ich bin erwachsen. Ich kann auf mich selber aufpassen.“ Drogo kam zögernd angeschlichen, schnüffelte an ihrer Hand und verdrückte sich wieder. Chrissy legte das Stück Toast auf den Fußboden, stand auf und wischte sich die Hände an einem Geschirrtuch ab. „Bitte, ich brauche nur die Adresse.“

Jack seufzte. Begriff sie denn nicht, dass der Hund sie niemals mögen würde? Er mochte einfach keinen, Jack mit eingeschlossen, obwohl der ihn fütterte und ihm ein trockenes und warmes Zuhause bot.

„Oh, vertrau mir, ich weiß sehr wohl, dass du nicht mehr das kleine Mädchen bist, das du einmal warst.“ Sein glühender Blick wanderte über ihren Körper. „Das ist auch genau der Grund, warum ich dich begleiten muss. Du wirst nicht allein zu solch einem Kampf gehen, bei dem das Testosteron brodelt. Also, sei ein artiges Mädchen und pflanz deinen hübschen kleinen Hintern für fünf Minuten auf diesen Stuhl, damit ich mir was überwerfen kann.“

Einige Minuten später zurrte Jack die Schnürsenkel an seinen Sneakers fest. Er trug eine schwarze Trainingshose, die ihm tief auf den Hüften saß, und ein weißes Tanktop. Chrissy saß im Schneidersitz auf dem Holzfußboden, fütterte mit einer Hand Drogo mit den Toasthäppchen, während sie ihn mit der anderen Hand vorsichtig streichelte. Den Hund schien die Sache mit dem Berühren noch immer nicht zu begeistern, aber anscheinend gehörte das wohl zum Füttern dazu, daher ließ er sich darauf ein. Jack verdrehte die Augen, sowie er Chrissy auf dem Boden in seinem Haus hocken sah, so niedlich und friedlich, ein enormer Unterschied zu der kratzbürstigen Frau, als die sie sich eben noch präsentiert hatte. „Komm, meine Schöne! Lass uns zusehen, dass wir deinen fast zwei Meter großen und dreihundert Pfund schweren Bruder, den berühmt-berüchtigten Profikämpfer, heil und sicher nach Hause bringen."

Sie versuchte, Drogo ein letztes Mal zu streicheln, bevor sie aufstand, aber der Hund zuckte zurück. „Verdammt, ich dachte, ich hätte ihn endlich für mich gewonnen", murmelte sie. „Hör schon auf, dich über mich lustig zu machen, Jack. Komm, lass uns gehen!" Sie zerrte an seinem Arm, als wäre sie zweimal so groß wie er. Es war süß. Irgendwie absurd, aber süß.

„Warte. Bevor wie dort hingehen, musst du dir andere Schuhe anziehen. Da, wo wir hinwollen, kannst du nicht auf High Heels antanzen."

„Das sind keine High Heels. Das sind Keilabsätze."

„Ich habe keine Ahnung, wovon du redest, doch mit diesen Schuhen gehe ich nicht mit dir los. Mach schon, schlüpf in vernünftige!"

„Na schön, du alter Tyrann. Ich bin gleich wieder da." Sie lief über den Rasen und war gleich wieder zurück.

„Besser?"

Er blickte an ihr hinunter und sah, dass ihre enge Jeans in Cowboystiefeln steckte. Er strich sich mit der Hand über den Hinterkopf und kniff sich in den Nacken, in der Hoffnung, seinen Kopf dadurch vor dem Explodieren bewahren zu können. „Böses, böses Mädchen."

„Was?" Sie kniff die Augenbrauen zusammen und blickte auf ihre Füße. „Das sind doch Stiefel, keine offenen Schuhe."

„Ernsthaft, Chris? Du bringst mich noch um den Verstand. Lass uns gehen, ehe ich dich über meine Schulter werfe und dich direkt in mein Bett bringe, wo ich mit dir eine ganz andere Nahkampfsportart ausüben würde."

„Träum weiter, Kumpel! Ich bin immer noch so sauer auf dich, weil du ihn heute zum Training gefahren hast, dass ich nie wieder mit dir gesprochen hätte, wenn ich nicht diese verfluchte Adresse gebraucht hätte. Wenn er dir wirklich etwas bedeuten würde, dann wäre dir klar, wie idiotisch das Ganze ist. Er ist gerade aus der Haft entlassen worden, wo er wegen einer Schlägerei gesessen hat. Das hier bedeutet bestimmt irgendeine Verletzung der Bewährungsauflagen oder so etwas Ähnliches. Als Polizist, ganz zu schweigen als sein Freund, solltest du auf meiner Seite sein. Ich begreife nicht, warum du mir nicht einfach die Adresse sagst und mich allein dahinfahren lässt." Sie machte einen Schritt auf ihn zu und bohrte ihm einen Finger in die Brust. „Und hör endlich auf, mich Chris zu nennen!"

„Er wäre auf jeden Fall zum Training gegangen, ob ich ihn nun gefahren hätte oder nicht, Chrissy." Langsam und betont laut sprach er ihren Namen aus. „Auf dem ganzen Weg dorthin habe ich versucht, ihn davon zu überzeugen, den Kampf heute sausen zu lassen. Ich dachte, er würde auf mich hören, wenn ich mit ihm unter vier Augen darüber rede. Er kann Konfrontationen nicht so gut ab."

„Pass auf, ich habe keine Zeit für Diskussionen. Wenn du mitkommen willst, dann lass uns endlich losfahren. Beeil dich!"

Sie drehte sich wieder um und wollte zu ihrem Auto gehen, doch Jack packte ihren Unterarm und wirbelte sie herum, ehe er zu seiner Garage deutete. „Wir nehmen meinen Wagen. Komm!" Er ging mit ihr zu dem bulligen Jeep, der vor seiner Doppelgarage parkte. Ausnahmsweise protestierte sie nicht; sie schüttelte nur amüsiert den Kopf. „Stattliches Auto."

„Stattlicher Mann", erwiderte er, deutete auf sich und schenkte ihr ein verschwörerisches Lächeln, bei dem die Grübchen zutage traten.

Schweigend fuhren sie durch die Stadt. Als sie ankamen, blickte Chrissy sich um und betrachtete die Umgebung. Sie befanden sich vor einem verlassenen Lagerhaus in der Einöde. Innen war das abbruchreife Gebäude feucht und ziemlich voll. Jacks Sinne vibrierten in Alarmbereitschaft und sagten ihm, dass es eine schlechte Idee gewesen war, Chrissy mit hierherzunehmen. Aber wenn er nicht mit ihr gefahren wäre, hätte sie sich allein auf den Weg gemacht, und das hätte er auf keinen Fall zulassen können.

„Nur weil du jetzt mit mir hier bist, heißt das noch lange nicht, dass ich nicht mehr sauer auf dich oder diese ganze Situation bin“, erklärte sie und fuchtelte wild mit der Hand herum. Daran, wie sie mit hocherhobenem Kopf und kerzengerade dastand, konnte Jack erkennen, dass sie versuchte, mutig zu sein. Doch die Angst stand ihr ins Gesicht geschrieben, denn sie hatte die Augen weit aufgerissen, wie ein blauäugiges Bambi.

Um dem Ganzen die Krone aufzusetzen, war sie auch noch völlig unpassend gekleidet. Sie hatte ihr Haar zu einem Pferdeschwanz zusammengebunden und trug eine enge Jeans, die aussah, als wäre sie aufgemalt. Dazu ein schwarzes Tanktop und Cowboystiefel, die eigentlich unweiblich aussehen sollten, aber das wohl verführerischste Paar Schuhe waren, das er je erblickt hatte, sogar noch verführerischer als die roten High Heels mit dem abgebrochenen Absatz. Okay, das lag vermutlich daran, dass Chrissy sie trug. Er wusste, dies hier war kein Ort, an dem viele Frauen zu finden waren, und die Männer würden bestimmt auf sie aufmerksam werden. Das angemessene Outfit wäre gewesen … Mist, ihm fiel keins ein, denn eigentlich sollte sie sowieso nicht hier sein.

Je weiter sie in das Lagerhaus hineingingen, desto voller wurde es.

„Wo ist der Ring oder der Cage oder Käfig oder wie auch immer man das nennt?“, fragte sie.

„Diese Untergrundkämpfe funktionieren nicht so. Die Zuschauer sind der Ring. Slade wird in der Mitte kämpfen.“ Er deutete auf eine große Gruppe von Menschen. „Siehst du diese grölenden Typen dort drüben? Sie werden einen Kreis bilden, und dieser Kreis ist dann der Ring. Geh auf keinen Fall in die Nähe dieser Leute. Hörst du mich?“

„Keine Sorge, das tue ich nicht." Sie schaute sich weiter um. „Das hier ist also kein offizieller Kampf, oder?"

„Nein. Definitiv nicht."

Ihm fiel auf, dass sie sich langsam immer näher an ihn herangepirscht hatte. Zugegeben, bisher hatte er sich noch nie für das geschämt, was er tat, aber es beunruhigte ihn jetzt doch, sie in diese schäbige Umgebung mitgenommen zu haben. Er schlang einen Arm um ihre Taille und zog Chrissy fest an sich. Sie sah zu ihm auf, und diesmal spiegelte sich in ihrer Miene weder Humor noch das lustvolle Funkeln, das ihre Augen hatte fiebrig werden lassen, als sie sich gestern so nahe gekommen waren. Das Einzige, was er erkannte, war Sorge, und das brach ihm fast das Herz. „Ich möchte nur auf dich aufpassen", erklärte er ihr.

Er blickte sich um und versuchte, sich einen Eindruck von den Räumlichkeiten zu verschaffen. Es war ihm wichtig, zu wissen, wo sich die Ausgänge befanden, wo die gewaltbereiten Gruppen sich zusammenrotteten und ob irgendjemand verdächtig aussah – es war eine Routine, die er in all den Jahren als Polizist perfektioniert hatte.

Chrissy stellte sich auf die Zehenspitzen und sagte dicht an seinem Ohr: „Ich dachte, du hättest gesagt, das wäre sicher."

Es war so laut hier drinnen, dass er sie kaum verstehen konnte. Er beugte sich zu ihr. „Das habe ich nicht behauptet. Ich habe gesagt, ich wüsste, was ich tue, wenn ich in den Cage steige und kämpfe. Ich kann aber für diese Mistkerle, die hier rumstehen und Wetten abschließen und sich vollaufen lassen, meine Hand nicht ins Feuer legen."

„Das sieht mir hier alles nicht legal aus. Ich erinnere mich, dass ich so etwas Ähnliches vor ein paar Jahren mal in einer Kleinstadt in Brasilien miterlebt habe. An dem Abend wurden einige Leute ziemlich schwer verletzt. Du bist Polizist – wie kannst du das hier zulassen?"

Er biss die Zähne zusammen, ehe er flüsterte: „Du hast recht, Chrissy, dies hier ist nicht legal, und es ist auch kein Ort, an dem ich kämpfen würde. Meine Kämpfe sind genehmigt. Dieser Untergrund-Mist ist was völlig anderes. Aber ich tue so, als würde ich das nicht sehen, schließlich bin ich außer Dienst. Verstehst du?"

Sie nickte und begriff, was er sagte – oder, noch wichtiger, was er nicht sagte: Dass er seinen Job riskierte, indem er sich hier herumtrieb.

„Weißt du, warum ich das hier tue, Chrissy?"

„Slade ist so was wie ein Bruder für dich, das verstehe ich schon. Danke also …"

„Nein, Chrissy!", fuhr er sie an und umfasste ihr Gesicht nicht allzu sanft mit den Händen. „Ich setze meine Karriere oder deine Sicherheit nicht für deinen Bruder aufs Spiel. Er kann für sich selber sorgen. Du weißt, warum ich das hier mache."

Mit großen Augen sah sie ihn direkt an und schluckte. „Für mich?"

„Ja. Ich tue das hier für dich, Chrissy."

„Ich habe dich nicht gebeten, mitzukommen."

Er schüttelte den Kopf. „Oh Gott, du bringst mich echt noch zur Verzweiflung! Mir gegenüber bist du so was von eigensinnig, und von deinem Bruder lässt du dich herumkommandieren. Du kommst nach elf Jahren zurück in die Stadt, kaum dass dein Bruder dich angerufen hat, damit du ihn aus dem Gefängnis holst. Du meine Güte, du traust dich nicht einmal, ihm zu sagen, er soll langsamer gehen, weil du mit seinem Tempo nicht mithalten kannst. Bin nur ich es, der deinen Widerstand weckt, musst du dich nur mit mir immer streiten? Ich verstehe dich nicht. So bist du früher nie gewesen. Wenn ich dich früher nach Hause gebracht habe, weil du auf einer Party aufgetaucht bist, auf der du nicht sein solltest, hast du dich zwar beschwert, doch du bist mit mir in meinen Wagen gestiegen und hast auf dem ganzen Nachhauseweg geschmollt."

„Ich will mich nicht mit dir streiten, Jack. Und ich wünschte, ich würde mich von Slade nicht immer so herumschubsen lassen, aber ich habe meine Gründe."

„Und die wären?"

Chrissy sah sich um und erwiderte: „Weder der richtige Ort noch der richtige Zeitpunkt."

Jack nickte. „Komm, der Kampf fängt gleich an. Weich mir auf keinen Fall auch nur eine Sekunde von der Seite. Kannst du das bitte für mich tun?"

„Ja, versprochen."

„Gut. Komm mit." Er schnappte sich ihre Hand und ging mit Chrissy zu einer Wand am äußeren Ende der Halle; so befanden sie sich nicht mehr mittendrin in der Menge, aber in der Nähe eines Ausgangs. Hier war es zwar dunkler als im Rest der Halle, dafür aber nicht ganz so voll.

„Du meine Güte, was hat Slade sich nur dabei gedacht, hier zu kämpfen? Braucht er das Geld so dringend?", stieß Chrissy hervor.

Jack zuckte mit den Schultern. Er hatte sich schon die gleiche Frage gestellt.

Eine Glocke ertönte, und ein Ansager brüllte: „Als Nächstes: Slade the Slayer gegen Killer Kilpatrick."

Chrissy schnappte nach Luft und schlug die Hand vor den Mund. „Oh mein Gott! Killer?"

„Es ist doch nur ein Name. Beruhige dich! Hol tief Luft. Er hat schon gegen viel größere Männer gekämpft. Dein Bruder ist gut."

Ohne großes Tamtam bahnte Slade sich seinen Weg in die Mitte der Meute. Offensichtlich hatte er Chrissy und Jack nicht bemerkt. Er sprang auf und ab und lockerte seine Muskeln in Vorbereitung auf den Kampf. Er trug eine kurze schwarze Sporthose und Sneakers. Killer dagegen schritt zu lauter Musik in den Ring. Er trug auffallende neongrüne Shorts und hatte, dem Johlen der Menge nach zu urteilen, anscheinend eine Menge Fans hier versammelt.

Ohne dass es ihr bewusst war, hatte Chrissy Jacks Unterarm umklammert und hielt sich eine Hand vor Augen. „Komm her!“ Er drehte sie herum und zog sie an seine Brust, bevor er eine Hand auf ihren Hinterkopf legte und ihr Haar streichelte. „Schau nicht hin. Ich weiß, dass du als Ärztin schon eine Menge unschöner Dinge gesehen hast, aber wenn es um deinen Bruder geht, ist es etwas ganz anderes.“ Sie nickte an seiner Brust. Als das Geschrei und Gejohle der Zuschauer immer lauter wurde, packte Chrissy Jacks Hemd fester, und er zog sie noch näher an sich heran.

„Fuck!“, schrie Jack.

Chrissy löste sich von ihm und drehte sich um. „Was ist? Was ist passiert?“ Sie stellte sich auf die Zehenspitzen und versuchte, über die Menge hinwegzuschauen, konnte jedoch nichts erkennen. Sie zerrte am Saum von Jacks Hemd. „Was ist los? Nun sag schon! Ist er verletzt?“

Sanft löste er ihre Finger von seinem Hemd. „Es ist okay. Er hat einen heftigen Schlag ins Gesicht abgekriegt, scheint aber in Ordnung zu sein. Ich habe dir doch gesagt, du sollst nicht hinsehen.“ Doch kaum hatte er den Satz beendet, hob Killer Slade über den Kopf und schmetterte ihn zu Boden. Jack riss die Augen auf, versuchte aber, nicht zusammenzuzucken, um Chrissy nicht noch mehr zu beunruhigen. Eine halbe Sekunde später konnte Jack wieder weiteratmen, denn er sah, dass Slade aufstand. Zum Glück war Chrissy zu klein, um das Blutvergießen mitzubekommen, das sich in der Mitte des Rings abspielte. Er war froh, dass Chrissy ihn und Slade noch nie hatte kämpfen sehen, jedenfalls nicht, seit sie die Sache professionell betrieben. Als sie noch Amateure gewesen waren, waren sie diejenigen gewesen, die den Ring als geschlagene und verletzte Verlierer verlassen hatten. Jetzt mussten sie zwar auch ein paar Schläge einstecken, teilten aber weitaus mehr aus.

„Na, dann schrei nicht ‚Verdammt', wenn du nicht willst, dass ich mich umdrehe!" Sie versetzte ihm einen Schlag auf den Bizeps, bevor sie ihr Gesicht wieder an seiner Brust vergrub und nicht mitbekam, wie brutal es im Ring zuging.

Jacks Hand, die eben noch Chrissys Kopf gestreichelt hatte, war irgendwie tiefer gewandert und hatte einen Weg unter ihr T-Shirt gefunden. Jetzt hatte Jack sie ihr auf den unteren Rücken gelegt und presste Chrissy noch enger an sich. Er konnte ihren schnellen Herzschlag spüren. Der Lärm all dieser grölenden Leute zusammen mit der schlechten Luft im Lagerhaus sowie die Tatsache, dass ihr Bruder gerade zusammengeschlagen wurde, versetzten sie anscheinend in Angst und Schrecken. Er spürte genau den Moment, als ihre Entschlossenheit völlig schwand, denn sie fühlte sich auf einmal wie Pudding in seinen Armen an. Jack lehnte sich an die Wand und spreizte die Beine, damit er ihr Gewicht abfedern konnte. „Hey, nicht schlappmachen, okay?" Sie nickte an seiner Brust. „Das ist die letzte Runde. Er hält sich gut."

Sie blickte zu ihm auf. „Ich kann es nicht ertragen, mit anzuschauen, wie mein Bruder zusammengeschlagen wird … Ich kann das nicht. Ich komme mir vor wie ein Waschlappen. Wenn er diesen Kampf überlebt, bringe ich ihn um."

„Stell dich hinten an."

Wenige Sekunden ehe der letzte Gongschlag ertönte, verpasste Slade seinem Gegner einen Schlag auf die Nase, und als Killer sich vor Schmerz krümmte, versetzte Slade ihm mit einem blitzschnell hochgezogenen Knie, das im Gesicht seines Gegners landete, den Rest. Blut spritzte über den Boden, und Killer glich einer schlaffen Stoffpuppe, wie er da auf dem Boden lag. Die Menge johlte.

„Er hat gewonnen, Babe. Es ist vorbei."

Sie wollte sich gerade umdrehen, doch Jack packte ihre Schultern und zwang sie, ihn anzusehen. „Hör mir zu! Ich möchte dich warnen. Er ist übel zugerichtet." Er blickte sich einmal im Lagerhaus um, ehe er Chrissy wieder in die Augen schaute. „Ziemlich übel. Also, flipp jetzt nicht gleich aus, okay?"

Langsam wandte sie sich um. „Ich bin Ärztin, ich habe das alles schon gesehen. Ich flippe nich… Heilige Scheiße!"

Irgendwie gelang es ihr, sich aus Jacks Griff zu befreien und durch die Menge auf Slade zuzustürzen, um ihm zu helfen. „Verdammt! Verdammt! Verdammt!! Diese Frau hört aber auch auf nichts!", fluchte Jack. „Chrissy! Warte!", brüllte er, doch sie achtete nicht auf ihn.

Die Menge war aufgeheizt. Einige ärgerten sich, weil sie verloren hatten, andere waren stolz auf ihren Wettgewinn, aber jeder einzelne dieser Männer war betrunken und vollgepumpt mit Adrenalin. Jack konnte sich kein gefährlicheres Szenario für eine Frau wie Chrissy vorstellen – noch dazu, wenn sie auf sich allein gestellt war.

Im Bruchteil einer Sekunde war sie von der Menge verschluckt worden, und er konnte sie nirgends mehr entdecken. Sein Herz begann zu rasen, die Gedanken wirbelten ihm durch den Kopf. Als Polizist musste er tagtäglich mit Gefahr umgehen, aber er war geschult und darauf vorbereitet, solche Situationen zu bewältigen. Im Augenblick fühlte er sich jedoch völlig hilflos. Er konnte nicht mehr klar denken. Ich muss Chrissy finden! war das Einzige, was ihm durch den Kopf schoss.

Jack bahnte sich einen Weg zur Mitte, wo Slade den Mob überragte. Als er nur noch wenige Schritte von seinem Freund entfernt war, blickte er sich um, konnte Chrissy aber auch hier nicht sehen. Wenn er jetzt zu Slade ging und ihm erklärte, dass er in diesem Tumult seine kleine Schwester verloren hatte, würde der ihn umbringen – was Jack durchaus für die richtige Reaktion hielt. Er trat den Rückzug an, damit Slade ihn nicht entdeckte, und suchte fieberhaft weiter.

In einer der Ecken stieß er auf ein altes Gerüst. Zum Glück trainierte er jeden Tag, denn wäre er nicht in Topform gewesen, hätte er es nicht so einfach erklimmen können. Er legte beide Handflächen auf die Kante des untersten Bretts und zog sich hoch. Sobald er ein Bein hinübergeschwungen hatte, konnte er aufstehen und auf die Menge hinunterblicken. Es war dunkel, aber so langsam begannen die Leute, das Gebäude zu verlassen, sodass die Suche einfacher wurde.

Als er Chrissy nicht gleich entdeckte, hatte er das Gefühl, verrückt zu werden. Sein Herz schlug immer schneller. Aus dem Augenwinkel bekam er plötzlich einen kleinen Aufruhr mit – und erkannte diese verdammten Cowboystiefel! Er konnte Chrissys Gesicht nicht sehen, weil ein Mann direkt vor ihr stand, aber wer sonst sollte Cowboystiefel tragen und einen Tumult verursachen? Es schien, als stünde sie mit dem Rücken zur Wand, während ein großer Kerl seine Arme rechts und links von ihr dagegengestützt hatte und sie auf diese Weise gefangen hielt. Ein zweiter Mann stand daneben, ganz offensichtlich interessiert an dem Geschehen, aber nicht bereit, Chrissy zu Hilfe zu eilen. Ohne zu zögern sprang Jack vom Gerüst und spurtete hinüber.

Er hörte Chrissy, noch ehe er sie sah. „Fass! Mich! Nicht! An!", schrie sie. Jack packte Dreckskerl Nummer eins, den Mann, der Chrissy gegen die Wand gedrängt hatte, am Nacken und warf ihn zu Boden. Als der Typ versuchte, wieder aufzustehen, versetzte Jack ihm einen Schlag ins Gesicht.

„Hey, du Sack, es ist genügend für uns alle da!", brüllte Dreckskerl Nummer zwei, während der Typ nach Chrissys Handgelenk griff und sie an sich zog. Sofort rammte Jack Dreckskerl Nummer zwei seinen Ellenbogen in die Nase, woraufhin der Mann Chrissys Arm losließ. Im gleichen Moment zog Chrissy ihr Knie hoch und rammte es Dreckskerl Nummer zwei mit aller Kraft in den Unterleib.

„Flittchen!“, war alles, was Dreckskerl Nummer zwei noch herausbrachte, ehe er mit beiden Händen in seinen Schritt fasste und röchelnd auf die Knie ging.

„Braves Mädchen!“, lobte Jack sie, während er die Hand nach Chrissy ausstreckte, aber Dreckskerl Nummer eins hatte es irgendwie geschafft, wieder auf die Beine zu kommen, und versetzte Jack einen derben Fausthieb ins Gesicht. Chrissy schrie auf. Eine halbe Sekunde später lag Dreckskerl Nummer eins auf dem Fußboden und versuchte, sein Gesicht vor Slade zu schützen, der aus dem Nichts aufgetaucht war und jetzt auf ihn einprügelte. Links. Rechts. Links. Rechts.

„Hör auf!“, schrie Chrissy. „Hör auf damit!“ Sie schlug Slade mit ihren kleinen Fäusten auf den Rücken, bis der schließlich von dem Typen abließ. Dann wandte sie sich Jack zu. „Oh mein Gott! Bist du okay?“ Er nickte. Sie streckte ihm die Hand entgegen, um ihm aufzuhelfen, was albern war, da er bestimmt hundert Pfund mehr wog als sie, aber er ergriff sie trotzdem.

„Komm mit, Slade! Lass uns schleunigst von hier verschwinden! Die Bullen werden jeden Moment da sein“, warnte Jack. Die Ironie war ihm bewusst.

Jack hielt Chrissys Hand fest umschlossen, und die drei hasteten zu Jacks Wagen. „Ich fahre!“ Chrissy schnappte sich den Autoschlüssel. Jack wollte protestieren, doch seine Nase blutete, und sein Auge begann bereits zuzuschwellen. Er war nicht in der Verfassung, zu fahren, und das wusste sie als Ärztin auch.

Trotz des Schmerzes und der Tatsache, dass er alles ein wenig verschwommen wahrnahm, amüsierte es ihn, wie Chrissy auf den Fahrersitz seines großen Jeeps kletterte und sich mit der Mechanik abmühte, um den Sitz nach vorn zu ziehen.

Nach ein paar Meilen hatten sich alle ein wenig beruhigt, und Slade fragte: „Hey, Alter, wieso hast du sie da mit hingenommen?“

„Das ist jetzt nicht dein Ernst, Slade, oder? Ist das das Einzige, was du dazu zu sagen hast? Was zum Teufel hast du dir dabei gedacht, dort zu kämpfen?“, antwortete Chrissy, obwohl Slade seine Frage an Jack gerichtet hatte.

„Genau, Slade, was hast du da getrieben?“, fügte Jack hinzu.

„Ich brauche das Geld. Ich habe gerade fünfundzwanzig Riesen verdient.“

„Wofür brauchst du so dringend Geld, dass du dein Leben riskierst?“, wollte Chrissy wissen.

„Du bist mal wieder furchtbar dramatisch, Schwesterchen. Du warst schon immer so tugendhaft. Was konnte schon passieren? Ich hätte mir was brechen können oder hätte vielleicht ein paar Stiche gebraucht. Das ist auf jeden Fall das Geld wert, das ich eben in zehn Minuten verdient habe. Und du!“, brüllte er und drehte sich zum Rücksitz, wo Jack saß, „dich frage ich noch einmal, wieso hast du sie dorthin mitgenommen?!“

„Bruder, seit wann hört sie auf mich? Sie wäre auf jeden Fall hingegangen. Also bin ich mitgefahren, damit sie nicht allein ist.“

„Erstens bin ich nicht tugendhaft. Immer, wenn ich versucht habe, irgendetwas zu unternehmen, ist einer von euch Schwachköpfen gekommen und hat mich davon abgehalten. Zweitens: Schrei Jack gefälligst nicht an! Er hat mich beschützt. Er hat seinen Job aufs Spiel gesetzt, als er mit mir hierhergefahren ist!“ Jack schwoll das Herz, als er hörte, wie sie ihn verteidigte.

„Na, da hast du ja richtig gute Arbeit geleistet, Alter! Sie wurde von diesen Typen sexuell belästigt – Au! Was zur Hölle soll das?“, schimpfte er, als Chrissy mit dem rechten Arm ausholte und ihm einen Schlag vor die Brust verpasste.

„Das war nicht seine Schuld. Wenn du nicht zu diesem bescheuerten Kampf gegangen wärst, wäre das hier alles gar nicht passiert! Es ist allein deine Schuld, Slade!“

„Ist dir eigentlich klar, dass du wieder verhaftet worden wärst, wenn sie dich erwischt hätten? Sie hat schon dreißigtausend Dollar für dich lockergemacht, um dich aus dem Knast zu holen – hast du erwartet, dass sie das noch einmal tut?“

„Sie hätte es überlebt. Sie ist stinkreich. Sie ist Ärztin.“

„Nein. Ich bin nicht stinkreich!“ Sie umklammerte das Lenkrad mit beiden Händen. „Ich bin überhaupt nicht reich. Hast du dir mal meinen Wagen angesehen? Ist dir überhaupt klar, womit ich mir meinen Lebensunterhalt verdiene? Nein, weißt du was – vergiss es, ich will deine Antwort gar nicht hören! Wir sind da.“ Sie trat zornig auf die Bremse, nachdem sie den Jeep in Jacks Einfahrt gelenkt hatte. „Ich will nicht mehr darüber reden. Ich werde wohl notgedrungen mal wieder ein paar Idiotektomien vornehmen müssen, und dann fahre ich heute noch nach Hause.“ Jack hörte, dass Chrissy den Tränen nahe war, und das brach ihm fast das Herz.

„Idiot… was?“, fragte Slade.

„Idiotektomien. Der nervende Vorgang, bei dem ich idiotische Leute verarzte, weil sie idiotische Dinge getan haben. Oh, vergiss es! Steig einfach aus.“

Sie sprang aus dem Auto und warf die Tür zu. Weil er nicht sicher war, was er tun sollte, ging Jack langsam über den Rasen zu sich rüber. „Und du“, rief Chrissy und deutete auf Jack, „kommst jetzt gefälligst auch mit!“

Gehorsam folgte er ihr in das Haus, in dem sie aufgewachsen war. „Los, ihr zwei, setzt euch dorthin.“ Sie zeigte auf die Couch und ging dann nach oben.

„Du bist ein Arsch“, flüsterte Jack seinem Freund zu.

„Ich komme mir vor, als müssten wir nachsitzen. Sie wird ja langsam hysterisch. Eine echte Drama-Queen.“

„Eine Drama-Queen, die dir den Arsch gerettet hat. Wieder einmal!“

Chrissy kam mit ihrem Rucksack die Treppe herunter und

stellte ihn auf den Boden. „Zieht eure Hemden aus, alle beide." Sie befand sich in einer Wehe-ihr-widersprecht-mir-Laune, und keiner der Männer gab einen Mucks von sich. Sie befolgten widerspruchslos ihre Befehle. Sie blickte über den Rand ihrer Brille und musterte abwechselnd die nackten Oberkörper. „Du zuerst, du blutest mehr." Sie zeigte auf Slade, schob die Brille mit dem Zeigefinger wieder auf die Nasenwurzel und machte sich daran, die Wunden zu säubern und zu verbinden. Es war offensichtlich, dass sie dabei nicht gerade zimperlich vorging, denn Slade zuckte zusammen und fluchte leise vor sich hin. Als sie fertig war, wandte sie sich an Jack. Sie schaute ihn an, doch jetzt lag in ihrem Blick sehr viel mehr Wärme. Er bemerkte den Kratzer direkt über ihrem rechten Auge und streckte die Hand aus, um darüberzustreichen, doch sie zuckte zusammen und wich ihm aus.

„Du bist verletzt", meinte Jack.

„Ist schon gut. Mach dir um mich keine Sorgen. Deine Wunde an der Hüfte ist aufgeplatzt, wieder einmal. Lass mich die zuerst versorgen, bevor ich einen Blick auf deine Nase und dein Auge werfe."

Als sie mit der alten Verletzung fertig war, begann sie, sein Gesicht unter die Lupe zu nehmen. Sie kniete zwischen seinen Oberschenkeln, und mit ihren blauen Augen, die von langen schwarzen Wimpern eingerahmt wurden, schaute sie ihn an. Er hasste es, Traurigkeit darin zu entdecken. Sie wischte das Blut von seiner Nase und stopfte ihm Watte in die Nasenlöcher. Anschließend stand sie auf, ging in die Küche und kehrte mit zwei kleinen Eispads und einer Packung gefrorener Erbsen zurück. Sie warf Slade die Pads zu und befahl ihm, sich die auf die Augen zu legen, während sie sich weiter um Jack kümmerte. Sanft legte sie die gefrorene Erbsenpackung auf Jacks geschwollenes Auge. „Halt das fest." Schweigend befolgte er ihre Anweisung.

„So, okay, fertig." Sie begann, ihre Sachen wieder einzupacken, ging nach oben und kehrte schon wenige Minuten später mit ihrem kleinen Koffer zurück. Zuerst deutete sie auf Jack. „Kühl dein Auge weiter und beuge den Kopf vor, bis das Nasenbluten aufhört. Vergiss auch nicht, den Verband deiner Wunde morgen wieder zu wechseln." Danach zeigte sie auf Slade. „Kann sein, dass du eine gebrochene Rippe hast. Aber was soll's – immerhin hast du fünfundzwanzig Riesen verdient. Ich würde dich ja bitten, dich nicht wieder verhaften zu lassen, aber das scheint wohl unausweichlich zu sein. Wir sehen uns vermutlich bei deiner nächsten Anklageerhebung wieder. Allerdings müsstest du jetzt für eine Weile genügend Geld haben, um deine Kaution selbst hinterlegen zu können. Bye, Slade. Wir sehen uns, Jack. Tut mir leid, dass wir dir in den letzten achtundvierzig Stunden so viel Ärger bereitet haben."

„Komm schon, Chris! Fahr nicht weg. Es tut mir leid, dass ich so ein Idiot war. Ich vermute ... Na ja, ich scheine mich ständig wie ein Oberarsch zu benehmen, aber ich verspreche, mich zu bessern", bat Slade, den Kopf gegen das Sofa gelehnt, während er mit den Eispads auf dem Gesicht zur Decke starrte.

Chrissy schnaubte nur kurz, erwiderte aber nichts, sondern zog einfach die Haustür hinter sich ins Schloss. Jack fürchtete plötzlich, dass er doch einen schlimmeren Schlag als angenommen abbekommen hatte, denn er begriff überhaupt nicht, was hier vor sich ging.

„Alter? Ist deine Schwester gerade verschwunden?"

„Scheint so."

„Willst du sie nicht aufhalten?"

„Hab ich doch versucht. Sie hört sowieso nicht auf mich, nie! Sie hasst mich, Alter! Ich fühle mich echt mies, dass ich sie gebeten habe, die Kaution zu übernehmen. Woher zum Teufel sollte ich denn wissen, dass sie als Ärztin nicht ein Schweinegeld verdient? Ich vermute, ich hätte wohl mein eigenes Geld für die Kaution hinblättern sollen."

„Du vermutest? Du bist so ein verdammter Idiot!" Jack kam

von der Couch hoch, verpasste Slade einen Klaps auf den Hinterkopf und spurtete zur Haustür, doch Chrissy war bereits fort.

Statt sich in seinen Jeep zu schwingen, fummelte Jack die Schlüssel für den Streifenwagen heraus und machte sich auf die Suche nach Chrissy. Sein Schädel brummte, als er auf seinem Smartphone nach ihrer Nummer suchte. Er hatte sie seit Jahren gespeichert, aber noch nie gewählt. Gelegentlich hatte er mal was von Slade über Chrissy gehört, aber es waren nur wenige Banalitäten gewesen, da Slade nicht gerade ein Meister der Kommunikation war. Als die Verbindung endlich auf dem Display aufleuchtete, wählte er, doch der Anruf landete sofort auf der Mailbox – als er ihre Stimme hörte, war er erleichtert, dass sie zumindest ihre Nummer in den vergangenen Jahren nicht geändert hatte.

Nachdem er eine Stunde lang durch die Gegend gefahren war, gab er sich geschlagen und machte sich auf den Heimweg. Doch auf dem Rückweg, keine zwei Meilen von seinem Haus entfernt, entdeckte er plötzlich ihren Wagen am Straßenrand. Er stieß den Atem aus, den er unbewusst angehalten hatte, und stoppte hinter ihr. Er ging auf ihr Auto zu und sah, dass der Ersatzreifen, den sie hatte aufziehen lassen, um den platten Reifen zu ersetzen, jetzt auch keine Luft mehr hatte.

An der Fahrertür angekommen, klopfte er zaghaft ans Fenster, um sie nicht allzu sehr zu erschrecken. Langsam hob Chrissy den Kopf und blickte ihn mit verquollenen roten Augen an. Und dort, wo ihre Stirn auf dem Lenkrad gelegen hatte, war ein Abdruck entstanden. Sie kurbelte das Fenster herunter und sah so niedergeschlagen aus, wie Jack sie noch nie erlebt hatte, dabei kannte er sie weiß Gott schon fast ein ganzes Leben lang. Slade war immer Jacks bester Freund, fast wie ein Bruder gewesen, aber in diesem Moment hätte Jack ihm am liebsten beide Kniescheiben zertrümmert, weil er für diesen traurigen Ausdruck in Chrissys Augen verantwortlich war.

Mit den Unterarmen in das offene Fenster gestützt, strich er zärtlich über den roten Abdruck auf ihrer Stirn. „Was tust du hier?"

„Mal wieder auf den Pannendienst warten." Sie seufzte. „Ich frage mich, ob sie mir langsam einen Mengenrabatt einräumen."

„Du brauchst ein neues Auto."

„Was du nicht sagst!"

Am liebsten hätte er über ihre prompte Antwort gelächelt, doch sie sah so verdammt traurig aus.

Er öffnete die Tür und streckte Chrissy eine Hand entgegen. „Komm!"

„Ich kann nicht. Ich muss warten, bis …"

„Vergiss es einfach. Wir kümmern uns morgen darum. Es war ein langer Tag. Lass uns nach Hause fahren."

„Ich gehe nicht wieder nach Hause – na ja, zu Slade nach Hause. Ich muss mein Auto reparieren lassen und dann so schnell wie möglich aus dieser Stadt verschwinden. Ich hätte gar nicht erst herkommen sollen."

„Du hättest vermutlich wirklich nicht herkommen sollen, um ihm zu helfen. Aber ich bin trotzdem froh, dass du es getan hast, denn so habe ich dich endlich mal wiedergesehen. Wie auch immer, du wirst heute Nacht nirgends mehr hinfahren. Ruf den Pannendienst an und sag ihnen, dass du sie jetzt nicht mehr brauchst. Komm mit mir nach Hause."

„Auf keinen Fall! Es hat sich nichts geändert. Du bist ein harter MMA-Fighter, der mit Frauen schläft und sie hinterher nie wieder anruft. Ich will mich nicht mit dir einlassen. Ich fahre nicht mit dir nach Hause, und ich werde auf keinen Fall mit dir schlafen. Das, was gestern passiert ist, war ein Fehler."

„Mit deiner Einschätzung, was mich und die Frauen betrifft, irrst du dich gewaltig. Aber wie auch immer, ich habe keinen Ton davon gesagt, dass du mit mir schlafen sollst."

„Oh. Äh … Ich habe es einfach angenommen. Tut mir leid, ich …" Ihre bleichen Wangen färbten sich rosa.

„Versteh mich nicht falsch. Wir *werden* miteinander schlafen. Das steht fest. Nur nicht heute Nacht. Du hast ein paar ziemlich harte Tage hinter dir. Ganz zu schweigen davon, dass mein Gesicht höllisch schmerzt. Komm schon – ich habe ein Gästezimmer."

„Jack Daniels! Ich fasse nicht, was du gerade gesagt hast. Du musst verrückt sein, wenn du glaubst, dass ich aus dem Auto steige und mit dir komme, nach dem, was du eben von dir gegeben hast. Vergiss es!", fuhr sie ihn an.

„Willst du etwa hier sitzen bleiben und so tun, als wäre nichts zwischen uns? Du weißt ganz genau, dass es nur noch eine Frage der Zeit ist. Aber bitte schön, wie du willst! Allerdings frage ich mich wirklich, ob du – wer weiß, wie lange noch – hier draußen in der Dunkelheit in deinem Auto mit dem platten Reifen hocken willst. Du bist erschöpft und hilflos. Was ist, wenn irgendein Verrückter vorbeikommt und über dich herfällt, ohne dass irgendjemand je davon erfährt? Oh, und dann sind da ja noch die Alligatoren. Wahrscheinlich sind in diesem Augenblick Hunderte von Alligatoren nur wenige Schritte von dir entfernt unterwegs. Hast du …"

„Was?! Alligatoren?"

„Also echt, Weib! Ist das alles, was du von meiner kleinen Rede mitbekommen hast? Was ist mit dem Verrückten, der dich überfallen könnte?"

„Ich hasse Reptilien!" Sie stieg aus ihrem Wagen und hastete hinüber zu seinem. „Merk dir, ich komme nur unter Protest mit – und lass ja die Finger von mir! Als Polizist ist es deine Pflicht, mir zu helfen. Verstanden, Daniels?"

Jack schüttelte den Kopf und schnaubte. „Du kommst protestierend und unter Zwang mit. Und dann war da noch irgendein Mist über Pflichten und Finger von dir lassen. Ich habe verstanden. Komm mit, du kleine Verrückte!"

Er öffnete die Beifahrertür für sie, und als sie sich gesetzt hatte, beugte er sich hinein und schloss den Gurt für sie. Sein Gesicht war nur Zentimeter von ihrem entfernt. Als er sich wieder aufrichtete, schnupperte er kurz an ihrem Hals und atmete tief ein.

„Schnüffelst du etwa an mir herum?“

„Seife und Vanille.“ Er stieß einen kleinen Seufzer aus und schloss die Augen. „Mhm.“

„Ich bin ein großes Mädchen, das weißt du hoffentlich. Ich hätte mich auch selbst anschnallen können. Und wie mir scheint, hast du meine Bemerkung von soeben, dass ich nicht glücklich über die ganze Situation bin und du deine Finger von mir lassen sollst, doch nicht so ganz verstanden.“

Er grinste sie an. „Doch, aber wo bleibt denn da der Spaß?“

Sie verdrehte die Augen. „Ich habe noch nie in einem Streifenwagen gesessen. Ist ein wenig beängstigend.“

Er lachte. „Wieso das?“

„Ich weiß nicht. Ich habe das Gefühl, etwas verbrochen zu haben.“

„Du fühlst dich unartig, was?“

Sie antwortete nicht sofort, aber als sie es tat, errötete sie. „Ja, in gewisser Weise“, gab sie verlegen zu.

„Interessant.“

„Was soll das denn heißen?“

„Einfach nur eine interessante Beobachtung. Ich werde sie in meinem Tresor aufbewahren.“

„Du hast einen Tresor?“

„Oh, Baby, ich habe einen riesigen Tresor“, erwiderte er und deutete auf seinen Kopf. „Darin befindet sich eine Reihe von interessanten Beobachtungen über dich. Wenn wir eines Tages nackt beieinanderliegen, habe ich vor, all dieses Wissen, das ich angesammelt habe, gewinnbringend einzusetzen.“ Als er sie frech anlächelte, schnappte sie leise nach Luft.

In einträchtigem Schweigen legten sie den Rest des Weges bis zu seinem Haus zurück. Jack bemerkte, dass Chrissy zu ihrem Wohnhaus hinübersah und den Kopf schüttelte.

Er schaltete den Motor aus und drehte sich zu ihr. „Er liebt dich, das weißt du, oder?"

„Nein, Slade liebt nur sich selbst. Ich komme mir so idiotisch vor! Er sagt: ‚Spring!', und ich frage noch: ‚Wie hoch?' Seit unser Dad gestorben ist, fühle ich mich Slade gegenüber verpflichtet. Hast du eine Ahnung, wie oft ich ihm schon für die eine oder andere Sache Geld schicken musste?"

„Er ist ein erwachsener Mann, Chrissy. Er kann auf sich selbst aufpassen. Du machst es ihm viel zu leicht, wenn du ihm jedes Mal aus der Patsche hilfst. Und das Merkwürdige ist, dass du sonst wirklich niemand bist, der sich herumschubsen lässt. Ich gebe ja zu, dass man dich früher leicht manipulieren konnte, aber die Zeiten sind doch längst vorbei. Heute schaffe ich es ja nicht einmal, dich eine verdammte Sekunde lang an Ort und Stelle zu halten, selbst wenn es zu deinem eigenen Wohl ist."

„Ich weiß. Du hast recht. Aber er ist der Letzte, der von meiner Familie übrig ist, und ich schulde es ihm. Was soll ich denn machen? Er hat mir nie gesagt, wofür er das Geld braucht. Meinst du, er steckt in irgendwelchen Schwierigkeiten?"

„Ehrlich gesagt, ich weiß es nicht. Er hat mir eigentlich immer alles erzählt, und ich habe keine Ahnung, ob er mir etwas verheimlicht. Weißt du, er bekommt gutes Geld als MMA-Profi. Unterschätze nicht die Summen, die er damit verdient! Ich begreife nicht, wieso er so verzweifelt Geld braucht, dass er dich anruft, um für ihn zu bürgen. Aber ich verspreche dir eins, ich werde es herausfinden. Ich rede morgen mit ihm."

„Danke, Jack. Nicht nur dafür, dass du mit ihm reden willst, sondern für alles. Dass du mich zu dem Kampf mitgenommen hast, dass du dich für mich hast verprügeln lassen und mich wieder einmal gerettet hast."

„Du bist eine kleine Nervensäge, die man anscheinend ständig retten muss.“ Er lächelte sie an.

„Normalerweise bin ich eine ziemlich unabhängige Frau. Ich bin in der ganzen Welt unterwegs gewesen, in den schlimmsten Gegenden, und ich kam immer gut zurecht. Nach dem Erdbeben habe ich ein Jahr lang in Haiti gelebt. Wusstest du das? Wir hatten kein fließendes Wasser, es gab Plünderungen, ich musste die schlimmsten Verletzungen behandeln, die ich je gesehen hatte, und obendrein mussten wir uns noch vor Schlammlawinen hüten. Aber ich habe das alles gut überstanden. Und jetzt bin ich seit ein paar Tagen zu Hause und bin ein einziges Wrack. Ich komme mir fast vor wie eine Jungfrau in Bedrängnis.“

„Natürlich wusste ich, dass du in Haiti warst. Wir haben in den letzten Jahren zwar keinen Kontakt gehabt, aber Slade hat mir davon erzählt, und ich habe mir immer Sorgen gemacht. Aber ihr zwei habt euch viel zu selten gesprochen. Manchmal habe ich ihn nach dir gefragt, und er schien nicht einmal zu wissen, wo du warst. Und übrigens, ich würde nicht so weit gehen, dich als Jungfrau zu bezeichnen.“

Sie langte hinüber und versetzte ihm einen leichten Schlag in den Bauch.

„Autsch. Ich bin verletzt, schon vergessen?“ Er zeigte auf seine Hüfte und schmollte. „Diese heiße Ärztin, die mich verarztet hat, hat mir eingeschärft, dass ich erst wieder kämpfen darf, wenn ich geheilt bin. Daher müssen wir diesen, äh, Nahkampf, der dir vorschwebt, noch ein wenig verschieben.“

„Du hast dich nach mir erkundigt?“

Er antwortete nicht. Na ja, jedenfalls nicht mit Worten. Seine Miene wurde weich, als er ihr in die Augen schaute. Seine Grübchen zeigten sich, als er ihr ein strahlendes Lächeln schenkte und damit ihr Herz in Aufruhr versetzte.

5. KAPITEL

Was bist du denn für eine Heulsuse? So ein großer, starker Kerl kann nicht mal den kleinen, spielerischen Knuff eines Mädchens aushalten?", spottete Chrissy nervös und versuchte, nicht allzu sehr an Jacks Lächeln zu denken, das mehr als tausend Worte sagte. Sie stieg aus dem Wagen und ging schnell zur Haustür.

„Weißt du was? Ich glaube, ich habe Fieber", sagte er.

Chrissy sah ihn fragend an, nicht sicher, ob er das ernst meinte oder nicht.

„Du könntest ja mal meine Temperatur messen ... mit deiner Zunge." Er schenkte Chrissy ein breites Grinsen und wackelte mit den Augenbrauen.

„Oh mein Gott, du bist so ein Blödmann!" Sie boxte ihn erneut, diesmal jedoch ein wenig härter. Sie kannte ihn gut genug, um zu erkennen, dass er mit seinem Humor von seiner Bemerkung abzulenken versuchte, die sie so nervös gemacht hatte. Sein jungenhaftes Grinsen, verbunden mit diesen reizvollen Grübchen, entlockte ihr ein Lächeln. In Jacks Gegenwart fühlte sie sich gleich viel besser.

Er schloss die Haustür auf und trat zur Seite, so wie er es immer tat, um sie als Erste eintreten zu lassen. Sofort ertönte von oben das Getrippel von winzigen Pfoten auf Holzfußboden.

„Tritt ein, Mike Tyson", meinte Jack. „Übrigens, ich war ziemlich beeindruckt von der Art und Weise, wie du den Kerl im Lagerhaus vorhin schachmatt gesetzt hast", lobte er sie, während er nach ihrer Hand griff. Zusammen gingen sie nach oben, wo Drogo ihnen entgegenkam, um sie zu begrüßen. Okay, begrüßen war vielleicht übertrieben – es klang eher nach einem Knurren.

„Danke. Ich habe vor Jahren mal Selbstverteidigungskurse belegt, wobei ich allerdings immer gehofft hatte, dass ich das

Gelernte niemals anwenden muss." Chrissy bückte sich und streckte die Hand aus. Drogo schnüffelte daran, ehe er sich wieder verzog und seine winzigen Zähne bleckte. Chrissy lächelte, warf ihm einen Kuss zu und stand wieder auf.

„Na, das war jedenfalls gekonnt. Der Typ versucht wahrscheinlich immer noch, sich die Eier aus dem Hals zu pulen." Er lächelte sie an. „Hier ist das Gästezimmer. Das Bad ist direkt gegenüber."

„Das war früher dein Zimmer", bemerkte sie.

„Ja. Du erinnerst dich daran?"

„Klar, ich habe mindestens genauso viel Zeit damit verplempert, euch Jungs hinterherzulaufen, wie ich in unserem Haus verbracht habe."

Jack lächelte, ohne etwas zu sagen.

„Ich weiß, ich weiß – ich war eine Plage. Ihr zwei habt mich tagtäglich daran erinnert. Hast du was dagegen, wenn ich kurz dusche?"

„Natürlich nicht. Im Schrank liegen Handtücher. Kann ich vorher aber bitte erst noch einmal auf deine Wunde schauen?" Er streckte die Hand nach ihrer Stirn aus, doch sie schlug sie fort, und prompt bellte Drogo ihn an. Fassungslos starrte Jack hinunter auf den Hund. „Ich glaube, er hat dich gerade verteidigt."

„Ach, was für ein süßes Hündchen", meinte sie zuckersüß zu Drogo, unterließ es allerdings, ihn zu berühren. Anschließend schaute sie wieder zu Jack, der ihre Verletzung musterte. „Oh, das ist nichts. Es tut nicht mal weh. Mach dir darüber keine Sorgen."

„Ärzte sind die schlimmsten Patienten." Er zog sie an der Hand zum Bett und drückte sie sanft darauf nieder. Jetzt war er es, der zwischen ihren Oberschenkeln kniete. Vorsichtig strich er ihr das Haar aus der Stirn, um sich die Wunde genauer ansehen zu können. „Du hattest strikte Order, nicht von meiner

Seite zu weichen. Ich habe ausdrücklich gesagt: ‚Wunderschöne Chrissy, bitte, bitte, bleib ganz nah bei mir, damit ich all diese verrückten, betrunkenen Perversen davon abhalten kann, dir an deinen hübschen kleinen Hintern zu fassen.‘ Und du hast erwidert: ‚Ja, Sir.‘“

„Echt? Ich? Ich habe ‚Sir‘ gesagt?“ Sie lachte. „Das bezweifle ich doch sehr.“

„Na schön, vielleicht hast du nicht ‚Sir‘ gesagt. So zahm bist du dann doch wieder nicht. Ich glaube, du hast was in der Art gesagt wie ‚Ich verspreche, ich werde dir nicht von der Seite weichen, mein sexy Held‘.“

„Du hast recht. Ich hatte versprochen, bei dir zu bleiben.“ Sie kicherte über seine Albernheit. „Tut mir leid. Ich dachte, du wärst direkt hinter mir. Einer dieser Idioten hat es dann irgendwie geschafft, mich gegen die Wand zu drängen. Ich habe zwar versucht, mich gegen ihn zu wehren, doch er hatte so ein Nietenarmband aus Leder. Ich glaube, damit hat er mich verletzt. Aber es ist wirklich nichts Schlimmes.“

Er umschloss ihr Gesicht mit beiden Händen und schaute ihr in die Augen. Prüfend. Voller Verlangen. Und unglaublich erregt. Schließlich stieß er einen langen Seufzer aus. „Geh duschen, aber lass mich wenigstens hinterher eine antibakterielle Salbe auftragen“, meinte er heiser, nur wenige Zentimeter von ihrem Mund entfernt.

„Okay“, flüsterte sie. Es folgte ein kurzer Moment voller Verlegenheit – Jack berührte immer noch ihr Gesicht, während sich ihre Blicke ineinander verfingen –, bevor er ein Stück zurückrutschte, um diesen seltsamen Trancezustand zu beenden. Da er jedoch noch immer kniete, gerieten sie in eine noch verfänglichere Position, als Chrissy aufstand. Hastig trat sie zur Seite. Die Anziehungskraft zwischen ihnen war unglaublich intensiv. Sie glich fast einem lebendigen Wesen, das sich um sie beide wand. Doch Chrissy hatte nicht vor, sich näher damit zu befassen. Das alles hatte sie schon einmal erlebt, und es hatte nicht gut geendet. Ganz und gar nicht gut. Der Kern ihres Dilemmas war geblieben: einmal ein böser Junge, immer ein böser Junge, und böse Jungs waren brutal. Das durfte sie nicht vergessen. Wenn schon nicht um ihretwillen, dann wenigstens um ihres Vaters willen und aus Rücksicht auf all das, was vor elf Jahren geschehen war.

„Verdammt! Meine Sachen sind alle noch im Kofferraum meines Autos, und das steht irgendwo am Straßenrand."

Jack kam hoch. „Ich habe eine antibakterielle Salbe da, keine Sorge."

„Nein, das meinte ich nicht. Ich habe keine Klamotten dabei."

„Na und? Wir haben doch schon gestern beschlossen, dass die Uniform, die du hier im Haus tragen sollst, aus einem meiner T-Shirts besteht. Davon habe ich Schubladen voll."

„Wir", erwiderte sie und zeigte mit dem Finger zwischen ihnen hin und her, „haben gar nichts beschlossen. Wenn ich mich recht erinnere, hast du diese Entscheidung ganz allein getroffen. Aber da ich nichts anderes dabeihabe, werde ich mir wohl wieder eins von deinen Shirts ausleihen müssen."

„Na, wenn es drauf ankommt, kann ich durchaus flexibel sein. Wenn du keins von meinen T-Shirts willst, macht es mir auch nichts aus, wenn du gar nichts anhast. Genau genommen gefällt mir diese Option sogar noch besser."

„Ich nehme das T-Shirt." Sie lachte.

„Ich wusste doch, dass wir einen Kompromiss finden würden." Spielerisch tätschelte er ihr den Hintern, bevor sie in Richtung Bad schlenderte. Drogo blieb am Fußende des Bettes, wo er seinem eigenen Schwanz hinterherjagte.

Wie sollte er einer schönen Frau widerstehen, die all diese neu entdeckten Gefühle in ihm wachrief – Verlangen, Beschützerinstinkt, Besitzgier, Schmetterlinge im Bauch –, wenn sie nur wenige Meter von ihm entfernt schlief? Das wird eine sehr, sehr lange Nacht werden, dachte Jack. All die Jahre über hatte er Chrissy lediglich als die unschuldige kleine Schwester seines besten Freundes gesehen. Nicht mehr. Nicht weniger. Es war keine Lüge gewesen, als er ihr gesagt hatte, dass er immer gewusst hatte, wo sie sich gerade aufhielt. Er hatte Slade häufig nach ihr gefragt, aber es war rein platonische, freundschaftliche Neugier gewesen. Er kannte sie schon fast sein ganzes Leben lang; wie hätte er da so tun können, als würde sie nicht existieren? Natürlich hatte er sich nach ihr erkundigt. Wieso hatte sie nicht damit gerechnet? Er überlegte, ob sie sich wohl jemals auch nach ihm erkundigt hatte. Aber jetzt, elf Jahre später, war es so, als hätte er sie noch nie richtig gesehen. Das Treffen vor zwei Tagen, als er sie wegen erhöhter Geschwindigkeit angehalten und ihr das erste Mal wieder begegnet war, hatte ihn geradezu umgehauen. Verdammt, sie war so sexy! Und sie schlief nebenan.

Die ganze Nacht hatte Jack mit dem Gedanken gespielt, zu ihr hinüber ins Gästezimmer zu gehen, um einfach in ihr Bett zu schlüpfen. Um sich in Chrissy zu vergraben. Er hatte all seine Selbstbeherrschung aufbringen müssen, es nicht zu tun. Okay, das war nicht die ganze Wahrheit. Es hatte nicht so sehr an seiner Selbstbeherrschung als vielmehr an einem bösartigen kleinen Hund gelegen, der vor Chrissys Tür die ganze verdammte Nacht lang Wache geschoben hatte. Das eine Mal, als Jack seinem Verlangen nachgegeben hatte und zu ihrem Zimmer geschlichen war, hatte Drogo böse geknurrt und nach seinem Knöchel geschnappt. *Scheißköter!* Danach hatte Jack erst recht nicht mehr schlafen können. Und so saß er bereits morgens um acht, während Chrissy noch schlief und Drogo draußen sein Geschäft erledigte, in Slades Küche.

„Alter, was zum Teufel ist mit dir bloß los?“, fragte Jack. „Du solltest es doch besser wissen, als an einem solchen Hinterhof-Kampf teilzunehmen. Da handelst du dir doch nur Ärger ein.“

„Ich brauche Geld.“ Slade tat ein paar Zutaten in den Mixer. „Proteinshake.“ Er deutete auf das Gerät. „Willst du auch einen?“

Jack nickte und griff nach einem Glas. „Wofür?“

„Du solltest doch wirklich genau wissen, wofür ich Geld brauche. Ich will nicht ewig kämpfen. Ich kann nicht ewig kämpfen. Ich habe inzwischen so viele Gehirnerschütterungen erlitten, dass die Ärzte meinen, dass ich beim nächsten heftigen Schlag vermutlich bleibende Schäden davontrage. Ich will mein eigenes Trainingscenter aufmachen. Bei meinem Ruf müsste es mir eigentlich gelingen, ein paar gute Kunden zu gewinnen. Ich kann die nächste Generation MMA-Kämpfer trainieren. Aber dafür brauche ich Startkapital.“

„Warum hast du das nicht eher erwähnt? Es muss doch noch andere Wege geben, um an Geld zu kommen. Warum besorgst du dir nicht einen Kredit? Machst es mal ganz legal?“

„Das würde Monate dauern. Mein nächster Kampf ist schon am Donnerstagabend, nach deinem. Wenn ich gewinne, dann habe ich all die Kohle, die ich brauche.“

„Soll das heißen, du willst noch einmal kämpfen? Während du auf Kaution frei bist?“

„Ich brauche diesen Kampf, Bruder. Das ist ’ne echt große Sache. Es geht um hunderttausend Dollar, Alter.“

„Was ist mit deiner Schwester?“

„Was soll mit ihr sein? Wehe, du verpetzt mich! Ich kann auf ihre Lektionen gut und gern verzichten. Ich muss die nächsten Tage in Ruhe trainieren. Wenn ich im Ring bin, muss ich versuchen, mich zu konzentrieren, da will ich mir keine Sorgen darüber machen müssen, dass sie womöglich von den gaffenden Scheißtypen angebaggert wird.“

„Warum verhältst du dich ihr gegenüber eigentlich immer wie ein Arsch?“

„Weiß nicht. Ich will es ja gar nicht, aber irgendwie kann ich es ihr nie recht machen. Als Dad noch am Leben war, standen wir uns ziemlich nahe. Ich meine, sie nervte zwar, aber so ist das nun mal mit kleinen Schwestern. Sie hält mich für einen Loser, der sie nur anruft, wenn er was braucht. Seit Dad tot ist, habe ich immer das Gefühl, dass sie mich hasst, und ich habe keine Ahnung, warum. Ich werde ihr die dreißigtausend Dollar, die sie für meine Kaution hinterlegt hat, zurückzahlen. Ich bin sicher, sie ist heilfroh, wieder nach Miami zu können. Sie hasst es hier. Bei erster Gelegenheit hat sie damals die Flucht ergriffen. Ach, übrigens, du musst mir helfen, dass diese Anklage fallen gelassen wird. Ich habe keine Lust, ein Vermögen für einen Anwalt zu zahlen.“

„Sie hasst dich nicht. Sie liebt dich. Ihr zwei müsst euch mal aussprechen und diese ganze Scheiße bereinigen. Ihr müsst euch mal gegenseitig das Herz ausschütten, oder wie auch immer die Mädels das nennen. Du bist echt ein Arschloch, wenn du dich nur bei ihr meldest, wenn du was von ihr willst. Du denkst immer nur an dich.“

„Hat sie dir das gesagt? Hat sie behauptet, ich rufe sie nur an, wenn ich was will? Na, das ist doch Quatsch! Ich rufe auch mal an, um einfach nur Hallo zu sagen, aber sie ist generell schwer zu erreichen, weil sie immer irgendwo auf der Welt zu tun hat. Alter, sie ist für ein Jahr nach Haiti gefahren und hat wie oft angerufen? Zweimal! Was zum Teufel sollte ich denn tun? Wir haben uns zwar E-Mails geschrieben, aber wenn man mal alles zusammenzählt, dann habe ich mich weitaus mehr bemüht, den Kontakt aufrechtzuerhalten, als sie. Sie ruft mich nur ganz selten an, und wenn ich es versuche, dann erwische ich sie so gut wie nie. Mir ist schon klar, wieso sie glaubt, ich würde sie immer nur kontaktieren, wenn ich was will, aber das kommt davon, weil wir kaum miteinander reden. Wenn sie versuchen würde, mit mir in Verbindung zu bleiben, dann würde ihr bewusst werden, dass ich mir all die Jahre durchaus Mühe gegeben habe."

Jack überdachte, was sein Freund gerade gesagt hatte, und stellte fest, dass es durchaus Sinn ergab. Meistens war es Slade nicht gelungen, Chrissy zu erreichen, da sie in irgendeinem Dschungel oder sonst wo unterwegs war. Und bei den wenigen Gelegenheiten, wenn sie miteinander gesprochen hatten, hatte es sich wohl eher zufällig so ergeben, dass Slade Unterstützung brauchte – tja, und das, so nahm Jack an, machte dann keinen guten Eindruck auf Chrissy. Er kannte Slade seit Langem und wusste, dass sein Freund kein herzloser oder egoistischer Mistkerl war, der seine Schwester nie anrief. Slade hatte sogar immer damit angegeben, dass seine Schwester Ärztin war, und mit ihren Auszeichnungen geprahlt, selbst wenn er nicht gewusst hatte, wo sie gerade steckte.

„Na, dann ist das ein Grund mehr, dass ihr euch mal aussprecht. Und was die Anklage angeht … Alter, du hast den Neffen des Bürgermeisters zusammengeschlagen! Ich werde mein Möglichstes tun, aber ich kann dir nichts versprechen. Wir leben hier in einer Kleinstadt, und der Bürgermeister tut so, als sei er der Besitzer. Das weißt du doch."

Während er den Shake in die Gläser goss, meinte Slade: „Übrigens, das ist alles sowieso deine Schuld. Du hast mich über Nacht im Knast gelassen. Ich hätte Chrissy gar nicht anzurufen brauchen, wenn du mich schon früher rausgeholt oder ein paar Strippen gezogen hättest."

„Du musstest erst mal ausnüchtern und dich beruhigen, Kumpel. Fuck, ich habe dir einen Gefallen getan. Ich hätte nie damit gerechnet, dass du sie anrufst."

„Wie du meinst, Alter. Ist jetzt eh zu spät. Schwamm drüber."

„Warte mal, *du* vergibst *mir*? Ich bin doch nicht derjenige, der Mist gebaut hat. Ich war nicht mal dabei. Ich war nicht derjenige, der sich wegen einer Tussi auf einen Faustkampf eingelassen hat. Das warst ganz allein du, Freundchen."

Slade setzte sich und stellte das Glas mit dem grünen Proteinshake vor sich auf den Tisch. Das, was Jack gerade gesagt hatte, schien ihn völlig kaltzulassen. Sein Ist-mir-doch-alles-scheißegal-Gehabe ging Jack so langsam wirklich auf die Nerven. „Weißt du was, Alter? Ich habe die Schnauze voll. Ich werde dich nicht wieder raushauen. Ich schlage vor, dass du nicht mehr kämpfst. Wenn ich dich noch mal bei einem dieser illegalen Untergrund-Kämpfe erwische, verhafte ich dich und außerdem alle, die daran beteiligt sind. Ich habe keine Lust, mit einem schlechten Gewissen leben zu müssen, weil du dich hast ins Jenseits befördern lassen. Bei solchen Kämpfen gibt es keinerlei Regeln oder irgendwelche Sicherheitsvorkehrungen. Schau dich doch an! Nach einem legalen Kampf habe ich dich noch nie so zerschunden gesehen wie nach dem Gemetzel gestern." Slades rechtes Auge war total zugeschwollen. Unter seinem linken Auge klaffte eine hässliche Wunde, und seine Lippe war aufgeplatzt.

„Du hasst Proteinshakes, Mann!", fuhr Jack fort. „Ich weiß, dass du diesen Scheiß trinkst, weil dich dein Kiefer so schmerzt, dass du kaum feste Nahrung zu dir nehmen kannst. Ich denke, du bist nicht einmal mehr in der körperlichen Verfassung, den nächsten Kampf zu bestreiten. Du bist echt am Arsch. Und du wirst dich beim nächsten Mal ernsthaft verletzen."

Slade schien das alles überhaupt nicht zu kümmern, er machte sich nicht einmal die Mühe, darauf etwas zu erwidern, was Jack nur noch mehr auf die Palme brachte. Ehe er zur Tür hinausging, drehte er sich noch einmal um und stellte eine letzte Frage. „Weißt du eigentlich, wo Chrissy ist? Interessiert es dich überhaupt?"

Slade zuckte mit den Schultern. „Ich schätze mal, dass sie nach Hause gefahren ist und sich darauf vorbereitet, wieder ans Ende der Welt zu fliegen, um dort zu arbeiten."

Jack schüttelte fassungslos den Kopf und knallte auf dem Weg nach draußen die Tür so heftig zu, dass er auf der anderen Seite etwas zerbrechen hörte.

Er stapfte über den Rasen zu seinem Haus und überlegte, ob er Chrissy von dem anstehenden Kampf erzählen sollte oder nicht. Wenn er es ihr sagte, würde sie mit Sicherheit hingehen wollen, und Slade hatte recht – er würde sich mehr Sorgen um seine Schwester machen als um den Typen, mit dem er im Ring stand. Außerdem wollte Jack sie nicht dabeihaben. Dass sie einmal begrapscht worden war, reichte, er wollte nicht, dass sich eine Szene wie gestern wiederholte. Andererseits, wenn ihrem Bruder etwas passierte und Jack hätte ihr den Kampf verschwiegen, würde sie ihm das niemals verzeihen.

Im Haus herrschte Stille; anscheinend schlief sie noch immer. Er ging nach oben und sah, dass Drogo wieder vor ihrer Tür saß. „Was ist? Bist du jetzt auch noch die Tageswache?" Der Hund bellte ihn an, und Jack schüttelte den Kopf. „Du knurrst sie fast genauso oft an wie mich. Ich verstehe dich nicht. Mach Platz, du Spinner!", befahl Jack dem Hund, der zu begreifen schien, denn er ging zur Seite, sodass Jack leise die Tür öffnen konnte. Chrissy lag quer ausgestreckt auf dem Bett. Es erstaunte ihn, wie eine so kleine Person so viel Platz einnehmen konnte. Ihr Haar war auf dem Kissen ausgebreitet, und die Decke hatte sie um ihren Körper geschlungen. Ein Großteil davon war bedeckt, doch die langen, wohlgeformten und ungemein sexy Beine lugten hervor. Sie sah so friedlich aus. Am liebsten wäre er zu ihr ins Bett geschlüpft, doch er beherrschte sich. Leise schloss er die Tür wieder und ging nach unten, um das Frühstück vorzubereiten. Drogo blieb, wo er war, anscheinend hielt er es für immens wichtig, Wache zu schieben.

Einige Minuten später kam eine verschlafene, halb nackte Chrissy barfuß in die Küche getapst, rieb sich die Augen und gähnte, während Drogo zufrieden neben ihr hertrippelte.

„Riecht gut“, murmelte sie noch ziemlich verpennt.

Jacks Augen, die plötzlich ein Eigenleben zu haben schienen, scannten ihren Körper, angefangen bei den rosa lackierten Zehennägeln bis hin zu ihren üppigen Brüsten, die bei jedem verdammten Schritt, den sie machte, auf und ab hüpften. Ihr langes schwarzes Haar hatte sie zu einem unordentlichen Knoten auf dem Kopf festgesteckt. Mit ihren blauen Augen erwiderte sie herausfordernd seinen Blick.

Jack machte sich gar nicht erst die Mühe, so zu tun, als würde er sie nicht anstarren. Er hoffte inständig, dass er nicht auch noch anfing zu sabbern. Aber ihr müsste eigentlich bewusst sein, dass ihr in diesem Aufzug seine volle Aufmerksamkeit gewiss war.

„Ich brate uns Eier mit Schinken. Kaffee ist fertig, Saft im Kühlschrank. Bediene dich. Ich bin fast fertig“, sagte Jack.

„Ich hätte nie im Leben gedacht, dass du zu den Männern gehörst, die kochen können.“ Sie beugte sich vor, um den Saft aus dem Kühlschrank zu holen, und dabei rutschte der Saum des T-Shirts ein Stück nach oben und bot ihm einen phänomenalen Blick auf ihren nackten Hintern. Was zum Teufel dachte sie sich dabei? Er ließ den Bratenwender fallen, und Chrissy zuckte zusammen.

Er hob das Teil schnell wieder auf und schüttelte den Kopf in dem vergeblichen Versuch, dieses Bild zu verdrängen. „Ich kann nicht sonderlich viel kochen, aber Schinken und Eier braten, das kriege ich gerade noch hin.“

„Saft?“, fragte sie. Er nickte.

Sie stellte zwei Gläser mit Orangensaft auf den Tisch und setzte sich, wobei sie den Saum des langen T-Shirts nach unten zog. Jack füllte zwei Teller und brachte sie ebenfalls zum Tisch. Und dann passierte etwas wirklich Unglaubliches: Chrissy klopfte auf ihren Schenkel, und Drogo, der bösartige, grausame Killer-Chihuahua, sprang auf ihren Schoß und legte friedlich seinen Kopf auf ihr Knie, während Chrissy ihn hinter den Ohren kraulte und ihm den Rücken streichelte, als wäre es das Normalste auf der Welt. Jack glaubte sogar, den Hund leise seufzen zu hören. *Verräter!*

„Endlich! Ich wusste, dass du dich in mich verlieben würdest", quietschte sie und stieß triumphierend die Faust in die Luft. *Oh Gott, sie ist echt anbetungswürdig.*

„Ich fasse es nicht, dass er auf deinem Schoß liegt. Was zum Teufel hat das zu bedeuten?"

„Wir haben eine Art Übereinkunft getroffen", erklärte Chrissy. „Nicht wahr, mein Kleiner?" Drogo seufzte erneut, und Jack verdrehte die Augen.

„Übereinkunft?"

„Ja. Ich gebe ihm Futter, und im Gegenzug liebt er mich. Stimmt's, mein Süßer?", gurrte Chrissy, während sie ihn weiterstreichelte.

Und so unglaublich es auch schien, aber der kleine Köter nickte glücklich.

„Verdammter Verräter", meinte Jack, musste aber grinsen.

Chrissy probierte von dem Frühstück, das Jack zubereitet hatte. „Wow! Das ist köstlich, Jack. Ich war schon am Verhungern. Danke."

„Nachdem gestern so viel passiert war, habe ich völlig vergessen, dir abends noch etwas zu essen anzubieten. Tut mir leid."

Sie schüttelte den Kopf und machte eine wegwerfende Handbewegung mit der Gabel, während sie kaute und schluckte. Dann sagte sie: „Mach dir darüber keine Gedanken. Mhm, es ist echt lecker! Ich hatte schon ewig keinen Schinken mehr. In all diesen Armutsgebieten ist Schinken ziemlich selten."

Sie überraschte ihn, als sie über den Tisch griff und sich ein weiteres Stück Schinken von seinem Teller stibitzte. Dann legte sie den Kopf zurück, schloss die Augen und schob sich den dünnen Streifen Schinken in den Mund. Als sie anfing, genüsslich zu kauen, rutschte Jack unruhig auf seinem Stuhl hin und her. Dieser Anblick machte ihn so was von scharf, noch dazu, als er bemerkte, wie sich ihre Brüste unter dem dünnen Stoff seines T-Shirts abzeichneten. War Schinken schon immer so erotisch gewesen?

Als er sich räusperte und lächelte, riss er sie aus dem Geschmacksorgasmus, den der Schinken anscheinend in ihr ausgelöst hatte. „Also, was hast du heute für Pläne?“, fragte er, noch immer ganz davon hingerissen, wie anbetungswürdig sie beim Essen wirkte. Er war eher an Frauen gewöhnt, die im Salat herumstocherten oder anderes gesundes Zeug in Miniportionen lustlos verspeisten. Es war erfrischend, ein weibliches Wesen mit einem kräftigen Appetit zu erleben.

„Na ja …“ Sie trank einen Schluck Orangensaft, während sie Drogo mit kleinen Schinkenstücken fütterte. „Zunächst einmal muss ich mich um mein Auto kümmern. Sobald es wieder fahrtüchtig ist, werde ich mich wohl auf den Weg nach Hause machen.“

Ihm wurde das Herz schwer bei dem Gedanken, und offenbar ging es Drogo genauso, denn er winselte. Hey, du Rabenaas, wo bleibt deine Loyalität? dachte Jack.

„Du willst nicht hierbleiben und mit Slade reden?“, insistierte er.

„Wozu? Es nutzt ja doch nichts. Slade hat ausdrücklich erklärt, dass er ohnehin tut, was er für richtig hält. Da kann ich ebenso gut nach Hause fahren und mich mit dem Chaos dort beschäftigen.“

„Was für ein Chaos?“, hakte er nach.

Sie machte eine abwehrende Handbewegung und schüttelte den Kopf. „Ach, nichts. Sagen wir einfach mal, ich habe ein paar ziemlich beschissene Tage hinter mir.“

„Tja, und es wird noch beschissener. Ich muss dir was sagen.“

„Was denn jetzt noch?“, fragte sie stöhnend und schob ihren Teller zurück. Sie stützte die Ellenbogen auf den Tisch und vergrub die Stirn in den Händen. Anscheinend wollte sie sich wappnen gegen das, was jetzt kam.

Jack stand auf und kam um den Tisch herum. Er erschreckte sie, als er ihren Stuhl ein Stück vorzog und zur Seite drehte. Drogo knurrte ihn an. „Verdammt, du bist mein Hund, Drogo!“, schimpfte er. Dann schnappte er sich den Stuhl neben ihrem und setzte sich, sodass sie einander anschauten und ihre Knie sich berührten. Er nahm Chrissys Hände in seine.

„Ich war heute Morgen schon nebenan. Ich weiß jetzt, wozu Slade das Geld braucht. Es ist nichts Schlimmes. Und auch nichts Illegales. Ich gebe es ja nur ungern zu, aber ich hatte genau so etwas schon befürchtet, weil er so ein Geheimnis darum gemacht hat“, erklärte er, während er ihre Hände mit seinen Daumen streichelte. „Er will ein Trainingszentrum für Boxer und MMA-Fighter eröffnen. Ihm ist klar geworden, dass sich seine Karriere als Kämpfer dem Ende zuneigt. Er hatte zu viele Gehirnerschütterungen.“

Instinktiv drückte Chrissy seine Hände. „Gehirnerschütterungen? Plural?“, fragte sie. „Ich weiß, dass Gehirnerschütterungen für einen Profikämpfer normal sind, aber über wie viele reden wir hier? Hat er schon mal MRTs machen lassen? Hat er …“

Er unterbrach sie. „Hör zu, Chrissy. Er weiß, dass er nicht länger kämpfen kann. Hast du das leichte Zittern in seiner rechten Hand nicht bemerkt?“

„Doch, ich hab's im Diner neulich gesehen, mir aber nichts dabei gedacht. Er war gerade aus dem Gefängnis entlassen worden, und … Ach, ich weiß nicht, ich habe es einfach ignoriert.“

„Das ist nun mal der Lauf der Dinge“, erklärte er ihr. „Ich kämpfe aus Spaß, aber ich habe einen Job, eine Karriere. Slade nicht. Kämpfen ist sein Leben. Seine Karriere, sein Vergnügen, sein Ein und Alles. Er möchte ein Studio eröffnen und andere trainieren. Er hat mir schon häufiger von seinen Träumen erzählt, aber ich war mir nie sicher, ob er es wirklich ernst meint."

Chrissy richtete sich auf, und ein kleines Lächeln erschien auf ihren Lippen. „Das sind doch gute Neuigkeiten. Er wird erwachsen. Er hört mit diesem barbarischen Unsinn auf und eröffnet ein Trainingscenter. Ein legales Unternehmen. Wenn er schon ein paar kognitive Einschränkungen wegen der Gehirnerschütterungen hat, dann kann das unter Umständen wieder behoben werden; zumindest sollte das Ganze nicht weiter fortschreiten." Sie stieß die Luft aus. „Puh – ich dachte, du würdest mit schlechten Neuigkeiten kommen!" Sie drückte seine Hände und strahlte ihn an.

Er wollte unter keinen Umständen das Strahlen in ihren Augen wieder vertreiben, aber er wusste auch, dass er gleich dabei war, genau das zu tun. „Chris, er hat noch nicht all das Geld zusammen, das er braucht. Er wird in ein paar Tagen noch einmal in den Ring steigen. Ich fürchte, es wird kein einfacher Kampf werden, denn es geht um richtig viel Geld. Und ich weiß auch, dass er keinen Rückzieher machen wird." Und da passierte es auch schon. Sämtlicher Glanz verschwand aus ihren Augen. Sie ließ die Schultern hängen, und ihre Lippen begannen zu zittern. „Es tut mir leid, Chris. Ich fand, du solltest es wissen."

Sie sprang auf, und der Hund hüpfte erschrocken auf den Boden. „Nein! Das darf er nicht! Wir müssen ihn davon abhalten. Das ist verrückt! Es muss einen anderen Weg geben. Ein falscher Schlag auf den Kopf, und er wird für den Rest seines Lebens nur noch vor sich hinvegetieren. Begreift er das denn nicht?" Sie ließ Jack gar keine Gelegenheit, darauf zu antworten. „Natürlich begreift er das nicht, sonst würde er ja etwas so Idiotisches nicht machen. Er könnte sterben, Jack! Ich muss ihm das genau erklären." Sie beugte sich zu ihm hinunter und küsste ihn auf die Wange. „Danke, dass du es mir erzählt hast. Wirklich, vielen Dank."

Er zog sie wieder auf den Stuhl, und prompt sprang Drogo wieder auf ihren Schoß. „Ich glaube nicht, dass er auf dich hört", wandte Jack ein. „Das Einzige, was er im Moment vor Augen hat, sind die vielen Dollarzeichen. Wenn ich das Geld hätte, würde ich es ihm sofort geben. Ich habe ein paar Ersparnisse, die ich ..."

„Nein. Nein! Vielen Dank, Jack, aber nein! Das ist total verrückt! Er muss begreifen, dass dieser Kampf nicht zu verantworten ist."

Chrissy dachte einen Moment lang nach. Drogo schien verärgert, wenn man das von einem Hund so sagen konnte.

Schließlich fragte sie: „Warum beantragt er nicht einfach einen Kredit?"

Jack zuckte mit den Schultern. „Keine Ahnung."

„Es gibt andere Möglichkeiten. Er muss nicht mehr kämpfen. Ich gehe rüber und rede mit ihm."

Sie stand wieder auf und marschierte zur Haustür, den Hund dicht auf den Fersen. „Drogo, bleib hier! Chrissy, warte!"

Sie fuhr herum und seufzte genervt. „Was?"

Die Verärgerung in ihrer Stimme amüsierte Jack, obwohl Drogo seinen Befehl natürlich völlig ignoriert hatte und neben Chrissy bei Fuß stand.

„Wir haben uns geeinigt, dass du in meinem Haus jederzeit gern so herumlaufen kannst. Ich fürchte jedoch, dass dein Bruder etwas dagegen haben könnte, vor allem, weil er nicht weiß, dass du die Nacht hier verbracht hast. Und wenn du jetzt aus meinem Haus kommst und nichts weiter anhast als eins von meinen T-Shirts ..."

Sie blickte an sich hinunter. „Oh. Stimmt. Okay."

Sie lief die Treppe nach oben. Jack versuchte, ihr nicht hinterherzuschauen, aber die Versuchung war einfach zu groß.

Verdammt, sie hatte echt einen fantastischen Hintern! Zwei Minuten später war sie wieder da, diesmal trug sie immerhin ihre Jeans, allerdings stellte er fest, dass sie sich nicht die Mühe gemacht hatte, einen BH anzuziehen.

„Es stört dich nicht, dass ich mir dein T-Shirt ausleihe." Es war eher eine Feststellung als eine Frage. Er schüttelte den Kopf, und ehe er die Chance hatte, noch etwas zu sagen, stürmte sie nach draußen. Eine Frau mit einer Mission, und anscheinend hatte sich Drogo zu ihrem Handlanger entwickelt, denn er verschwand mit ihr. Und Jack folgte ihr natürlich auch. Er liebte diese kratzbürstige Seite an Chrissy.

6. KAPITEL

Slade, ich weiß, dass du da bist. Mach auf!“ Chrissy hämmerte an die Tür, während Drogo bellte.

„Fuck, Chris! Du weckst die ganze Nachbarschaft auf“, entgegnete ihr Bruder brummend, als er die Tür öffnete und Platz machte, damit sie eintreten konnte. Drogo begann sofort zu knurren und am Hosenbein von Slades Trainingshose zu zerren, deshalb bückte Chrissy sich und hob ihn hoch.

„Was zum Teufel tust du da? Sei vorsichtig mit diesem Biest. Dieser Hund hasst alle und jeden“, warnte Slade, während er einen Schritt rückwärts machte und abwehrend die Hände hob. Im nächsten Augenblick entdeckte er Jack, der direkt hinter ihr das Haus betrat. „Warte mal eine Minute! Wo kommst du her, Chris?“

„Von drüben.“

Slade musterte Chrissy von oben bis unten. „Verdammt, warum warst du bei Jack? Und wieso hast du eins von seinen T-Shirts an?“

Chrissy sah an sich hinab. Vielleicht hätte sie lieber eins von Jacks schlichten weißen Shirts anziehen sollen. Stattdessen prangte auf dem T-Shirt das Logo von Jacks Sportclub, WtF Academy. Oh, oh! Das verhieß nichts Gutes! Vorsichtshalber ging Jack etwas zurück, als Slade ihn böse anfunkelte.

„WtF?“, fragte Chrissy. „Dein Sportclub nennt sich ‚What the Fuck‘? Das ist ja ein grauenvoller Name.“

Jack schüttelte den Kopf. „‚Worth the Fight‘ – du weißt schon, ‚Der Kampf lohnt sich‘. Nicht ‚What the Fuck‘. Unser alter Trainer kennt diese moderne Abkürzung gar nicht.“

„Oh!“ Chrissy neigte den Kopf zur Seite. „Vielleicht sollte ihm das mal jemand stecken?“ Sie straffte die Schulter und schaute Slade wütend an. „Wie auch immer, deshalb bin ich nicht hier.“

„Was zum Teufel machst du bei Jack, und wieso hast du sein T-Shirt an?“, wiederholte Slade. So, wie er dastand, die Arme verschränkt und die Beine gegrätscht, wirkte er wie ein Türsteher.

„Wollen wir wirklich darüber reden?“ Sie verschränkte ebenfalls die Arme und ahmte seine Haltung nach.

„Darauf kannst du deinen Arsch verwetten, dass wir das tun.“ Er trat auf seinen besten Freund zu. „Was fällt dir ein, Daniels? Du hattest vorhin eine Menge zu sagen, hast aber leider vergessen zu erwähnen, dass meine Schwester bei dir schläft.“

Chrissy drängelte sich schnell zwischen die beiden Männer, während Drogo ohne Unterlass weiterkläffte. Der Hund mochte Slade wirklich nicht. „Oh mein Gott, entspann dich! Ich hatte eine Autopanne, er hat mich am Straßenrand aufgelesen, und ich habe in seinem Gästezimmer übernachtet. Wobei dich das nicht das Geringste angeht in Anbetracht der Tatsache, dass ich für dich sowieso nichts weiter bin als eine große Gelddruckmaschine. Du scherst dich doch einen Dreck um mich!“

„Das stimmt nicht, Chris. Du bist meine kleine Schwester.“

„Jedenfalls will ich jetzt nicht darüber reden, wo ich letzte Nacht geschlafen habe. Jack ist sowieso nicht mein Typ. Du weißt, was ich von gewalttätigen Typen halte. Und überhaupt, ich bin nicht Veronica. Also bin ich sicher, dass ich auch nicht sein Typ bin. Wir sind nur Freunde. Hör zu, ich will mit dir über diesen Kampf reden.“

„Warte, was? Wer ist Veronica?“ Jack trat auf sie zu und blickte sie verwirrt an.

„Das ist nicht dein Ernst, oder? Aber das steht jetzt gar nicht zur Debatte. Konzentriert euch, Jungs! Ich will mit dir über diesen Kampf reden, Slade!“

„Na toll, keine zehn Minuten hast du gebraucht, um ihr von dem Kampf zu erzählen! Vielen Dank auch, Jack“, fuhr Slade seinen Freund an.

„Nein, warte! Auszeit!“ Jack schnappte sich Drogo aus Chrissys Arm und setzte ihn auf den Boden, eher er ihr Handgelenk packte und sie zu sich herumdrehte, sodass sie ihn anschauen musste. „Wer ist Veronica?“, wiederholte Jack langsam, doch offenbar missfiel Drogo sein Ton, denn er begann noch wütender zu kläffen. „Oh mein Gott! Was hast du mit meinem verdammten Hund angestellt? Ich glaube, da war er mir vorher sogar noch lieber. Kannst du ihn bitte zum Schweigen bringen?“

„Wahrscheinlich mag er dich nicht, weil du gemein zu mir bist. Sag ihm nicht, er soll die Schnauze halten. Sei nett zu ihm.“ Chrissy hockte sich hin, streichelte Drogo und befahl ihm dann mit strenger, aber freundlicher Stimme, ruhig zu sein und Sitz zu machen, was der Hund prompt tat.

„Fuck! Das ist unglaublich!“, riefen Jack und Slade im Chor.

„Wie auch immer, wer zum Teufel ist Veronica?“, wiederholte Jack.

„Tu nicht so blöd, Daniels! Veronica. Meine beste Freundin auf der Highschool? Die, mit der du geschlafen hast, nur um dann nie wieder mit ihr zu reden? Und sie damit dazu gebracht hast, nie wieder mit mir zu reden? Du hast unsere Freundschaft mit deinem kleinen One-Night-Stand zerstört.“

„Ich habe nicht die leiseste Ahnung, von wem du sprichst, Chris. Warst du deshalb so sauer auf mich?“

„Ja. Deshalb habe ich monatelang nicht mehr mit dir geredet. Ich brauchte meine Freundin, und die habe ich verloren, weil du dein bestes Stück nicht in der Hose lassen konntest. Aber es ist lange her, und ich will es jetzt gut sein lassen. Obwohl du ein noch größerer Mistkerl bist, als ich geglaubt habe, wenn du so viele Frauen gehabt hast, dass du dich nicht mehr an sie erinnerst.“ Sie entzog ihm ihre Hand und wandte sich wieder Slade zu.

„Alter, ich hatte gar keine Ahnung, dass du auch mit Veronica gevögelt hast“, meinte Slade und hob die Hand, um sich mit Jack abzuklatschen. Jack rührte sich allerdings nicht, sondern sah noch immer verwirrt aus. Slade ließ den Arm sinken und sagte: „Na ja, ist ja auch egal, und was diesen Fight betrifft, bin ich ...“

„Warte ... was? Du hast auch mit Veronica geschlafen?“, unterbrach Chrissy ihn völlig schockiert.

„Fuck, ja! Deine Freundin war eine echt heiße Tussi. Ihr wart auf einer Party, und du bist an dem Abend mit irgendwem abgedampft ... Mit Jack, glaube ich. Wenn ich mich recht erinnere, war Jack sauer, dass du überhaupt auf der Party warst, und hat dich nach Hause gefahren. Veronica war sauer, weil sie sozusagen sitzen gelassen worden war. Tja, da führte halt eins zum anderen, und plötzlich hing sie an meinem Hals. Wie hätte ich ihr da widerstehen können? Ich war jung. Damals wurde ich von meinen Hormonen gesteuert. Du weißt doch, wie das läuft, Mann“, erklärte er und schaute Jack an. „Ich meine, nicht einmal du konntest ihr widerstehen. Wieso hast du mir nie davon erzählt?“

„Du bist ein Schwein!“ Chrissy boxte Slade kräftig in die Seite.

„Alter, ich habe nie mit Veronica rumgemacht!“, sagte Jack zu Slade, bevor er sich zu Chrissy umdrehte. „Ernsthaft, Chris, ich habe nicht mit ihr geschlafen. Ich erinnere mich an deine Freundin. Das hätte ich nie getan. Ich habe ja geglaubt, du wärst ein wenig in mich verknallt, und dann wäre das echt mies von mir gewesen, wenn ich es mit deiner Freundin getrieben hätte.“

„Ich war nicht in dich verknallt. Bist du ganz sicher, dass du nicht mit ihr geschlafen hast?“, hakte Chrissy nach, noch immer schockiert und ein wenig verlegen, weil Jack sie ertappt hatte.

Er war schon immer ein großartiger Typ. Natürlich war sie in ihn verknallt gewesen, aber das brauchte er ja nicht zu wissen. *Wie auch immer, so richtig verliebt war ich gar nicht in ihn. Ich habe ihn höchstens ein bisschen angehimmelt. Ich habe mir nur ein paarmal – täglich – ausgemalt, wie er wohl nackt aussieht und wie es wäre, wenn er mit mir ...*

„Ja, da bin ich mir ganz, ganz sicher. Ich fasse es nicht, dass du all die Jahre über wütend auf mich warst wegen etwas, das ich nicht einmal getan habe.“ Jetzt schien Jack sauer zu werden. Sehr sauer.

„Alter, sie war verdammt heiß!“, mischte Slade sich ein.

„Halt den Mund, Slade!“, riefen Chrissy und Jack unisono.

„Es wurde gemunkelt, dass du mit ihr Sex hattest und sie dann nie mehr angerufen hast, und wegen der freundschaftlichen Verbindung zwischen uns beiden hat sie dann auch nicht mehr mit mir geredet. Sie war schon immer in dich verschossen, Jack, und ich nahm einfach an, dass die Gerüchte stimmten. Rückblickend ergibt es aber wohl mehr Sinn, dass sie sauer auf mich war, weil Slade mit ihr geschlafen hat. Schließlich ist er mein Bruder.“ Sie warf einen bösen Blick über die Schulter zu Slade. All die Jahre über hatte sie wegen Veronica einen Groll gegen Jack gehegt, und dabei war alles ganz anders gewesen. *Blöd, blöd, blöd!*

Schuldgefühle machten sich in ihr breit, weil sie so gemein zu Jack gewesen war, während er sich ihr gegenüber seit ihrer Ankunft total freundlich und hilfsbereit verhalten hatte. Trotzdem blieb da natürlich noch die Sache mit seinen MMA-Kämpfen, aber das war kein Grund, warum sie nicht nett zu ihm sein konnte. Es bedeutete nur, dass sie sich nicht in eine Affäre mit ihm stürzen durfte. Er hatte eine Entschuldigung verdient, aber das hatte auch Zeit bis später. Jetzt gab es wichtigere Dinge. „Können wir das ein andermal besprechen?“, fragte sie und sah Jack um Verzeihung bittend an. Er nickte, die Arme vor der Brust verschränkt und noch immer ziemlich sauer.

Sie wandte sich wieder an ihren Bruder. „Nach all dem weiß ich gar nicht, wo ich überhaupt anfangen soll.“ Sie machte drohend einen Schritt auf ihn zu. „Erstens, du bist ein Mistkerl.“ Sie stieß ihm einen Finger in die Brust. „Du hast mit meiner besten Freundin geschlafen und sie danach nie angerufen. Weißt du überhaupt, wie sehr ich damals eine Freundin brauchte? Du bist so selbstsüchtig, Slade! Ich fasse es nicht, dass du das getan hast. Du wusstest genau, wie sehr ich eine Freundin brauchte", wiederholte sie.

„Es tut mir leid, Chris. Ich war jung und dumm. Ich hab es nicht getan, um eure Freundschaft zu zerstören. Ich hab einfach nur mit meinem Schwanz gedacht. Ehrlich ..."

Chrissy unterbrach ihn. „Sei ehrlich, du hast überhaupt nicht an mich gedacht. Das wolltest du doch sagen, oder?" Slade nickte. „Natürlich warst du nur darauf fixiert, sie herumzukriegen. Es ist dir nicht einmal in den Sinn gekommen, dass du damit unsere Freundschaft zerstören könntest."

Ihr Bruder schien sich ein wenig zu schämen, aber so genau konnte man das nicht sagen, da er wie immer einen auf cool machte. Sie entschied sich, abrupt das Thema zu wechseln, denn nach all den Jahren konnte sie die zerbrochene Freundschaft mit Veronica auch nicht mehr kitten. „So, und wie ich hörte, willst du schon wieder kämpfen!", schrie Chrissy ihren Bruder an.

Slade warf sich auf die Couch, verschränkte die Arme hinter dem Kopf, streckte die Beine lang aus und kreuzte sie an den Knöcheln. Jack schnappte sich einen Stuhl, drehte ihn herum und setzte sich, die Unterarme auf die Lehne gestützt. Er war nur der moralischen Unterstützung wegen hier. Doch für wen? Das wusste er selbst nicht genau. Seine Loyalität hatte bisher immer Slade gegolten, der zwar nicht sein leiblicher Bruder war, ihm aber genauso nahestand. In diesem Moment hätte Jack jedoch am liebsten diese kratzbürstige kleine Frau in die Arme genommen und all ihre Probleme gelöst, obwohl sie schon wer weiß wie lange einen Groll gegen ihn gehegt hatte. Er wollte sie vor allem Unheil – sei es nun körperlicher oder seelischer Art – beschützen. Ach ja, und sicherstellen, dass sie sein Haus nie wieder ohne einen BH verließ. Der Anblick ihrer wippenden Brüste war allein ihm vorbehalten.

„Was gibt es da zu reden?“, fragte Slade lässig.

„Du darfst nicht mehr kämpfen, Slade“, schoss Chrissy unerbittlich zurück.

Er lachte laut auf. „Ach ja? Sagt wer?“

„Ich. Du kannst nicht kämpfen. Jack hat erklärt, warum du das tun willst, und ich verstehe das ja auch. Ich finde es toll, dass du dein eigenes Trainingscenter aufmachen willst. Ich werde dir helfen, soweit es mir möglich ist. Aber du kannst doch dafür nicht dein Leben riskieren.“

„Entspann dich, Schwesterchen. Niemand riskiert sein Leben. Ich verliere nicht. Ich marschiere da rein und wieder raus, das Ganze dauert nur ein paar Minuten, und hinterher bin ich erheblich reicher. Ich wäre saublöd, wenn ich mir diese Gelegenheit entgehen ließe.“

Jack stand auf. „Ich will mich eigentlich nicht einmischen, aber du lässt mir echt keine Wahl, Bruder, du bist so verdammt eingebildet! Du kannst dir nicht sicher sein, dass du da einfach nur rein- und wieder rausmarschierst. Guck dich doch an!“ Jack deutete auf Slades Gesicht. „Das wird nicht so schnell heilen. Du weißt es doch selbst am besten, Alter. Du wirst leichtsinnig.“

„Auf wessen Seite bist du eigentlich, Bruder?“, fragte Slade und betonte dabei ausdrücklich das Wort Bruder.

„Auf der Seite desjenigen, der sich hier nicht wie ein Idiot benimmt. Und das bist nicht du.“

„Ich habe bereits unterschrieben. Es wurden schon reichlich Wetten abgeschlossen. Da kann ich keinen Rückzieher mehr machen. Aber selbst wenn ich es könnte, würde ich es nicht wollen.“

„Ich flehe dich an! Bitte tu es nicht! Du bist meine Familie, du bist der Einzige, den ich noch habe, Slade. Bitte! Jack hat mir von den Gehirnerschütterungen erzählt. Warst du beim Arzt? Was haben sie gesagt? Ich habe das Zittern in deiner Hand bemerkt.“

„Das Zittern hat nichts zu bedeuten. Die Ärzte haben gesagt, es wäre okay, wenn ich weiterkämpfe. Ich soll nur aufpassen."

„Das sagen die Ärzte nur, weil sie bei den Sponsoren unter Vertrag stehen, du Idiot! Du musst mal zu einem Arzt gehen, der nicht bestechlich ist", warf Jack ein.

„Fuck, Jack! Nenn mich nicht einen Idioten! Und hör auf, dich auf die Seite meiner Schwester zu schlagen!"

Chrissy unterbrach ihn. „Wie kannst du behaupten, das Zittern wäre nichts? Es ist ein Anzeichen dafür, dass all die Schläge auf deinen Kopf Schäden verursacht haben, und einige davon werden bleibend sein. Haben die Ärzte dir gesagt, was als Nächstes passiert?" Slade reagierte nicht, deshalb machte sie einen Schritt auf ihn zu. „Du fängst an, Dinge zu vergessen. Anfangs sind das noch kleine, unbedeutende Dinge, aber mit der Zeit wird es sich um gravierende Sachen handeln. Es sind die ersten Anzeichen von Demenz. Ganz zu schweigen von diesem Zittern, das immer schlimmer werden wird. Hast du schon mal diese alten Boxer gesehen, die völlig unverständlich vor sich hin plappern und nicht nur zittrige Hände haben, sondern auch Zuckungen? Das kommt von den zahlreichen Gehirnerschütterungen, die sie im Laufe der Jahre erlitten haben. Und das ist noch nicht einmal der Super-GAU. Du musst aufhören, ehe es zu spät ist!"

Slade schaute Jack direkt an und schüttelte ungläubig den Kopf. „Seit wann bist du denn so ein Verräter? Warum hast du ihr das alles erzählt, Mann?"

„Seit du dich zu einem dickschädeligen Idioten entwickelt hast, der mal einen gehörigen Tritt in den Hintern braucht."

„Hört auf zu streiten!" Chrissy stand vor den Männern und verpasste beiden eine Kopfnuss, so wie sie es Mrs. Daniels unzählige Male hatte tun sehen, als die beiden noch jünger gewesen waren. Sie zuckten zusammen, jaulten auf und rieben sich die Schädel. „Slade, du begreifst echt gar nichts. Die Tatsache, dass Jack es mir erzählt hat, ist völlig irrelevant. Zufälligerweise bin ich Ärztin. Ich hatte das Zittern bereits bemerkt. Also brauchst du auf ihn nicht sauer zu sein. Er sorgt sich nur um dich. Du könntest sterben, wenn du einen weiteren Schlag auf den Kopf bekommst." Tränen rannen ihr über das Gesicht.

„Oh, Mist, nicht weinen, Chris. Du weißt, dass ich es hasse, wenn du weinst", stieß Slade stöhnend aus.

„Kämpf nicht! Du kannst einen Kredit beantragen. Geh zur Bank. Ich bürge für dich. Bitte, Slade."

„Es tut mir leid, Chrissy, aber die Sache kann ich leider nicht mehr rückgängig machen. Der da …", Slade deutete zu Jack, „hat sogar gedroht, mich zu verhaften, also schlage ich vor, dass wir vor den Ohren des Gesetzes nicht mehr darüber sprechen." Er sah seinen besten Freund böse an, doch Jack verdrehte nur die Augen.

Chrissy, noch immer tränenüberströmt, neigte sich näher zu ihrem Bruder. „Wir versuchen doch nur, dir zu helfen, Slade. Du musst diesen Kampf nicht mehr ausfechten. Es muss einen Ausweg geben."

„Wenn deine Kaution widerrufen wird, dann stecken sie dich ins Gefängnis, und du kannst nicht kämpfen. Muss ich erst zu diesem Mittel greifen?", fragte Jack.

„Die Männer, die diese Veranstaltungen organisieren, erwarten einen Kampf. Sie stellen einen Cage auf, Alter. Es wurde eine Menge Geld in die Hand genommen, um die Sache aufzuziehen. Sie werden auf mich warten, wenn ich aus dem Gefängnis komme, und dann bin ich tatsächlich tot. Es wäre kein Schutz, wenn du mich festnimmst. Es wäre ein Todesurteil."

Chrissy schnappte nach Luft.

„Ihr zwei raubt mir meine Konzentration!", fuhr Slade fort. „Ich muss mich in den nächsten Tagen voll konzentrieren, also bitte verschwindet. Ich ziehe das durch. Und alles wird gut. Ich wünschte, du hättest mehr Vertrauen in mich, Chrissy. Ich liebe dich wirklich, und ich mache alles wieder gut. Du wirst schon sehen." Slade erhob sich sichtlich genervt. „Aber ich will darüber jetzt kein Wort mehr verlieren." Mit großen Schritten zwei Stufen auf einmal nehmend, stürmte er die Treppe hinauf und schlug die Tür zu seinem Zimmer hinter sich zu. Drogo, der still auf dem Boden gelegen hatte, seit Chrissy es ihm befohlen hatte, erschrak und sprang auf.

„Idiot!", murmelte Jack.

„Tja, wie es aussieht, bleibe ich wohl doch noch hier", erklärte Chrissy nicht gerade begeistert.

„Oh nein! Nein! Nein! Nein! Du wirst nicht zu diesem Kampf gehen, Chris!"

„Oh doch, das werde ich. Ich bin Ärztin. Wenn er verletzt wird, dann kann ich ihm helfen. Er könnte ernsthaft Schaden nehmen. Ich muss dabei sein."

Jack zog Chrissy in Richtung Haustür. „Nein. Du gehst da nicht hin! Basta!"

Träge streckte Drogo sich und gähnte, ehe er ihnen aus dem Haus folgte.

„Zum Teufel, natürlich gehe ich hin! Für wen hältst du dich eigentlich, mir sagen zu können, wohin ich gehen darf und wohin nicht? Wieso zerrst du mich zurück in dein Haus? Geh gefälligst langsamer!"

Jack bückte sich, schlang die Arme um ihre Schenkel und hob sie hoch, ehe er sie sich über die Schulter warf. Drogo fing wieder an zu bellen und hüpfte auf und ab, während er versuchte, nach Chrissys langen schwarzen Haaren zu schnappen, die sich über Jacks Beine ergossen. „Drogo, lass meine Haare in Ruhe! Jack, lass mich sofort wieder runter!" Chrissy wand sich, trat und schlug ihn, so hart sie konnte, aber Jack zuckte nicht einmal zusammen. Stattdessen stapfte er wütend zu seinem Haus, öffnete die Tür, ging zu seinem Sofa und warf Chrissy dort ab.

Uff! Hastig setzte sie sich auf und versuchte, wieder zu Atem zu kommen. Sie zog ihr T-Shirt nach unten und fuhr sich mit den Fingern durchs Haar. „Was zum Teufel sollte das, Daniels?"

„Ich habe für heute genug von euch Martins. Ihr seid beide sture Dummköpfe. Du kannst nicht zu diesem Kampf gehen. Ich kann dich nicht hinbringen, und allein gehst du da auch nicht hin." Er bückte sich und umschloss ihr Kinn. „Hast. Du. Das. Begriffen?"

„Warum kannst du nicht einfach mit mir gehen, wenn du so besorgt bist?"

„Weil ich …" Jack sah leicht verlegen aus, und Chrissy wusste nicht, warum. „Äh … Die Sache findet Samstag statt, und da muss ich arbeiten."

„Oh, na gut, aber ich muss dorthin – mit dir oder ohne dich." Drogo sprang auf ihren Schoß, als wollte er sich mit ihr zusammentun und sie bei ihrem Plan unterstützen. Wenn er reden könnte, dann, so vermutete sie, würde er wohl sagen: „Ich gebe dir Rückendeckung, Chrissy!"

„Hör auf, mich so anzuschauen, Drogo", murrte Jack, aber der Hund zwang ihn mit seinem Blick nieder. „Chrissy, ich dachte, du müsstest dich mit irgendeinem Chaos zu Hause in Miami befassen. Warum fährst du nicht zurück, und ich berichte dir dann, wie der Kampf ausgegangen ist?"

„Bist du verrückt? Auf keinen Fall. Ich verstehe, dass du dir Sorgen machst, und ich weiß es zu schätzen, dass du den großen Bruder spielen und mich beschützen willst. Aber ich kann auf mich selbst aufpassen. Vertrau mir." Sie ließ Drogo wieder zu Boden, stand auf, zog ihr Handy aus der Tasche und begann zu wählen.

Großer Bruder? Was soll das denn? „Mir gehen im Moment eine Menge Dinge durch den Kopf." Er packte sie am Oberarm und riss sie mit einem Ruck zu sich. Das Handy fiel ihr aus der Hand. „Aber du und ich als Bruder und Schwester … Das gehört definitiv nicht dazu. Das war in dem Moment vorbei, als ich deine Brustwarzen an meinem Oberkörper und deine Zunge in meinem Mund gespürt habe."

Oh, oh. Chrissy sah ihn mit großen Augen an.

„Wen wolltest du anrufen?", fragte Jack.

Chrissy biss sich auf die Zunge. Er wusste wirklich, wie er sie in Erregung versetzen konnte, vor allem, wenn er so unerwartet anzügliche Dinge sagte. „Ein Taxi", brachte sie daher nur heraus.

Er ließ sie los, bückte sich und hob das Handy wieder auf, ehe er es ausschaltete. „Ein Taxi?"

„Ich muss ja irgendwie zu meinem Auto kommen."

Genervt strich er sich mit der Hand übers Gesicht. „Wieso bist du eigentlich immer so kompliziert? Ich bringe dich zu deinem Wagen und wechsle dir den Reifen. Ich habe noch einen Ersatzreifen in der Garage. Du hättest mich einfach um Hilfe bitten können. Da brauchst du kein Taxi zu rufen."

„Ich wollte dir nicht noch mehr zur Last fallen."

„Du fällst mir nicht zur Last. Ich wünschte, du würdest nicht immer so kompliziert sein, aber eine Last bist du nicht. Komm schon!"

„Danke, Jack." Weil sie noch immer ein schlechtes Gewissen hatte, dass sie ihm damals unverdient die Schuld an der Sache mit Veronica gegeben hatte, und auch aus Dankbarkeit beugte sie sich zu ihm und wollte ihm eigentlich einen Kuss auf die Wange geben. Doch die Versuchung war zu groß, also presste sie einen zärtlichen, unschuldigen Kuss auf seine Lippen. Gerade als sie sich wieder von ihm lösen wollte, umschloss Jack jedoch ihren Hinterkopf, zog sie an sich und küsste sie … leidenschaftlich. Ohne zu zögern öffnete sie die Lippen, damit seine Zunge weiter vordringen konnte. Als sie die Arme um seinen Nacken schlang und eine Hand in seinem Haar vergraben wollte, stellte sie fest, dass da keine Haare waren. Die rauen

Stoppeln unter ihrer Handfläche weckten in ihr den Wunsch, ihm am liebsten unter die Haut zu kriechen. Sie schmiegte sich noch enger an ihn und drängte ihn gegen die Wand. Mit einer geschmeidigen Bewegung drehte Jack sie herum, sodass jetzt sie diejenige war, die mit dem Rücken an der Wand lehnte. Die Arme hinter seinem Hals verschränkt, sprang Chrissy hoch und schlang die Beine um seine Taille. Er stöhnte laut auf, umschloss ihren Po und drängte sie noch fester gegen die Wand.

„Jack“, flehte sie.

„Halt dich an mir fest“, befahl er heiser, und gehorsam umklammerte sie ihn noch fester mit den Armen und presste die Beine zusammen. Er griff an den Bund ihrer Jeans und öffnete sie, ehe er sie Chrissy über den Hintern schob. „Du hast keinen Slip an?“

„Nein. Ich hatte ja keine saubere Wäsche. Meine Klamotten liegen doch noch im Auto, schon vergessen?“

„Gütiger Himmel!“, brachte er stöhnend hervor.

Mit der linken Hand ihre Taille umfassend, glitt er mit der rechten über ihre Pobacken, bis hinunter zu ihrer feuchten, heißen Spalte. Kaum dass er mit einem Finger in sie eindrang, drückte Chrissy die Beine noch ein wenig fester zusammen.

„Jack! Ich möchte dich …“

„Ich weiß, was du möchtest, Baby. Pst. Halt dich einfach nur an mir fest.“

Ihr Körper schmiegte sich an seine Erektion, die sie überdeutlich in seiner Jeans spüren konnte. Er schien geahnt zu haben, dass sie kurz vorm Orgasmus war, denn im perfekten Augenblick tauchte er mit einem zweiten Finger in sie ein und vertiefte den Kuss, während seine Finger ihren Zauber ausübten. Chrissy schien aufzuhören zu atmen. Sie hörte auf zu denken. In diesem Moment konnte sie nur noch fühlen, und das, was sie fühlte, war pure Ekstase.

„Chris, lass dich gehen. Ich bin bei dir. Komm für mich.“

Chrissy beugte ihren Kopf gegen die Wand, und Jack spürte, wie sich ihr Innerstes um seine Finger schloss, als ihr Körper sich versteifte und ihr ein langes Stöhnen entschlüpfte. Chrissys Gesicht, während sie ihren Orgasmus genoss, war das Erotischste, das er je gesehen hatte. Er konnte sich nicht vorstellen, dass er jemals genug von ihr kriegen würde. Sie klammerte sich fest an ihn, während sie nach Luft schnappte. Als er schließlich erkannte, dass sie wohl nicht mehr zusammensinken würde, lockerte er langsam seinen Griff und stellte sie wieder auf die Füße. Ihre Wangen waren gerötet, und ihre blauen Augen strahlten.

„Gute Arbeit, Officer." Sie gab ihm einen Klaps auf den Hintern.

Er lachte. Es gab doch nichts Schöneres als eine Frau, die Sex nicht so ernst nahm. Ohne Vorwarnung schob sie ihn gegen die Wand und ließ sich auf die Knie fallen. Jack war völlig überrumpelt. „Chrissy?"

„Jetzt kannst du mal den Mund halten."

„Nein, Baby. Das ist nicht das … Ich meine … Du musst … nicht … Himmel!" Sie war schon dabei, seine Jeans aufzuknöpfen, und das brachte ihn derart durcheinander, dass er nicht mehr in der Lage war, einen vollständigen Satz herauszubringen. Sie packte seine Erektion und begann, ihn zu streicheln. Und dann, ohne zu zögern, nahm sie ihn in den Mund. Sämtliches Blut aus seinem Körper strömte in seinen Schaft, als Jack nach unten blickte und sah, wie Chrissy ihn mit den Lippen umschloss. Dabei war er doch schon hart gewesen, als er sie eben auf den Höhepunkt katapultiert hatte. Sie fuhr fort, ihn zu streicheln, zu lecken und sog, bis er es nicht länger aushielt. „Chrissy, Baby, du solltest jetzt wohl lieber nicht weitermachen." Er brachte die Worte kaum heraus, doch statt aufzuhören, nahm sie ihn noch tiefer in den Mund. Er kam … heftig und schnell. Die Hand hatte er um Chrissys Hinterkopf gelegt, während sie ihn bis zum letzten Tropfen aussaugte.

Es war verrückt, da hatte er sich darum gesorgt, dass Chrissy zusammensinken könnte, dabei war er jetzt derjenige, der total weiche Knie kriegte, nachdem sie ihm einen derart phänomenalen Orgasmus beschert hatte. Er ließ sich auf den Boden fallen und zog Chrissy auf seinen Schoß. „Fuck! Du hast mich zur Strecke gebracht, weißt du das? Ich werde nie wieder derselbe sein. Du hast mich wirklich für jede andere Frau verdorben. Und dabei hatten wir noch nicht einmal richtig Sex." Sie lächelte ihn an, und sein Herz setzte einen Schlag aus. Er blickte zur Seite zu dem völlig aufgelösten Drogo. „Verdammt! Ich glaube, wir haben den Hund völlig traumatisiert."

Chrissy lachte leise. „Ich glaube, du hast recht. Armer Kerl."

Einen Moment später redete Chrissy weiter. „Jack?"

„Mmm?", erwiderte er träge, das Kinn auf ihren Kopf gestützt.

„Es tut mir leid, dass ich so gemein zu dir war, seit ich hier angekommen bin. Ich dachte, du wärst der Grund, warum Veronica aufgehört hatte, mit mir zu sprechen. Sie war damals meine einzige echte Freundin. Nachdem ich sie verloren hatte, dachte ich, es wäre deine Schuld gewesen. Es tut mir leid."

„Du hättest mit mir reden sollen, als es passiert ist, Baby."

„Das stimmt." Sie schaute ihn an, und er lächelte. „Vergibst du mir?"

„Nach dem, was gerade geschehen ist? Ja, ich vergebe dir alles, was in der Vergangenheit passiert ist, und alles, was zukünftig noch passieren wird." Sie mussten beide lachen.

Kurz darauf stand sie auf und ging ins Bad, um zu duschen und sich die Sachen, die sie gestern getragen hatte, wieder anzuziehen. „Fertig?", fragte sie, als sie wieder unten war. Anscheinend hatte sie nicht vor, das, was da eben abgegangen war, genauer zu erörtern. Was Jack sehr recht war, da seine Gefühlswelt gerade gehörig durcheinandergewirbelt worden war und er keine Ahnung hatte, wie er damit umgehen sollte. Er war immer davon ausgegangen, sich noch für eine Weile die Hörner abstoßen zu können, und er hatte eigentlich nie Interesse an einer festen Beziehung gehabt. Bisher hatte er nämlich schwer befürchtet, dass er dann seine Freiheit vermissen und von der Rechenschaftspflicht, die eine Beziehung mit sich brachte, genervt sein würde. Ein gelegentlicher One-Night-Stand hatte ihm immer genügt, denn er hatte lediglich seine sexuellen Bedürfnisse befriedigen wollen, mehr nicht. Aber jetzt wollte er auf keinen Fall, dass Chrissy die Stadt wieder verließ. Er wusste, dass dies hier sehr viel mehr war als eine vorübergehende Laune. Er wollte sie bitten, zu bleiben … bei ihm zu bleiben. Er wollte sie beschützen, sie besitzen, sie erobern. Er wollte die Welt wissen lassen, dass diese unglaubliche Frau ihm gehörte, ihm allein.

Aber sein Verstand hielt dagegen. *Du bist ein furchtbares Weichei! Es war ein Blowjob, keine Liebeserklärung. Sei ein Mann! Zwischen euch stimmen allenfalls die sexuelle Chemie und das aufgestaute Verlangen.*

Sein Herz meinte: *Du hast sie schon immer beschützen wollen, sogar damals, als du sie noch gar nicht als die wunderschöne Frau angesehen hast, die sie wirklich ist. Sieh zu, dass es funktioniert, du Idiot! Sie besitzt all die Eigenschaften, die du in deinen vorherigen Beziehungen vermisst hast: Stärke, Intelligenz und Loyalität. Mal ganz davon abgesehen, dass sie höllisch sexy ist …*

Sein Verstand lästerte: *Weichei!*

Er schüttelte den Kopf und versuchte, all diese verwirrenden Gedanken zu verscheuchen. Sein Herz und sein Verstand sollten lieber versuchen, sich schnellstens zu einigen, verdammt!

„Komm.“ Er zog Chrissy zu seinem Wagen.

Schweigend fuhren sie zu der Stelle, wo Chrissy am Abend zuvor mit ihrem Wagen liegen geblieben war. Die Gedanken wirbelten ihr durch den Kopf. Das war der gewaltigste Orgasmus gewesen, den sie je gehabt hatte. Sie wusste ohne jeden Zweifel, dass Sex mit Jack ihr Leben verändern würde. Woher sie den Mut genommen hatte, ihn auf diese Weise zu beglücken, konnte sie selbst nicht einmal sagen. Noch nie hatte sie etwas so Gewagtes getan. Normalerweise war das nichts, was sie je genossen oder freiwillig angeboten hatte. In ihren früheren Beziehungen war das eher eine Pflicht gewesen, aber bei Jack war es unglaublich scharf. Wunderbar. Unbeschreiblich.

Allerdings durfte sie nicht vergessen, dass es hier nur um Sex ging. Diese Veronica-Sache war ja jetzt geklärt, aber das hieß noch lange nicht, dass sie gut zusammenpassten. Es gab noch immer ein Dutzend anderer Gründe, warum das mit ihnen niemals etwas werden konnte. Was war zum Beispiel, wenn sie ihm ihr Herz schenkte, und er wurde ihrer überdrüssig? Was sollte dann aus ihr werden? Würde es darauf hinauslaufen, dass es so endete wie damals die Sache mit Brian? Wäre sie dann wieder verloren und am Boden zerstört?

Sie wusste nicht, ob sie ihr Leben für einen Mann rigoros ändern konnte oder wollte. Wahrscheinlich nicht noch einmal. Wobei Jack ihr ja nicht annähernd etwas von dem, was ihr da jetzt durch den Kopf ging, angeboten hatte. Er war nicht schüchtern gewesen, als er ihr in allen Einzelheiten geschildert hatte, was er alles für Sexspielchen mit ihr treiben wollte, aber das war's dann auch schon. Doch diese kleine Geste, ihr mit ihrem Auto zu helfen, war schon mehr, als je ein Mann für sie getan hatte, und das schloss auch ihren eigenen Bruder ein. War sie echt schon so verkorkst, dass sich ihr Herzschlag erhöhte und sie ihr Leben infrage stellte, nur weil ein Mann ihr den Reifen wechselte? Dass er in ihr den Wunsch weckte, in der Stadt zu bleiben, nur um herauszufinden, was aus dieser sexuellen Beziehung werden könnte, die er offensichtlich anbot?

Reiß dich zusammen! Er wechselt dir nur einen Reifen und macht dir keinen Heiratsantrag.

„Bleib hier sitzen!“, befahl Jack ihr. Sie sah, wie er aus dem Kofferraum seines Wagens einen Ersatzreifen holte, ehe er zu ihrem Auto ging. Danach begann er das zu tun, was man wohl tun musste, wenn man einen Reifen wechseln wollte. Als er fertig war, öffnete er die Beifahrertür und gab ihr die Autoschlüssel. „Fahr meinen Wagen nach Hause. Ich folge dir.“

„Warum kann ich nicht einfach mit meinem Auto fahren?“

„Weil du nicht in diesem beschissenen Auto mit diesem beschissenen Ersatzreifen, den ich gerade aufgezogen habe, fahren solltest, Baby. Wir müssen dir einen vernünftigen Reifen kaufen. Aber hiermit kommen wir wenigstens erst mal nach Hause.“

„Okay.“ Sie hangelte sich über die Mittelkonsole auf den Fahrersitz des Jeeps und machte sich auf den Weg.

Sie war hin- und hergerissen, und je länger sie darüber nachdachte, desto unsicherer wurde sie. Vielleicht war Jack ja gar kein edler Ritter, vielleicht war er einfach nur ein Problem. Sie hatte doch nur in die Stadt kommen wollen, um ihren Bruder aus dem Gefängnis zu holen und wieder zu verschwinden. Und jetzt brachte Jack sie ins Grübeln. All sein Getue, von wegen Baby hier, Baby da, gepaart mit seinem atemberaubenden Aussehen, seinen Händen, die mit ihrem Körper so unglaubliche Dinge anstellten, sowie dem sündigen Mund, der herrlich anzügliche Sachen zu ihr sagte – all das war wirklich nicht das, was sie im Moment in ihrem Leben brauchte. Sie hatte sich endlich entschieden, mit dem Reisen durch die Welt aufzuhören und stattdessen Wurzeln zu schlagen. Sie wollte sich ihren Lebensunterhalt als ganz normale Ärztin verdienen. Auch wenn Jack sie im Augenblick in helle Aufregung versetzte, letztendlich konnte sie mit seinem kleinen Hobby, dem Kämpfen, nicht umgehen. Sie hasste Gewalt, und er machte das aus Spaß. Spaß! Jemandem die Fresse zu polieren war seine Vorstellung von Spaß! Wenn das kein fettes Minus war!

Seit ihr Vater bei diesem furchtbaren Verkehrsunfall ums Leben gekommen war, hatte sie die Verantwortung für andere übernommen. Sie war diejenige, die sich um andere Leute kümmerte – um ihre Patienten, um ihren Bruder und hin und wieder um ihre Freunde. Sie trug Verantwortung. Sie war unabhängig. Sie war es nicht gewohnt, dass sich jemand um sie sorgte, und mit diesem Beschützerinstinkt, den Jack ihr gegenüber an den Tag legte, befand sie sich auf unbekanntem Terrain. Sie wusste nicht, wie sie sich verhalten sollte, welchen Weg sie einschlagen sollte, und ob sie sich überhaupt darauf einlassen sollte. *Oh, hör schon auf, dir was vorzumachen! Himmel, ja, natürlich willst du dich mit ihm einlassen – du willst alles mit diesem Mann tun, der so magische Hände hat!*

Oh, oh, sie steckte wirklich in der Klemme.

Warum war er ihr früher nicht aufgefallen? Okay, zugegeben, sie hatte ihn bemerkt – sie war ja nicht blind gewesen. Aber sie hatte ihn nicht wirklich bemerkt. Er war immer einfach nur Jack gewesen. Slades bester Freund. Der heiße Typ mit dem albernen Namen. Der herrische Idiot.

Er war noch immer ein Idiot. Noch immer herrisch, aber aus unerfindlichen Gründen genoss sie es, sich von diesem Idioten herumkommandieren zu lassen! Allein der Gedanke an ihn zauberte ein albernes Lächeln auf ihre Lippen. Verdammt, was hatte sie in den letzten Tagen für antiquierte Ansichten entwickelt, dass sie es nicht erwarten konnte, von diesem Mann besessen und dominiert zu werden? Jack hatte aus ihr anscheinend einen bedürftigen, unterwürfigen Dummkopf gemacht.

Nein. Das durfte nicht passieren! Hastig überlegte sie sich einen Plan. Keinerlei sexuelle Aktivitäten mehr mit Jack. Es war einfach zu heftig. Sie hatte einen Fehler gemacht, aber das würde ihr nicht noch einmal passieren. In Miami wartete ein großartiger Job auf sie, und sie würde sich nie wieder von einem Mann ihre Zukunft vorschreiben lassen. Schon gar nicht von einem, der Brian, ihrem ersten Freund, so ähnlich war. Ihr Entschluss stand fest. *Kein. Sex. Mehr. Mit. Jack!*

„Ich weiß gar nicht, wo ich anfangen soll“, sagte sie zu niemand Besonderem, als sie vor Jacks Haus aus seinem großen Jeep stieg.

„Was meinst du damit?“ Jack sah sie amüsiert an, vor allem, als sie ihm nicht antwortete. „Führst du Selbstgespräche?“

Chrissy hob eine Hand und zählte ihre To-do-Liste auf. „Erstens, ein Taxi rufen, das mich zu einem Laden bringt, in dem ich mir ein neues Rad kaufen kann. Anschließend jemanden finden, der es mir montiert. Dann ein Hotel suchen. Schließlich noch meinem Bruder einen Tritt in den Hintern verpassen.“ Aufgeregt lief sie vor dem Wagen auf und ab.

„Ach herrje! Jetzt warte mal eine Sekunde. Atme!“ Jack hielt sie an den Schultern fest, und Chrissy atmete gehorsam tief durch, sodass ihre Brüste sich hoben und senkten.

„Eins nach dem anderen. Vergiss das Taxi! So langsam gehst du mir damit echt auf die Nerven. Und es ist kein Rad, sondern ein Reifen.“ Er lachte. „Jetzt hol als Erstes mal dein Gepäck aus dem Auto. Anschließend fahren wir zum ‚Radladen‘. Danach montiere ich dir den Reifen. Und du wirst nicht in einem Hotel übernachten. Du bleibst bis zum Kampf hier bei mir. Obwohl ich immer noch finde, dass du da nicht hingehen solltest, aber du hörst ja sowieso nicht auf mich, oder?“

Sie schüttelte den Kopf. „Du hast gesagt, er findet Samstag statt, richtig?“

Er zögerte einen Moment, ehe er nickte.

„Und ich nehme mal an, dass du mich nicht allein hingehen lassen wirst, oder?“

„Darauf kannst du deinen hübschen kleinen Po verwetten! Du gerätst ja selbst dann in Schwierigkeiten, wenn ich dabei bin. Wer weiß, was du anstellst, wenn ich kein Auge auf dich habe“, meinte er. Als sie ihm ein strahlendes Lächeln schenkte, fügte er hinzu: „Weißt du, irgendwie erinnerst du mich an jemanden. Der ist genauso stur.“ Er nickte in Richtung Slades Haus.

„Danke, Jack. Ich weiß es wirklich zu schätzen, was du alles für uns tust. Für mich.“

„Wir sind zusammen aufgewachsen, Chris. Natürlich tue ich das für dich. Du gehörst für mich praktisch zur Familie.“

Sie zuckte bei dieser Bemerkung zusammen, denn sie sah ihn nicht als Familie an, und die Dinge, die sie getrieben hatten, waren nichts, was Familienmitglieder miteinander treiben sollten. Verdammt, es kribbelte sie noch immer am ganzen Leib, wenn sie an die Dinge dachte, die sie vorhin gemacht hatten! Die waren wirklich alles andere als familientauglich gewesen … Und das verhieß gar nichts Gutes für ihren Plan, keinen Sex mehr mit Jack zu haben.

„Meine Familie macht normalerweise nicht gegen eine Wand gelehnt mit mir rum“, sagte sie.

Jack lächelte sie verführerisch an. „Ich bin einfach nur besser als andere, wenn es um diese familiären Beziehungen geht.“

Ach, verdammt, wem wollte Jack denn etwas vormachen? Er hatte sie schon einmal korrigiert, was seine Gefühle für sie betraf. Sie waren nicht im Geringsten brüderlicher Natur. Jack verbrachte die nächste halbe Stunde damit, sich um Chrissys Reifen zu kümmern und an sie zu denken.

Chrissy auf seinem Bett.

Chrissy gegen die Wand gepresst.

Chrissy auf der Kühlerhaube seines Wagens.

Chrissy in …

Als er fertig war, ging er wieder nach drinnen, aufgewühlt von seinen erotischen Fantasien und dann von dem köstlichen Duft, der ihm in die Nase stieg.

7. KAPITEL

Als Dankeschön dafür, dass Jack sich um ihren Wagen kümmerte, hatte Chrissy Lasagne zubereitet. Jetzt beobachtete sie ihn, als er die Augen schloss und tief einatmete. „Das riecht ja göttlich."

Sie lächelte. „Ich hoffe, es schmeckt dir. Ich erinnere mich, dass Lasagne eins deiner Lieblingsgerichte ist. Geh dich schnell waschen, und dann können wir essen." Er war damit mehr als einverstanden und ging nach oben. Als er zurückkam, trug er seine Polizeiuniform. Dass er darin so sexy aussah, brachte Chrissy regelrecht aus der Fassung. Anders als andere Frauen stand sie nicht sonderlich auf Männer in Uniform, aber jetzt, nachdem sie *diesen* Mann in Uniform gesehen hatte, konnte sie die Faszination auf einmal nachvollziehen.

„Hast du heute Nachtschicht?", fragte sie und merkte, dass ihre Stimmung sank.

„Ja, ich muss einspringen. Das Revier hat angerufen, als ich draußen deinen Reifen gewechselt habe. Ist es in Ordnung für dich, wenn du allein hier bist?"

„Ich bin ja nicht allein." Sie bückte sich und streichelte Drogo. „Er wird mir Gesellschaft leisten. Komm, iss." Sie deutete zum Tisch.

Jack sah zu ihr und anschließend zu Drogo und schüttelte dann lächelnd den Kopf. Als er sich gesetzt hatte, reichte sie ihm einen Teller mit Lasagne. Sie aßen in einvernehmlichem Schweigen, jeder in seine Gedanken vertieft.

„Wow, Chris, das ist köstlich! Ich kann mich gar nicht erinnern, wann ich das letzte Mal etwas Selbstgekochtes gegessen habe, was so lecker war." Er aß seinen Teller blitzblank leer.

„Freut mich, dass es dir schmeckt. Es ist noch mehr da." Sie griff nach seinem Teller und legte ihm eine zweite Portion Lasagne sowie Salat und Brot nach.

„Danke. Isst du denn nichts mehr?"

„Soll das ein Witz sein? Ich bin voll." Sie tätschelte ihren Bauch. „Im Gegensatz zu dir bin ich kein Junge, der noch groß und stark werden muss."

Er lachte. „Nein. Du bist definitiv kein Junge." Er aß auch seine zweite Portion auf, ehe er aufstand und den Tisch abzuräumen begann.

„Lass nur, das mach ich schon. Du musst doch zur Arbeit", sagte Chrissy.

„Bist du sicher?"

„Natürlich. Danke noch mal fürs Wechseln des Reifens und dafür, dass ich hier bei dir bleiben kann."

Er machte eine abwehrende Handbewegung. „Schon okay. Gib mir mal dein Telefon."

„Was?"

„Dein Telefon. Gib mal her."

Sie neigte verwirrt den Kopf, reichte ihm aber trotzdem das Handy, ohne weitere Fragen zu stellen. Er strich mit dem Finger über das Display und nach nicht einmal einer Minute gab er Chrissy das Telefon zurück.

„Ich habe meine Nummer eingespeichert. Nur für den Fall. So, ich muss los. Sei artig, Drogo. Und du, Chrissy, versuch bitte, dir keinen Ärger einzuhandeln, okay?"

„Ich versuche es." Sie zwinkerte verschmitzt.

Als Jack gegangen war, fühlte sie sich plötzlich allein. Sie räumte die Küche auf und tigerte dann durchs Haus.

Sie schaute aus dem Fenster und sah, dass Slades Wagen vor der Tür stand, was wohl bedeutete, dass er zu Hause war. Sie packte ein Stück Lasagne, etwas Brot und Salat ein und ging nach nebenan.

Gerade als sie anklopfen wollte, öffnete Slade die Haustür,

sodass Chrissy das Gleichgewicht verlor und fast mitsamt dem Essen ins Haus gestolpert wäre. Slades schnelle Reflexe retteten die Lasagne und Chrissys Stolz.

„Was machst du denn hier, Chris?"

Sie registrierte seine Aufmachung. Er sah aus, als wollte er zum Training. Oder, noch schlimmer, zu einem Kampf.

„Ich wollte dir was zu essen bringen. Ich habe Lasagne gemacht."

„Es riecht richtig lecker. Danke." Er griff nach dem Essen, blockierte aber den Eingang zum Haus.

„Dein Auge heilt langsam ab." Sie berührte die Verletzung unter seinem rechten Auge. „Es sieht schon viel besser aus als gestern."

„Ja. Ich habe es rund um die Uhr gekühlt, so wie du gesagt hast. Es sieht auch schlimmer aus, als es sich anfühlt."

„Wolltest du weggehen?"

„Ja."

„Wohin?"

„Muss ich dir jetzt über alles Rechenschaft ablegen?"

„Nein, das musst du nicht, aber ich hoffe, dass du es mir trotzdem sagst."

„Ich gehe zum Training, Chris. Und ich will kein Wort darüber hören. Okay?"

Sie drückte ihm die Lasagne in die Hand, stapfte davon und zog ihr Telefon aus der Tasche. Ohne zu zögern, tippte sie eine Nachricht an Jack.

Ich glaube, er geht zu einem Kampf. Er sagt, er will zum Training, aber wer trainiert um diese Zeit?

Er antwortete umgehend.

Kämpfer trainieren um diese Zeit. Kämpfer trainieren zu allen Zeiten. Bleib zu Hause, Chris.

Also glaubst du nicht, dass er lügt?

Warum sollte er? Er hat dir schon gesagt, dass er kämpfen will. Warum sollte er jetzt lügen?

Chrissy dachte darüber nach und musste zugeben, dass es Sinn ergab. Und als könnte er ihre Gedanken lesen, schickte Jack eine weitere Nachricht.

Ich weiß, was du denkst. Bleib zu Hause, verdammt!

Okay, okay, entspann dich, Neandertaler.

Ich zeige dir, wozu ein Neandertaler in der Lage ist, wenn du das Haus verlässt.

Sie konnte gar nicht anders, sie musste lächeln, als sie seine SMS las. Sie steckte ihr Telefon wieder in die Tasche und ging im Haus auf und ab, weil sie die Angst nicht vertreiben konnte. Sie blickte aus dem Fenster und sah, dass Slades Wagen immer noch dastand. Wahrscheinlich verputzte er gerade die Lasagne. Einen Moment später hörte sie jedoch, wie die Haustür nebenan ins Schloss fiel, und lief zum Fenster, um nachzusehen. Slade trug immer noch Sportklamotten und sah aus, als wollte er zu einem Kampf. „Verdammt, Slade!“, brüllte sie und erschreckte damit den schlafenden Drogo. „Bleib schön hier, mein Kleiner. Ich muss nur mal kurz weg. Erzähl es nicht deinem Herrchen.“ Sie bückte sich und streichelte dem Hund den Bauch. „Das ist unser kleines Geheimnis.“

Chrissy hörte, wie Slade den Motor seines Wagens anließ. Ohne groß nachzudenken, rannte sie zu ihrem Auto und folgte ihrem Bruder. Sie versuchte, so vorsichtig wie möglich zu sein, damit er sie nicht bemerkte. Zwanzig Minuten später lenkte er seinen Wagen auf einen schwach beleuchteten Parkplatz vor einem kleinen, heruntergekommen wirkenden Gebäude. Sie parkte außer Sichtweite an der Ecke und ging dann zur Tür. Es war schon spät, und niemand befand sich auf dem Parkplatz, trotzdem hatte sie nicht vor, Aufmerksamkeit zu erregen. Da sie keine Ahnung hatte, was sie zu sehen bekommen würde, wenn sie die Tür öffnete, ging sie nervös auf und ab und überlegte, wie sie am besten ungesehen ins Gebäude gelangen könnte. Wenn sie einfach die Tür öffnete und Slade gegenüberstünde, würde er sauer werden. Noch schlimmer wäre es, wenn sie auf eine Meute von Adrenalin-Junkies träfe, die über sie herfallen würden, so wie beim letzten Kampf.

Ihr Smartphone piepte und erschreckte sie fast zu Tode. Nervös zog sie es aus der Tasche und versuchte, es so schnell wie möglich zum Schweigen zu bringen, doch während sie daran herumfummelte, fiel es ihr aus der Hand, schlug auf dem Boden auf und das Display zersprang. „Verdammt!“, murmelte sie. Natürlich passierte ihr das jetzt. Wieso hatte sie eigentlich immer so ein Pech?

Durch die Risse im Display erkannte sie, dass Jack ihr eine Nachricht geschickt hatte. Es sah so aus, als wollte er wissen, wo sie steckte, aber da ein Teil des Glases zerbrochen war, konnte sie den Text nicht richtig lesen. Im selben Moment begann das Handy zu klingeln. Sie drückte das Gespräch weg und steckte das Telefon wieder in die Tasche.

Vorsichtig schlich sie um das Gebäude auf der Suche nach einer Möglichkeit, ins Innere zu gelangen. Zweimal marschierten Männer auf den Eingang zu, und Chrissy versteckte sich schnell, um nicht gesehen zu werden. Plötzlich entdeckte sie an der Seite in zwei Metern Höhe ein kleines Fenster. Da sie ja nicht zu den Größten gehörte, konnte sie nicht hineinsehen. Sie blinzelte in die Dunkelheit und hoffte, etwas zu entdecken, auf das sie sich stellen konnte. In einer Ecke standen einige Getränkekisten. „Perfekt!“, flüsterte sie.

Sie schaffte zwei Kisten zum Fenster, stapelte sie aufeinander, bevor sie vorsichtig hochkletterte, sorgsam darauf bedacht, nicht das Gleichgewicht zu verlieren. Um nicht entdeckt zu werden, schob sie ganz langsam den Kopf ans Fenster. Als sie sicher war, dass niemand sie sehen konnte, wurde sie mutiger und beugte sich vor.

Draußen, wo sie stand, war es dunkel, doch das Gebäudeinnere war hell erleuchtet. Am hinteren Ende entdeckte sie einen Boxring, einen Cage zum Kämpfen, Fitness-Geräte, Punchingballs an einer Wand und ungefähr ein Dutzend Männer. Es war eine Trainingshalle. Eine Trainingshalle für MMA-Kämpfer, wie es schien. Erleichtert atmete sie aus. Auch wenn Slade den Kampf in ein paar Tagen nicht absagen wollte und hier anscheinend nur eine Trainingseinheit ableistete, war sie froh, dass er wenigstens heute nicht kämpfen würde. Sie entdeckte Slade und sah, dass er begann, seine Hände zu bandagieren und anschließend Handschuhe anzog, ehe er mit einem großen, kräftigen Mann in den Cage stieg.

Anscheinend lieferten sie sich nur einen Trainingskampf. Gehört wohl zur Vorbereitung dazu, dachte sie. Trotzdem, sie wusste, dass jeder Schlag gegen den Kopf ihrem Bruder ernsthaften Schaden zufügen konnte, und war deshalb nervös. Noch vor wenigen Minuten, als sie erkannt hatte, dass er wirklich nur zum Training hier war, wollte sie schon wieder nach Hause fahren, aber jetzt, als sie sah, dass er einen Trainingskampf ausfocht, brachte sie nicht die Kraft auf, zu gehen. Wenn er verletzt wurde, würde er sie brauchen. Sie war Ärztin und verfügte schließlich über jahrelange Erfahrung.

„Die Ordnungshüterin schlägt wieder zu“, flüsterte eine tiefe, raue Stimme hinter ihr. Chrissy war so gefangen von dem, was im Gebäude passierte, dass sie nicht gemerkt hatte, dass Jack gekommen war. Deshalb erschreckte seine Stimme sie derart, dass sie die Balance verlor. Zum Glück war Jack nahe genug, um sie im letzten Moment aufzufangen.

„Du hast mich zu Tode erschreckt, Jack." Sie versetzte ihm einen spielerischen Schlag gegen die Schulter und griff sich ans Herz. Er hielt sie noch immer fest in seinen Armen.

„Was zum Teufel treibst du hier, Chrissy?"

„Lass mich los. Ich muss sehen, was da drinnen passiert."

Langsam lockerte er seinen Griff. „Du weißt, dass du verrückt bist, oder?"

„Ich bin nicht verrückt! Es wäre vermutlich weniger verrückt, wenn ich reingehen würde, oder?" Aber ehe er antworten konnte, kletterte sie wieder auf die Kisten und fuhr fort: „Doch dann wäre Slade sauer und würde mich rauswerfen. Also gucke ich nur zu. Im Augenblick liefern sie sich wohl nur einen spielerischen Kampf. Ich mische mich nicht ein … Es sei denn, er wird verletzt."

„Einen spielerischen Kampf?"

„Ja. Oder einen Trainingskampf? Was weiß ich denn, wie man das nennt. Seine Hände sind bandagiert, und er steckt mit so einem großen Typen im Ring, aber sie kämpfen nicht wirklich. Du weißt schon … nicht mit voller Kraft."

Jack schnaubte. „Ernsthaft? Für jemanden, der so weltgewandt ist wie du, bist du manchmal echt ignorant. Das nennt man Sparring. Kein spielerischer und auch kein Trainingskampf. Sparring."

„Oh, okay. Meinetwegen, dann eben Sparringkämpfen." Sie presste die Stirn gegen das Fenster.

„Nicht Sparringkämpfen. Nur Sparring."

„Was auch immer! Ich habe die letzten Jahre im Dschungel verbracht und in einfachen Hütten gelebt. Da habe ich nicht wirklich mitbekommen, mit was für merkwürdigen Dingen sich amerikanische Männer die Zeit vertreiben oder was heutzutage im Sport angesagt ist. Aber wenn du willst, dass ich eine Notoperation mit einem Taschenmesser und schwarzgebranntem Schnaps als einzigem Antiseptikum vornehme, dann bist du bei mir an der richtigen Adresse. Wie auch immer, ich kann erst gehen, wenn Slade da drinnen fertig ist. Er könnte sich ja immer noch verletzen, selbst wenn es sich nur um … Sparring handelt", meinte sie langsam, als müsste sie das Wort erst einmal austesten.

Jack runzelte die Stirn. „Das ist nicht dein Ernst, oder?"

„Ich fürchte, doch."

Er verdrehte die Augen und schüttelte den Kopf, als würde es dann mehr Sinn ergeben, was sie eben gesagt hatte. „Hörst du eigentlich jemals auf das, was man dir sagt, Weib? Ich habe dich gebeten, zu Hause zu bleiben. Warum hast du nicht auf meine Anrufe reagiert?"

Ohne den Blick von ihrem Bruder zu lösen, griff sie in ihre Tasche und reichte Jack ihr Smartphone.

„Warum ist es kaputt?"

„Weil ich's fallen gelassen habe", flüsterte sie.

„Du brauchst nicht zu flüstern. Sie können dich nicht hören. Das hier sind Betonwände, und bei all dem Krach da drinnen und dem Lärm vom Highway bin ich mir ziemlich sicher, dass wir in ganz normaler Lautstärke reden können."

Sie zuckte mit den Schultern und blickte nach unten. „Musst du nicht arbeiten?"

„Ja, muss ich. Aber es gibt da so eine Verrückte, die sich nachts an gefährlichen Orten herumtreibt und auf Ärger aus ist. Also bin ich hergekommen, um sie zu retten."

„Ich gehe erst, wenn er geht", sagte sie und deutete zum Fenster.

Jack stieß genervt die Luft aus. „Ich kenne die Besitzer. Ich trainiere hier übrigens auch. Kann ich dich dazu überreden, mit reinzukommen?"

„Auf keinen Fall! Slade wäre tierisch sauer."

„Na schön." Er seufzte ergeben, und Chrissy lächelte triumphierend. Sie drehte sich wieder zum Fenster um und schnappte erschrocken nach Luft, als Slade einen Schlag einstecken musste. Zum Glück zielten die meisten Schläge auf seinen Körper und nicht auf sein Gesicht oder seinen Kopf.

Jack lehnte sich gegen die Mauer und verschränkte die Arme vor der Brust. „Dir ist hoffentlich klar, dass du nicht gerade die passende Kleidung für solch einen Stunt trägst, oder?" Er streckte die Hand aus und strich über ihr nacktes Bein.

„Es war eine Last-Minute-Entscheidung. Ich hatte keine Möglichkeit mehr, mich umzuziehen. Aber was stimmt denn nicht mit meinen Klamotten?"

„Sie sind knallrosa, Baby. Jeder weiß doch, dass man bei verdeckten Operationen dieses Kalibers nur Schwarz trägt." Er lachte.

„Hey, lach mich nicht aus." Sie schlug nach der Hand, die ihr Bein streichelte.

„Und man trägt keinen winzigen Rock und Flipflops. Wenn du während der rasend schnellen Verfolgungsjagd zu Fuß stolpern würdest, und das würdest du, dann könntest du dich verletzen."

„Ha, ha, sehr witzig! Und das hier ist kein winziger Rock, es ist ein Sommerkleid." Er fuhr fort, mit der Hand an ihrem Bein auf und ab zu streichen.

„Also, du trainierst hier auch?" Sie redete mit Jack, doch ihr Blick war weiterhin auf das Geschehen im Gebäudeinneren gerichtet.

„Ja, tue ich. Ach, übrigens, ich werde demnächst auch wieder kämpfen."

Sie versteifte sich und blickte nach unten. „Was?"

„Ja, bei mir steht auch ein Kampf an. Übermorgen."

„Sag ihn ab."

„Absagen?“

„Wieso seid ihr beiden Idioten eigentlich so scharf darauf, euch zu verletzen? Kannst du bitte nicht kämpfen, Jack? Jedenfalls nicht, solange ich in der Stadt bin?“

„Das hört sich ja fast so an, als würde ich dir etwas bedeuten, Chris.“

Genervt stöhnte sie und schaute ihn an. „Bilde dir ja nichts ein.“ Aber es kam nicht so selbstsicher heraus, wie sie gehofft hatte, und er lächelte nur. „Oh, verkneif dir dein selbstgefälliges Grinsen. Du weißt, dass du mir was bedeutest. Du gehörst doch praktisch zur Familie, oder nicht?“ Sie warf ihm seine eigenen Worte an den Kopf, während er begann, Küsse auf ihrem Bein zu verteilen.

„Ja, Familie“, murmelte er und hörte schlagartig damit auf, als ihm bewusst wurde, was er da tat – noch dazu in einem dunklen Hinterhof.

„Also, wo und wann kämpfst du? Du wirst deine Meinung auch nicht mehr ändern, oder?“

„Ich trainiere seit Monaten für diesen Fight. Ich liebe es zu kämpfen, Chrissy, und ich bin immer vorsichtig. Außerdem bin ich gut. Mach dir keine Sorgen, das kriege ich schon hin. Und es ist ein legaler Kampf. Wie auch immer, ich kämpfe nicht häufig, nur wenige Male im Jahr.“ Sie sah ihn besorgt an. „Kommst du, um mich anzufeuern?“

„Ich weiß nicht, Jack. Ich glaube nicht, dass ich das verkrafte“, meinte Chrissy widerstrebend. Dann begriff sie erst richtig, was er gesagt hatte. „Warte mal! Wovon redest du überhaupt? Du hast doch gerade erst vor ein paar Tagen gekämpft. ‚Ich kämpfe nicht häufig‘, so ein Quatsch!“

„Beruhige dich.“ Er lachte leise. „Es passiert selten, dass ich oder irgendein anderer von uns so kurz hintereinander kämpfen muss. Vor dem letzten Match habe ich fast ein ganzes Jahr lang nicht im Ring gestanden. Es ist nicht ungefährlich, zwei

Kämpfe in so kurzem Abstand zu absolvieren. Der Körper braucht Zeit, um sich zu erholen, und man braucht Zeit zum Trainieren. Aber ich habe mich auf diese beiden Kämpfe eingelassen, weil ich mit den Gegnern seit Jahren im Clinch liege. Es war eine Gelegenheit, der ich nicht widerstehen konnte, und ja, sie folgen wirklich ziemlich dicht aufeinander. Aber wenn ich im letzten Kampf zusammengeschlagen worden wäre, würde ich nicht sofort wieder in den Ring steigen. Ich bin doch nicht blöd. Anders als dein idiotischer Bruder, der glaubt, er wäre unverwundbar." Er holte tief Luft und machte einen Schritt auf Chrissy zu. „Ich möchte ja nicht, dass du etwas tust, was dir unangenehm ist, aber es wäre nett, wenn du zum Zuschauen kämst. Dann kannst du mit eigenen Augen sehen, dass es nicht so schlimm ist, wie du es dir vorstellst."

Chrissy dachte einen Moment lang darüber nach, während sie weiter durchs Fenster schaute. „Da ich ja nun sowieso schon mal hier bin, kann ich wohl auch hingehen." Sie lächelte ihn an und fügte hinzu: „Ich bringe auch meinen Rucksack mit all den guten Sachen drin mit."

Er grinste. „Wir fahren zusammen hin. Der Ort ist ungefähr vierzig Minuten von hier entfernt, und der Kampf beginnt um halb fünf."

„Hört sich nach einem Date an." Kaum hatte sie das gesagt, schlug sie sich die Hand auf den Mund. „Ich meine, kein Date. Ein Ausflug … mit der Familie … Mist! Du weißt, was ich meine."

Er lachte. „Ja. Nur ein kleiner Familienausflug."

Es dauerte noch eine halbe Stunde, ehe Chrissy endlich entschied, dass sie ihren Wachposten am Fenster aufgeben konnte.

„Es sieht so aus, als wäre er fertig. Er zieht sich um. Komm, lass uns gehen." Sie sprang von den Kisten. „Beeil dich, du Schnecke. Ich will nicht, dass er mich sieht." Sie zog ihn mit zu ihrem Wagen. „Oh, du hast hinter mir geparkt. Wie hast du mein Auto gefunden? Ich dachte, ich hätte meine kleine Undercover-Mission richtig gut ausgeführt.“

Jack lachte.

„Du lachst mich ständig aus“, warf sie ihm vor und schmollte.

„Gott, du bist echt anbetungswürdig, weißt du das?“

Sie wusste nicht, wieso, aber sie verspürte gerade den dringenden Wunsch, Jack zu küssen. Es war definitiv keine gute Idee – es widersprach völlig ihrem Plan –, aber er war einfach unwiderstehlich. Sie legte eine Hand in seinen Nacken und zog seinen Kopf zu sich herunter. Nachdem sie sich auf die Zehenspitzen gestellt hatte, strich sie sanft mit den geschlossenen Lippen über seinen Mund. Doch als sie sich wieder von ihm lösen wollte, legte er einen Arm um ihre Taille, presste Chrissy an sich und vertiefte den Kuss.

„Nur, damit das klar ist: Deinen Lippen ist es nicht mehr gestattet, meine auf züchtige Weise zu berühren. Das macht mich nämlich verrückt. Also, selbst wenn du diese kleinen Küsse für harmlos hältst, kannst du sicher sein, dass daraus immer mehr wird. Ich kann gar nicht anders. Wenn du nicht willst, dass ich dich mit Haut und Haaren verschlinge, dann küss mich nicht.“

Sie antwortete nicht, und anscheinend verstand Jack das als Einladung, denn wieder eroberte er ihren Mund. Und zwar so stürmisch und leidenschaftlich, dass ihr die Luft wegblieb. Mit einer geschmeidigen Bewegung hob er sie auf die Motorhaube seines Wagens, und instinktiv schlang Chrissy ihm die Arme um den Nacken. Langsam schob Jack ihr die Oberschenkel auseinander, damit er sich dazwischen positionieren konnte. Anschließend zog er sie näher an den Rand der Motorhaube. Als sie prompt seine Hüfte mit ihren Beinen umklammerte, stöhnte er auf. *Wieso machen meine Knie das immer?* Sie versuchte sich zu erinnern, wann sie das letzte Mal einen Mann so sehr begehrt hatte wie Jack. Hm, das war im Grunde noch nie der Fall gewesen – deshalb war sie auch nicht in der Lage, sich zu erinnern.

Oh Gott, der Mann konnte wirklich gut küssen! Wahrscheinlich würde er es mühelos allein mit seinen Küssen schaffen, sie zum Orgasmus zu bringen. Chrissy konnte gar nicht anders; sie rieb sich an Jack, und je mehr sie sich gegen ihn drängte, desto leidenschaftlicher küsste er sie. Er ließ die Hand an ihrem Bein emporgleiten und fand einen Weg unter ihr Kleid. Statt sich dagegen zu wehren, rückte Chrissy noch näher an ihn heran. Hätte es eine Möglichkeit gegeben, ihm geradewegs unter die Haut zu kriechen, sie hätte es in diesem Moment getan. „Oh Baby, du fühlst dich so wunderbar an", flüsterte er, bevor er eine Spur von heißen Küssen von ihrem Hals bis hinunter zum Schlüsselbein beschrieb. Instinktiv ließ sie den Kopf zurückfallen, um ihm die Sache leichter zu machen.

Als jedoch plötzlich Stimmen ertönten, weil Leute die Trainingshalle verließen, schreckten sie auf. „Verdammt!", brachte Jack keuchend hervor. „Komm!" Er hob sie hoch und warf sie sich über die Schulter, ehe er zur anderen Seite des Wagens ging, wo sie sich besser verstecken konnten.

„Wo willst du mit mir hin?" Sie schlug ihm auf den Rücken.

„So geht das nicht, Chrissy." Er stand neben ihrem Auto und setzte sie wieder ab. Ihre Augen glitzerten vor Erregung. „Steig in den Wagen. Wir sehen uns morgen früh."

„Du schläfst nicht zu Hause?", fragte sie und merkte entsetzt, wie niedergeschlagen ihre Stimme klang.

„Ich muss die ganze Nacht arbeiten, Schätzchen." Er küsste sie auf die Wange, half ihr in ihr Auto und schnallte sie an. Sie war verstört, verwirrt. Heiß. Er griff in seine Hosentasche und holte einen Schlüssel heraus.

„Hier, das ist mein Haustürschlüssel. Ich wette, du hast dich ausgesperrt, als du zu deiner Undercover-Mission aufgebrochen bist. Ruf mich an, wenn du daheim bist, damit ich weiß, dass du sicher angekommen bist, ja?“

„Ich schaue mal, was sich mit meinem kaputten Handy noch machen lässt. Ansonsten nehme ich den Festanschluss.“

„Schlaf schön, Babe.“ Er beugte sich ins Auto und küsste sie schnell noch einmal auf die Wange, ehe er die Tür schloss.

Auf der Fahrt nach Hause dachte Chrissy an den leidenschaftlichen Kuss, der ihre Lippen noch immer kribbeln ließ. *Schätzchen. Baby. Babe. Was zum Teufel soll das?* Sie wollte nichts anfangen, von dem sie wusste, dass es zum Scheitern verurteilt war. Jack lebte fünf Stunden Fahrt entfernt von der Stadt, in der sie sich eine Zukunft aufbauen wollte, und nie im Leben würde sie nur eines Mannes wegen hier in der Stadt bleiben. Oder? Er verkörperte alles, was sie sich von einem Mann nicht erwartete. Richtig? Er war einfach nur ein typischer, geiler Mann. Und sie … Na ja, sie fühlte sich zu ihm hingezogen. Das war alles. So, wie sie das sah, hatte sie zwei Möglichkeiten. Erstens: Sofort mit dem Flirten aufhören. Keine Berührungen, keine Küsse mehr. In wenigen Tagen war sie wieder weg. Dann konnte sie ihren neuen Job antreten, sich einen netten Mann suchen, heiraten und Kinder kriegen. Das war der Plan. Der vernünftige Plan. Der richtige Plan. Na ja, ganze sechs Stunden hatte sie sich an diesen Plan gehalten, nur um dann feststellen zu müssen, dass er nicht funktionierte. Sie war krachend gescheitert. Zweitens: Vielleicht sollte sie einfach akzeptieren, dass zwischen ihr und Jack eine große Anziehungskraft bestand. Sie könnte ein paar Tage lang Spaß mit ihm haben, und dann, nach Slades Kampf – vorausgesetzt, ihr Bruder überlebte ihn –, konnte sie wieder abhauen, nachdem sie den vermutlich besten Sex ihres Lebens gehabt hatte. Das tat niemandem weh. Es war einfach nur Sex.

Ja, klar doch. Doch sie gehörte nicht zu diesen Frauen. Sie hatte genügend Liebesromane gelesen, um zu wissen, dass das niemals funktionierte. Sie wäre am Boden zerstört. Okay, also musste sie zu ihrem ursprünglichen Plan zurückkehren. Dieses Mal würde sie standhafter bleiben. Genau genommen hatte sie ihren eigentlichen Vorsatz ja gar nicht gebrochen. Sie hatte keinen Sex mit Jack gehabt. Sie hatten sich nur geküsst. Ausgiebig! Okay, sie hatten noch mehr getrieben, aber trotzdem, sie hatten keinen richtigen Sex gehabt. Also blieb sie bei ihrem ursprünglichen Plan und änderte ihn nur ein klein wenig ab.

Neuer Plan: kein Sex, kein Beinahe-Sex, kein Küssen, kein Berühren oder Streicheln jeglicher Art mit Jack.

„Hörst du das, Libido!", schalt sie sich selbst. „Hände weg von diesem gut aussehenden Kerl!"

Wenn sich doch nur ihr Herz auch daran halten würde!

8. KAPITEL

Chrissy war nicht zu Hause, als Jack am nächsten Morgen von der Arbeit kam. Ihr Wagen war weg, also wusste er, dass sie nicht bei Slade war. Er versuchte, sie anzurufen, doch die Mailbox sprang sofort an – vermutlich lag es an ihrem zerbrochenen Handy. Nachdem er ein paar Stunden geschlafen hatte, würde er ihr ein neues Smartphone kaufen. Sie konnte nicht ohne Telefon in ihrer alten Rostlaube herumfahren.

Er war hundemüde. Es war eine hektische Nacht gewesen. Nachdem er sich von Chrissy verabschiedet hatte, war er zu einem Einbruch gerufen worden und entdeckte am Tatort, dass der Hausbesitzer von einem der Täter ziemlich übel zusammengeschlagen worden war. Dieser Fall hatte ihn fast die ganze Schicht lang beschäftigt.

Jetzt ging Jack schnell unter die Dusche, zog sich Boxershorts an und warf sich aufs Bett. Noch ehe sein Kopf das Kissen berührte, war er eingeschlafen.

Ein köstlicher Duft weckte Jack. Als er die Augen öffnete, sah er, dass es draußen bereits dunkel war. Barfuß stapfte er nach unten in die Küche, wo Chrissy am Herd stand, während Slade am Tisch saß und ein Bier trank.

„Hey“, murmelte er heiser und noch ziemlich verschlafen.

Slade hob kurz das Kinn, eine typische Begrüßung unter Männern.

Chrissy drehte sich zu ihm herum. „Ich hoffe, wir haben dich nicht geweckt, Schlafmütze.“

Sie trug Sneakers, ein Tanktop und die winzigsten Shorts, die er je gesehen hatte. Du meine Güte, trug diese Frau jemals etwas, was nicht superkurz oder winzig war? Ihre gebräunten Arme glänzten von der Wärme in der Küche. Sie hatte ihr langes dunkles Haar nicht zusammengebunden, und es fiel ihr über den Rücken. Das schwarze Brillengestell saß ein wenig schief auf der Nase, und sie trug eine Schürze, die zwar Jack gehörte, die er aber natürlich nie umband. Das Teil war länger als ihre Shorts. Gott, er liebte ihre Beine, vor allem, wenn sie sich um ihn schlangen! Drogo saß ein paar Schritte von Chrissy entfernt auf dem Holzboden. Dieses Bild von Chrissy, die so unglaublich häuslich aussah und auch so wirkte, als würde sie sich wie zu Hause fühlen, rief alle möglichen, sehr ungewöhnlichen Gefühle in ihm hervor, die er jetzt jedoch nicht näher untersuchen wollte.

Er schüttelte den Kopf und machte einen Schritt auf Drogo zu. Zu seiner Überraschung bewegte der Hund sich nicht, sondern schien Jacks Annäherung sogar zu begrüßen. Er wedelte leicht mit dem Schwanz, und es sah so aus, als wäre er glücklich. Jack lächelte ihn an. Es war eine stumme Unterhaltung, und derart ermutigt, streckte Jack die Hand aus, um Drogo zu streicheln. Doch kaum hatte er ihn berührt, schnappte der verdammte Köter nach ihm!

„Verdammt!" Jack sprang zurück und inspizierte die beiden kleinen Abdrücke, die Drogos spitze Zähne auf seinem Zeigefinger hinterlassen hatten.

„Böser Hund, Drogo! Das war nicht gut. Gar nicht gut!", schalt Chrissy, bevor sie nach Jacks Hand griff, um sich den Finger anzuschauen.

„Alles in Ordnung. Ich bin okay. Die Haut ist nicht aufgerissen. Ich hätte vorsichtiger sein müssen. Er ist schließlich zu einem Viertel ein Pitbull."

Chrissy verdrehte die Augen. „Ja, klar doch. Guck ihn dir an. Da steckt auf jeden Fall ein Pitbull drin."

„Ich kann mich gar nicht erinnern, wann ich das letzte Mal so lange geschlafen habe. Kommt mir vor wie zwölf Stunden. Es duftet übrigens köstlich." Er gähnte und streckte die Arme über den Kopf, während er sprach. Dadurch rutschte das Bündchen seiner Boxershorts ein wenig nach unten und entblößte noch mehr von den krausen Härchen, die eine senkrechte Linie unter seinem Bauchnabel bildeten. Er sah, wie Chrissys Blick dorthin wanderte und ihre Lippen sich leicht öffneten. Und er musste grinsen. Wem wollte sie hier eigentlich etwas vormachen? Er wusste, dass sie sich zu ihm hingezogen fühlte. Dieser Blick mit offenem Mund war ein eindeutiger Beleg dafür, und prompt schwollen sowohl sein Herz als auch sein Ego mächtig an.

„Könntest du dir gefälligst was anziehen, wenn meine Schwester hier ist, Kumpel?"

Slades Worte rissen Jack jäh aus seinen Gedanken, und er sah hinüber zu seinem Freund. Der schien diesen stummen Austausch von Blicken mitbekommen zu haben. Chrissy schaute hastig und verlegen weg.

„'tschuldigung. Ich bin es nicht gewohnt, Gäste zu haben." Er ging nach oben, zog sich ein T-Shirt an und kam wieder herunter.

„Ich habe einen Braten mit Kartoffeln gemacht", sagte Chrissy. „Ich hoffe, du bist hungrig."

„Halb verhungert. Aber du hättest nicht zu kochen brauchen."

„Ich weiß, aber ich habe ja sonst nichts zu tun."

„Na, ich weiß es auf jeden Fall zu schätzen. Wie soll ich mich bloß wieder an Sandwiches und Pizza gewöhnen, wenn du weg bist? Und sieh dir meinen Hund an, diesen Verräter – du verwöhnst ihn. Wie soll ich ihn jemals wieder dazu bewegen, Dosenfutter zu fressen?" Ein Gefühl von Leere traf ihn unvermittelt. Chrissy würde bald wieder abreisen. Verdammt! Wie blöd war das denn? Vielleicht war er doch bereit, sich auf etwas Ernsteres einzulassen?

Slade begann, Gläser und Teller herauszuholen und den Tisch zu decken. Als sie sich zum Essen hinsetzten, fühlte Jack sich an ihre Kindheit erinnert. Sie hatten ständig zusammen bei einem von ihnen gegessen. Es war nett. Es war nostalgisch, fast sentimental.

„Danke, dass ich hier bei dir übernachten durfte, Jack", sagte Chrissy, „aber ich glaube, ich werde heute Nacht nach Hause gehen. Nach nebenan nach Hause, nicht nach Miami."

„Oh. Okay." Er war froh, dass er gerade kaute, denn wenn er nichts im Mund gehabt hätte, wäre die Enttäuschung ihm wohl allzu deutlich anzumerken gewesen. „Dann sei morgen gegen drei Uhr fertig. Ich hole dich ab, und dann fahren wir gemeinsam los."

„Klingt gut."

„Sie geht zu deinem Kampf?"

„Ja, ich gehe hin. Warum?", erwiderte Chrissy, obwohl Slade mit Jack geredet hatte.

Slade schob seinen Teller zurück. „Das heißt also, du machst nur mich zur Sau?"

„Nein, ihn habe ich auch zur Sau gemacht, aber das ist was anderes."

„Inwiefern, Chris?"

„Na ja, zunächst einmal bist du mein Bruder."

Jack zuckte bei der Bemerkung zusammen. Für ihn klang es so, als wollte sie sagen: Du bist mein Bruder, und was Jack treibt, interessiert mich nicht im Geringsten, er ist nicht wichtig.

„Zweitens hattest du bereits eine Reihe von Gehirnerschütterungen und könntest bei einem Kampf sterben. Fuck, sterben! Verstehst du das, Slade? Sterben, mit anderen Worten: tot sein! Wenn du heftig genug getroffen wirst. Ein Schlag genau hierhin", sie bohrte ihren Finger in seine Schläfe, „und ich verliere meine gesamte Familie. Du magst zwar ein Idiot sein, aber du bist der Letzte, der von meiner Familie übrig ist. Und diese Kämpfe sind außerdem illegal. Ich habe mich mal schlaugemacht, während ich hier gestrandet bin und mich um dein Leben kümmere, statt um meins. Womit du dir deinen Lebensunterhalt verdienst und was Jack als Hobby betreibt, ist legal, und auch wenn es mir nicht gefällt, kann ich das respektieren. Doch das ist etwas ganz anderes als dieser Untergrund-Dreck, auf den du dich eingelassen hast. Bei den legalen Kämpfen gibt es gewisse Regeln, Schiedsrichter, Drogentests und andere wichtige Dinge, die die Sicherheit der Kämpfer gewährleisten. Mir gefällt das deshalb noch lange nicht, denn es ist immer noch brutales Aufeinandereindreschen, und du weißt, was ich von Gewalt halte, Slade. Himmel, wie kann es angehen, dass dir nicht klar ist, was ich darüber denke? Du … du hast es doch mitbekommen." Ihre Stimme brach, und sie musste sich räuspern. „Wie auch immer, diese Untergrund-Kämpfe, an denen du teilnimmst, sind gefährlich."

„Du brauchst ja nicht mitzukommen!" Slade schob seinen Stuhl zurück und stand auf. Anscheinend hatte sie seine Geduld überstrapaziert. Sofort und ohne nachzudenken sprang auch Jack auf und stellte sich schützend vor Chrissy. Slade war normalerweise ziemlich entspannt, in allen Belangen. Aber wenn einmal die Wut mit ihm durchging, war er unberechenbar. Natürlich würde Slade niemals einer Frau vorsätzlich wehtun, aber Jack wollte auch kein Risiko eingehen. Chrissy gehörte zu ihm. „Aus dem Weg, Daniels. Ich würde ihr niemals etwas tun." Er machte einen Schritt um Jack herum. „Du verstehst das nicht, Chris. Du weißt doch gar nichts über mein Leben. Du bist seit Jahren weg – da brauchst du jetzt auch nicht anzukommen und mir sagen zu wollen, was ich zu tun und zu lassen habe! Du warst doch schon immer die perfekte Christine, die nie was falsch gemacht hat. Du hast nie Geld gebraucht. Alles in deinem Leben ist tadellos. Nun, ein paar von uns müssen leider ein wenig härter daran arbeiten, perfekt zu werden!"

Chrissy stieß Jack aus dem Weg. „Du weißt doch gar nicht, wovon du redest, Slade. Du weißt, dass mein Leben bei Weitem nicht perfekt gewesen ist, im Gegenteil!“

„Ich weiß, dass du Probleme mit dem Kämpfen hast, Chris. Ich verstehe es sogar. Aber ich bin nicht Brian. Hör auf, mich mit ihm zu vergleichen.“ Slade stürmte nach draußen und schlug die Tür hinter sich zu. Chrissy folgte ihm.

„Brian?“, flüsterte Jack verwirrt, während er überlegte, ob er den beiden folgen sollte. Doch er entschied sich dagegen. Sie brauchten Zeit, um ihre Probleme miteinander zu lösen.

Kein sehr schönes Abendessen.

Jack aß auf und räumte dann den Tisch ab. Es war das Beste, was er seit Langem gegessen hatte, na ja, abgesehen von der Lasagne gestern. Als er fertig war, stellte er fest, wie still es im Haus ohne Chrissy war. Sie machte zwar ständig Probleme, erfüllte das Haus aber auch mit Leben, wenn sie ihn neckte und mit ihm oder über ihn lachte. Und sie sorgte dafür, dass es entweder köstlich nach Essen oder nach ihrer herrlich duftenden Seife roch. Mochte sie auch noch so ein Quälgeist sein … Nie zuvor hatte er sich einsamer gefühlt als jetzt, und dabei war sie erst seit wenigen Minuten fort.

Er lümmelte lustlos auf der Couch herum, schnappte sich die Fernbedienung und ließ sich berieseln. Versunken in die Stimmen, die aus dem Fernseher drangen, sowie in Drogos Schnarchen, das vom anderen Ende des Sofas her erklang, hätte er fast das Klopfen überhört.

Ein Blick auf die Uhr zeigte ihm, dass es schon fast Mitternacht war. Drogo wachte sofort auf, begann mit dem Schwanz zu wedeln und rannte so schnell zur Tür, dass er ins Schlittern kam und mit dem Kopf gegen die Haustür knallte. Jack lachte. „Entschuldige, aber so richtig leid tut es mir ehrlich gesagt nicht, mein Kleiner.“

Das zaghafte Klopfen verriet ihm bereits ehe er öffnete, wer dort draußen stand, obwohl sie normalerweise eher ungeduldig gegen die Tür hämmerte.

„Hallo.“ Chrissy stand vor ihm. Sie hatte Tränen in den Augen, ihre goldbraune Haut glänzte, und der Pony klebte ihr auf der Stirn, weil es selbst nachts in Florida heiß und schwül war. Noch nie hatte Jack etwas Bezauberndere gesehen.

„Hallo.“ Er lächelte und trat zur Seite, damit sie hereinkommen konnte.

„Kann ich hierbleiben?“ Sie hatte ihr Gepäck in der Hand.

„Natürlich.“ Er nahm ihr die Taschen ab und stellte sie an die Treppe, ehe er Chrissys Hand ergriff. Zusammen gingen sie hinüber zur Couch, setzten sich und starrten schweigend auf den Fernseher. Langsam rückte sie näher an ihn heran … genau wie Drogo. Jack hatte das dumme Gefühl, dass er Konkurrenz bekam, und zwar in Form eines kleinen Hundes mit Glotzaugen.

„Willst du mir erzählen, was passiert ist?“, fragte er.

„Wir haben uns weitergestritten. Er weigert sich, den Kampf abzusagen. Ich habe so ein schlechtes Gewissen. Ich schulde es ihm, ihn zu unterstützen. Aber ich will auch nicht, dass er verletzt wird. Wie es aussieht, gehe ich wohl noch zu einem weiteren Kampf.“

„Das kann ich dir nicht mehr ausreden, oder?“, fragte Jack, obwohl er die Antwort bereits kannte. Er hasste es, sie anzulügen, aber er konnte nicht zulassen, dass sie sich Slades Kampf ansah.

Sie schüttelte den Kopf.

„Ich weiß, ich habe keine Geschwister, vielleicht kapiere ich deshalb nicht, weshalb du Schuldgefühle hast.“

„Es ist eine lange Geschichte.“

„Ich habe Zeit.“

Sie zuckte niedergeschlagen mit den Schultern, und er rutschte noch ein Stückchen näher an sie heran. Sie starrten auf den Fernseher, ohne etwas von der Handlung mitzubekommen, da sie beide in ihre eigenen Gedanken vertieft waren.

Schließlich hob Jack ihr Kinn an, damit er sie ansehen konnte. „Wer ist Brian?“

Chrissy holte tief Luft und senkte den Blick wieder. „Ich habe seit Dads Tod mit niemandem darüber geredet. Eigentlich will ich auch nicht darüber sprechen.“

„Erzähl es mir“, forderte er sie auf.

Sie schmiegte sich an ihn. Er fürchtete schon, sie würde nicht antworten, da sie eine kleine Ewigkeit lang schwieg, aber er hielt das Schweigen aus in der Hoffnung, dass sie es doch noch brechen würde.

„Na gut.“ Sie rückte wieder von ihm fort ans andere Ende der Couch und zog die Beine unter sich. Sie sah so hilflos und winzig aus, keine Worte, mit denen er Chrissy normalerweise beschreiben würde. Im Vergleich zu anderen Frauen war sie alles andere als winzig, doch verglichen mit seiner und der großen Statur ihres Bruders wirkte sie eher zierlich. Allerdings besaß sie eine große Persönlichkeit und war höllisch kratzbürstig.

„Brian ist der Grund für alles. Der Grund, warum ich von hier weggegangen bin. Der Grund, warum mein Vater gestorben ist. Der Grund, warum ich Slade etwas schulde …“ Sie verstummte. Ihre Miene veränderte sich, sie wirkte zutiefst verletzt. „Erinnerst du dich an Brian Harris? Er war auf der Highschool im Wrestling-Team.“

„Na klar erinnere ich mich. Bis ihn kürzlich eine Knieverletzung außer Gefecht gesetzt hat, hat er immer noch gekämpft. Er war Boxer, kein MMA-Fighter.“

„Ehrlich? Ich wusste nicht, dass er immer noch geboxt hat. Wohnt er noch hier? Du meine Güte, kämpft in dieser verdammten Stadt eigentlich jeder in irgendeiner Form?“

„Tja, so sehr viel anderes zu tun gibt es hier ja auch nicht. Man könnte wohl sagen, sie züchten uns schon in der Highschool heran." Er zuckte mit den Schultern. „Ich weiß, dass Brians Eltern noch hier leben, er selbst nicht. Ich glaube, er ist nach Tampa gezogen. Mir ist was von einer Scheidung zu Ohren gekommen. Warum ist er so wichtig?"

„Na ja, ich war in einen der anderen Jungs aus dem Wrestling-Team verknallt, in Roger. Aber er hat mich nie beachtet. Und dabei habe ich echt alles probiert, um bemerkt zu werden. Ich war so jung und so dumm! Veronica und ich sind zu all den Wrestling-Kämpfen gegangen, und wir versuchten, auf allen Partys dabei zu sein. Aber ich war für ihn unsichtbar. Eines Tages hatte ich es satt, ihn dazu zu bringen, mich zu beachten. Ich bin während einer Party nach draußen und habe angefangen zu heulen. Weil Veronica damals schon nicht mehr mit mir geredet hat, bin ich allein auf der Party gewesen. Brian war ebenfalls draußen und sah mich. Er war so süß. Es war mein Abschlussjahr auf der Highschool. Er hatte seinen Abschluss bereits, doch auf dem College waren Ferien, darum war er nach Hause gekommen. Im Gegensatz zu Roger erinnerte er sich an mich, weil ich ja immer in der Nähe des Teams herumgehangen hatte. Wie auch immer, er sah mich, und wir fingen an, uns zu unterhalten. Er bemerkte mich. Er sah mich nicht als Streberin oder Quälgeist. Er sah in mir ein Mädchen. Ich konnte es kaum glauben. Ich meine, er war so süß, und er ging schon aufs College. An dem Abend hat er mich zu einem Date am nächsten Wochenende eingeladen. Ich konnte es kaum erwarten. Ich war so aufgeregt; es war mein erstes echtes Date. Roger war sofort vergessen. Tja, um es kurz zu machen, eins führte zum anderen, und kurz darauf waren wir zusammen."

„Das wusste ich gar nicht. Wieso wusste ich das nicht?"

„Niemand wusste so wirklich etwas. Außerdem habe ich zu der Zeit schon nicht mehr mit dir geredet. Wegen dieser ganzen Veronica-Angelegenheit, du weißt schon." Sie blickte verlegen auf ihre Hände. „Wie auch immer, er war in Jacksonville auf dem College, und ich sah ihn nur, wenn er nach Hause kam. Ich wollte nicht, dass irgendjemand davon erfuhr. Mein Dad war immer so überfürsorglich. Ganz zu schweigen von Slade und … na ja, dir. Du und Slade, ihr seid früher ziemlich grob mit mir umgegangen. Ich wollte nicht, dass ihr beide mir diesmal wieder Steine in den Weg legt. Also habe ich es geheim gehalten. Es war das letzte Jahr auf der Highschool, und ich hatte Stipendien von den meisten Colleges und Universitäten angeboten bekommen. Ich hätte mich für jede Uni entscheiden können.“

„Aber du hast dich wegen Brian für Jacksonville entschieden“, vermutete Jack.

Chrissy nickte. „Ich war so blöd. Ich bin ihm gefolgt. Als ich angenommen wurde, war ich außer mir vor Freude, und ich dachte, er wäre auch überglücklich. Niemand verstand, warum ich an eine staatliche Schule ging statt an eine der Eliteuniversitäten. Ich habe tausend Gründe erfunden, aber niemand wusste etwas von Brian. Also habe ich meine Sachen zusammengepackt und bin umgezogen.“ Sie holte tief Luft und ließ sie langsam wieder entweichen.

Jack wappnete sich. Er wusste, dass es jetzt kam. Etwas Schlimmes.

„Lass es mich so ausdrücken: Er war nicht begeistert, mich zu sehen. Kein Stück. Aber ich war jung und naiv. Ich habe die Anzeichen nicht erkannt. Ich dachte, ich würde mir das alles nur einbilden. Wieso sollte er nicht glücklich sein? Ich meine, wir waren seit sechs Monaten zusammen, und jedes Mal, wenn wir uns gesehen hatten, war es … vollkommen. Jedenfalls wirkte es so auf mich in der kleinen heilen Welt, die ich mir aufgebaut hatte. In Jacksonville stritten wir uns dann häufig. Meist war er jedoch viel zu sehr mit dem Wrestling-Team an seinem College beschäftigt, als dass er Zeit mit mir verbringen konnte. Dann fing er auch noch an zu boxen, und wenn er nicht beim Wrestling war, dann war er beim Boxen. Auf einmal veränderte er sich grundlegend. Er wurde selbstsicherer und aggressiver. Die Typen, mit denen er befreundet war, waren allesamt Mistkerle, und jedes Mal, wenn er mit ihnen unterwegs gewesen war, kam er betrunken zurück und war unausstehlich. Ich habe im Studentenwohnheim gewohnt, und nach Mitternacht waren Besucher nicht mehr erlaubt, doch er kam oft mitten in der Nacht an und hat an meine Tür gehämmert, weil er mich sehen wollte. Und wenn ich ihn nicht reingelassen habe, wurde er sauer. Und mit sauer meine ich stinksauer. Tagelang hat er dann nicht mit mir geredet. Es war eine schlimme Zeit für mich. Meine Noten wurden immer schlechter. Nie habe ich meine Mutter mehr vermisst als in diesem Jahr. Ich hätte sie wirklich gebraucht und hätte so gern mit ihr geredet. Es wäre gut gewesen, wenn ich jemanden gehabt hätte, der mir einen Weg gezeigt hätte oder so."

„Und niemand hat gewusst, was da abging?", fragte Jack.

Sie schüttelte den Kopf. „Nein. Niemand hat davon gewusst." Tränen traten ihr in die Augen.

„Komm, Chris, erzähl auch den Rest." Obwohl sein Ton sanft war, lag ein harter Zug um seinen Mund, und seine Nasenflügel bebten.

„Das erste Mal hat er mich an einem Montag geschlagen, als ich auf dem Weg zu einem Seminar war", fuhr sie fort. Aber ehe sie weiterreden konnte, bemerkte sie, dass Jack seine Hände zu Fäusten geballt im Schoß liegen hatte. Sie beugte sich vor und berührte sie sanft. „Jack, es ist okay."

„Es ist nicht okay! Und hör auf, mich zu trösten. Erzähl die verdammte Geschichte zu Ende."

„Wie ich schon sagte, ich war auf dem Weg zu einem Seminar, und ich sah ihn, wie er mit einer Gruppe seiner neuen Freunde und ein paar Mädels neben seinem Wagen stand. Einer der Freunde hatte mich entdeckt und rief meinen Namen. Brian war unglaublich eifersüchtig und mochte es nicht, wenn ich mit seinen Freunden redete. Also gefiel ihm natürlich auch nicht, dass der Typ mich zu ihnen rief, obwohl sie da alle zusammenstanden. Brian warf mir vor, ich würde mit seinem Freund flirten, und dann beschuldigte er mich, dass ich in der letzten Nacht mit einem anderen zusammen gewesen sei und ihn deshalb nicht ins Zimmer gelassen hätte. Er nannte mich ein Flittchen. Es war so lächerlich! Ich war nur mit ihm zusammen gewesen. Ich versuchte ihm zu erklären, dass ich es mir nicht leisten konnte, dabei erwischt zu werden, wie ich nachts einen Jungen in mein Zimmer schmuggele, weil es mich mein Stipendium kosten könnte. Während wir uns so stritten, zog er mich zurück zum Wohnheim. Als wir in mein Zimmer kamen, öffnete er die Tür und schubste mich hinein. Ich war so geschockt, dass ich ihn ebenfalls schubste. Ziemlich heftig. Darauf war er nicht gefasst gewesen und stolperte über meinen Schreibtisch."

„Sehr gut", sagte Jack und sah sie stolz an.

„Nein, Jack. Es war nicht gut. Damit hatte ich ihn in seinen Augen derart gedemütigt, dass er mir ins Gesicht schlug. Das hat ihn anscheinend selbst so schockiert, dass er sofort das Zimmer verließ. Eine Woche lang habe ich ihn nicht gesehen. Allerdings schickte er mir Hunderte von Nachrichten, in denen er sich entschuldigte. Nach einer Woche hatte ich mir eingeredet, es wäre auch mein Fehler gewesen, weil ich ihn geschubst hatte, und daraufhin habe ich mich mit ihm versöhnt. Die nächsten acht Monate waren die Hölle. Wir stritten ständig, er stieß mich herum und schlug mich. Eines Tages ging er dann wirklich zu weit." Ihre Lippen zitterten, genau wie ihre Hände. Es schien, als könnte sie die Tränen nicht länger zurückhalten.

„Ich will nicht weiter ins Detail gehen, aber ich bin mitten in der Nacht mit einem blauen Auge, einer geschwollenen Lippe und einem gebrochenen Arm in Gips nach Hause gefahren." Ihre Stimme war kaum noch zu vernehmen, während sie damit kämpfte, die Worte herauszubringen. „Als ich nach Hause kam, habe ich meinem Vater alles erzählt. Er war so außer sich, dass er auf die einzige Art und Weise reagiert hat, die er kannte. Er hat nicht versucht, mich zu trösten oder so. Stattdessen ist er ins Auto gestiegen und hat sich auf den Weg nach Jacksonville gemacht, um Brian zur Rede zu stellen. Zum Glück war Slade nicht zu Hause. Er war anlässlich irgendeines Kampfes weiter im Norden. In Georgia, glaube ich. Vielleicht war es sogar sein erster Profikampf. Wenn ich mich recht erinnere, warst du mit ihm zusammen dort. Wie auch immer, ich flehte Dad an, nicht zu fahren. Ich versprach ihm, dass ich nach Miami wechseln und Brian künftig aus dem Weg gehen würde, und das schien ihn auch ein wenig zu beruhigen, aber trotzdem hat er rotgesehen. Ich glaube, ich weiß, woher Slade diese Wutausbrüche hat." Sie lachte kurz auf, doch es war ein freudloses Lachen. Tränen liefen ihr jetzt über die Wangen. „Er stieg ins Auto und fuhr die Auffahrt hinunter. Instinktiv ahnte ich, dass es nicht gut enden würde. Ich wusste es einfach. Irgendwo tief in mir habe ich gespürt, dass ich in dem Moment meinen Vater das letzte Mal gesehen hatte." Sie warf sich schluchzend in Jacks Arme.

„Oh, Chris. War das die Nacht, in der er …?"

Sie nickte an seiner Brust. „Ja. Keine zwanzig Minuten später ist er gestorben. Dad hatte ein Stoppschild ignoriert, und ein Sattelschlepper rammte ihn. Er war sofort tot."

„Mein Gott! Ich erinnere mich noch, wie Slade deinen Anruf bekommen hat und wir den ersten möglichen Flug nach Hause genommen haben. Und ich erinnere mich daran, wie du an dem Tag ausgesehen hast. Dein Arm in Gips, dein Gesicht zerschunden. Slade hat mir irgendwas von einem Sturz erzählt, glaube ich. Verdammt, alles, was in der Woche passiert ist, ist in meiner Erinnerung ziemlich verschwommen. Slade war im Dauersuff. Er wollte nichts spüren und hat sich mit Tequila betäubt. Ich weiß auch noch, dass ich auf der Beerdigung den schlimmsten Kater meines Lebens hatte. Ich wollte für euch beide da sein, deshalb habe ich es mir an dem Tag verkniffen, mit Slade zu trinken. Aber dein Bruder … Er hat nicht aufgehört. Ich kann mich nicht einmal mehr daran erinnern, dich auf der Beerdigung gesehen zu haben – mir war nur elend, und ich war so damit beschäftigt, Slade den Alkohol aus der Hand zu reißen."

„Ich war kaum ein Jahr fort und hatte bereits unser aller Leben ruiniert. Slade gibt mir die Schuld an allem. Und er hat recht. Ich hätte wissen müssen, dass mein Vater Brian zur Rechenschaft ziehen würde."

Einen Moment lang schwieg sie. Jack wusste nicht, was er sagen sollte, wie er sie trösten konnte. Es überraschte ihn, wie sehr es ihn schmerzte, sie so niedergeschlagen zu sehen, und dass er damals so blind gewesen war. „Es war alles meine Schuld, Jack. Ich hätte Brian nicht nach Jacksonville folgen sollen. Ich hätte nicht nach Hause kommen und Dad von meinen Problemen erzählen sollen. Es gibt eine Menge Dinge, die ich nicht hätte tun sollen."

„Chrissy, es ist nicht deine Schuld. Es ist die Schuld von diesem Idioten!"

Sie fuhr fort, ohne auf seine tröstenden Worte einzugehen. „Als gebildete und rationale Frau weiß ich, dass du recht hast. Aber ich kann nichts für meine Gefühle. Ich kann einfach nicht anders. An dem Tag galt mein erster Gedanke Slade. Als er zurückkam und mein Gesicht und meinen gebrochenen Arm sah, habe ich ihm alles erzählt. Er sagte nicht viel dazu, aber ich wusste, dass er sauer auf mich war. Ich wusste, dass er tief in seinem Inneren mir die Schuld gab. Und dann, am Tag der Beerdigung, brach alles aus ihm heraus. Mit Tränen in den Augen hat er mir vorgeworfen, dass ich an allem die Schuld trage, und das stimmt ja auch. Seine Worte werden mir für immer im Gedächtnis bleiben. Er meinte, ich hätte wissen müssen, dass Dad losfahren und Brian suchen würde. Und er warf mir vor, wenn ich nicht so egoistisch gewesen wäre, dann würde unser Dad noch leben. Ich war verzweifelt; ich hatte meinen Dad verloren, war physisch verletzt von Brians Schlägen und dann noch diese Vorwürfe von Slade … Das war alles zu viel. Ich blieb nur noch wenige Tage, bis ich den Wechsel an die Uni von Miami perfekt gemacht hatte. Ich verlor einen Teil des Stipendiums. Nach Jacksonville bin ich nie wieder zurückgekehrt, habe mir nicht einmal die Mühe gemacht, meinen Kram dort abzuholen. Ich weiß, dass mein Bruder mir niemals vergeben hat. Ich habe ihm das Versprechen abgerungen, es niemandem zu erzählen. Da ich schon mit der Schuld leben musste, wollte ich nicht auch noch Mitleid von irgendwem. Ich habe mich geschämt. Außerdem musste Slade mir versprechen, Brian nicht aufzuspüren. Widerstrebend hat er zugestimmt. Ich glaube, er war von allem, was passiert war, einfach überwältigt. Also überließ ich ihm das Haus, ehe ich nach Miami zog. Es war das Mindeste, das ich tun konnte."

„Oh Gott, Chris – entschuldige, ich meine Chrissy."

Sie wedelte mit der Hand. „Chris ist schon okay. Ich habe mich inzwischen daran gewöhnt. Es macht mir nichts mehr aus."

„Es tut mir so leid. Ich wünschte, ich hätte es gewusst. Slade hat nie etwas darüber gesagt. Er hätte es mir erzählen sollen. Wenn ich diesen Scheißkerl Brian jemals zwischen die Finger kriege, bringe ich ihn um."

„Dann bin ich ganz froh, dass er nicht mehr hier wohnt."

„Hast du ihn wenigstens bei der Polizei angezeigt?"

„Wollte ich eigentlich, aber ich habe es nicht geschafft. Mein Dad war gerade gestorben, und dann hatte ich quasi auch noch meinen Bruder verloren, all das innerhalb weniger Tage. Ich war niedergeschmettert, völlig am Boden, da konnte ich mir dieses Procedere nicht auch noch antun. Ich wollte das alles einfach nur noch hinter mir lassen, und ich habe mir dann irgendwie eingeredet, dass ein Neuanfang in einer anderen Stadt alles besser machen würde."

„Du warst ganz allein, Chris. Niemand, mit dem du reden konntest. Keine Mom, kein Dad, keine Veronica, nicht einmal dein Bruder. Du hättest es mir erzählen können, weißt du? Wir haben uns doch irgendwie auch nahegestanden. Ich meine, wir kennen uns fast unser ganzes Leben lang."

„Mag sein. Ich weiß nicht. Ich hatte es überlegt. Aber ich habe mich geschämt. Wie hatte das angehen können, dass ich auf einmal zum Opfer geworden war? Ich war immer ein kluges Mädchen, und ich dachte, ich wäre stark. Ich meine, ich bin mit euch beiden aufgewachsen und bin euch überallhin gefolgt. Wie konnte es da passieren, dass ich mir von einem Idioten das Leben ruinieren lasse? Und dann habe ich mir die Schuld für den Tod meines Dads gegeben und für den Schmerz, den ich meinem Bruder zugefügt habe. Ich vermute, ich wollte einfach mit niemandem darüber reden. Du hast mich ja auch immer weggeschubst, und außerdem war ich ja noch so sauer auf dich. Ich hasse es, das zuzugeben, aber natürlich war ich damals in dich verknallt, und es war ja auch nicht nur, dass Veronica nicht mehr mit mir geredet hat … Es hat wehgetan, dass ich davon ausgehen musste, dass ausgerechnet du mit ihr geschlafen hattest, während du mich gar nicht wahrgenommen hast. Richtig wahrgenommen. Ich war für dich doch nur ein Quälgeist. Eine lästige kleine Göre."

„Ich habe dich immer wahrgenommen, Chrissy. Vielleicht nicht auf die Art und Weise, wie du mich wahrgenommen hast, und ganz definitiv nicht so, wie ich dich jetzt wahrnehme, aber du warst nicht einfach nur ein Quälgeist für mich. Ich hätte den Typen umgebracht. So hätte ich reagiert. Aber, Chris, ich glaube nicht, dass Slade dir die Schuld gibt. Ich glaube, dass du dich damit ganz umsonst belastest."

„Wie kannst du das sagen? Es *ist* meine Schuld. Es ist alles meine Schuld. Wenn ich Slade aus dem Gefängnis hole, wenn ich ihm Geld leihe, ihm das Haus überlasse – all das ist nichts.

Es bringt unseren Dad nicht zurück. Ich habe meinen Dad umgebracht, Jack. Verstehst du das denn nicht?"

„Oh, Baby." Er zog sie wieder an seine Brust. „Du irrst dich. Es ist nicht dein Fehler. Du warst das Opfer. Du kannst nicht dein ganzes Leben lang mit dieser Schuld leben. Das bringt dich noch um."

„Jetzt weißt du immerhin, warum ich all diese Kämpfe, auf die ihr euch da einlasst, nicht ausstehen kann. Es macht mich nervös."

„Ich bin nicht Brian. Und Slade auch nicht. Keiner von uns würde jemals einer Frau Gewalt zufügen. Ich würde dir niemals wehtun, Chris. Das weißt du doch, oder? Nichts, was du je unternimmst, würde mich veranlassen, dich zu schlagen."

Sie zuckte nur mit den Achseln.

Jack versuchte, sie etwas aufzumuntern, indem er lächelnd meinte: „Du bist ganz schön verkorkst, das weißt du, oder? So klug und doch so doof." Er tippte ihr mit einem Finger an die Stirn. „Na ja, jetzt bin ich ja da. Du kannst auf mich zählen."

„Lass uns ins Bett gehen", flüsterte sie und strich mit dem Zeigefinger über seine Wange. Jack sah sie an und wusste einen Augenblick lang nicht, wie er reagieren sollte. Dann stand er auf, nahm Chrissy in den Arm und trug sie mühelos die Treppe hinauf in sein Schlafzimmer. Vorsichtig legte er sie aufs Bett und begann, sie auszuziehen. Als sie nackt war, ging er zur Kommode, nahm eins seiner T-Shirts heraus und streifte es ihr über.

9. KAPITEL

Was tust du da?", fragte Chrissy.

„Ich mache uns sozusagen bettfertig", erwiderte Jack.

„Aber …" Sie setzte sich auf. „Ich hatte was anderes im Sinn." Ihre Mission Ich-werde-nicht-mit-Jack-schlafen hatte sich erledigt. Plan gescheitert.

„Ich möchte ja nicht, dass du einen falschen Eindruck bekommst, Chrissy. Vertrau mir, wenn ich dir sage, dass es nicht daran liegt, dass ich dich nicht will. Ich muss meine ganze Selbstbeherrschung aufbieten, um dich nicht hier und jetzt zu verführen. Aber du hattest einen langen Tag und hast gerade ein Geheimnis preisgegeben, das dich seit elf Jahren belastet. Ich möchte diese Situation nicht ausnutzen."

Sie legte ihm die Hand auf den Mund. „Nutze sie aus, bitte", flehte sie ihn an. „Manchmal redest du zu viel." Anstelle ihrer Hand presste sie nun die Lippen auf seinen Mund und begann, ihn langsam und zärtlich zu küssen. Sie bemerkte allerdings, dass Jack sich nicht bewegte, als hätte er Angst, sie zu berühren. Wenn es eins gab, was sie wirklich nicht mochte – es geradezu hasste –, dann war es Mitleid. Sie wollte nicht, dass er sie bemitleidete. „Jack, ich bin froh, dass ich dir das erzählt habe. Ich habe noch nie jemand alles erzählt. Aber ich kann es nicht ertragen, wenn du mich so anschaust. Ich brauche das hier. Ich brauche unser Zusammensein. Hilf mir, all das andere zu vergessen, Jack. Berühre mich und hilf mir zu vergessen." Er stöhnte. „Ich kann Mitleid nicht ausstehen. Bitte, lass es mich nicht bereuen, dir alles erzählt zu haben."

„Mitleid? Glaubst du, das ist es, was ich empfinde? Ganz im Gegenteil. Ich sehe eine starke Frau vor mir." Mit dem Daumen rieb er sanft über ihre Unterlippe. „Eine unerschütterliche, selbstbewusste, brillante Frau, die glaubt, die Welt allein erobern zu müssen. Ich verspüre Lust. Ich fühle mich wie neu. Aber Mitleid? Nein, definitiv nicht." Er fuhr mit seiner großen Hand in ihr Haar und bog ihren Kopf zurück. „Aber ich möchte nicht, dass unser erstes Mal so ist. Ich möchte dich stundenlang lieben. Möchte dich von Kopf bis Fuß schmecken, und wenn du es nicht länger aushalten kannst, möchte ich mich in dir vergraben. Jetzt ist es mitten in der Nacht. Du bist erschöpft, und ich habe morgen einen schweren Kampf vor mir. In drei Stunden muss ich beim Training sein. Ich werde diese Sache hier nicht überstürzen. Du meine Güte, ich fasse es nicht, da habe ich dich endlich in meinem Bett statt gegen eine Wand gelehnt oder auf einem Auto, und dann sage ich dir, dass wir uns nicht lieben können." Sie schmollte, und er seufzte. „Aber das heißt ja nicht, dass ich dir nicht helfen kann, zu vergessen."

Sie neigte den Kopf zur Seite und schaute ihn fragend an. Wortlos drängte er sie nach hinten auf die Matratze, und ihr Kopf fiel auf das Kissen. Jack packte ihre Hüften und zog sie zur Bettkante, bevor er sich selbst vor die Matratze kniete.

„Jack?"

„So bezaubernd." Er zog mit dem Finger eine Spur von ihrem Bauchnabel bis hinunter zu ihrem feuchten, erwartungsfrohen Zentrum. Anschließend hob er Chrissys rechtes Bein und presste kleine Küsse in ihre Kniekehle, ehe er mit dem Mund immer höher wanderte, sie küsste, leckte und liebevoll biss. Sie bäumte sich unter ihm auf. Prompt legte er eine seiner großen Hände auf ihren Bauch, um sie still zu halten, während er sich immer weiter ihrer Mitte näherte.

Als er ihren Venushügel erreichte, ließ er die Finger über ihre zarte Öffnung gleiten und schob ihre Schamlippen auseinander. Schon im nächsten Moment drang er mit einem Finger in sie ein und begann, damit wahre Wunder zu vollbringen. Sie belohnte ihn mit einem ausgedehnten, lustvollen Stöhnen. Als er merkte, dass sie kurz davor war, zu kommen, drückte er seinen Mund auf ihren Schoß. Kaum stieß er mit einem zweiten Finger in sie und begann zu saugen, erklomm sie den Gipfel. Sie war so leidenschaftlich und hemmungslos, dass Jack sie noch näher an sich heranzog, ihre Beine über seine Schultern schwang und ihre Hüften packte, während der heftigste Orgasmus ihres Lebens durch ihren Körper tobte.

Jack fuhr fort, ihre Oberschenkel zu küssen, er streichelte ihren Bauch, die Arme und arbeitete sich auf diese Weise langsam vom Boden wieder hoch aufs Bett. Sie schmolz förmlich unter seinen Händen dahin.

„Wow! Das hat mich wirklich alles vergessen lassen! Im Augenblick kann ich mich nicht einmal mehr an meinen Namen erinnern!"

Er lachte. „Deine Zufriedenheit ist mein größter Wunsch, Chrissy." Er lächelte und gab ihr einen Kuss auf die Wange. Sie hatte die Augen noch nicht wieder geöffnet und lag halb im Bett, halb außerhalb. Jack hob sie hoch und bettete ihren Kopf auf das Kissen, bevor er sein Hemd auszog und nur mit einer Boxershorts bekleidet zu ihr kam. Er drückte sie eng an sich. „Schlaf, Baby. Du bist nicht mehr allein."

Chrissy murmelte etwas Unverständliches, und innerhalb von Sekunden waren sie beide eingedöst.

Als Chrissy am nächsten Morgen aufwachte, war das Bett neben ihr leer. Ihr Körper war herrlich befriedigt, aber im Herzen verspürte sie einen Stich. Sie fürchtete, dass sie einfach mehr Ballast mit sich herumschleppte, als Jack aushalten konnte, und er deshalb nach dem Aufwachen die Flucht ergriffen hatte. Zum Glück löste sich dieser Gedanke schnell in Luft auf, denn als sie nach unten kam, sah sie, dass Frühstück auf dem Tisch stand, und daneben lag ein Zettel für sie.

Chrissy,
ich musste los zum Training. Wir sehen uns später. Lass dir das Frühstück gut schmecken. Ich denk an dich.
Jack

Sie briet sich Spiegeleier und genoss die frischen Früchte und den Kaffee, den Jack für sie gemacht hatte. Auch Drogo bekam etwas von den Eiern ab. Und die ganze Zeit über hatte sie ein albernes Grinsen auf dem Gesicht, denn auch wenn sie sich nicht sicher war, worauf das alles hinauslaufen würde, war sie überzeugt davon, dass sie die Zeit mit Jack genießen würde. Er war in der letzten Nacht für sie da gewesen und hatte sowohl körperlichen als auch seelischen Beistand geleistet.

Um vier Uhr nachmittags betraten sie gemeinsam die Sporthalle, die einige Meilen außerhalb der Stadt lag. Sie benutzten den Hintereingang, wo sie auf andere Kämpfer und deren kleine Entourage trafen. Jack suchte sich im Umkleideraum eine stille Ecke, etwas abseits von den anderen Fightern, um sich vorzubereiten. Einige Minuten später kam Cain herein, der ruhige Mann, den Chrissy vor ein paar Tagen bei der Gerichtsanhörung bereits getroffen hatte. Cain schenkte ihr ein schnelles Lächeln, ehe er Jack ein paar Ratschläge gab und ihm mitteilte, dass er kurz vor dem Kampf zurück sein würde, um Jacks Handgelenke zu bandagieren. Genauso schnell wie er gekommen war, war er auch wieder verschwunden.

„Kein großer Redner, was?“, meinte Chrissy zu Jack.

„Nein, wahrlich nicht. Aber er ist ein netter Kerl. Wir trainieren schon seit Jahren zusammen. Mein Trainer, der Besitzer der WtF Academy, ist gesundheitlich nicht ganz auf der Höhe. Er kann heute nicht kommen, deshalb haben Cain und Slade den Großteil des Trainings übernommen. Slade und noch ein anderer Kämpfer, Travis, werden auch gleich hier sein.“

„Müsste dir nicht einer von ihnen jetzt schon zur Seite stehen?“ Chrissy sah sich um und bemerkte, dass alle Sportler ihre Trainer um sich hatten.

„Ich mache das doch schon seit einer Ewigkeit – ich weiß, was zu tun ist. Cain kommt später wieder mit den Jungs vorbei. Sie arbeiten mit einem jungen Fighter aus der Academy, der heute seinen ersten Profikampf absolviert.“

„Also sind wir beide auf uns gestellt, was? Muss ich jetzt, ich weiß nicht, dir die Schultern massieren? Dich dazu bringen, auf und ab zu hüpfen, oder soll ich dich zur Motivation anschreien oder so?“

Zum ersten Mal heute lächelte Jack. „Du darfst mir gern die Schultern massieren, aber bitte schreie mich nicht an, weder zu Motivationszwecken noch sonst wie.“

„Haha.“

„Komm, ich möchte mit dir reden.“ Jack griff nach ihrer Hand, verschränkte seine Finger mit ihren, bevor er sie in einen angrenzenden Raum führte. Der war groß, aber dunkel und staubig. Darin befanden sich Punchingballs, ein Cage und ein Boxring.

„Was ist das denn?“

„Das ist nur ein zusätzlicher Cage und ein bisschen Ausrüstung, die man in die Halle schaffen kann, wenn noch mehr Kämpfe stattfinden. Wenn es um einen Boxkampf ginge, würden sie den Boxring reinbringen. Es ist eine Art Lagerraum.“

„Wow! Ich war noch nie so nahe dran an einem dieser Käfige. Der ist ja riesig! Sieht ziemlich Furcht einflößend aus. Sperren sie euch richtig darin ein?“

„Ja.“

Sie ging noch näher heran und rüttelte an dem Kettenschloss. „Sieht wirklich Furcht einflößend aus.“

„Nicht so Furcht einflößend, wie ich aussehen werde, wenn

du heute Abend nicht brav bist. Wehe du bringst dich wieder in Schwierigkeiten!"

Chrissy fuhr herum und sah Jack an. Seine Bemerkung war alles andere als witzig gemeint, denn er schaute sie ernst und eindringlich an. „Du wirst mir direkt von außerhalb des Käfigs zusehen, okay?" Diesmal befanden sie sich nicht in einem heruntergekommenen Lagerhaus wie beim letzten Mal. Hier handelte es sich um eine kleine Sporthalle mit viel Licht und beruhigenden Sicherheitsvorkehrungen. Frauen, Männer und sogar Kinder waren unter den Zuschauern. An einem langen Tisch saßen die Kampfrichter und die Offiziellen, am Rand standen Sanitäter, und mehrere Schiedsrichter liefen im und außerhalb des Stahlkäfigs herum.

„Warum kann ich mir nicht einfach eine Eintrittskarte kaufen und mich auf die Zuschauertribüne setzen?", jammerte sie.

„Weil ich dich da haben will, wo ich ein Auge auf dich werfen kann. Du bringst dich doch ständig in Schwierigkeiten, wenn man nicht auf dich aufpasst."

Ungläubig schüttelte sie den Kopf. „Tue ich nicht!"

„Tust du wohl! Verdammt, hör auf, mit mir zu streiten! Ich habe keine Zeit dafür."

Jack ist mir echt ein Rätsel, dachte sie. Da gab es den zärtlichen, liebevollen und fürsorglichen Jack. Den Jack, der sie beschützte und auf sie achtgab und sich Zeit nehmen wollte, wenn er mit ihr schlief. Dann gab es da noch Jack, den Neandertaler. Der ihr schmutzige Dinge ins Ohr flüsterte und sie gegen eine Wand gepresst nahm. Nein, nicht richtig Sex, so weit waren sie ja leider noch nicht gekommen, aber der mit ihr rumgemacht hatte. Der sie an eine Wand gelehnt auf so wunderbare Art und Weise berührt hatte, dass sie einen überwältigenden Orgasmus bekommen hatte. Der, der sie herumkommandierte. Der, der sie dominierte. Der, der ihr weiche Knie bescherte. Sie war eine intelligente, unabhängige Frau, und eigentlich müsste sie sich von Jack, dem Neandertaler, abgestoßen fühlen. Aber da lag das Problem, Neandertaler-Jack war ihr bevorzugter Jack.

Sie wusste nicht, wann sie sich zu der unterwürfigen Jungfrau in Bedrängnis verwandelt hatte, aber sie liebte diese Seite an ihm. So archaisch es auch sein mochte, sie fuhr darauf ab. Jedes Mal, wenn er mit ihr schimpfte oder ihr Befehle erteilte, kämpfte sie zwar dagegen an, schmollte, widersprach, aber insgeheim sehnte sie sich danach, dass er ihr die Kleider vom Leib riss und sie an Ort und Stelle nahm. Und in diesem Moment, wo er mit nacktem Oberkörper vor ihr stand und schon wieder so gebieterisch mit ihr redete, flehte sie stumm, er möge genau das jetzt tun.

Was zum Teufel soll das alles? Vielleicht wird es Zeit, dir mal einen Termin beim Therapeuten zu holen.

„Na schön, Jack Daniels. Ich bleibe da, wo ich bleiben soll." Aber unwillkürlich glitt sie mit der Zunge über ihre Oberlippe, um sie zu befeuchten. „Und du hast mich hierhergeschleppt, weil …?"

„Weil ich wusste, dass du wieder mal bockig werden würdest." Er trat näher an sie heran. „Ich wusste, dass du streiten und mir widersprechen würdest." Sie schluckte, aber ihr Mund war auf einmal ganz trocken, und ihr Herz schlug immer schneller.

Er stöhnte und presste sie gegen den Käfig. „Provoziere mich nicht, Chris. Ich muss mich konzentrieren. Ich trainiere seit Monaten auf diesen Kampf hin."

Wird es hier auf einmal so heiß, oder was ist los?

Sie hob eine Augenbraue. „Entschuldige, Daniels."

Er stöhnte erneut. Sie sah die pulsierende Ader an seinem Hals und wusste, dass das Adrenalin durch seinen Körper schoss, und das lag nicht nur an dem bevorstehenden Kampf. Sie befanden sich in einem dunklen Abstellraum, Jacks Kampf sollte in weniger als einer Stunde beginnen; der Lärm der applaudierenden Zuschauer, die den gerade stattfindenden Kampf bejubelten, war fast ohrenbetäubend. „Leg dich nicht mit mir an, Chrissy." Oh, ich wollte, ich könnte mich *um* dich legen, dachte sie sehnsüchtig.

„Tue ich doch gar nicht", log sie. Sie schaute ihn voller Unschuld an. Aber ihr Atem ging ein wenig schneller, und er konnte sehen, wie sich ihre Brüste hoben und senkten, als er sich gegen sie drängte.

„Du weißt, dass ich es nicht mag, wenn du mich Daniels nennst. Du hast es doch darauf angelegt, mich anzumachen. Tu nicht so schüchtern! Du bringst mich ganz bewusst auf hundertachtzig." Chrissy stand jetzt mit dem Rücken gegen den Käfig gelehnt, und Jack griff nach ihrem rechten Bein und schlang es sich um seine Hüfte, während er mit der anderen Hand nach den Gitterstäben griff. Sie stöhnte auf; seine Erektion war so nahe an ihrem Schoß, dass er praktisch schon in ihr wäre, wenn sie keine Unterwäsche tragen würde. „Ich hatte dich gebeten, dir was Angemessenes anzuziehen. Wieso trägst du also so einen kurzen Rock? Zum Glück hast du heute wenigstens einen BH an."

„Beim letzten Mal hatte ich Jeans an, und das gefiel dir auch nicht. Diesmal ist es ein Rock, weil es draußen höllisch heiß ist, und das ist dir auch wieder nicht recht. So langsam habe ich das Gefühl, egal, was ich trage, in deinen Augen ist nichts angemessen. Was zum Teufel willst du? Soll ich nackt herumlaufen?"

„Nackt? Nein, Chris. Nackt wäre definitiv nicht angemessen. Von Kopf bis Fuß verhüllt, das war eher das, was ich im Kopf hatte." Langsam begann Chrissy, ihren Körper noch näher an seinen zu schmiegen. Sein Mund war nahe an ihrem Hals, und sie spürte seinen warmen Atem.

Ohne sich weiter lange aufzuhalten, schob er ihren Slip zur Seite und drang mit einem Finger in sie ein. *Wenn das seine Vorstellung von Bestrafung ist, dann immer her damit!* Vor ihren Augen verschwamm alles, und sie schmolz dahin. Die Zuschauermenge brüllte und applaudierte weiterhin, während Jack mit seinem Finger wieder und wieder in sie eindrang. Es fühlte sich seltsam an, denn eigentlich hatte sie keine exhibitionistischen Neigungen, aber die grölende Menge, nur wenige Meter entfernt, machte das Ganze noch viel aufregender. Je mehr Lärm sie auf der anderen Seite der Tür vernahm, desto erregter wurde sie.

„Ich hab dir doch gesagt, du sollst aufhören, mich zu provozieren. Vielleicht wird dir das hier eine Lektion sein."

Chrissy schob die Hand zwischen sich und Jack und zog seine Shorts nach unten. Seine Erektion schnellte heraus. Wenn sein Glied sprechen könnte, hätte es ihr sicherlich gedankt – ganz offensichtlich hatte es sich in der Enge nicht wohlgefühlt. Sie packte ihn und zog ihn zu ihrer feuchten Mitte. Zu diesem Zeitpunkt war sie so heiß, dass sie sich von ihm auch mitten in der Sporthalle, vor all den Zuschauern, hätte verführen lassen.

„Bist du dir sicher, Chrissy? Wenn ich in dir bin, gibt es kein Zurück mehr. Dann ändern sich die Dinge." Ihr Rücken war gegen den Käfig gedrückt, und sie spürte das kalte Metall.

„Ich weiß nicht, was das bedeutet, aber ja, Jack. Ja. Oh, Jack." Sein wundersamer Finger befand sich noch immer in ihr, während sie seine Erektion fest umschlossen hielt und mit der Hand auf und ab glitt. Die Spitze seines Schaftes befand sich direkt vor ihre feuchten Spalte, doch Jack machte keine Anstalten, in sie einzudringen. Stattdessen beglückte er sie mit seiner Hand. Er schob einen zweiten Finger in sie hinein und rieb mit der Handfläche über ihre Klit. Mit einem leidenschaftlichen Kuss erstickte er ihr Stöhnen. „Jack!"

Ein heiseres Keuchen entschlüpfte ihm. „Komm für mich! Oh mein Gott, Chrissy, süße, köstliche Chrissy …"

Sie fuhr fort, an seinem Schwanz auf und ab zu gleiten, ihn zu streicheln, immer schneller, immer fester, und schließlich kamen sie gleichzeitig in einem überwältigenden Orgasmus, der sie alles andere vergessen ließ.

Es dauerte eine ganze Weile, ehe Chrissy wieder zu Atem kam und sie das Bein von Jacks Hüfte nehmen konnte. Sie strich ihren Rock glatt, während er seine Shorts wieder hochzog. „Ich fasse es nicht, dass wir das gerade getan haben." Sie legte den Kopf an seine Brust und blickte beschämt zu Boden.

„Ich weiß. Seit der Highschool hat mich niemand mehr mit einem solchen Handjob beglückt. Verdammt, das war gut! Wie soll ich denn jetzt kämpfen?" Er lachte.

„Warum hast du nicht …"

„Dich gevögelt? Warum ich dich nicht gevögelt habe?"

Sie nickte.

„Wenn wir es letzte Nacht schon nicht in meinem Bett getan haben, dann werde ich das ganz sicherlich nicht im Lagerraum einer Sporthalle tun, wo jeder hätte reinplatzen und uns erwischen können. Ich habe dir doch schon gesagt, wenn wir irgendwann endlich zusammen im Bett landen, dann werde ich die ganze Nacht brauchen", versicherte er ihr noch einmal.

„So, und jetzt komm, ich bin sicher, der andere Kampf ist fast vorbei. Ich glaube, ich bin als Nächstes dran. Cain sucht mich wahrscheinlich schon. Die Waschräume sind gleich nebenan. Ich muss mich ein wenig frisch machen."

„Ja, ich auch", erwiderte Chrissy.

Jack führte sie aus dem Lagerraum hinüber zu den Waschräumen, wo jeder sich kurz wusch und versuchte, sich wieder zu sammeln.

Jack stand bereits vor dem Damen-Waschraum, als Chrissy herauskam. „Cain wartet schon auf mich. Komm."

Sie nickte und folgte ihm. Im Umkleideraum redete Cain gerade mit Slade und ein paar anderen Männern.

„Wow! Wer ist denn das?" Ein schlanker, ihr irgendwie vertraut vorkommender blonder junger Mann, der ungefähr genauso groß war wie Jack, drehte sich zu Chrissy um. Er trug Jeans, ein schwarzes Tanktop und einen Cowboyhut. „Hallo, Ma'am. Brauchen Sie Hilfe oder …"

Jack sah ihn böse an, doch ehe er etwas sagen konnte, unterbrach Slade den Jungen. „Halt deine Hormone in Schach, Cowboy! Das ist meine Schwester Chrissy. Chrissy, das ist Travis. Er trainiert mit uns."

„Ma'am? Ich bin ziemlich sicher, dass wir mehr oder weniger gleich alt sind", sagte Chrissy lachend. „Moment mal, ich kenne dich doch. Du bist Jamie Lynns Zwillingsbruder, stimmt's? Du bist in die Stadt gezogen, als wir im Abschlussjahr auf der Highschool waren. Wir hatten Mathe zusammen."

„Richtig! Wie konnte ich solch ein hübsches Gesicht vergessen? Und übrigens, ein Südstaaten-Gentleman redet eine Lady immer mit Ma'am an, Süße." Er tippte sich an den Hut.

„Wahrscheinlich erinnerst du dich nicht an sie, weil sie eine Streberin war, die die Nase immer in den Büchern vergraben hatte." Slade lachte. Chrissy verdrehte die Augen. Dann wandte Slade sich an Cain. „Und das hier ist Cain. Er ist ebenfalls …"

„Wir haben uns schon mal getroffen", warf Cain mit seiner tiefen Stimme ein.

Travis griff nach Chrissys Hand, schob den Hut zurück und platzierte einen vollendeten Handkuss. Chrissy kicherte. Jack versteifte sich. Slade lachte.

„Hey, was sind das denn für Streifen da auf deinem Arm?", fragte Travis. Chrissy blickte auf ihren Arm und sah die Abdrücke vom Käfig. Prompt wurde sie knallrot.

Cain warf ihr einen verstörten Blick zu, bevor er nach Jacks Schulter griff und ihn auf eine der Bänke drückte. Er zog sich einen Stuhl heran und setzte sich. Anschließend nahm er Jacks Hände und begann, sie zu bandagieren. Chrissy betrachtete die Prozedur interessiert.

Travis kam zu ihr und schlang einen Arm um ihre Schulter; in der anderen Hand hatte er einen Apfel, von dem er jetzt herzhaft abbiss. „Siehst du, Baby? Diese Hände sind tödlich."
Oh, Junge, ich weiß genau, was Jacks Hände anrichten können. „Darum müssen sie vernünftig und fest verbunden werden, damit seine Handgelenke und die Knöchel geschützt sind."

„Hey, Alter, macht es dir was aus?", fuhr Jack Travis an.

Travis warf einen Seitenblick auf Chrissy; sein Gesicht war nur wenige Zentimeter von ihrem entfernt. „Tja, ist vielleicht wirklich keine so gute Idee, Slades kleine Schwester anzubaggern." Er biss erneut von seinem Apfel ab. „Es sei denn, sie möchte gern angebaggert werden." Er zwinkerte ihr zu, ehe er seinen Arm wegzog. Sie kicherte erneut. Sein Südstaaten-Charme war entwaffnend.

Slade redete mit Jack, und Cain fuhr fort, Jacks Hände zu bandagieren. Anschließend stand er auf und massierte kurz Jacks Schultern, während Jack den Hals nach rechts und links drehte. Chrissy fand das alles äußerst faszinierend. Als Cain fertig war, erhob sich Jack und hüpfte auf und ab, während Slade weiter auf ihn einredete. Da das Publikum noch immer ziemlich laut war und auch hier im Umkleideraum nicht gerade Stille herrschte, konnte Chrissy nicht genau verstehen, was Slade sagte.

„Wirst du nicht müde, wenn du hier so auf und ab hüpfst?", fragte Chrissy.

„Er wärmt sich auf", erklärte Slade. „Er kann da nicht kalt rausgehen; er muss schon vorher ins Schwitzen kommen. Seine Muskeln müssen gelockert und aufgewärmt sein."

„Macht Sinn. Vom medizinischen Standpunkt aus ist es immer eine gute Idee, vorher Stretch- und Dehnübungen zu machen."

„Ja, Baby. Weißt du, es gibt da bestimmte Regeln, wenn es ums Kämpfen geht", sagte Travis. Er stand wieder ganz dicht neben ihr, und jedes Mal, wenn er etwas sagte, vor allem, wenn er sie Baby nannte, bemerkte sie, dass Jacks Mund zu einem Strich wurde. „Am Abend vorher haust du dir ordentlich Kohlenhydrate rein. Du trinkst reichlich Wasser und ernährst dich am Tag des Kampfes gesund. Und du meidest Sex."

Chrissy errötete. „Und was passiert, wann man eine der Regeln bricht?"

Jack grinste, als Travis antwortete. „Na ja, Süße, dann kann es passieren, dass du den Kampf verlierst. Du musst dich womöglich übergeben, bekommst Krämpfe, wer weiß?"

Slade sah zu Jack und anschließend zu Chrissy. „Oh nein. Bitte sag es nicht. Ich will es gar nicht wissen. Du hast noch was gegessen, ehe du hergekommen bist, stimmt's? Fuck, Chrissy, hast du ihm einen Burger und Pommes gebracht oder so was in der Art? Bitte sag mir, dass du ihm keine Limonade gegeben hast."

„Nein! Was? Nein." Sie war nervös – und ziemlich überrascht von der Ahnungslosigkeit ihres Bruders. Er glaubte tatsächlich, sie hätte Jack mit dem falschen Essen versorgt. Auf die Idee, dass sie stattdessen Beinahe-Sex mit ihm gehabt hatte, kam er gar nicht. Aber, dachte sie, das ist vielleicht auch besser so.

„Hey, ich will, dass sie bei den Jungs sitzt, okay?", meinte Jack zu Slade.

„Ja, gute Idee", erwiderte Slade. „Sie macht sonst nur wieder Ärger, wenn wir sie allein lassen. Ich zeig ihr, wo sie hin soll, wenn wir rausgehen."

„Genau so hatte ich mir das vorgestellt."

„Hey, ich stehe direkt neben euch", ließ Chrissy sich schmollend vernehmen.

„Ich kann auf sie aufpassen." Travis wackelte mit den Augenbrauen.

„Nein!", brüllten Slade und Jack gleichzeitig. Cain lächelte, was Chrissy ein wenig aus der Fassung brachte. Der Mann hatte ein umwerfendes Lächeln, und er sollte definitiv öfter lächeln. Travis hob ergeben die Hände.

Und schon hörte sie den Schiedsrichter „Jack the Ripper" aufrufen, als sie gemeinsam aus dem Umkleideraum traten. Chrissy schnaubte belustigt. „Und du findest Jack Daniels albern?", neckte sie Jack.

Er verdrehte nur die Augen. „Du hast deine Lektion immer noch nicht gelernt, was?"

„Ich versuche nur, dich ein wenig anzustacheln, damit du gut gerüstet in deinen Kampf gehen kannst."

„Dann machst du deine Sache gut."

Chrissy folgte dicht hinter ihm, als er sich seinen Weg in die Mitte der Sporthalle bahnte. Travis, Slade und Cain folgten ihnen. Als er kurz vor dem Cage war, murmelte sie Jack zu: „Wer hätte gedacht, dass ich Cage-Sex so genießen würde?"

Er beugte sich vor und flüsterte ihr ins Ohr: „Babe, wir hatten noch keinen Sex. Das war nur das Vorspiel. Wenn wir endlich miteinander Sex haben, werden wir es erst einmal im Bett treiben, dann auf meinem Tisch, auf dem Boden, und ja, wenn du willst, können wir es auch an jeder Wand in meinem Haus treiben. Und glaub mir, dir wird es dann auch egal sein, ob die ganze Nachbarschaft hört, wie du meinen Namen herausschreist." Er küsste sie auf die Wange und nickte Slade zu, der ihre Hand nahm und Chrissy zu einer Sitzreihe nicht weit entfernt vom Ring führte und dann ebenfalls zum Käfig ging. Jack stieg, gefolgt von Cain, hinauf zum Cage und trat vor den Schiedsrichter. Chrissy setzte sich, noch immer ganz aufgewühlt von seinen Worten – diesen anzüglichen, frivolen Worten –, die eben über seine Lippen gekommen waren. Selbst dieser unschuldige Kuss auf die Wange hatte ihr weiche Knie beschert und sie ganz benommen gemacht.

Der runde Maschendrahtkäfig, der erhaben wie ein Altar aussah, wirkte auf sie bedrohlich. Der Schiedsrichter kontrollierte Jacks bandagierte Hände und gab ihm sein Okay; anschließend half Slade seinem Freund, die Handschuhe überzustreifen, klopfte ihn noch einmal ab und flüsterte ihm letzte Instruktionen zu. Schließlich schritt Jack durch die Tür des Käfigs, ehe sie hinter ihm mit einem lauten Knall geschlossen wurde.

Oje!

Chrissy war durch die Episode im Lagerraum und durch Jacks Worte so abgelenkt gewesen, dass sie den riesigen Mann in den schwarzen Shorts, der bereits im Cage stand, noch gar nicht wahrgenommen hatte. Der Mann, der, wie Chrissy schnell durch das Gebrüll der Zuschauer erfuhr, Marcus hieß, hüpfte auf und ab und drehte den Hals von einer Seite zur anderen. Der Schiedsrichter rief die Männer in die Mitte des Rings. Beide Männer stolzierten nach vorn, während sie versuchten, sich gegenseitig niederzustarren. Sie atmeten flach, und ihre Brustkörbe hoben und senkten sich. Marcus grinste hämisch, und sein blauer Mundschutz blitzte auf, während Jacks Nasenflügel bebten. Dieser zwei Sekunden dauernde, bösartig wirkende Blick ließ die Männer wie Wilde aussehen, und Chrissy durchlief ein Schauder. Im nächsten Moment rief der Schiedsrichter „Fight!“, und die beiden Männer berührten sich kurz mit den Handschuhen, ehe sie sich wieder zurückzogen. Der Kampf hatte begonnen.

Slade, Cain und Travis standen nahe am Ring, in Jacks Ecke, wie Chrissy vermutete. Slade schien das Kommando zu haben, denn er schrie Jack immer wieder etwas zu. Die beiden MMA-Fighter umkreisten einander, ohne jedoch zuzuschlagen. Es sah fast wie ein Tanz aus. Einer streckte den Arm aus, als wollte er die Länge des Schlags abschätzen, ehe er den Arm wieder zurückzog. Der andere tat es ihm nach. Und die ganze Zeit tänzelten sie im Ring umher, ohne sich auch nur eine Sekunde lang aus den Augen zu lassen. Die Menge klatschte und johlte.

Chrissy tippte nervös mit dem Fuß auf den Boden und kaute an einem Fingernagel. Nach einer gefühlten Ewigkeit, die in Wirklichkeit nicht mehr als dreißig Sekunden dauerte, holte Jacks Gegner mit dem rechten Arm aus und schlug zu. Jack wich geschickt aus und konterte mit einem Aufwärtshaken, der den Gegner in die Rippen traf. Der Jubel der Zuschauer und Marcus' schmerzverzerrtes Gesicht verrieten Chrissy, dass der Schlag perfekt gesessen hatte. Doch der Mann erholte sich rasch wieder, und anscheinend hatte ihn der Schlag verärgert, denn er holte sofort wieder aus, und diesmal traf er Jack am Auge. Chrissy schnappte nach Luft und sprang auf. Die Menge geriet aus dem Häuschen, und Slade brüllte in den Käfig hinein. In dem Bruchteil der Sekunde, den Jack brauchte, um sich wieder zu erholen, griff Marcus ihn wieder an, doch Jack hob schnell sein Knie und traf den Gegner im Gesicht. Der Mann fiel nach hinten, und plötzlich war überall Blut. Chrissy wandte sich geschockt ab. Der Schiedsrichter ging zu dem am Boden liegenden Marcus. Travis, Cain und Slade berieten sich untereinander, und dann brüllte Slade Jack etwas zu. Der nickte, obwohl er nicht zu Slade sah. Marcus stand mit blutender Nase auf. Kaum war der Schiedsrichter zur Seite getreten und hatte den Kampf wieder freigegeben, hatte Jack auch schon den nächsten Schlag mitten in Marcus' Gesicht gelandet. Zur gleichen Zeit ertönte der Gong.

Es waren erst fünf Minuten vergangen, aber schon war alles voller Blut. Fünf Minuten dauerte jede Runde, und der Kampf ging über drei Runden. Chrissy wurde ganz übel. Als die Männer sich in ihre jeweiligen Ecken zurückzogen, gingen Slade und Cain in den Käfig, um sich um Jack zu kümmern. Chrissy rannte nach vorn und sprach durch den Maschendraht hindurch.

„Kann ich reinkommen? Er braucht einen Arzt", rief sie ihrem Bruder zu.

„Das hier ist keine Notaufnahme, Chris. Wir machen das", erwiderte Slade unwirsch.

„Aber …"

„Verdammt, wir haben nur eine Minute Zeit! Setz dich wieder hin! Sofort!", befahl Jack, ohne sie auch nur anzusehen. Sein Tonfall ließ sie zusammenzucken. Seine Stimme, das Blut, die Gewalt … All das brachte Erinnerungen zurück, die sie jahrelang verdrängt hatte. Sie trat zurück, ging aber nicht sofort wieder zu ihrem Platz, sondern versuchte herauszufinden, was passierte.

Cain schmierte etwas auf Jacks Gesicht. Der Konsistenz und dem Aussehen nach zu urteilen handelte es sich wohl um Vaseline, vermutete Chrissy. Anschließend presste er ein sogenanntes Enswell unter das Auge. Das kalte Metallinstrument half gegen die Schwellung. Es war nicht das beste Erste-Hilfe-Mittel, das sie kannte, aber es war nicht schlecht. Währenddessen erteilte Slade weitere Instruktionen und massierte Jacks Oberarme und die Schultern. Die beiden Männer verließen den Käfig eine Sekunde, bevor der Gong ertönte.

Jack war sofort wieder auf den Beinen. Er wirkte noch schneller und auf jeden Fall wütender. Aber das Gleiche galt auch für Marcus. Es schien fast so, als wäre die erste Runde nur eine Proberunde gewesen, denn beide Männer sahen jetzt sehr viel entschlossener aus. Dieses Mal war es Jack, der zum ersten Schlag ausholte. Er verfehlte seinen Gegner jedoch. Eine Minute lang ging es wild hin und her, doch keiner der beiden Männer konnte einen Treffer landen. Schließlich stürmte Marcus auf Jack zu. Es sah so aus, als würde ein Rhinozeros auf ein anderes losgehen. Jack zögerte einen Moment zu lange und schaffte es diesmal nicht, sein Knie in Marcus' Gesicht zu rammen, sodass es Marcus gelang, die Arme um Jacks Körper zu schlingen. In dem Versuch, Jack zu Boden zu schleudern, hob Marcus ihn an, rutschte allerdings auf der von Blut und Schweiß bedeckten Matte aus, sodass er auf ein Knie fiel und das Gleichgewicht verlor. Jack, der von Marcus' festem Griff fast erdrückt zu werden schien, nahm die Gelegenheit wahr, sich zu befreien und Marcus einen Ellenbogen ins Gesicht zu stoßen. Marcus fiel auf den Rücken, und Jack nutzte die Käfigwände als Hebel, um Marcus niederzuringen und mit den Fäusten rechts, links, rechts, links auf Marcus' Körper und Gesicht einzuschlagen. Die Menge tobte. Chrissys Herzschlag raste. Marcus versuchte, mit den Händen sein Gesicht zu schützen, aber die meisten Hiebe waren Treffer, und Jack richtete ein wahres Blutbad an. Er sah total wild aus; Chrissy hatte ihn noch nie so furchterregend erlebt. Die Männer in Marcus' Ecke brüllten, er solle wieder aufstehen, doch Jack fuhr fort, seinen Gegner gnadenlos mit Schlägen zu traktieren, während das Publikum immer lauter und aufgeregter wurde. Schließlich trat der Schiedsrichter zwischen die beiden Kämpfer und gebrauchte seinen Körper als Schild, um den Kampf zu beenden.

Travis, Cain und Slade applaudierten begeistert, und Jack reckte triumphierend die Faust in die Luft. Sein Auge war geschwollen, und Blut bedeckte seinen Körper. Chrissy war sich nicht sicher, wessen Blut es war, sein eigenes oder das von Marcus. Der lag noch immer auf dem Boden, während die Sanitäter ihn untersuchten. Als er schließlich aufstehen konnte, sah er völlig zerschunden aus. Beide Augen waren zugeschwollen, er hatte im ganzen Gesicht Verletzungen und hielt mit einem Arm seine Taille. Vermutlich eine gebrochene Rippe, dachte Chrissy. Als der Schiedsrichter sich die Handgelenke der beiden Männer griff und Jacks Arm in die Höhe hob, um den Sieg durch technischen K. o. zu verkünden, geriet das Publikum völlig aus dem Häuschen, genau wie Jack und sein kleines Gefolge.

Chrissys Hände zitterten. Dieser brutale Kampf sowie die Überschwänglichkeit, mit der Jack jetzt den Sieg feierte, machten ihr Angst. Sie taumelte wieder zu dem Stuhl, auf dem sie hatte sitzen bleiben sollen, ließ sich darauf fallen und vergrub das Gesicht in den Händen. Ihr Körper und auch ihr Verstand waren nicht wirklich in der Lage, all das, was da eben passiert war, zu verarbeiten. Jahrelang hatte sie versucht, Brian und das, was er ihr angetan hatte, zu vergessen, und dann, innerhalb von zehn Minuten, war auf einmal alles wieder da. Sie fühlte sich regelrecht krank. Jack hatte gewonnen, doch es war ihr egal.

Als sie in der Lage war, wieder aufzusehen, waren die anderen Jungs schon weg, Cain hatte Jack das meiste Blut aus dem Gesicht gewischt, und Jack hatte sich ein schwarzes T-Shirt, auf dem der Name der Academy prangte, übergezogen. Er sprang vom Podest, und kaum hatten seine Füße den Boden berührt, rannte er hinüber zu Chrissy, schlang die Arme um ihre Taille und wirbelte sie herum. Es war unverkennbar, dass er vollgepumpt war mit Adrenalin.

„Das hast du toll gemacht, Jack."

„Warum siehst du dann aus, als hätte jemand dein Hündchen umgebracht?", fragte er, als sie Hand in Hand zum Umkleideraum gingen, damit er duschen und sich umziehen konnte.

„Tut mir leid, das war ein wenig nervenzerfetzend. Der Cage, der Kampf, all das Blut … das Ganze. Jetzt bist du nicht nur der Held der Stadt, weil du Polizist bist, du hast heute auch noch bewiesen, dass du den größten von allen in Tarpon Springs hast, indem du den Typen zu Brei geschlagen hast. Gut gemacht!" Sie konnte nichts dafür, dass sie so sarkastisch klang, es rutschte ihr einfach heraus. Aber Jack, der noch immer unter Strom stand, schien es gar nicht mitzubekommen.

Es machte ihr Angst, ihn so gewalttätig zu erleben. Sie hatte auch nie geglaubt, dass Brian ihr wehtun könnte, und doch hatte er sie fast bewusstlos geprügelt. Anscheinend besaß sie keine gute Menschenkenntnis. Sie wollte Jack ja gern vertrauen, aber es war ein Fehler gewesen, sich seinen Kampf anzuschauen. Allerdings wollte sie ihm jetzt auch nicht die Laune verderben, deshalb bemühte sie sich um ein strahlendes, wenn auch gequältes Lächeln und meinte: „Geh duschen. Danach feiern wir."

Während sie zum Pier fuhren, erhielt Jack einen Anruf nach dem anderen. Alle seine Freunde wollten ihm gratulieren. Chrissy erkannte, dass er überglücklich war. Aber immer wieder musste sie daran denken, wie gewalttätig der Kampf gewesen war und wie sehr Jack das zu genießen schien.

Als sie aus seinem Wagen stiegen, wollte sie wenigstens sein geschwollenes Auge untersuchen, doch er wischte ihre Besorgnis beiseite und führte sie in die Bar. Er bestellte Bier und wurde schnell von der halben Stadt umringt. Alle überhäuften ihn mit Glückwünschen.

Etwa eine Stunde später kam Slade hereingeschlendert. Kurz darauf klingelte Jacks Telefon wieder, und er entschuldigte sich, um den Anruf draußen entgegenzunehmen. Während er weg war, kam die Barkeeperin, eine hübsche Frau in Chrissys Alter, zu ihnen herüber, um Slades Bestellung aufzunehmen. Sie hatte kurzes, strubbeliges Haar, das mit roten und lila Strähnchen versehen war, aber ehe Chrissy oder Slade noch etwas sagen konnten, neigte die Frau den Kopf zur Seite und schaute Chrissy neugierig an.

„Bist du das, Chrissy Martin?"

„Oh, wow! Jamie Lynn?"

„Ja. Du meine Güte, ist ja ewig her! Ich glaube, ich habe dich seit dem Highschoolabschluss nicht mehr gesehen. Ich hörte schon, dass du in der Stadt bist."

„Na, hier spricht sich so was schnell herum, was?"

„Auf jeden Fall."

„Die Welt ist doch klein. Ich habe gerade vorhin deinen Bruder Travis getroffen."

„Ich vermute mal, dass er auch bei dem Kampf war", meinte sie, und Chrissy nickte. „Hey, Slade. Wie geht's dir, Schätzchen?", wandte sich Jamie Lynn an Slade.

„Gut, gut, JL. Hey, cooles Tattoo." Er deutete auf ein interessantes Tattoo auf ihrem Unterarm.

„Danke, Slay. Was willst du trinken?"

„Nur Wasser."

Chrissy sah ihn fragend an, doch Jamie Lynn meinte einfach: „In Ordnung, Schätzchen." Während sie weiter hinter der Bar arbeitete, fragte sie Chrissy: „Und? Wie lange bleibst du noch in der Stadt?"

„Nur ein paar Tage", antwortete Chrissy.

„Na, dann wirst du Travis bestimmt noch öfter treffen. Er arbeitet für ein paar Wochen drüben im Diner."

„Oh, cool. Da war ich vor ein paar Tagen schon."

„Du solltest noch mal vorbeischauen und ihm Hallo sagen. Ich bin sicher, dass er dich gern wiedersehen würde." Sie beugte sich vor und flüsterte: „Weißt du, er war immer ein bisschen in dich verknallt."

„Oh … na ja, das ist ja ganz schmeichelhaft. Aber ich bleibe ja nicht mehr lange."

„Komm schon, du wirst doch wohl zumindest kurz Zeit haben, um Hallo zu sagen! Da ist doch wohl nichts dabei, oder?"

„Äh … nein, wohl nicht."

„Travis ist ein netter Kerl, aber er ist nicht dein Typ", warf Slade ein, während er auf seine Uhr blickte. Er wirkte angespannt, was für ihn eigentlich völlig untypisch war.

Jack kam wieder herein. „Das war mein Boss. Es sieht so aus, als könnten wir erreichen, dass die Anklage gegen dich fallen gelassen wird, wenn deine Freundin bezeugen kann, was passiert ist. Anscheinend ist das nicht das erste Mal, dass Dennis mit dem Gesetz in Konflikt gerät. Der Boss ist es leid, ihn zu decken, auch wenn er der Neffe des Bürgermeisters ist", erklärte Jack und trank einen großen Schluck Bier.

„Das sind die besten Neuigkeiten, die ich seit Langem gehört habe. Danke, Jack." Chrissy schenkte ihm ein Lächeln.

Slade sah jedoch weder sonderlich zuversichtlich noch glücklich aus.

„Wo liegt dein Problem?“, wollte Jack wissen.

„Sie sind wieder zusammen.“ Als Jack und Chrissy sich verwirrt ansahen, fügte er hinzu: „Dennis und Jessica – sie sind wieder zusammen. Ich weiß nicht, ob sie bereit ist, für mich auszusagen.“

„Fuck!“, murmelten Jack und Chrissy gleichzeitig.

„Ich rede später noch mal mit ihr“, sagte Slade. Er blickte wieder auf seine Uhr, und Chrissy hätte schwören können, dass er Jack einen bedeutungsvollen Blick zuwarf. Sie schüttelte den Kopf. Vielleicht bildete sie es sich aber auch nur ein. „Ach, vielleicht sollte ich jetzt mal schauen, ob ich sie finde“, meinte Slade dann.

„Okay. Wir sehen uns morgen, oder wenn nicht, dann bei deinem Kampf. Ich mache mir wirklich Sorgen, und ich segne ihn auch nicht ab, aber ich werde da sein“, sagte Chrissy und winkte ihm hinterher. Slade nickte und sah noch einmal zu Jack, bevor er ging. Gedankenverloren schob Chrissy das Essen auf ihrem Teller hin und her, ohne etwas davon zu probieren. Sie lauschte der Unterhaltung zwischen Jack und einigen anderen Gästen an der Bar. „Super linker Haken ... das Manöver mit dem Knie war auch nicht schlecht ... gebrochene Nase ... fantastischer Schlag auf die Leber ...“ So ging es immer weiter, während sie den gesamten Kampf noch einmal durchgingen. Sie begriff einfach nicht, wie sie so lange darüber reden konnten und wie beiläufig sie klangen.

Als sie zurück zu Jacks Haus fuhren, schwiegen sie die meiste Zeit. „Was macht deine Wunde? Bist du sonst noch irgendwo verletzt?“, fragte Chrissy nur.

„Ich fühle mich großartig, Baby.“ Er griff nach ihrer Hand und drückte sie. Und während der gesamten Fahrt streichelte er mit dem Daumen über ihren Handrücken.

Noch immer aufgewühlt von dem Kampf, überlegte Chrissy, dass sie lieber bei Slade als bei Jack übernachten wollte, doch er war so glücklich, dass sie es nicht übers Herz brachte. Sie wusste, das würde nur dazu führen, dass sie wieder stritten, und sie wollte ihm nicht die Laune verderben. Außerdem hatte sie selbst auch keine Kraft mehr für eine Auseinandersetzung.

Kaum hatten sie die Haustür geschlossen, hatte Jack Chrissy bereits auf seine Arme gehoben und marschierte mit ihr zu seinem Schlafzimmer. Drogo hatte sie gehört, denn er stand träge auf, streckte sich und gähnte, ehe er ihnen nach oben folgte.

„Nein, bleib!“, fuhr Jack den Hund an, doch Drogo ignorierte den Befehl und trippelte weiter. Chrissy zeigte auf Drogo und wiederholte denselben Befehl wie Jack, und prompt blieb der Hund stehen. „Verräter!“, flüsterte Jack, doch schon im nächsten Moment verlor er jegliches Interesse an Drogo und wandte all seine Aufmerksamkeit Chrissy zu.

„Endlich habe ich dich die ganze Nacht und den ganzen Tag lang für mich“, sagte er, setzte sie auf dem Bett ab und wackelte mit den Augenbrauen.

„Musst du morgen nicht arbeiten?“

„Nein. Ich habe morgen den ganzen Tag lang Zeit für dich. Und ich habe endlich ein Bett statt einer Wand. Sieht so aus, als wenn die Sterne endlich günstig für uns stehen.“

„Und dein Auge? Es sieht schon ein wenig besser aus. Tut es weh?“ Sie berührte die Stelle vorsichtig.

„Ich fühle mich pudelwohl, Chrissy. Hör auf, dir Sorgen zu machen.“

Sie lächelte, doch das Lächeln gelangte nicht bis zu ihren Augen. Sie war völlig verwirrt. Es schien nicht so, als würde Jack nur einen One-Night-Stand wollen. Ehrlich gesagt war ihr schon vor einer Weile klar geworden, dass es hier nicht nur um sexuelles Verlangen ging. Sie konnten auf eine gemeinsame Vergangenheit und eine lange Freundschaft zurückblicken, und das war etwas, was weit über Sex hinausging. Trotzdem fürchtete sie, dass die Sache zum Scheitern verurteilt war. Das Problem bestand darin, dass nach allem, was sie heute Abend gesehen hatte, ein Teil von ihr Angst vor ihm hatte. Das lag nicht an der dominanten, sexuell orientierten Art und Weise, wie er manchmal mit ihr sprach; das mochte sie sogar. Es war das Kämpfen. Damit konnte sie einfach nicht umgehen, und sie konnte auch nicht verhindern, dass sie ihn mit Brian verglich. Aber als Jack im nächsten Moment begann, sie hungrig zu küssen, vergaß sie all ihre Vorbehalte.

Letzte Nacht hatte er ihr Vergnügen bereitet, als sie die Ablenkung gebraucht hatte. Er hatte ihr geholfen, die Vergangenheit zu vergessen, wenn auch nur für eine Nacht. Heute würde sie ihm geben, was er brauchte. Ihre Zuneigung. Ihren Körper. Sie würde ihm helfen, seinen Sieg zu feiern. Jack hatte keine Ahnung von all den Gedanken, die ihr durch den Kopf gingen, und sie wollte ihm auch nicht wehtun, indem sie ihm davon erzählte. Sie schloss die Augen und ließ zu, dass er sie mit seinen magischen Händen verzauberte und ihr half, zu vergessen. Morgen? Morgen würde sie sich ihren Ängsten stellen.

„Ich habe dir etwas vorgemacht", sagte er, bevor er sie erneut stürmisch küsste.

„Inwiefern?", brachte sie schließlich heraus.

„Ich wollte, dass unser erstes Mal wunderschön und bedeutungsvoll wird. Ich wollte dich ganz langsam lieben. Aber ich kann nicht länger warten, Chrissy. Es fühlt sich an, als hätte sich das jahrelang aufgebaut, und jetzt muss ich dich endlich spüren, will ich endlich in dir sein." In weniger als einer Minute war er nackt. Und wow!, er sah echt fantastisch aus. In dieser Sekunde wurde ihr klar, dass es eine gute Entscheidung war, sämtliche rationalen Gedanken auszuschalten und sich ganz auf ihr Gefühl zu verlassen. Denn fühlen war gut. Sehr, sehr gut.

„Du bist schön.“ Die Worte entschlüpften ihr – vermutlich weil sie den Aus-Schalter für das rationale Denken gedrückt hatte. Sie hatte es gar nicht laut sagen wollen. Langsam ließ sie den Blick von seinem kräftigen Hals hinunter zur breiten Brust bis zu seiner großen, stetig wachsenden Erektion wandern.

Jack warf den Kopf zurück und lachte. „Du siehst aus wie ein Kind in einem Bonbonladen.“

Sie leckte sich die Lippen und kicherte. Er kam auf sie zugestürmt und zog sie auf die Füße. Er war so unheimlich stark und ging mit ihr fast wie mit einer Stoffpuppe um, indem er einfach mit ihr tat, was er wollte. Chrissy ließ es willig geschehen. Jack streifte ihr das T-Shirt über den Kopf, öffnete ihren BH und warf die Sachen auf den Klamottenhaufen auf dem Fußboden. Er schob den Reißverschluss an ihrem Rock auf, und im nächsten Moment landete auch der zu ihren Füßen. Vorsichtig nahm Jack ihr die Brille ab und legte sie auf die Kommode. Mühelos hob er sie anschließend hoch und befreite sie von ihrem Rock. Chrissy musste sich ein Lachen verkneifen, als sie sich vorstellte, wie Jack sich auf die Brust schlug und verkündete: Ich Tarzan, du Jane. Er vergeudete keine Zeit damit, zu kommunizieren. Er fragte sie nicht lange, ob er ihr beim Loswerden des Rockes behilflich sein könnte. Er tat es einfach und trug sie auf seinen Armen, als würde sie nichts wiegen. Im Augenblick wollte er sie anscheinend nackt haben und gar nicht erst lange bitten müssen, dass sie sich auszog. Sie würde lügen, wenn sie behauptete, es würde ihr nicht gefallen. Sie würde sich mit Freude Jane, Königin des Dschungels, nennen, wenn sie dadurch schneller an die Freuden kam, die sein hungriger Blick versprach. Als sie, abgesehen von dem winzigen, kaum vorhandenen schwarzen Spitzenhöschen, nackt vor ihm stand, stöhnte Jack auf.

„Mein Gott, du bist atemberaubend!"

Zu ihrer Überraschung griff er mit beiden Händen nach dem dünnen Stoff, der ihren Slip an den Hüften zusammenhielt, und riss ihn kurzerhand auseinander. Anschließend machte er es auf der anderen Seite genauso. Chrissy schnappte nach Luft. Noch nie hatte sie ihn so wild erlebt. Normalerweise strahlte er Kontrolle und Autorität aus, nur nicht, wenn es um sie ging. Chrissy freute sich insgeheim darüber, dass sie ihn derart um seine Selbstbeherrschung bringen konnte.

Hier stand sie also in Jacks Zimmer … nackt. Zusammen mit Jack Daniels, dem besten Freund ihres Bruders. Dem Mann mit dem absurden Namen, den er so hasste. Mit dem Jungen von nebenan, den sie kannte, seit sie zwei Jahre alt war. Mit dem Jungen, der mit zwölf ein Schild mit der Aufschrift „Für Mädchen verboten" an sein Baumhaus genagelt hatte, einzig und allein, um Chris, die Nervensäge, auszuschließen. Mit dem Idioten, der sie Tag und Nacht immer nur geärgert hatte. Mit dem Typen, von dem sie jahrelang geglaubt hatte, dass er statt mit ihr mit ihrer besten Freundin geschlafen hatte. Mit genau diesem Mann stand sie jetzt also hier, und zwar splitterfasernackt.

Heilige Scheiße!

Einen kurzen Moment lang starrte Jack sie einfach nur regungslos an, sein Blick verhangen vor Lust. Leise wie ein Raubtier kam er auf sie zu. Sein Kampf und ihre Angst vor gewalttätigen Männern machten ihr noch immer zu schaffen, aber sie schob diese Gedanken beiseite, um zu einem anderen Zeitpunkt noch einmal darüber nachzudenken. Einem weniger erotischen Zeitpunkt, wenn nicht gerade dieser heiße nackte Mann mit dem alles verschlingenden Blick direkt vor ihr stand.

Mit einem Fuß drückte er ihre Knöchel auseinander, bis sie, die Beine schulterbreit geöffnet, entblößt vor ihm stand. Ihr Herz schlug immer schneller. Jack trat noch einen Schritt näher, fasste in ihr Haar und bog ihren Kopf nach hinten. Langsam senkte er seinen Mund auf ihren und gab ihr den erotischsten Kuss ihres Lebens. Völlig hilflos glitt sie tief hinein in diese überwältigenden Emotionen. Jack ließ seine andere Hand über ihren Körper nach unten wandern und begann, sie auf sehr intime Art und Weise zu streicheln, während sie komplett nackt mitten in seinem Zimmer stand.

„Gott, du bist schon feucht und bereit für mich, Baby. Ich kann nämlich nicht länger warten."

Ihr Kopf war noch immer nach hinten gebogen, deshalb konnte sie nicht nicken; stattdessen stieß sie ein leises, lustvolles Wimmern aus. Ohne den Kuss zu unterbrechen, drängte Jack sie rückwärts, bis sie gegen das Bett stieß und er sie umstandslos auf die Matratze drängte.

„Nimmst du die Pille, Chrissy?"

Du meine Güte, er war wirklich unverfroren! Bei ihm wurde nicht um den heißen Brei herumgeredet. Sie nickte.

„Ich bin gesund. Ich werde vor jedem Kampf untersucht."

„Ich auch. Das heißt, ich werde natürlich nicht vor einem Kampf untersucht, weil ich ja nicht kämpfe. Aber ich muss mich laufend wegen meiner vielen Reisen untersuchen lassen und …" Sie merkte, dass sie nervös vor sich hin plapperte und verstummte.

Jack lachte verständnisvoll. „Gut, denn ich will nichts zwischen uns spüren." Ohne zu zögern kniete er sich jetzt aufs Bett und drückte ihre Beine mit seinen Knien auseinander, bevor er sich auf sie legte und sich mit den Unterarmen rechts und links von ihrem Kopf abstützte. Langsam, ganz langsam drang er in sie ein.

„Alles okay, Baby?", fragte er rau. Als sie nickte, glitt er noch tiefer in sie. Sie stöhnte. „Immer noch alles gut?", wollte er wissen.

„Jack", flehte sie.

„Was möchtest du? Sag es mir."

Sie kam ein wenig hoch, stützte sich mit den Ellenbogen ab und schaute ihm in die Augen. „Nimm mich, Daniels! Jetzt sofort!"

Nun stöhnte er, ehe er sich mit einer geschmeidigen Bewegung aus ihr zurückzog, um sofort wieder hart zuzustoßen. Chrissy schnappte nach Luft und stöhnte lustvoll auf. „Noch mal, Jack. Mehr!" Eine Welle der Lust strömte durch sie hindurch.

Jack kam hoch, griff nach einem ihrer Beine und legte es sich auf die Schulter, bevor er wieder in sie stieß, dieses Mal noch härter. „So ist es gut", presste er keuchend hervor. Im nächsten Moment schob er eine Hand zwischen ihre Körper und begann, mit dem Daumen über ihre Klitoris zu streichen, während er immer wieder und wieder lustvoll in sie eindrang. „Aber komm noch nicht, Chrissy. Noch nicht."

„Jack! Bist du verrückt? Ich kann nichts dagegen unternehmen!", rief sie atemlos. Ihr Körper bäumte sich unter ihm auf, und ihr Kopf fiel zurück aufs Kissen.

Ein, zwei, drei Mal stieß er noch tief in sie hinein.

Als sie sich um ihn schloss, verlangsamte Jack das Tempo ein wenig, wahrscheinlich versuchte er so, ihren Orgasmus noch hinauszuzögern, aber es war zu spät. Wellen der Lust jagten durch ihren Körper, sowie sich ihre inneren Muskeln anzuspannen begannen. Es katapultierte auch Jack über die Klippe.

„Chrissy …" Ein letzter Stoß, und ihr Herzschlag schien auszusetzen. Sie wurde von unfassbarer Lust überwältigt, als Jack sich versteifte und in ihr ergoss.

10. KAPITEL

Jack war kein Kind von Traurigkeit. Er wusste, was guter Sex war, aber dies … dies war etwas ganz anderes. Er sah Sterne, Feuerwerk – und die Zukunft vor seinen Augen; er hatte das Gefühl, als würde sein Herz explodieren. Sein gesamter Körper wurde schlapp, sodass seine Unterarme nachgaben, und er auf Chrissy zusammensackte. Er legte seine Stirn auf ihre, während sie versuchten, wieder zu Kräften zu kommen. Sie waren beide noch ganz außer Atem – was bei Chrissy vielleicht auch daher kam, dass er auf ihr lag –, und Schweißperlen glitzerten auf ihren Leibern. Als er schließlich wieder etwas sagen konnte, brachte er lediglich ein „Verdammt!“ heraus.

Chrissy, die noch immer nach Luft rang, lächelte. „Das ist vermutlich ein viel zu zahmes Wort für das, was gerade passiert ist.“ Jack rollte sich auf die Seite, erhob sich und zog sie vom Bett hoch. Sofort versuchte Chrissy, sich zu bedecken.

„Was machst du da?“

„Es ist nur … Mein Gott, dein Körper ist so vollkommen. Ich bin ein wenig verlegen“, gab sie zu.

Amüsiert lächelnd und noch immer splitterfasernackt verschränkte er die Arme vor der Brust und meinte: „Ernsthaft? Nach dem, was wir gerade getan haben? Nach allem, was wir … na ja, was ich gestern Abend getan habe? Mal ganz zu schweigen von all den scharfen Dingen, die wir an eine Wand gelehnt schon getrieben haben? Und da fängst du jetzt an, in meiner Gegenwart schüchtern zu werden?“ Als sie nur mit den Schultern zuckte, fuhr er fort: „Glaub mir, ich mag, was ich da sehe. Warum glaubst du wohl, will ich immer noch mehr haben? Du“, meinte er und griff nach dem Arm, der ihre Brust bedeckte, und küsste ihre Handfläche, „bist vollkommen.“ Er musterte sie voller Verlangen von Kopf bis Fuß und gab ihr dann einen

Klaps auf den Hintern, als sie in Richtung Badezimmer gingen. Sie quietschte auf.

Nachdem die Wassertemperatur in der Dusche so war, wie Jack sie haben wollte, zog er Chrissy zu sich hinein.

Sie griff nach der Seife und roch daran. „Du riechst immer danach", erklärte sie.

„Und da du sie gerade tief einatmest, gehe ich davon aus, dass dir der Geruch gefällt?"

Träge lächelte sie ihn an. „Mmm."

Jack nahm ihr die Seife aus der Hand. „Dreh dich um", befahl er.

Sie gehorchte. Er legte erst eine ihrer Hände gegen die kalten weißen Fliesen in seiner Dusche, dann die andere. Anschließend begann er, Chrissy einzuseifen. Von den Knöcheln arbeitete er sich langsam hoch. Als er ihre Mitte erreichte, schlang er ihr einen Arm um die Taille, zog sie ein Stück nach hinten, sodass sich ihr Po in die Höhe reckte.

„Du kannst doch nicht schon wieder …"

„Die korrekte Frage lautet: Kannst du schon wieder?", verbesserte er sie mit heiserer Stimme, die so sinnlich klang, dass Chrissy, wäre sie nicht ohnehin schon feucht und willig gewesen, allein bei ihrem Klang zu allem bereit gewesen wäre, was er zu bieten hatte. Ein Finger fand seinen Weg in sie, dann noch ein zweiter. Sowie sie aufkeuchte, drang Jack mit seiner sehr großen, sehr harten Erektion in sie ein. Wie eben schon im Bett, nahm er sie auch jetzt weder langsam noch zärtlich. Es war schnell und wild und voller Leidenschaft, es war göttlich. Wieder kamen sie gemeinsam. Anschließend gaben ihre Beine nach, und zusammen glitten sie auf den Boden der Dusche. Jack hielt sie fest an seine Brust gedrückt und presste einen Kuss auf ihren Kopf, während sie beide versuchten, wieder zu Atem zu gelangen.

Kurz darauf stand er auf und seifte sich ein. „Sieht so aus, als wärst du schon wieder ganz verschwitzt", meinte er dann zwinkernd und warf Chrissy die Seife zu. Er trat aus der Dusche und schlang sich ein Handtuch um die Hüften. Dann half er ihr ebenfalls heraus und trocknete sie mit einem flauschigen Handtuch ab.

„Komm, lass uns ins Bett gehen."

„Ich fühle mich wie Wackelpudding. Meine Füße scheinen mir gar nicht mehr gehorchen zu wollen, und ohne meine Brille sehe ich so gut wie nichts."

Er bückte sich und hob sie auf seine Arme, um sie zum Bett zu tragen. „Weißt du, Jack, ich bin wirklich nicht gerade federleicht. Außerdem kann ich auch allein laufen." Sie kicherte, als er seine unrasierte Wange an ihren Hals presste.

„Schätzchen, du wiegst so gut wie nichts. Wenn ich könnte, würde ich dich den ganzen Tag lang mit mir herumtragen." Sie lachte, und als er sie auf die Matratze warf, musste sie erneut kichern. „Das ist mein Lieblingssound", meinte er, während er die Bettdecke über sie beide zog.

„Was?", fragte sie noch immer lachend. Zum ersten Mal seit langer Zeit fühlte sie sich richtig glücklich.

„Dein Lachen. Das ist mein Lieblingssound." Sie lächelte ihn an. „Ach, nein, warte. Wenn du meinen Namen rufst, während du kommst, das mag ich noch ein wenig lieber. Dein Lachen und dein Kichern kommen aber gleich danach."

Sie schmiss mit einem Kissen nach ihm, und er stürzte sich auf sie, um sie zu kitzeln, im nächsten Moment drückte er sie aber an seine Brust. „Gute Nacht, Baby. Schlaf gut." Ihr Körper passte so perfekt an seinen. Er gab ihr noch einen Kuss auf den Kopf, und sie seufzte voller Glück.

Es war schon fast Mittag, als Chrissy und Jack endlich aus dem Bett kamen. Während der Nacht war Jack aufgewacht, als er gespürt hatte, wie Chrissy herausfordernd ihren Hintern gegen seinen Schwanz gepresst hatte, woraufhin er natürlich prompt hart geworden war. Solch eine Andeutung verstand er sofort. Also liebte er sie noch einmal mitten in der Nacht, diesmal jedoch ganz langsam, ganz zärtlich. Gegen Morgen waren sie dann beide zwar zutiefst befriedigt, allerdings erschöpft gewesen. Das hatte er jedoch gern in Kauf genommen.

„Hast du irgendwelche Pläne für heute?", fragte Chrissy.

„Eigentlich nicht. Du?"

Chrissy schüttelte den Kopf.

„Wie wäre es, wenn ich uns was zum Frühstück mache, und danach faulenzen wir einfach? Wir könnten zum Strand gehen."

Chrissy setzte sich auf und kniete sich neben ihn. „Oh ja!", rief sie begeistert. „Das hört sich nach einem super Plan an. Ich wollte schon die ganze Zeit mal an den Strand. In Miami ist es dort immer so voll. Das vermisse ich mit am meisten, seit ich diese Stadt und unser Haus verlassen habe, den ganzen Tag am Strand zu sein, ohne auch nur einem einzigen Menschen zu begegnen."

„Okay, abgemacht. Ich mache uns Frühstück. Willst du als Erste unter die Dusche?"

„Gern. Danke, Jack", sagte sie breit grinsend.

Bevor er irgendetwas anderes unternahm, ging Jack nach nebenan. Die ganze Nacht lang hatte er sich Sorgen um Slade gemacht. Während Chrissy geschlafen hatte, hatte er einige Male heimlich versucht, Slade telefonisch zu erreichen, aber der hatte nicht geantwortet. Nachdem er jetzt ein paarmal geklopft hatte, ohne dass sich etwas tat, benutzte Jack seinen Ersatzschlüssel, um ins Haus zu gelangen. Nervös öffnete er Slades Schlafzimmertür und war erleichtert, als er seinen Freund lang ausgestreckt auf dem Bett liegen sah. Ein Fuß hing über die Bettkante, das andere Bein war in den Laken verschlungen. Diese Martins wissen wirklich, wie man ein Bett mit Beschlag belegt, dachte Jack, während er sich dem Bett näherte, um sicherzustellen, dass Slade nicht ernsthaft verletzt worden war. Er bemerkte ein geschwollenes Auge, diesmal war es das andere als beim letzten Kampf, und eine Wunde auf dem Wangenknochen. „Idiot“, flüsterte er, ehe er leise wieder aus dem Zimmer schlich. *Chrissy wird ihn umbringen, und wenn sie das erledigt hat, wird sie mir den Hals umdrehen. Verdammt! Verdammt! Verdammt!* Vielleicht würde es okay sein, wenn sie erst einmal begriffen hatte, dass es zu ihrem Besten gewesen war, dass er sie davon abgehalten hatte, sich Slades Kampf anzusehen. Sie war doch eine vernünftige und rational denkende Frau, oder?

Nein, sie würde ihn umbringen.

Zurück in seinem Haus, machte er sich daran, das Frühstück vorzubereiten, und war fast fertig damit, als Chrissy nach unten kam.

„Riecht köstlich.“ Sie stellte sich neben Jack und schnappte sich ein Stück Schinken. Sie aß die Hälfte und gab die andere Hälfte Drogo, der zu ihren Füßen saß.

Plötzlich wirkte sie verlegen. „Ich bin nicht sonderlich gut in diesen Dingen“, gab sie zu. „Ich will nicht klammern. Vielleicht sollte ich nach nebenan gehen und …“

„Wenn du glaubst, dass du zurück zu Slade ziehen kannst, während du hier in der Stadt bist, dann habe ich meine Sache letzte Nacht ganz offensichtlich nicht gut gemacht.“

Sie kicherte. „Nein. Nein, im Gegenteil, du hast es ausgezeichnet gemacht.“

„Na schön, dann bediene dich.“ Jack deutete auf den Tisch. „Nach dem Frühstück gehen wir schwimmen.“

Mehr oder weniger schweigend aßen sie, und als sie fertig waren, ging Jack nach oben und duschte schnell, während Chrissy die Küche aufräumte. Nur mit einer Camouflage-Badehose bekleidet, kam er wieder nach unten. Er war wirklich ein Kunstwerk.

„Du starrst mich an, Babe."

„Oh, äh … entschuldige", sagte sie. „Ich zieh mir nur schnell einen Bikini an. Bin gleich wieder da."

„Ich hole uns Handtücher und zwei Flaschen Wasser. Wir treffen uns draußen."

Fünfzehn Minuten später lag Chrissy neben Jack auf einem Badelaken und genoss die Sonne Floridas auf ihrer Haut.

Jack drehte sich auf die Seite, stützte den Kopf auf seiner Handfläche ab, während er mit der anderen Hand kleine Kreise auf Chrissys nackten Bauch zeichnete. „Ich habe schon seit Jahren nicht mehr am Strand gelegen", meinte er.

Chrissy drehte ihr Gesicht zu ihm. „Ehrlich? Das ist ja schon fast eine Sünde, schließlich wohnst du am Strand. Es gibt doch nichts Schöneres als Sand, Sonne und das salzige, warme Meerwasser."

„Ich jogge zwar morgens immer am Strand, aber im Meer baden und einfach nur am Strand faulenzen … Nee, das ist echt lange her."

„Na, ich finde, das solltest du öfter machen", meinte sie. Seine Hand wanderte jetzt noch ein Stückchen tiefer auf ihrem Körper entlang, bis er schließlich mit dem Zeigefinger am Bündchen ihres Bikiniunterteils entlangfuhr. Chrissy konnte kaum noch einen klaren Gedanken fassen.

„Es gibt eine Menge Dinge, die ich öfter tun sollte." Er schob seine Sonnenbrille etwas hoch und zwinkerte Chrissy zu.

„Flirtest du etwa mit mir, Daniels?"

„Wenn du das nicht erkennst, mache ich was Grundlegendes falsch." Er ließ seine Hand noch tiefer über ihr Bikiniunterteil gleiten.

„Jack …", flüsterte sie.

„Pst. Niemand kann uns sehen. Genieß es einfach."

Chrissy stützte sich auf den Ellenbogen ab und blickte sich um. Die Stelle hier in den Dünen zwischen all den hohen Gräsern war wirklich ziemlich abgeschieden. Sicher, es könnten Leute vorbeigehen und sie sehen, aber es war niemand zu entdecken. Und wenn die Nachbarn in ihren Häusern blieben, konnten sie auch nichts erkennen.

Jacks Hand wanderte noch tiefer. Chrissy keuchte auf. „Entspann dich“, beruhigte er sie.

Als er genau den Punkt fand, den er berühren wollte, merkte er, dass sie bereits feucht war. Nass. Und dabei waren sie noch gar nicht im Wasser gewesen. „Wie mir scheint, willst du das hier.“ Er rieb gerade so fest, dass ihr erneut ein Stöhnen entschlüpfte. Er fuhr noch ein wenig tiefer und schob ohne Vorwarnung zwei Finger in sie hinein. Chrissy schnappte nach Luft und bäumte sich auf. Jack beugte sich über sie, sodass er sie mit seinem Gewicht in den Sand drückte. „Jack! Oh Gott, mehr …“

Das ließ er sich nicht zweimal sagen. Rein und raus bewegten sich seine Finger, schneller und schneller, bis Chrissys Hüften so wild zuckten, dass er seine andere Hand benutzen musste, um sie nach unten zu pressen. Sie schlang die Arme um seinen Nacken, und als sie kurz davor war, zu kommen, unterdrückte er ihren Aufschrei mit einem leidenschaftlichen Kuss. Anschließend setzte er seine Sonnenbrille wieder auf und rollte sich zurück auf sein Handtuch. Chrissy wollte das Vergnügen gern erwidern, doch die Hitze und der unglaubliche Orgasmus hatten sie aller Kraft beraubt.

Jack stand auf und streckte ihr die Hand entgegen. „Komm schon! Lass uns ins Wasser gehen.“

Chrissy schnaubte.

Jack lachte leise. „Was war das denn?“

Sie schnaubte erneut und machte eine abwehrende Handbewegung. „Pause! Ich brauche eine Pause.“

Jetzt lachte er laut auf. „Du bist echt anbetungswürdig.“ Er bückte sich und hob sie hoch. „Jemand hat mir gerade gesagt, ich sollte das Meer viel öfter genießen.“

Chrissy quietschte und fing an zu strampeln. „Nein! Wehe!“

Jack warf ihre Sonnenbrille auf das Handtuch und trug Chrissy zum Wasser. Sie war sicher, dass er sie gleich kopfüber ins Wasser werfen wollte. Stattdessen ging er jedoch ganz langsam hinein, während er Chrissy dicht an sich gepresst in den Armen hielt.

„Willst du nicht … hast du nicht vor … ich meine, es war ein grandioser Orgasmus, soll ich dir nicht auch …“

„Manchmal geht es um uns, manchmal geht es um dich, und manchmal geht es um mich. Dieses Mal ging es um dich. Und jetzt sei still und genieß einfach Sonne, Strand und Meer.“

Chrissy verschränkte die Arme hinter seinem Nacken und schmiegte sich noch enger an ihn. Ja, es war definitiv um sie gegangen, und es war okay für sie, es einfach dabei zu belassen. Beim nächsten Mal würde er dann im Mittelpunkt stehen.

Irgendwann am Nachmittag wurde es ihnen zu heiß, außerdem waren sie hungrig und ihre erhitzte, braun gebrannte Haut brauchte eine Pause von der Sonne.

„Liebling, kannst du mir meine Brille geben? Ohne sie sehe ich nichts“, sagte Chrissy, als sie halb blind nach ihrem Handtuch griff.

„Liebling?“

„Was?“ Verwirrt starrte sie Jack an.

„Du hast mich gerade Liebling genannt.“

„Habe ich das? Hm, stimmt wohl. Ist das ein Problem? Es ist merkwürdig, oder? Tut mir leid.“

Jack kam zu ihr und setzte ihr die Brille auf die Nase, bevor er ihr Gesicht mit beiden Händen umschloss. „Nein, Baby. Es ist kein Problem, und es ist überhaupt nicht merkwürdig. Es klingt nett. Mir gefällt es. Es hört sich aus deinem Mund nur ein wenig überraschend an. Du bist eigentlich nicht der Typ, der Liebling sagt." Er küsste sie sanft auf den Mund, und danach schlenderten sie Hand in Hand zurück zum Haus, wo Drogo schon schwanzwedelnd an der Tür auf sie wartete.

Es war einer der schönsten Tage in Chrissys Leben gewesen. Na ja, wenn sie ganz ehrlich war, dann war es der schönste Tag in ihrem Leben.

Am Abend holte Jack ihnen beim Chinesen etwas zu essen, da sie beide zu müde und zu faul waren, um etwas zu kochen. Sie saßen dann im Bett, hatten die Kartons um sich herum verteilt, und aßen mit Stäbchen, während sie sich unterhielten und lachten. Im Fernsehen lief zwar nebenher ein Actionfilm, aber sie warfen kaum einen Blick auf das Geschehen. Stattdessen liebten sie sich nach dem Essen erneut, und dieses Mal ging es um sie beide.

„Guten Morgen, meine Hübsche."

„Hey, du."

„Du weißt schon, dass du das ganze Bett beanspruchst, wenn du schläfst, oder?", fragte Jack lachend.

„Tue ich nicht", antwortete Chrissy empört.

„Tust du wohl. Ich wäre fast rausgefallen."

Sie versetzte ihm einen Schlag mit einem Kissen. „Na ja, wenigstens schnarche ich nicht."

„Genau genommen tust du es doch." Als Chrissy sich verschämt die Decke über den Kopf zog, begann Jack schallend zu lachen. „Ich wollte dich doch nur aufziehen. Du schnarchst nicht. Aber du machst dich ziemlich breit."

„Entschuldige?" Es klang wie eine Frage, und er musste lächeln.

„Mein Boss hat mich gerade angerufen", erzählte er ihr. „Ich muss heute Morgen für ein paar Stunden aufs Revier. Wollen wir schnell im Diner frühstücken, ehe ich zum Dienst gehe?"

„Klar, gern. Gib mir fünfzehn Minuten Zeit."

Jack nickte und ging los, um sich fertig zu machen. Er trug bereits seine Uniform und wartete auf Chrissy, als sie nach unten kam. „Wir müssen beide Autos nehmen, damit ich anschließend gleich zur Arbeit fahren kann."

„Okay", erwiderte Chrissy. „Hast du Drogo gefüttert?"

„Natürlich. Ich füttere ihn jeden Tag. Obwohl, so wie er sich aufführt, könnte man fast meinen, ich hätte mich nie um ihn gekümmert."

„Er wird sich schon noch für dich erwärmen. Du wirst sehen." Sie hockte sich hin und verabschiedete sich von dem kleinen Hund.

Als sie im EE's ankamen, ging Jack hinter Chrissy und hatte ihr eine Hand auf den Rücken gelegt. Es war brechend voll, da es nicht viele Restaurants in der kleinen Stadt gab, und das Diner existierte schon seit Jahren. Sie blickten sich um in der Hoffnung, noch einen freien Tisch zu entdecken. Esther sah sie vom anderen Ende des Diners an und lächelte. „Wir sind heute total überlaufen. Schnappt euch zwei Speisekarten und schaut, ob ihr noch Plätze findet. Okay?"

„Klar, Esther."

Jack holte die Speisekarten, während Chrissy eine freie Nische entdeckte und sich setzte. Statt ihr gegenüber Platz zu nehmen, rutschte Jack neben sie auf die Bank. Er machte sich nicht einmal die Mühe, einen Blick auf die Speisekarte zu werfen, anscheinend kannte er das Angebot auswendig und wusste, was er wollte. Während Chrissy die Karte studierte, bedeckte Jack ihren Hals mit kleinen Küssen und brachte sie damit zum Kichern. Weil sie sich die große Speisekarte vors Gesicht hielt, bemerkte niemand etwas von dem, was Jack da trieb. „Dein Haar riecht köstlich", flüsterte er und atmete tief ein. „Und dein Hals schmeckt köstlich." Sie kicherte erneut, als er an ihrem Hals knabberte. „Auch wenn ich jetzt vermutlich wie ein romantisches Weichei klinge, aber ich muss dir einfach sagen, dass ich mich nicht erinnern kann, jemals so glücklich gewesen zu sein. Du machst mich glücklich."

Chrissy drehte sich zu ihm herum und sah, dass er sie mit einem breiten, albernen Grinsen anschaute. Es war dasselbe alberne Grinsen, das auch sie seit Tagen im Gesicht hatte. Gerührt von Jacks Worten legte sie ihm eine Hand auf die Wange, und er schmiegte sich instinktiv dagegen. Ihr Herzschlag setzte kurz aus, als ihre Haut mit seiner in Berührung kam. Es war der Himmel auf Erden. So fühlte sich wahres Glück an. Sie verspürte es zum ersten Mal in ihrem Leben. Leider wurde dieser Moment von Melinda unterbrochen, der Gerichtsangestellten, mit der sie vor ein paar Tagen schon gesprochen hatte.

„Hey, Chrissy, schön, dich hier zu treffen. Erinnerst du dich, dass ich dir von meinem Bruder Miles erzählt habe? Er ist zusammen mit mir hier. Ist nur schnell mal kurz zur Toilette. Ich kann es kaum erwarten, dass ihr euch kennenlernt."

„Äh … Ich … äh …" Chrissy blickte zu Jack, der sie jedoch nur spitzbübisch ansah. Er genoss ihr Unbehagen. *Blödmann!*

„Hey, Jack, wie geht's? Nettes Veilchen." Melinda deutete auf Jacks blaues Auge. „Wie ich hörte, hast du diesem Typen von auswärts am Donnerstag einen gehörigen Tritt in den Hintern verpasst. Gut gemacht!"

„Danke. Ich freue mich schon darauf, Miles kennenzulernen. Du hast gesagt, er wäre wie Chrissy auch Arzt, oder? Ein Chiropraktiker? Ich bin im Nacken total verspannt."

Chrissy versetzte ihm unter dem Tisch einen Tritt, doch Jack lächelte nur und zeigte dabei diese Grübchen, die Chrissy so liebte.

„Oh, er ist der beste Chiropraktiker. Ehrlich. Er wird dich gleich wieder einrenken", versicherte Melinda ihm. Dann wandte sie sich wieder an Chrissy. „Okay, ich geh mich mal setzen. Sobald er von der Toilette zurückkommt, stelle ich euch einander vor." Sie beugte sich über den Tisch und ignorierte Jack völlig, als sie flüsterte: „Er ist ein echt gut aussehender Teufel. Du wirst schon sehen." Sie zwinkerte ihr zu und verschwand.

„Mistkerl!" Chrissy verpasste Jack einen Schlag gegen die Schulter, sobald Melinda außer Sichtweite war. „Warum hast du nichts gesagt?!"

Er grinste. „Offen gestanden war ich ein wenig beleidigt, dass sie nicht gemerkt hat, dass du und ich zusammen hier sind."

„Das liegt daran ... Na ja, Jack, du siehst aus wie ... wie ... Na ja, wie du eben aussiehst. Muskulös und echt heiß. Und ich bin einfach nur Chrissy. Wenn hier jemand beleidigt sein sollte, dann wohl eher ich."

„Ich glaube nicht, Babe. Sie denken, dass du, der Liebling der Stadt, die erfolgreiche Ärztin, sich nie im Leben mit einem Niemand wie mir einlassen würde."

„Das bezweifle ich, Jack."

Ehe sie diese Unterhaltung fortführen konnten, kam Esther zu ihnen an den Tisch, um ihre Bestellung aufzunehmen. Jack sagte ihr, was er gern haben wollte, doch Esther machte sich nicht die Mühe, es aufzuschreiben. Chrissy war sich nicht sicher, ob es daran lag, dass Esther schon so lange als Bedienung arbeitete und sich daher die Bestellung locker merken konnte, oder weil sie Jack völlig ignorierte. „Jeffrey ist hinten im Büro und hilft bei dem Papierkram, den ich ausfüllen muss. Er ist Buchhalter. Habe ich das neulich erwähnt?" Esther drehte sich zum Tresen um und brüllte ihrem Mann zu: „Earl, geh und hol Jeffrey. Sag ihm, er soll rauskommen. Hier ist jemand Besonderes, den er unbedingt treffen muss."

„Sicher, Darling", erwiderte Earl.

Jack lehnte sich zurück und verschränkte die Arme. Ganz offensichtlich genoss er auch jetzt Chrissys Unbehagen. Während sie schweigend auf Jeffrey warteten, verschüttete gegenüber an einem Tisch jemand seinen Kaffee, und Esther entschuldigte sich. In dem Moment kam eine vertraute Gestalt auf ihren Tisch zugeschlendert. Sein weißes T-Shirt spannte sich um seinen Bizeps. Von seinem Haar war nichts zu sehen, denn er trug ein Baseball-Cap, aber Chrissy bemerkte das Tattoo an seinem Hals, das bis unter sein T-Shirt reichte. Über seine Jeans hatte er eine weiße Schürze gebunden, seine Füße steckten in schwarzen Kampfstiefeln, die er jedoch nicht ganz zugeschnürt hatte. „Hey, Jack. Na, feierst du noch immer deinen Sieg?"

„Travis. Hallo." Jack stand auf und schüttelte dem Mann die Hand. „Wusste gar nicht, dass du hier arbeitest."

„Tue ich ja gar nicht. Na ja, nicht richtig. Ich musste mir einen Teilzeitjob suchen, weil ich da so eine Scheißsache am Hals habe, und Esther brauchte Hilfe, also hat sie mich eingestellt."

„Cool." Jack rutschte wieder in die Bank, während Travis lächelte und an sein Cap tippte, als er Chrissy ansah. Er hatte perfekte weiße Zähne, und wenn er lächelte, bildeten sich kleine Fältchen um seine Augen.

„Chrissy Martin. Hätte nicht gedacht, dass wir uns so schnell wiedersehen."

„Tja ... Ich habe übrigens vor ein paar Tagen deine Schwester getroffen. Jamie Lynn hat sich ja überhaupt nicht verändert."

„Stimmt. Sie hat mir erzählt, dass ihr euch gesehen habt. Also, wie lange bleibst du in der Stadt, Baby?"

Jack kniff die Augen zusammen.

„Nur ein paar Tage."

Jack verspannte sich. *Was zum Teufel geht hier ab?* War dieser Typ – sein Freund, der Kumpel, den er ständig beim Sport traf, mit dem er trainierte und gegen den er kämpfte –, war dieses verdammte Mistkerl tatsächlich dabei, sein Mädchen anzubaggern? Schon wieder? Fuck, gnade ihm Gott! Und sie unternahm auch diesmal nichts dagegen. Jack sah zu ihr, doch sie lächelte ihn nur unschuldig an.

Ach so! Da er ihr nicht geholfen hatte, als Melinda und Esther sie verkuppeln wollten, ärgerte sie ihn jetzt damit, dass sie diesem Arschloch nicht klar sagte, was Sache war. Na schön, dann würde er es eben selbst tun.

„Ehe du wieder abreist, sollen wir da mal zusammen ess…“, begann Travis.

Fuck, nein! Bemerkte Travis denn nicht, dass er, Jack, direkt neben Chrissy saß? Dass sie ganz offensichtlich zusammen waren? So langsam wurde er sauer. Richtig sauer.

Doch ehe Jack irgendetwas sagen konnte, kam ein schlaksiger Mann von Mitte dreißig mit schon schütterem schwarzem Haar und einem teuer aussehenden Anzug an ihren Tisch und glitt einfach auf die Bank gegenüber. *Was soll das? Das muss ein Witz sein!* Jack schaute sich um, auf der Suche nach versteckten Kameras. Unter dem Tisch drückte er Chrissys Oberschenkel. Sie tat gut daran, dem Bücherwurm gegenüber reinen Wein einzuschenken, und zwar jetzt sofort.

„Hallo, meine Schöne.“

Was für ein Schleimer! dachte Jack.

„Kennen wir uns?“ Chrissy kicherte, und Jack drehte sich zu ihr um, innerlich kochend vor Wut. Niemand außer ihm sollte dieses wunderbare Kichern hören.

„Mom hat mich rübergeschickt. Sie meinte, du wärst an einem Treffen interessiert. Ich bin Jeffrey.“ Er streckte die Hand aus, und Chrissy schüttelte sie zögernd. Jack drückte ihren Schenkel noch einmal, diesmal jedoch etwas weniger zimperlich, woraufhin sie ihm auf den Fuß trat, ebenfalls nicht gerade zimperlich. Zum Glück hatte er seine Arbeitsstiefel mit den Stahlkappen an. „Und du musst ihr Bruder sein. Ich bin gerade erst in die Stadt gezogen, aber ich habe schon viel über dich und deine Profikämpfe gehört.“

„Nein. Nein. Er ist nicht mein Bruder, er ist …“, begann Chrissy, ehe sie unterbrochen wurde.

„Das ist Jack. Er ist Slades bester Freund. Also, Slade ist Chrissys Bruder, und sie ist zusammen mit Slade und Jack aufgewachsen. Also ja, in gewisser Weise sind sie wohl so was wie Bruder und Schwester“, erklärte Travis, der noch immer am Tisch stand.

Jack war sprachlos. *Verdammt, Travis! Ich wollte hören, wie sie den Satz beendet hätte.*

„Hör zu, ich fühle mich sehr geschmeichelt, Jeffrey, aber …“

Das Affentheater steigerte sich noch, als Miles, Melindas Bruder, an den Tisch kam und sich einfach neben Jeffrey setzte und damit Chrissy völlig aus dem Konzept brachte. Jeffrey wirkte nicht gerade begeistert, dass er auf der Bank Platz machen und zur Seite rutschen musste.

„Oh Gott! Was denn jetzt noch?“, hörte Jack Chrissy ganz leise murmeln.

„Du musst die bezaubernde Chrissy Martin sein. Ich habe schon viel von dir gehört“, sagte Miles zu ihr. „Ich erinnere mich an dich. Du warst damals schon hinreißend …“

„Als sie fünfzehn war, Alter, oder was?“, unterbrach Jack ihn ungehalten.

„Tja, gegen so ein bisschen Anhimmeln aus der Ferne ist doch nichts einzuwenden, oder? Also, Chrissy, warum verschwinden wir beide nicht einfach von hier und gehen uns einen Film anschauen oder so? Oder noch besser, da wir ja beide Ärzte sind, warum zeige ich dir nicht einfach meine Praxis? Sie ist gleich um die Ecke.“

„Ähm“, murmelte Chrissy sichtlich nervös.

Das artet jetzt aber langsam aus, dachte Jack. Einer von ihnen musste diesen drei Idioten jetzt mal sagen, was Sache war, und Chrissy schien viel zu verwirrt zu sein, um diesen Part zu übernehmen. Und wieder dachte Jack: Warum zum Teufel kommen sie gar nicht auf die Idee, dass sie mit mir zusammen ist? *Was bin ich denn, unsichtbar, oder was?*

„Hey, Mann! Ich war zuerst hier“, quengelte Jeffrey. „Komm, lass uns was trinken gehen, Chrissy.“

„Es ist zehn Uhr morgens“, erwiderte Chrissy, doch ehe Jeffrey noch etwas sagen konnte, mischte Travis sich ein.

„Halt mal, genau genommen war ich zuerst hier. Also, wenn es dir nichts ausmacht …“

In diesem Moment kam Esther an den Tisch. „Los, zurück an die Arbeit, Trav.“

Travis stöhnte. „Ja, Ma'am“, antwortete er, blieb jedoch, wo er war.

„Hört zu, Jungs! Ehrlich, ich fühle mich geehrt. Jede Frau würde sich geehrt fühlen“, begann Chrissy, aber wieder schien sie nicht weiterzuwissen. Inzwischen sah sie wirklich wütend aus. Sie lehnte sich zurück und verschränkte die Arme vor der Brust. Jack spürte, dass sie ungeduldig mit dem Fuß auf den Boden tippte.

„Darling, das ist einfach albern“, erklärte Esther ihr. „Miles ist zu alt für dich und ganz offensichtlich nicht dein Typ. Jeffrey ist großartig und ein Profi. Es ist doch ganz klar, dass du und mein Sohn das perfekte Paar abgebt.“

„Mach mal halblang, Esther“, fuhr Melinda sie an, die sich inzwischen der geselligen Runde hier am Tisch angeschlossen hatte. „Mein Bruder ist Arzt, nicht irgendein langweiliger Buchhalter.“

Esther verteidigte ihren Sohn. „Er ist nicht langweilig. Er ist genau der Richtige für Chrissy. Sie braucht einen echten Mann, keinen alten, bereits geschiedenen Knacker.“

Plötzlich bahnte Earl sich einen Weg zu ihrer Nische.

„Oh Gott! Das kann doch alles nicht wahr sein!“ Chrissy schaute zu Jack, der aussah wie … Na ja, auf seinem Gesicht spiegelten sich die unterschiedlichsten Gefühle. Er sah nicht nur wütend, sondern auch verlegen, eifersüchtig und absolut amüsiert aus, alles gleichzeitig.

„Was ist denn hier los?“, fragte Earl. „Die Leute recken schon die Hälse, um mitzubekommen, was hier abgeht.“

„Deine liebe Frau und Melinda versuchen gerade, mich zu verkuppeln. Und obwohl ich mich sehr geschmeichelt fühle …“

„Das hast du jetzt schon dreimal gesagt, Baby“, unterbrach Travis sie. „Jetzt spuck endlich den Rest des Satzes aus, vorzugsweise, indem du ihnen sagst, dass es dir leidtut, und mir versicherst, dass du dich nach der Arbeit mit mir triffst.“

Jack hatte beide Hände auf den Tisch gelegt und war kurz davor, aufzuspringen und seinem Freund ordentlich eine zu verpassen.

„Marsch, zurück an die Arbeit, Travis!“, brüllte Earl.

Travis verdrehte die Augen.

„Deine Frau und dein Sohn versuchen, Chrissy meinem Bruder wegzunehmen“, beklagte Melinda sich wütend bei Earl.

„Ich war zuerst hier!“, maulte Jeffrey wieder.

„Ich bin doch keine Ware, die man meistbietend veräußern kann!“, rief Chrissy, aber niemand schien sie zu beachten.

„Also, eigentlich war ich zuerst hier. Nicht wahr, Baby?“, warf Travis ein und zwinkerte Chrissy keck zu. Sie erwiderte sein Lächeln.

Ein tiefes, angsteinflößendes Grollen brach aus Jack hervor. Am liebsten hätte er Travis mit einem Schlag niedergestreckt. Das Flirten von Miles und Jeffrey hatte ihn nur leicht irritiert – zwei alberne, nur halbwegs attraktive Männer, die keine Chance bei seiner kratzbürstigen Chrissy hatten. Aber der blendend aussehende Travis verunsicherte ihn.

„Zurück an die Arbeit, Trav!“, brüllten Earl und Esther gleichzeitig.

Travis warf Chrissy noch ein letztes verführerisches Lächeln zu, bevor er sich langsam zurück in die Küche trollte.

„Mein Junge ist ja nun wirklich die bessere Wahl. Er wird dieses Diner hier erben, und er sieht prächtig aus.“ Esther streckte die Hand aus und kniff Jeffrey in die Wange. „Nicht wahr, Schätzchen?"

„Mom ...", jaulte Jeffrey verlegen.

Jack schnaubte. Glücklicherweise hatte das bei diesem ganzen Tumult und Gezanke niemand außer Chrissy mitbekommen. Sie versetzte ihm unter dem Tisch noch einen Tritt.

Gerade als Jack aufstehen und allen drei Männern gehörig den Marsch blasen wollte, kam Slade ins Restaurant.

„Oh Gott!", schrie Chrissy auf, als sie ihren Bruder sah. Die ganze Meute, die den Tisch umringte, drehte sich zu Slade um. Er hatte sie inzwischen auch entdeckt und kam zu ihnen hinüber.

„Was ist denn hier los? Gibt's 'ne Party, oder was?", fragte er angesichts all der Leute. Seine Worte waren kaum zu verstehen, da seine Lippen so dick geschwollen waren.

Chrissy legte die Hände auf den Tisch und beugte sich an Jack vorbei, um ihren Bruder besser sehen zu können.

„Verdammt, Alter! Ich hab ja schon gehört, dass man dich übel zugerichtet hat, aber, Mann, du siehst echt grässlich aus!", stellte Travis fest, der sich mittlerweile wieder zu ihnen gesellt hatte.

„Vielen Dank auch, Alter", meinte Slade munter.

„Oh mein Gott!", rief Chrissy und sah ihn entsetzt an.

„Ich habe den Kampf gewonnen", sagte Slade zu Chrissy.

„Was für einen Kampf? Dein Kampf ist doch erst heute Abend", widersprach Chrissy und sah zu Slade und danach zu Jack.

„Nein. Er war Freitagnacht. Ich habe gewonnen", wiederholte Slade mit der Andeutung eines gequält wirkenden Lächelns.

„Aber du hast gesagt, du würdest erst am Samstag kämpfen, Slade. Heute ist Samstag. Du willst mich doch nachher mitnehmen", sagte sie an Jack gewandt. Travis war wieder verschwunden, um sich um seine Gäste zu kümmern, aber die beiden anderen Männer saßen noch immer auf der Bank und verfolgten interessiert das Geschehen zwischen Jack, Slade und Chrissy. „Ich wollte zum Zuschauen kommen. Ich wollte dabei sein." Da von Jack keine Reaktion kam, streckte sie die Hand aus und berührte sanft Slades Gesicht. „Was tut dir weh?", fragte sie.

„Nichts und alles. Ich bin zu aufgedreht, um den Schmerz zu spüren."

„Slade! Ich meine es ernst!", fuhr Chrissy ihn an.

„Mein Kopf tut weh, aber nur ein bisschen."

„Du hast wieder mal einen Schlag auf den Kopf bekommen, stimmt's?", fragte Chrissy, und Slade nickte. „Es grenzt an ein Wunder, dass du noch am Leben bist. Ich vermute mal, dass du eine Gehirnerschütterung hast. Du siehst blass aus. Du musst ein CT machen lassen, um sicherzugehen, dass du keine inneren Blutungen hast."

„Auf keinen Fall. Es geht mir gut. Meine Reflexe funktionieren bestens. Ich bin überglücklich. Weißt du, wie viel Geld ich gerade verdient habe? Hundert Riesen, Baby. Und wenn du dich damit besser fühlst: Ich bin nach dem Kampf zwölf Stunden wach geblieben. Du weißt schon ... Von wegen nicht einschlafen, wenn man eine Gehirnerschütterung hat und all diesen Mist."

„Warum hast du mir das nicht erzählt?"

„Weil ich nicht wollte, dass du dir Sorgen machst. Oh, und übrigens, ich habe gestern Abend mit Jessica geredet. Sie wird mir nicht helfen. Sie ist wieder mit Dennis zusammen und will ihn nicht in Schwierigkeiten bringen."

„Scheiße", platzte Chrissy heraus und blickte zu Jack, der ungewöhnlich still war. Die anderen Männer taten gar nicht erst so, als würden sie diese interessante Familienunterhaltung nicht belauschen. Melinda und Esther standen ein paar Schritte entfernt und zankten sich noch immer, während Earl wieder in die Küche verschwunden war. „Natürlich mache ich mir Sorgen. Wenn du Gehirnblutungen hast, dann kannst du daran sterben. Wenn du tot bist, brauchst du auch keine einhunderttausend Dollar mehr“, stellte Chrissy fest.

„Ich bin nicht verwirrt, und ich muss mich auch nicht übergeben. Es ist nur ein leichter Kopfschmerz. Ich kenne mich damit aus.“

„Du bist so ein verdammter Sturkopf! Das ist vermutlich der einzige Grund, warum du all diese Gehirnerschütterungen überlebst. Lass mich dich wenigstens kurz untersuchen und noch ein paar von den Idiotektomien machen!“

„Idiot… was?“, unterbrach Miles sie.

„Alter, frag lieber nicht“, antwortete Slade.

„Echt, Männer, macht ’nen Abgang! Warum seid ihr zwei noch nicht verschwunden?“, fuhr Jack genervt Miles und Jeffrey an.

„Ich muss was essen“, erklärte Slade an Chrissy gewandt. „Ich bin am Verhungern. Danach können wir meinetwegen nach Hause gehen, und du kannst untersuchen, was du willst.“ Slade schaute die beiden Männer an, die sich gegenüber von Jack und Chrissy breitgemacht hatten. „Jungs, wärt ihr so nett?“

„Nee, Alter. Wir verschwinden nicht. Wir warten darauf, dass Chrissy sich für einen von uns entscheidet“, antwortete Jeffrey.

„Oh mein Gott!“ Chrissy sackte in sich zusammen und vergrub den Kopf in den Händen. Inzwischen war sie nicht länger nur sauer, inzwischen war sie einem Nervenzusammenbruch nahe.

„Es reicht!“ Jack hatte die Nase voll. „Sie ist nicht interessiert. Verschwindet! Sie braucht Zeit für ihren Bruder.“

Der überhebliche, schleimige Miles zwinkerte Chrissy zu. „Ich liebe Frauen, die so tun, als wären sie schwer zu haben.“

Fuchsteufelswild wollte Jack aufspringen, doch Chrissy drückte ihn wieder auf die Bank. Auch sie hatte jetzt die Nase gestrichen voll, deshalb erhob sie sich und wandte sich an Miles und Jeffrey. „Bitte, verschwindet einfach! Ich will nicht unhöflich sein, aber ich bin definitiv nicht interessiert, tut mir leid. Seit zwanzig Minuten versuche ich, euch das klarzumachen. Ich bin ganz und gar nicht interessiert!", wiederholte sie noch einmal, diesmal laut und entschlossen. „Also, würdet ihr uns bitte entschuldigen."

Die beiden rutschten aus der Bank. „Ich verstehe nicht, wieso du meine Mutter gebeten hast, uns einander vorzustellen, wenn du gar nicht interessiert bist", meinte Jeffrey.

„Habe ich nicht! Sie wollte das unbedingt!", korrigierte Chrissy genervt.

„Du machst einen Fehler, Schätzchen. Wir wären ein tolles Paar. Sieh dir doch bloß mal an, was wir alles gemeinsam haben – wo wir doch beide Ärzte sind und so." Miles zwinkerte ihr noch einmal zu, ehe er ging.

„Du bist Chiropraktiker! Sie ist Ärztin, du bist nur ein lausiger Chiropraktiker. Das ist überhaupt nicht miteinander zu vergleichen", donnerte Jack, aber Miles drehte sich weder um, noch reagierte er darauf.

Jetzt, nachdem sie endlich nur noch zu dritt waren, nahm Chrissy den Faden wieder auf. „Also wird Jessica dir nicht helfen. Und nun? Kann es sein, dass er womöglich wirklich ins Gefängnis muss, Jack?", wollte sie wissen. Während sie sprach, musterte sie die frische Wunde unter Slades Auge. „Ich muss mir diesen Riss ansehen, wenn wir nach Hause kommen. Ich schätze, der ist ganz schön tief, und ich bezweifle, dass du die Wunde vernünftig gereinigt hast."

Slade nickte. „In Ordnung. Sobald ich etwas gegessen habe. Also, Jack, kann ich wirklich im Gefängnis landen, oder was?" Er tat völlig cool. So, als hätte er keinerlei Sorgen.

„Ja, es ist durchaus möglich, dass du in den Knast musst. Der Bürgermeister übt ziemlich Druck aus, aber ich werde tun, was ich kann, um dir zu helfen.“ Jack griff über den Tisch und drückte Slades Unterarm. „Ich weiß ja, dass du das Mädchen wirklich magst. Du machst dir Sorgen um Jessica, hab ich recht? Es ist nicht nur die Sache mit dem Gefängnis.“

„Ja, Alter. Ich bin mir ziemlich sicher, dass dieser Dennis sie schlägt. Er muss mal eine Lektion erteilt bekommen.“

„Na gut, ich weiß deine Sorge wegen des Mädchens zu schätzen“, warf Chrissy ein, „aber ich möchte nicht, dass du dir noch mehr Ärger einhandelst. Deine Standardantwort auf alle möglichen Schwierigkeiten ist, jemanden in den Arsch zu treten, aber man kann Probleme auch auf andere Weise lösen. Du bist mein Bruder, und ich kümmere mich um dich. So, wie es aussieht, landest du eventuell im Gefängnis, weil du einer Frau geholfen hast, die nicht bereit ist, dir ihrerseits zu helfen. Und ich bin echt stinksauer, dass du mir nicht von dem Kampf erzählt hast. Ich wollte dabei sein.“ Slade warf Jack einen Blick zu, den Chrissy glücklicherweise nicht mitbekam.

„Ich muss los“, sagte Slade plötzlich.

„Warte! Was? Du hast doch noch gar nichts gegessen.“

„Ich weiß. Ich bin nicht mehr hungrig. Komm nachher vorbei, wenn du mich verarzten willst.“ Er beugte sich herab und gab ihr einen Kuss auf die Wange. „Mach dir um mich keine Sorgen. Mir geht es großartig.“

„Die berühmten letzten Worte“, meinte Jack und versetzte Slade einen leichten Schlag auf die Schulter.

„Ich komme, sobald ich gefrühstückt habe“, verkündete Chrissy.

„Ja, Frau Doktor“, meinte Slade, ehe er nach draußen verschwand.

Jack war überrascht, dass Chrissy noch gar nicht über ihn selbst hergefallen war. Aber ungefähr zwei Komma drei Sekunden, nachdem Slade verschwunden war, sah Jack, wie ihr ein Licht aufging. Sie wirbelte zu ihm herum und sah ihn bitterböse an. *Scheiße! Jetzt kommt's richtig dicke!*

„Wusstest du davon?", zischte Chrissy ihn an.

„Ich … äh …"

„Wusstest. Du. Davon?", wiederholte sie ganz langsam.

„Ob ich was wusste?"

„Spiel hier nicht den Idioten, Jack!"

„Ich wusste nicht, dass Jessica ihm nicht helfen würde."

Jack strich sich über den Kopf, eine typische Geste, wenn er nervös war.

„Jack!"

„Sei nicht sauer, Chris."

„Raus mit der Sprache!"

Er holte tief Luft und wappnete sich. „Er hat gewonnen. Er ist heil geblieben. Ist das nicht großartig?" Vielleicht ist sie nicht ganz so verärgert, wenn ich das Positive herauskehre, dachte er kurz, ehe ihm klar wurde, dass es völlig sinnlos war. *Egal was, sie wird stinksauer sein!* „Er ist jetzt um hunderttausend Dollar reicher. Er braucht nie wieder zu kämpfen. Ist das nicht großartig?", wiederholte er, war aber nicht einmal selbst von seinen eigenen Worten überzeugt.

Chrissy schwieg einen Moment lang. Ihre Nasenflügel bebten. Ihre Wangen waren gerötet, und die Röte breitete sich langsam immer weiter auf ihrem Gesicht aus. Nicht gut. Gar nicht gut.

Sie versetzte ihm einen Stoß. „Lass mich raus!"

„Was?"

„Mach Platz, Daniels! Lass mich diesen verdammten Tisch verlassen!"

Jack glitt von der Bank. Verflucht, sie hatten doch noch nicht einmal ihr Essen bekommen! Als Chrissy in Richtung Ausgang marschierte, wurde sie von Travis aufgehalten. Jack warf ein paar Dollarscheine auf den Tisch und eilte hinter ihr her.

„Also, Baby, wie ist es jetzt mit einem Date?", fragte Travis.

„Scher dich zum Teufel, Trav! Sie gehört mir!", zischte Jack.

Chrissy machte einen Schritt auf Jack zu. Blind vor Wut starrte sie ihn an. Noch nie hatte er sie so zornig erlebt. Sie holte aus und gab ihm eine schallende Ohrfeige. Er wusste, die hatte er verdient.

„Äh … Alter? Ich glaube nicht", stellte Travis fest.

Jack war zu perplex, um zu reagieren.

„Also, ist das ein Ja, Baby?"

„Nein!", erwiderten Chrissy und Jack wie aus einem Mund.

„Und nenn sie nie wieder Baby, du Idiot." Jack folgte einer vor Wut schäumenden Chrissy nach draußen.

Vor der Tür des Diners drehte Chrissy sich so abrupt um, dass er fast in sie hineingelaufen wäre. „Du hast mich angelogen!" Ihr Kinn zitterte, und ein verlorener Ausdruck erschien auf ihrem Gesicht. „Ich habe mich dir anvertraut. Ich habe meine Seele entblößt, und was machst du? Du lügst mich an und hintergehst mich! Du hast mit mir geschlafen, nur um mich abzulenken, damit ich nicht zu dem Kampf gehe."

„Nein, Baby, ich …"

„Halt den Mund!", brüllte sie. „Spar dir dein Baby!" Sie ballte die Hände zu Fäusten. „Wenn Slade etwas zugestoßen und ich deinetwegen nicht dabei gewesen wäre, hätte mich das umgebracht!" Sie stellte sich auf die Zehenspitzen, ihr Gesicht nur Zentimeter von seinem entfernt. „Ihr wusstet beide, dass ich mitkommen wollte. Von meinem Bruder bin ich solchen Unsinn ja gewohnt, aber nach den letzten Tagen dachte ich, ich würde dir etwas bedeuten. Ich dachte … Weißt du was? Es ist egal. Du wusstest, welch große Sorgen ich mir gemacht habe. Ihr habt mich beide angelogen, damit ich nicht dorthin gehe. Aber du hast mit mir geschlafen, um mich abzulenken!", wiederholte sie. Tränen schossen ihr in die Augen. „Er hatte sich noch nicht einmal von seinem letzten Kampf erholt."

„Er hat mir versichert, dass er fit ist für diesen Kampf. Ich dachte, es wäre besser, wenn du nicht dabei bist. Besser für dich und für ihn. Es ist kein Ort, an dem du dich aufhalten solltest, und wenn du da gewesen wärst, wäre Slade abgelenkt gewesen. Es hätte viel schlimmer ausgehen können. Diese Kämpfe, die bis zum bitteren Ende ausgefochten werden, können echt brutal sein. Er …"

„Was für Kämpfe?", hakte Chrissy nach.

Verdammt! Hat Slade das vorher nicht erwähnt? Halt dein großes Maul, du Idiot! Du machst es nur noch schlimmer.

„Äh … Kämpfe bis zum bitteren Ende. Das bedeutet, dass es keine Zeitbegrenzung gibt und auch keine Schiedsrichter. Sie kämpfen quasi, bis …"

„Oh mein Gott! Bis jemand stirbt!", schrie Chrissy auf.

„Nein! Nicht stirbt. Na ja, nicht absichtlich. Warte, das klingt alles falsch. Jemand geht am Ende immer zu Boden, geht k. o. … oder so."

„Oh, na toll! Vielen Dank auch. Jetzt fühle ich mich gleich besser!" Sie sah aus, als wollte sie am liebsten ihn gleich k. o. schlagen.

„Was ich versuche, dir zu erklären, ist, dass ich von einigen der Jungs, die dabei waren, gehört habe, dass es nicht so schlimm geendet hat, wie es hätte enden können. Sie meinten sogar, dass die Zuschauer nicht sonderlich glücklich gewesen seien, weil sie schließlich für Action bezahlt hätten. Für ihren Geschmack haben sie dafür aber nicht genug zu sehen bekommen."

Er versuchte, sie zu beruhigen, indem er ihr erklärte, dass es Slade gut ging, doch sie ließ sich nicht beruhigen. Sie war zornig, und sie war zutiefst verletzt. Am liebsten hätte Jack die Hand ausgestreckt und sie berührt, sie getröstet, die einzelne Träne fortgewischt, die ihr über die Wange rann, doch er hielt es für besser, im Augenblick auf Distanz zu bleiben. Sie war einfach zu aufgelöst. „Chrissy, der Ort da war zu gefährlich für dich. Ich war nicht nur sauer auf Slade, dass er kämpfen, sondern auch, weil er an solch einem Hinterhof-Kampf teilnehmen wollte. Warum glaubst du wohl, hat er so viel Geld verdient? Das war ein Mob dort, Chrissy! Der Kampf hat in einem ziemlich üblen Viertel der Stadt in einem verlassenen Lagerhaus stattgefunden." Er wollte ihr erklären, dass Leute dabei gewesen waren, die riesige Summen auf den Kampf gewettet hatten, ganz zu schweigen von möglicher Prostitution und Drogen – alles Dinge, die sie nicht unbedingt hautnah miterleben musste. Und es war nicht nur, dass er sie nicht an einem solchen Ort sehen wollte, hinzu kam, dass er sich als Cop dort auch nicht erwischen lassen durfte. Bei Slades letztem Kampf hatte es damit geendet, dass sie zwei Idioten belästigt und verletzt hatten, und er würde nicht zulassen, dass sie noch einmal angegriffen wurde.

Chrissy stürmte davon, noch ehe er seine Erklärung beendet hatte. Jack stieß sich von dem Wagen ab, an den er sich gelehnt hatte, und folgte ihr. „Chrissy, bitte tu das nicht!" Es verursachte ihm regelrecht Magenschmerzen, sie so wütend und verletzt zu sehen, und sein Herz tat ihm auf eine Weise weh, wie er es noch nie erlebt hatte. „Ich möchte mich bei dir entschuldigen, aber …"

„Vergiss es! Ich weiß, ich war nur ein schneller Fick für dich, und jetzt können wir beide wieder unseres Weges ziehen", unterbrach sie ihn aufgebracht.

„Kannst du mal eine Sekunde lang Ruhe geben?" Er versuchte, seine eigene Wut im Zaum zu halten. „Du täuschst dich gewaltig, was meine Gefühle für dich angeht. Es war nicht einfach nur Sex, und tu mir einen Gefallen, nenne es nie wieder einen Fick. Mach das, was wir getan haben, was wir miteinander geteilt haben, nicht schlecht. Ich werde dich immer, *immer*", seine Stimme wurde lauter, „beschützen. Verstehst du?" Er trat einen Schritt auf sie zu, und seine Miene verhärtete sich. „Ich brauche deine verdammte Erlaubnis nicht, um dich zu beschützen. Die brauchte ich fünfzehn Jahre lang nicht, und ich brauche sie jetzt verdammt noch mal auch nicht. Es ist mein verdammter Job, dafür Sorge zu tragen, dass es dir gut geht. Und es ist etwas, wofür ich mich nicht entschuldigen werde."

Sie fuhr herum und bohrte einen Finger in seine Brust. „Du bist ein manipulativer Wilder! Ich bin nicht mehr das kleine Mädchen, das du irrtümlich glaubtest beschützen zu müssen. Ich bin eine erwachsene Frau, und ich entscheide, ob etwas zu gefährlich für mich ist, und nicht du. Wenn wir zusammen wären, würde es dann so ablaufen? Würdest du mich anlügen und entscheiden, was sicher ist und was nicht? So, als wäre ich ein Kind? So, wie du mich damals auch immer behandelt hast? Würdest du mich ständig dominieren? Was auch immer das zwischen uns war, es ist vorbei." Sie holte tief Luft, ehe sie fortfuhr: „Pass auf, Jack! All das", sie zeigte mit dem Finger zwischen ihnen hin und her, „war großartig. Richtig großartig. Offen gestanden, der beste Sex überhaupt. Aber keine Sorge. Ich hatte keinerlei romantische Anwandlungen und habe nicht darauf spekuliert, dass mehr daraus werden könnte. Ich bin ein großes Mädchen. Ich habe es genauso sehr gewollt wie du. Mit uns beiden, das hätte sowieso nie geklappt." Es klang, als würde sie versuchen, sich selbst zu überzeugen. „Eigentlich weiß ich gar nicht so genau, was das ist. Ich bin Ärztin. Mein Beruf ist es, Menschen zu heilen. Und dein Job ist es, Menschen zu Brei zu schlagen. Ich bin selbst verprügelt worden, und ich will nicht in ständiger Angst davor leben, dass es wieder passieren könnte. Du bist der Inbegriff all dessen, was nicht gut für mich ist. Ich habe dein Gesicht gesehen, als du letzten Donnerstag deinen Gegner zusammengeschlagen hast. Ich habe gehört, wie du mit Cain geredet hast, als wir die Kaution für Slade gestellt haben.

Du warst stolz – geradezu verzückt –, dass der Typ, den du besiegt hattest, ernsthaft verletzt sein könnte. Das macht mir höllische Angst. Von einer Minute zur anderen verwandelst du dich von einem netten, fürsorglichen Polizisten, der mir derart den Verstand raubt, dass ich nicht mehr klar denken kann, in einen brutalen, gewalttätigen Wilden und bist auch noch glücklich darüber. Was meinst du wohl, an wen mich das erinnert? Ich hasse es, es laut zu sagen, denn ich hatte mir geschworen, mich niemals wieder von einem Mann einschüchtern zu lassen, aber du jagst mir Angst ein, Jack."

„Chris, du weißt, dass ich dir niemals wehtun würde ..."

„Nein, Jack, das weiß ich nicht! Ich habe das alles schon einmal mitgemacht. Ich hätte niemals mit dir zu deinem Kampf gehen sollen. Seitdem sehe ich dich in einem anderen Licht. Genau genommen hätte ich auch nicht mit dir schlafen sollen. Du machst mir Angst", wiederholte sie. „Ich habe versucht, das Gefühl beiseitezuschieben, weil all die Sinnlichkeit, die du ausstrahlst, mich ganz benommen gemacht hat. Es tut mir leid, Jack, ich muss hier weg", sagte sie, die Tränen zurückhaltend, während sie in ihr Auto stieg.

„Chrissy, bitte", flüsterte er, bevor er die Lippen zusammenpresste. Aber sie fuhr schon davon. *Verdammt, da habe ich wohl richtig Mist gebaut!* Allerdings hatte sie recht. Sie hatte ein Recht darauf, ihre eigenen Entscheidungen zu treffen. Wieso überkam ihn immer, wenn er mit ihr zusammen war, dieser Drang, sie zu beschützen? Ständig verspürte er den Wunsch, sie sich einfach über die Schulter zu werfen und sie zurück in seine Höhle zu bringen, damit sie in Sicherheit war. Anscheinend mochte sie das nicht sonderlich.

Und sie hatte es einen *Fick* genannt. Jack konnte nicht anders, das Wort ließ ihn zusammenzucken. Selbst wenn er sie schnell und hart geliebt hatte, war es nicht einfach nur um Sex gegangen. Es war mehr als das. Viel mehr als das. Was dieses *Mehr* allerdings war, konnte er nicht genau sagen. In ihm tobten Gefühle, die er noch nie zuvor für eine Frau empfunden hatte. Unwillkürlich hob er die Hand und rieb sich über den Brustkorb, weil er auf einmal keine Luft mehr zu bekommen schien. Es war ein völlig unbekanntes Gefühl. Seine Gedanken wanderten wieder zu Chrissy, und er erinnerte sich an den Moment, als ihre Blicke sich zum ersten Mal seit elf Jahren wieder getroffen hatten, neulich, als er sie wegen der Geschwindigkeitsüberschreitung angehalten hatte. Und er erinnerte sich an ihr ungeniertes Kichern … An die Art, wie ihr die Brille immer auf die Nasenspitze rutschte … Wie sie ihn das Kommando übernehmen, sich von ihm berühren und sich festhalten ließ, selbst wenn sie unsicher gewesen war … An die Art, wie sie manchmal Angst bekommen hatte, dann aber den Rücken durchgedrückt hatte, damit niemand merkte, dass sie zauderte … Und natürlich daran, wie perfekt ihr Körper zu seinem gepasst hatte. Aber vor allem erinnerte er sich daran, wie sie ihn mit ihren strahlend blauen Augen angeschaut hatte. Wie sie ihn Liebling genannt hatte. Wie selbstverständlich sie sich ihm im Bett hingegeben hatte. Daran, welche Gefühle sie in ihm auslöste.

Er fuhr fort, sich die Brust zu reiben, bis er plötzlich abrupt innehielt, als die Erkenntnis ihn wie ein Schlag traf. „Verdammt!“, flüsterte er.

Er liebte Christine Martin!

Wieso zum Teufel hatte er das nicht kommen sehen? Und auch wenn es ihm selbst erst in diesem Moment bewusst geworden war, wie konnte es angehen, dass sie annahm, es wäre weniger als Liebe? Plötzlich verwandelte sich diese Enge in seiner Brust in Leere, denn diese neu entdeckten Gefühle machten ihn nervös.

Wenn es einen Tag gab, an dem Jack froh über die Zwölf-Stunden-Schicht war, die vor ihm lag, dann war es der heutige. Zumindest hatte Chrissy dadurch Zeit, sich zu beruhigen.

11. KAPITEL

Chrissy ging in ihr altes Zuhause zurück. Sie musste erst einmal ihre Balance wiederfinden. Sie konnte sich nicht erinnern, wann sie das letzte Mal dermaßen außer sich gewesen war. Schwimmen im Meer würde sie vielleicht ein wenig ablenken oder zumindest für eine Abkühlung sorgen, denn im Moment kochte sie vor Wut. Sie lief nach oben, um sich einen Badeanzug anzuziehen, musste aber verärgert feststellen, dass all ihre Sachen drüben bei Jack waren. Dummerweise hatte sie den Schlüssel, den er ihr gegeben hatte, auf dem Küchentisch liegen lassen. Aber, fiel ihr ein, Jack hatte doch erwähnt, dass Slade auch einen Schlüssel für sein Haus besaß. Nur, wer wusste schon, wo Slade den aufbewahrte?

Chrissy durchwühlte einige der Schubladen in der Küche und stellte überrascht fest, dass Slade ziemlich ordentlich war. Plötzlich schoss ihr eine Idee durch den Kopf. Sie könnte ja mal dort suchen, wo ihr Vater immer alle Ersatzschlüssel aufbewahrt hatte. Obwohl es reine Spekulation war, schaute sie genau an der Stelle auf dem obersten Regal in der Speisekammer nach. Und tatsächlich, da stand eine durchsichtige Plastikbox voller Schlüssel, alle mit einem kleinen Plastikanhänger versehen, auf dem vermerkt war, zu welcher Tür der Schlüssel gehörte. Chrissy entdeckte einen mit der Aufschrift „JD“ und reckte triumphierend den Arm in die Höhe.

Mit dem Ersatzschlüssel in der Hand ging Chrissy nach nebenan, wo sie von einem munteren Drogo begrüßt wurde. Sie nahm sich einen Moment Zeit, um ihn zu streicheln und ihn mit ein paar Stückchen Käse zu füttern, ehe sie in ihren Badeanzug schlüpfte. Nachdem sie umgezogen war, verschloss sie die Haustür und ging durch die Hintertür hinunter an den Strand.

Chrissy war so in Gedanken versunken, dass sie ohne lange zu überlegen ins Meer eintauchte. Das erfrischende, kühle Salzwasser tat gut bei der extremen Hitze hier in Florida und war eine wenn auch nur temporäre Ablenkung zu all den verwirrenden Gedanken, die ihr durch den Kopf schwirrten. Jack, Slade, Jessica, Tarpon Springs, der Job, der in Miami auf sie wartete.

Als sie schließlich völlig erschöpft war von all dem inneren Hin und Her, dem Schwimmen und der Hitze, kehrte sie ans Ufer zurück und warf sich in den Sand. Sie musste nachdenken. Es war nicht zu leugnen, dass sie etwas für Jack empfand, aber sie wusste auch, dass der heiße Sex und sein Macho-Gehabe sie davon abhielten, einen klaren Gedanken zu fassen. Seit einem Jahrzehnt hatte sie Männer wie Jack gemieden. Er hatte ihr nie Veranlassung gegeben zu glauben, dass er ihr wehtun könnte, aber das war bei Brian genauso gewesen. Nein, auf ihre Menschenkenntnis war diesbezüglich nicht unbedingt Verlass, und die Brutalität, mit der Jack bei seinem Kampf vorgegangen war, sowie seine Ausgelassenheit darüber, dass er den Gegner zu Brei geschlagen hatte, machten sie nervös. Sehr nervös.

Nach einer Weile entschied sie sich, zurück in Slades Haus zu gehen, weil sie viel zu ruhelos war. Nachdem sie ausgiebig geduscht hatte und ihre Wut immer noch nicht verraucht war, ging sie in ihr altes Kinderzimmer und legte sich aufs Bett, um ein wenig Schlaf nachzuholen. Doch auch dazu war sie zu erregt. Erst gegen Abend hörte sie Slade nach Hause kommen und ging nach unten, um nach ihm zu sehen. Sie wollte sichergehen, dass er sich bei dem Kampf keine ernsthaften Verletzungen zugezogen hatte.

„Lass mich dich anschauen“, sagte Chrissy ohne große Umschweife.

„Mir geht es gut, Chrissy. Ehrlich.“

„Setz dich, Slade.“ Er gehorchte, und sie untersuchte ihn so gut es mit ihren begrenzten medizinischen Gerätschaften ging. Zu schade, dass in ihren Rucksack kein Computertomograf passte. Nach einer halben Stunde war sie fertig, und Slade entschuldigte sich, indem er erklärte, er wäre erschöpft und bräuchte Schlaf. Sie war noch immer zu wütend, um zu reden, deshalb nickte sie nur.

Als sie später am Abend wieder in ihr Zimmer ging, musste Chrissy an Jessica denken. Wenn dieser Dreckskerl Dennis sie auf einem öffentlichen Parkplatz angegriffen hatte, wie oft mochte er sie dann schon zu Hause geschlagen haben?

Die Gedanken wirbelten in ihrem Kopf durcheinander: Da waren zum einen all die Probleme ihres Bruders sowie natürlich Jacks Lügen, hinzu kam Jessica … Chrissy merkte, dass sie jetzt auf keinen Fall würde schlafen können. Sie hatte geglaubt, dass Jack eine Art von Beziehung mit ihr eingehen wollte. Aber wollte sie das auch? Sie war sich nicht sicher, sondern fühlte sich im Moment einfach nur verletzt und verwirrt. Sie hatte das Gefühl, ihm nicht mehr trauen zu können. Das, gepaart mit seiner Neigung zur Gewalt, schien für sie allemal Grund genug, um niemals mit ihm zusammen sein zu können. Sie hätte bei ihrem Plan bleiben und so schnell wie möglich wieder nach Miami zurückkehren sollen. Dann hätte sie sich dieses ganze Drama erspart.

Chrissy dachte daran zurück, wie ihr vor elf Jahren zumute gewesen war. Vielleicht wäre ihr Leben anders verlaufen, wenn sie jemanden gehabt hätte, mit dem sie über ihre Probleme hätte reden können. Sie hatte immer ein schlechtes Gewissen gehabt, weil sie damals nicht zur Polizei gegangen war, als Brian sie misshandelt hatte. Denn immer blieb die Frage, ob er seitdem noch andere Frauen geschlagen hatte.

Als ihr dieser Gedanke durch den Kopf schoss, sprang sie auf, warf noch einen vorsorglichen Blick in Slades Zimmer, um zu sehen, ob alles mit ihm in Ordnung war, ehe sie sich auf den Weg machte, um Jessica aufzuspüren.

Das Pier, in dem Jessica arbeitete, lag nur wenige Meilen entfernt. Chrissy fragte den Türsteher nach Jessica, und er deutete auf eine große, schlanke Brünette, die hinter der Bar stand und eine Gruppe von lauten Männern mit Getränken versorgte. Chrissy bahnte sich einen Weg zur Bar und setzte sich. Es war schon spät, und die Kneipe würde demnächst schließen. Sie bestellte sich ein Glas Rotwein beim Barkeeper, und während sie am Wein nippte, besah sie sich das Lokal. Als sie mit Jack hier gewesen war, hatte sie dem Laden nicht sonderlich viel Beachtung geschenkt. Es war keine heruntergekommene Kneipe, sondern wirkte eher wie der örtliche Treffpunkt, und die meisten Leute schienen einander zu kennen.

Sie blickte hinüber ans andere Ende der Bar zu den lärmenden Männern, alle so etwa Mitte zwanzig. Anscheinend waren sie zusammen bei einem Footballspiel gewesen, und jetzt waren sie allesamt betrunken. Einige der Typen versuchten, Chrissy anzumachen, doch sie lächelte und lehnte alle Angebote ab, ihr einen Drink zu spendieren oder zu tanzen. Jessica kam zu der Seite der Bar, wo Chrissy saß, und fragte, ob sie noch ein Glas Wein wollte, was Chrissy bejahte. Als Jessica ihr den Wein einschenkte, trat einer der jungen Typen, der widerlichste von allen, hinter Chrissy, beugte sich vor und flüsterte ihr etwas Unverständliches ins Ohr, sodass sie zusammenschrak. Er war ihr für ihren Geschmack viel zu nahe gekommen, also schubste sie ihn weg. „Hau ab!“

Jessica, die auf der anderen Seite der Bar stand, beobachtete den Zwischenfall. „Hey, Junge! Ich hab dir eben schon gesagt, du sollst mich und meine Kundinnen in Ruhe lassen.“

„Sei nicht so zickig! Nur weil du nichts von mir willst, heißt das ja noch lange nicht, dass diese hübsche Lady es nicht will“, grölte der Widerling.

„Hey!“ Chrissy stand auf und drehte sich um, sodass sie mit dem Rücken zur Theke stand.

„Hör auf, dich wie ein Mistkerl zu benehmen, du Arsch!“, fuhr Jessica den Mann an. Das überraschte Chrissy – sie hatte keine so resolute Frau erwartet. Eigentlich war sie eher davon ausgegangen, auf ein schwaches oder hilfloses Opfer zu treffen. Aber warum? Warum hatte sie Jessica für etwas anderes als stark gehalten? Chrissy selbst war nicht schwach oder hilflos, und doch war sie zum Opfer geworden.

Nach einer Reihe weiterer undeutlicher und unverständlicher Bemerkungen seitens des Widerlings kam schließlich der Türsteher und eskortierte den Typen nach draußen, was ihm eine Runde Applaus von den anderen Gästen einbrachte. Chrissy setzte sich wieder und drehte sich zu der anderen Frau um.

„Tut mir leid. Manchmal tauchen hier ein paar von den aggressiven Jungs aus den Studentenverbindungen auf, die nicht wissen, wann sie besser aufhören sollten“, meinte Jessica.

„Na ja, ist schon okay. Keine Sorge. Vielen Dank aber für die Hilfe.“ Chrissy griff nach ihrem Weinglas.

„Kein Problem. Ach, übrigens“, sagte Jessica dann, „der geht aufs Haus.“

„Danke.“ Chrissy saß noch eine knappe Stunde an der Bar und stellte fest, wie gut Jessica alles im Griff hatte, wie selbstbewusst und gut aussehend sie war. Jetzt verstand sie nur zu gut, warum Slade sie mochte.

Als die Bar sich zu leeren begann und Jessica den Tresen abwischte, weil sie gleich schließen würde, rief Chrissy sie zu sich.

„Noch einen Wein?“, fragte Jessica.

„Nein. Ich wollte fragen, ob wir kurz reden können. Unter vier Augen?“

„Wie bitte?“ Jessica sah verwirrt aus.

„Ich heiße Chrissy. Ich bin …“

Jessica schnipste mit den Fingern und zeigte auf Chrissy, als hätte sie etwas entdeckt. „Slades Schwester. Du kamst mir doch schon die ganze Zeit bekannt vor, aber jetzt eben erst habe ich die Ähnlichkeit entdeckt. Ihr habt beide die gleichen Augen.“

Sie lächelte Chrissy an, was Chrissy mit Erleichterung registrierte. Sie hatte befürchtet, dass Jessica sich weigern könnte, mit ihr zu reden. „Sollen wir uns in zehn Minuten draußen treffen?"

Chrissy nickte. Sie trank ihren Wein aus, beglich die Rechnung und wartete neben dem Türsteher. Einige Minuten später kam auch Jessica heraus. „Komm, mein Wagen steht dort drüben bei der Parkbank. Wir können dort reden, sind aber immer noch in der Nähe von Luis, falls etwas sein sollte." Sie nickte dem Türsteher zu. Es war ein typischer Abend für Florida, heiß, schwül-feucht und klar, aber der Vollmond stand wie magisch am Himmel. Die beiden Frauen setzten sich auf die Bank und stöhnten kurz über die Hitze, die ihnen auch jetzt noch einen leichten Schweißfilm auf die Stirn trieb.

„Ich weiß, warum du hier bist", sagte Jessica dann. „Du möchtest, dass ich gegen Dennis aussage, damit ich deinem Bruder helfe."

„Stimmt."

„Das kann ich nicht machen. Ich wünschte, ich könnte es, aber es geht nicht. Ich liebe Dennis. Ich möchte nicht, dass er wegen eines blöden Streits aus Eifersucht ins Gefängnis wandert."

„Aber du findest es okay, dass mein Bruder ins Gefängnis muss?" Als Jessica nicht darauf antwortete, fuhr Chrissy fort: „Hör zu, ich kenne dich nicht, und es geht mich auch nichts an, aber Slade hat erzählt, dass Dennis dich schlagen wollte. Jessica, du musst gegen ihn aussagen. Gar nicht mal so sehr, um meinem Bruder zu helfen, sondern vor allem dir selbst zuliebe."

„Nein, nein, so ist es nicht. Dennis schlägt mich nie. Ich meine, Dennis würde mich niemals schlagen." Jessica wischte sich den Schweiß von der Stirn. „Er war nur wütend. Er liebt mich. Ich wünschte, ich könnte Slade helfen. Ehrlich."

„Das kannst du, Jessica. Bitte. Er ist der Letzte, der von meiner Familie übrig ist. Ich weiß, was es heißt …" Chrissy hielt inne. Abgesehen von Jack, ihrem Vater und Slade hatte sie bisher noch niemandem davon erzählt. „Ich weiß, wie es ist, in einer Beziehung mit einem gewalttätigen Mann zu stecken."

Jessica stand auf. „Gewalttätige Beziehung? Was fällt dir ein? Du kennst mich gar nicht. Du kennst Dennis nicht. Er war nur wütend. Ich habe dir doch schon gesagt, er schlägt mich nicht."

„Bitte, setz dich. Ich wollte dich nicht aufregen oder verärgern. Ich habe das alles selbst erlebt. Ich verstehe es."

Jessica traten Tränen in die Augen. „Du weißt gar nichts. Ich bin nicht wie du. Was auch immer du für Probleme hattest ... Das hat nichts mit mir zu tun. Dennis würde mich nicht schlagen." Aber die Worte kamen nicht so überzeugend heraus, wie sie es wohl gern gehabt hätte.

„Jessica, du hast blaue Flecken am Handgelenk. Die sind mir schon aufgefallen, als ich vorhin in die Bar gekommen bin. Ich habe auch immer ..." Sie verstummte, als Jessica zurückzuckte und hastig die Hände in die Taschen steckte.

„Okay, ich schaue mal, was ich wegen Slade machen kann, aber ich möchte nicht, dass du noch mal zu mir kommst. Bitte. Misch dich nicht in mein Leben ein. Dennis ist ein netter Mensch. Wirklich." Jessica stand auf, stieg in ihr Auto und fuhr davon.

Chrissy saß noch einen Moment auf dem Parkplatz. Sie wollte Jessica gern helfen, wusste aber, dass sie nichts weiter tun konnte. Also ging sie zu ihrem eigenen Wagen und machte sich auf den Heimweg. Während der Fahrt ließ sie die letzten Tage Revue passieren. Da war zum einen ihr Freund, der per SMS mit ihr Schluss gemacht hatte; dann war Slade, der sich einen Scheiß um sich selbst oder um sie kümmerte, verhaftet worden; sie hatte überwältigenden Sex mit Jack gehabt, doch der hatte ihr Vertrauen missbraucht und liebte es, zu kämpfen. Wie sollte sie jemals in Erwägung ziehen, sich auf etwas Ernsthaftes mit Jack einzulassen, wenn er genau das verkörperte, was sie am meisten hasste, nämlich Gewalt? Während ihre Gedanken so abschweiften, merkte sie auf einmal, dass sie weiter in Richtung Süden fuhr, statt an der Ausfahrt, die zu Slades Haus geführt hätte, abzubiegen. Sie ergriff die Flucht. Wieder einmal.

Was würde es ihr auch bringen, wenn sie noch länger in der Stadt blieb? Vielleicht mehr Sex. Aber letztlich würde das nur mit einem gebrochenen Herzen enden. Mal ganz davon abgesehen, dass Jack mit keiner Silbe angedeutet hatte, dass er mehr als Sex wollte. Und selbst wenn? Was wäre, wenn er sie bitten würde zu bleiben? Sollte sie etwa noch einmal ihr Leben nach den Wünschen eines Mannes ausrichten? Eines gewalttätigen Mannes? Eines gewalttätigen Mannes, der sie zu allem Überfluss auch noch anlog?

Und dann war da noch Slade. Selbst nach so vielen Jahren hatte er ihr noch immer nicht den Tod ihres Vaters verziehen. Wie lange sollte sie noch die Last dieser Schuld mit sich herumschleppen? Wahrscheinlich ihr Leben lang. Na ja, es würde auf jeden Fall einfacher sein, in Miami einen Scheck auszustellen, als sich ständig Slades anklagendem Blick aussetzen zu müssen.

„Es ist schon Mittag. Wie kann das angehen, dass sie noch schläft. Zumal ihr Auto nicht vor der Tür steht", sagte Jack, der an Slades Haustür stand.

„Nicht? Hm." Einen dampfenden Kaffebecher in der Hand haltend, blickte Slade über Jacks Schulter zur Einfahrt.

„Was soll das ‚Hm' bedeuten?"

„Sie hat letzte Nacht ein paarmal nach mir geschaut. Ich glaube, so gegen elf das letzte Mal. Ich bin einfach davon ausgegangen, dass sie dann selbst schlafen gegangen ist."

Jack schob Slade zur Seite und stürmte, immer zwei Stufen auf einmal nehmend, die Treppe hinauf. Drogo folgte ihm auf den Fersen. Ohne sich die Mühe zu machen zu klopfen, riss Jack die Tür zu Chrissys Zimmer auf. Ihr Bett sah zerwühlt aus, also musste sie irgendwann darin gelegen haben. Doch jetzt war es leer. Wo zum Teufel war sie abgeblieben? Er holte sein Handy heraus und wählte, doch sofort schaltete sich Chrissys Mailbox an.

Er hinterließ eine Nachricht. „Hallo, ich bin's. Ich weiß, dass du noch immer sauer bist, aber wo steckst du? Wir müssen reden. Ruf mich an."

„Wahrscheinlich ist sie nur irgendwo frühstücken gegangen. Entspann dich! Und schaff deinen fiesen Köter aus meinem Haus. Sag ihm, er soll aufhören, mich anzuknurren. Bei Fuß! Bleib! Sitz!" Slade rief dem Hund Kommandos zu, doch Drogo knurrte weiter.

„Der hört nur auf deine Schwester. Ich glaube, er ist in sie verliebt." Und damit sind wir ja schon zwei, dachte Jack. „Du hast recht, vermutlich ist sie nur Kaffee trinken gegangen oder so. Wie auch immer, ich muss zur Arbeit. Wenn sie auftaucht, sag ihr, sie soll mich anrufen."

„Warum?"

„Warum was?", fragte Jack verwirrt.

„Warum soll sie dich anrufen? Geht da zwischen euch beiden was ab, was ich wissen muss? Sie sollte doch nur bei dir übernachten, weil sie sauer auf mich war." Er senkte die Stimme zu einem bedrohlichen Grollen und machte einen Schritt auf Jack zu. „Ich kann nur hoffen, dass da nichts läuft zwischen dir und meiner kleinen Schwester, Daniels."

Jack lachte ungläubig. „Ach, jetzt spielst du auf einmal den harten Kerl, der auf seine kleine Schwester aufpasst?"

„Was zum Teufel soll das denn heißen?"

Jacks Telefon klingelte, und er sah, dass sein Boss ihn anrief. „Du weißt genau, was das heißen soll. Hör zu, ich muss los. Wir reden später."

Jack stapfte nach draußen und schlug die Tür hinter sich zu, ehe Slade noch mehr sagen konnte.

„Daniels“, meldete er sich am Telefon.

„Das Opfer in Martins Fall ist zu uns gekommen und hat erzählt, wie die Sache wirklich abgelaufen ist. Sieht so aus, als wäre dein Kumpel vom Haken.“

„Das ist ja großartig. Ich bin auf dem Weg.“

„Es steckt noch mehr dahinter. Ich erkläre es dir, wenn du hier bist. Sag aber deinem Freund noch nichts.“

Zehn Minuten später betrat Jack das Büro seines Chiefs.

„Setz dich.“ Chief Lyon deutete auf den Stuhl vor seinem Schreibtisch.

„Was ist los? Ich hätte heute freihaben sollen.“

Sein Boss stand auf und schloss die Tür hinter Jack, ehe er zurück zum Schreibtisch kam und sich dagegenlehnte. Sein Hemd hing ihm teilweise aus der Hose, seine Haare waren zerzaust, und auf seiner Khakihose waren Kaffeeflecken. Er verschränkte die Arme über seinem dicken Bierbauch.

„Das Opfer, Jessica Cross, ist heute am frühen Morgen hergekommen, und zwar nachdem sie massiv misshandelt worden war. Sie ist jetzt im Krankenhaus.“

„Was?“

„In Tränen aufgelöst ist sie hier aufgetaucht und hat ausdrücklich nach dir verlangt. Sie wollte mit jemandem sprechen, dem sie vertrauen kann. Anscheinend wusste sie, dass du mit Slade befreundet bist, und ging deshalb wohl davon aus, dass du dich nicht auf die Seite des Bürgermeisters schlagen würdest. Aber weil du nicht da warst, konnte ich sie davon überzeugen, mit mir zu reden. Offenbar hat sie heute Nacht nach der Arbeit versucht, Dennis zu überreden, die Anklage gegen Martin fallen zu lassen, was aber nur dazu geführt hat, dass sie von Dennis verprügelt wurde. Ich kenne nicht die ganze Geschichte, weil sie viel zu mitgenommen war, um es ausführlich zu erklären. Ich möchte die Sache erst einmal möglichst verdeckt halten, weil ich endlich diesen Mistkerl dingfest machen will. Und dabei ist es mir auch egal, ob sein Onkel der Herrgott höchstpersönlich ist. Ich habe es satt, dass Bürgermeister Stavros meine Autorität untergräbt und seine Verwandten in der Stadt die Sau rauslassen. Vor ein paar Jahren musste ich mich mit Stavros' Sohn rumplagen, der hier Heroin verkauft hat – und jetzt sein Scheißneffe? Fuck, nein! Fahr zum Krankenhaus, nimm eine offizielle Erklärung des Opfers auf. Finde heraus, was passiert ist. Anschließend möchte ich, dass du den Typen verhaftest."

Jack nickte, rührte sich aber nicht, weil er das Ganze erst einmal verdauen musste.

„Warum sitzt du hier noch rum und verschwendest meine Zeit, Daniels? Los!"

Jack stand auf, doch als er die Tür öffnete, drehte er sich noch einmal um und fragte: „Warum ich, Sir?"

„Weil du der Einzige bist, von dem ich mit Sicherheit weiß, dass er nicht auf Stavros' Gehaltsliste steht."

Das Vertrauen seines Chiefs erfüllte Jack mit Stolz, als er sich auf den Weg zum Krankenhaus machte, um mit Jessica zu sprechen. Er konnte es kaum erwarten, Chrissy zu erzählen, dass er in der Lage gewesen war, Slade zu helfen, obwohl er damit warten musste, bis er Dennis ganz offiziell verhaftet hatte. Das war alles, woran er auf der Fahrt zum Krankenhaus denken konnte – das und an die Tatsache, warum Chrissy ihn wohl noch nicht zurückgerufen hatte. *Verdammt, seit wann bin ich so ein Weichei?* Trotzdem konnte er nicht widerstehen und versuchte erneut, sie zu erreichen. Er würde ihr noch nicht von Dennis erzählen, aber er wollte wenigstens ihre Stimme hören. Es tat ihm sehr leid, wie die Sache gestern geendet hatte. Egal wie, er würde es wiedergutmachen. Er hätte ehrlich zu ihr sein müssen, obwohl es ja nur zu ihrem Besten gewesen war, als er sie in Bezug auf Slades Kampf angelogen hatte.

Wieder ertönte nur Chrissys Mailbox.

„Bitte sag mir, dass du nicht mehr sauer auf mich bist. Rufst du mich deshalb nicht zurück? Ich musste außerplanmäßig zur Arbeit. Ich …“ *Ich liebe dich!* Jetzt, da er sich endlich darüber klar geworden war, sehnte er sich danach, es ihr zu sagen. „Na schön, wir sehen uns dann wohl später.“

Jack hatte Jessica schon häufiger getroffen und wusste, dass sie umwerfend aussah. Nicht so wie Chrissy – keine Frau war so schön wie Chrissy –, aber trotzdem umwerfend. Aber die misshandelte Frau, die im Krankenbett lag, hatte mit der Jessica, die er Dutzende von Malen gesehen hatte, nichts mehr zu tun. Ihre Augen waren blutunterlaufen und zugeschwollen. Sie hatte eine aufgeplatzte Lippe und eine gebrochene Nase. Am Hals waren Abschürfungen zu sehen, und blauschwarze Fingerabdrücke prangten auf ihren Unterarmen. Er würde jede Wette eingehen, dass Dennis' Hände perfekt auf diese Abdrücke passten.

Sie verzog das Gesicht, als sie versuchte, sich aufzusetzen.

„Entschuldigen Sie. Gebrochene Rippen und gebrochener Arm“, krächzte sie.

„Hallo, Sie brauchen sich weder zu entschuldigen noch zu bewegen. Ich muss Ihnen nur ein paar Fragen stellen. Ist das okay?“

Sie nickte.

„Können Sie mir erzählen, was passiert ist?“

„Ich bin heute Morgen gegen zwei Uhr von der Arbeit nach Hause gekommen, ein bisschen später als normal, aber nicht wesentlich später. Dennis war noch wach, als ich kam. Er war richtig süß. Er hatte mir etwas zu essen gemacht und hat ferngesehen, während er auf mich gewartet hat. Ich habe mich hingesetzt und gegessen, und da er so guter Laune war, habe ich mich entschieden, noch mal auf den anstehenden Prozess mit Slade zu sprechen zu kommen. Ich habe Dennis gebeten, die Anklage fallen zu lassen. Es sei doch auch zu seinem Besten, habe ich gemeint, schließlich würde er doch sicherlich nicht wollen, wenn ihm oder seiner Familie derartige Aufmerksamkeit geschenkt wird. Na ja, und da tickte er völlig aus. Er fragte, warum ich so spät käme, und beschuldigte mich dann, mit Slade zu schlafen, deshalb würde ich ihn auch verteidigen. Das stimmt natürlich nicht, und das habe ich ihm auch gesagt. Ich habe die Hand nach ihm ausgestreckt, um ihn zu beruhigen, aber er hat mir mit der Fernbedienung, die er in der Hand hielt, ins Gesicht geschlagen."

Während sie sprach, versteifte Jack sich. Die Parallelen zwischen Jessicas und Chrissys Geschichte machten ihm zu schaffen. Er merkte, dass er die Luft anhielt, und er brannte darauf, Dennis dafür büßen zu lassen. Am liebsten würde er auch Brian noch für seine Taten bezahlen lassen.

Mit zitternden Händen griff Jessica nach einem Wasserglas, und Jack ging schnell zu ihr, um ihr zu helfen. „Er hat mich damit mitten ins Gesicht geschlagen, und ich bin nach hinten gefallen – ich glaube, da habe ich mir den Arm gebrochen. Als ich versucht habe, von ihm fortzukrabbeln, hat er mich an den Haaren gepackt und auf die Füße gezerrt. Als ich stand und versuchte, mein Gesicht zu schützen, hat er mich noch einmal geohrfeigt. Aber da habe ich mich dann gewehrt. Ich habe ihn getreten und von mir gestoßen. Ja, er war stärker und hat mich brutal geschlagen, aber ich schwöre bei Gott, ich wäre lieber gestorben, als dass ich einfach dagesessen und mich von ihm hätte malträtieren lassen, ohne mich zu wehren."

Jack wusste nicht, was er sagen sollte. Jessica entpuppte sich als starke Frau, die ihm große Bewunderung abrang. Genau wie Chrissy. In seinem Kopf verschmolzen Chrissy und Jessica zu einer Person – er konnte die eine nicht mehr von der anderen unterscheiden. Plötzlich verstand er, warum Chrissy solche Vorbehalte hatte, eine Beziehung mit ihm einzugehen. Er wusste, dass er ein kräftiger Mann war, der, wenn er wollte, ihr ernsthaft wehtun konnte. Er tat gefährliche Dinge, sowohl beim Sport als auch beruflich, und um dem Ganzen die Krone aufzusetzen, hatte er sich ihr gegenüber total selbstherrlich aufgeführt. Jetzt begriff er, warum sie Angst hatte, auch wenn er selbst ganz genau wusste, dass er sie niemals verletzen würde.

„Jessica, das haben Sie gut gemacht. Kein Mann sollte eine Frau schlagen, und die Tatsache, dass Sie sich gewehrt haben und anschließend zur Polizei gegangen sind … Das haben Sie genau richtig gemacht, Jessica. Und ich möchte, dass Sie wissen, dass es nicht Ihre Schuld ist. Sie haben das nicht ausgelöst."

Sie lachte leise. „Haben Sie ihn gesehen?"

„Wen? Dennis?", fragte Jack.

Sie nickte.

„Nein. Noch nicht. Wieso?"

„Ich muss gestehen, ich habe ihn auch ziemlich übel zugerichtet." Sie lächelte stolz. „Ich habe ihm so heftig ich konnte in die Eier getreten, ehe ich abgehauen und direkt zum Revier gekommen bin, doch Sie waren ja nicht da. Bitte sagen Sie Slade, dass es mir leidtut. Er hatte recht, was Dennis angeht, und ich bin froh, dass sein Name sozusagen wieder reingewaschen wird."

Eine Schwester kam herein und verabreichte Jessica Schmerzmittel. „Ich weiß nicht, wie lange ich noch reden kann. Sie geben mir hier ziemlich heftige Medikamente", sagte Jessica zu Jack.

„Ist in Ordnung, Jessica. Sie machen das großartig. Nur eine Frage noch. Ich brauche Ihre offizielle Aussage zu dem Vorfall zwischen Slade und Dennis."

„An dem Abend, auf dem Parkplatz nach dem Kampf, kam Dennis von hinten zu Slade und hat ihn gestoßen. Dennis und ich hatten uns schon den ganzen Tag lang gestritten, und wir haben kaum miteinander geredet. Ich wollte nicht, dass Slade in die Sache reingezogen wird, aber Dennis merkte, dass ich immer wieder zu Slade hinsah. Dennis wurde furchtbar eifersüchtig und packte mich am Unterarm, gerade als Slade auf uns zukam. Dennis hat als Erster zugeschlagen, bevor Slade sich dann wehrte. Ich habe sie angeschrien, dass sie aufhören sollten, und da ist Dennis auf mich zu und hat mich Flittchen genannt. Slade hat mich nur verteidigt. Dennis wollte auf mich losgehen, da bin ich mir ganz sicher. Slade hat nichts Falsches gemacht." Sie gähnte vorsichtig, um ihr zerschundenes Gesicht nicht mehr als nötig zu quälen.

„Okay, das ist mein Stichwort. Ich verschwinde dann mal. Danke, Jessica. Wir melden uns wieder."

„Danke, Officer."

„Jack. Bitte nennen Sie mich Jack. Ich hoffe, dass es Ihnen bald wieder besser geht. Ich lasse meine Karte hier auf dem Tisch liegen. Rufen Sie mich an, wenn Ihnen noch etwas einfällt oder Sie etwas brauchen."

Jessica schenkte ihm ein schläfriges Lächeln. Als er gerade zur Tür hinausgehen wollte, rief sie: „Oh Jack, bevor ich es vergesse, sagen Sie bitte Chrissy Danke. Slades Schwester", fügte sie erklärend hinzu. „Sie hat mir das Leben gerettet." Die Finger auf der Türklinke erstarrte Jack. Hatte er richtig gehört?

Er drehte sich um und eilte zurück zum Bett. „Haben Sie gerade Chrissy erwähnt?"

Sie nickte. „Sie ist gestern Abend in die Bar gekommen und hat mir gesagt, ich solle stark sein und ihn verlassen." Ehe Jessica noch mehr sagen konnte, schlief sie ein.

Völlig benommen verließ Jack das Zimmer.

„Verdammt!", fluchte er laut auf dem menschenleeren Krankenhausflur. Dann holte er wieder sein Handy heraus.

„Christine! Geh endlich an dein verdammtes Telefon! Ich habe gerade mit Jessica gesprochen. Warum warst du bei ihr? Fuck, Chris! Willst du dir unbedingt Ärger einhandeln? Du wusstest, dass sie misshandelt wird. Dennis hätte auch dich zusammenschlagen können, genau wie er es mit Jessica getan hat. Verdammt, ruf mich an!"

Er beendete den Anruf und kämpfte gegen den heftigen Wunsch an, das Telefon durch den Flur zu schleudern. Als hätte er nicht schon genug Ärger am Hals, musste er sich jetzt auch noch Sorgen um Chrissy machen! Wo zum Teufel steckte sie? Hatte Dennis sie sich etwa geschnappt? Wusste Dennis überhaupt, dass Chrissy mitverantwortlich für Jessicas plötzlichen Mut war? Jack war total durcheinander, und in jedem Szenario, das ihm durch den Kopf schoss, schwebte Chrissy in irgendeiner Form in Gefahr.

Er stieg in den Streifenwagen, um sich auf die Suche nach Dennis zu machen, hielt dann aber kurz inne und holte noch einmal sein Telefon heraus.

„Chrissy, Baby, ich entschuldige mich für meinen Ausbruch eben. Ich wollte nicht so anmaßend sein. Ich mache mir nur solche Sorgen um dich. Wo bist du? Bitte ruf mich an. Bitte." Er legte auf und schlug mit der Faust aufs Lenkrad.

Oh, diese Frau, sie ist so verdammt stur!

Gott, ich liebe sie.

12. KAPITEL

Jack fuhr zu Dennis' Haus, ohne eigentlich zu erwarten, dass der Wichser zu Hause sein würde. Denn, ehrlich, wer verprügelte eine Frau oder beging irgendein anderes Verbrechen und wartete dann zu Hause auf die Polizei? Daher war er ziemlich erstaunt, als er Dennis, den Großkotz, draußen auf den Verandastufen sitzen und eine Zigarette rauchen sah. Als er näher kam, bemerkte er das blaue Auge und Kratzspuren auf Dennis' Gesicht, dem Hals und den Armen. *Gut gemacht, Jessica!*

Dennis stand auf und straffte die Schultern. „Was zum Teufel willst du hier, Daniels?"

Jack kam näher, eine Hand an der Taille, bereit, die Waffe zu ziehen, falls es nötig sein sollte. Er schnaubte nur. Der Typ hatte echt Nerven!

„So wie es aussieht, hat deine Freundin dich ordentlich zugerichtet, was?"

Dennis schnipste seine Zigarette zur Seite. Ein Unbeteiligter hätte sich in eine Szene aus einem modernen Western versetzt gefühlt. „Ich weiß nicht, wovon du redest."

Jack machte einen letzten Schritt auf ihn zu. Das ist nah genug, entschied er. Dennis war nicht ganz so groß und auch nicht so breit wie Jack, aber er war trotzdem noch ein kräftiger Mann. Etliche Zentimeter kleiner, ungefähr einen Meter achtzig, aber schlank und sportlich. Ein nicht zu unterschätzender Gegner für jeden Polizisten, aber angesichts von Jacks Größe und der Tatsache, dass er ein professioneller MMA-Fighter war, konnte man davon ausgehen, dass die Chancen eindeutig zu Dennis' Ungunsten standen.

„Glaubst du wirklich, es macht dich zu einem Mann, wenn du wehrlose Frauen zusammenschlägst? Tut es nicht. Du bist ein Waschlappen, und dir wird die Bedeutung dessen ziemlich bald bewusst werden, wenn du im Knast mit Kerlen zusammen verrotten wirst, die zweimal so kräftig sind wie du. Innerhalb von einer Woche werden sie dich zu ihrer Hure gemacht haben."

„Leck mich!", fuhr Dennis ihn an. „Du weißt anscheinend nicht, wer ich bin. Ein Anruf, und du bist deinen Job los." Dennis griff in seine Tasche und wollte ganz offensichtlich seinen Onkel anrufen.

„Keine Bewegung!" Jack blieb standhaft. „Lass deine Hände dort, wo ich sie sehen kann. Hiermit verhafte ich dich wegen schwerer Körperverletzung – und weil du ein Riesenarschloch bist."

Dennis lachte. „Du kannst mich nicht verhaften. Ich habe nichts getan."

„Wollen wir wetten?" Jack begann, Dennis seine Rechte vorzutragen, während er die Handschellen herausholte und auf ihn zutrat. Jack juckte es in den Fingern, Dennis nach allen Regeln der Kunst zu verprügeln. Für Jessica. Für Chrissy. Für jede Frau, die je von einem Mann misshandelt worden war. Zum Glück für Jack entschied sich Dennis dafür, statt sich seine Niederlage einzugestehen und freiwillig mitzugehen, zu kämpfen. *Na schön, wenn er kämpfen will, kämpfen wir eben.*

Dennis holte als Erster aus, aber Jack wich reflexartig zur Seite, sodass Dennis ihn verfehlte und stattdessen zu Boden ging. Jack lachte ihn aus. „Und du willst ein harter Kerl sein? Du hast gar keine Wahl, du kommst mit! Du kannst entweder brav mitgehen, oder du kannst treten und versuchen zuzuschlagen. Deine Entscheidung."

Offenbar entschied Dennis sich für Variante zwei. Er stand auf und stürmte auf Jack zu, schlang die Arme um seine Mitte und versuchte, ihn zu Boden zu reißen. Muskulös, wie Jack war, stolperte er nur einen halben Schritt rückwärts, und innerhalb einer Sekunde hatte er Dennis hochgehoben und ihn zu

Boden geschmettert. Dennis lag auf dem Rücken und stöhnte vor Schmerz. Jack hockte sich dicht vor ihn hin und deutete auf sein Kinn. „Na los! Bitte, schlag nur einmal zu“, forderte Jack ihn auf.

Dennis kroch rückwärts, kam auf die Füße und erfüllte idiotischerweise Jacks Bitte. Jack ließ die Hand sinken, um den Schlag einzustecken, er freute sich sogar darüber, denn es bedeutete eine zusätzliche Anklage wegen Widerstands gegen die Verhaftung sowie Gewalt gegen einen Staatsbeamten. Noch viel besser an der Sache war, dass er jetzt Dennis mit Hieben überziehen und dies als Notwehr rechtfertigen konnte. Normalerweise betrieb Jack nicht einen solchen Aufwand, um jemanden zu einem Kampf herauszufordern, aber er wollte diesem Mistkerl unbedingt eine unvergessliche Lektion erteilen.

Der Schlag tat weh und ließ Jacks Lippe bluten, doch das war nichts im Vergleich zu dem, was er üblicherweise bei seinen Kämpfen einstecken musste. Einen Fausthieb und einen Aufwärtshaken später lag Dennis zusammengekrümmt auf dem Boden. Mühelos drehte Jack ihn auf den Bauch, riss ihm die Arme nach hinten und legte ihm Handschellen an. Unsanft zerrte er Dennis hoch, schubste ihn in den Streifenwagen und fuhr ihn direkt zur Polizeistation.

Als Jack auf dem Revier auftauchte, mit blutender Lippe und dem Neffen des Bürgermeisters in Handschellen im Schlepptau, starrten ihn die Kollegen an. Aber Jack war das egal. Er füllte die entsprechenden Formulare aus und schloss Dennis mit Freude in der Zelle ein. Zu dem Zeitpunkt war der Bürgermeister bereits vor Ort und tobte aus Leibeskräften.

„Wer war das? Mein Neffe wurde zusammengeschlagen! Das ist willkürliche Polizeigewalt und strafbar!“ Bürgermeister Stavros schlug mit der Faust auf den Schreibtisch des Chiefs.

„Ich glaube nicht, Bürgermeister. Schauen Sie sich meinen Officer an. Er ist unübersehbar ernsthaft verletzt.“ Chief Lyon saß lässig auf seinem Stuhl, die Arme vor der Brust verschränkt, die Beine ausgestreckt und über den Knöcheln gekreuzt.

Der Bürgermeister drehte abrupt den Kopf. Offenbar hatte er Jack bisher noch nicht bemerkt.

Jack machte seine Verletzung ein wenig schlimmer, als sie war. „Autsch! Ja. Aufgeplatzte Lippe", sagte er und zeigte auf seine leicht geschwollene und kaum noch blutende Lippe.

„Pah. Das soll ich Ihnen glauben?"

„Glauben Sie, was Sie wollen, Stavros, aber ich habe eine junge Frau im Krankenhaus liegen, mit gebrochenen Rippen, einem gebrochenen Arm und blauen Flecken auf dem ganzen Körper. Sie hat Ihren ehrenwerten Neffen beschuldigt, ganz zu schweigen von der offiziellen Aussage, die sie wegen der Sache zwischen Ihrem Neffen und Slade Martin gemacht hat. Ich werde nicht zulassen, dass meine Stadt von korrupten Politikern und korrupten Polizisten geführt wird. Damit ist ab heute Schluss. Oh, und, Bürgermeister Stavros, ich möchte gerne, dass Sie unseren neuen Chef für interne Angelegenheiten kennenlernen, Lieutenant Daniels. Er wird auch Korruptionsfällen auf den Grund gehen. Ich schlage vor, dass Sie ab jetzt Ihre Familie in Schach halten. Und wenn Sie uns jetzt bitte entschuldigen wollen, Lieutenant Daniels und ich haben zu arbeiten."

Der Bürgermeister wollte aus dem Büro stürmen, brüllte aber vorher: „Die Sache ist noch lange nicht erledigt!"

Der Chief stand auf und sah ihn warnend an: „Wollen Sie mir drohen, Herr Bürgermeister?"

„Darauf können Sie Ihren Hintern verwetten, Chief Lyon!" Er schlug die Tür hinter sich zu.

Der Chief machte eine wegwerfende Handbewegung. „Hör nicht auf ihn, Jack. Lass dich niemals von ihm einschüchtern! Er hat nicht so viel Macht, wie er immer glaubt, solange wir nicht so tief sinken wie er. Vergiss eins nicht, Lieutenant Daniels, solange du auf dem rechten Pfad bleibst, kann dich keiner erpressen oder dich dazu bringen, etwas zu tun, was du nicht für richtig hältst."

„Danke, Sir. Ich muss zugeben, es hat sich gut angefühlt, den Mistkerl festzunehmen."

Der Chief lachte. „Das glaube ich gern. Er hat es mehr als verdient. Nimm dir den Rest des Tages frei. Mach dich frisch und hol dir für die Verletzung da ein ärztliches Attest. Ach ja, und lass deinen Freund wissen, dass Jessica eine Aussage gemacht hat. Damit dürfte die Sache für ihn erledigt sein."

Sein Boss blickte wieder auf den Computerbildschirm und begann, etwas zu tippen. Anscheinend war Jack damit für heute entlassen.

Er hatte völlig unerwartet eine wahnsinnige Beförderung erhalten. Hatte einen Drecksack festgenommen. Hatte Slade von allen Anklagepunkten befreit. Und zusätzlich hatte er dem Typen, der es wahrlich verdient hatte, ein paar Hiebe verpassen können. Alles in allem hätte es ein großartiger Tag sein können. Aber er hatte noch immer nichts von Chrissy gehört, und das bereitete ihm Sorgen.

Er fuhr direkt zu Slade. Insgeheim hatte er gehofft, Chrissys Wagen dort parken zu sehen. Aber dem war nicht so. Er klopfte an die Tür, und Slade öffnete sie. Drogo kläffte im Hintergrund.

„Noch immer nichts von Chrissy gehört?", fragte Jack und trat ins Haus.

„Nee. Ich muss zugeben, so langsam fange auch ich an, mir Sorgen zu machen. Wo zum Teufel ist sie? Und was ist mit deinem Gesicht passiert? Und, bitte, nimm das nächste Mal deinen verdammten Hund mit! Ich schwöre es, er hasst mich."

„Drogo hasst jeden mit Ausnahme von Chrissy. Chrissy liebt er. Wie auch immer, ich habe ein paar Neuigkeiten für dich." Jack begann, ihm von der Sache mit Jessica und Dennis zu erzählen, und schilderte ihm dann Dennis' Verhaftung.

„Damit hat sich die Anklage gegen dich erledigt", beendete er seinen Bericht.

„Jessica sei Dank. Ich bin froh, dass du da warst, Mann. Wenn ich Dennis getroffen hätte, ich hätte ihn umgebracht. Ich muss sie besuchen." Slade sah regelrecht krank aus bei dem Gedanken, dass Jessica verletzt war.

„Nein, das haben wir nicht nur Jessica zu verdanken, sondern auch Chrissy. Sie hat ihre Sicherheit aufs Spiel gesetzt, indem sie gestern Abend losgezogen ist, um mit Jessica zu reden. Nicht nur wegen der Anklage gegen dich, sondern auch, um Jessica zu helfen, sich aus dieser gewalttätigen Beziehung zu lösen."

„Was?"

„Ja. Sie ist gestern Nacht in die Bar gegangen, um dich davor zu bewahren, im Knast zu landen. Sie hat außerdem versucht, Jessica dazu zu überreden, sich von Dennis zu trennen."

„Verdammt! Das wusste ich nicht. Sie hätte sich nicht einmischen sollen! Warum macht sie so etwas Unbesonnenes?"

„Du bist echt ein Arschloch!" Jack machte einen Schritt auf seinen besten Freund zu. „Deinetwegen natürlich. Sie liebt dich! Sie fühlt sich verantwortlich für den Tod eures Vaters. Wusstest du das? Die Schuld bringt sie noch um. Die Sachen, die du ihr am Tag der Beerdigung an den Kopf geworfen hast – damit muss sie jeden Tag leben. Sie würde alles tun, um dir zu helfen. Und wie honorierst du das? Indem du dich wie ein selbstsüchtiger Mistkerl aufführst."

„Schuldig? Wieso fühlt sie sich schuldig? Die Beerdigung? Ich habe keinen blassen Schimmer, wovon du redest."

„Sie hat es mir erzählt, Slade. Sie hat mir alles erzählt, was mit Brian passiert ist, mit deinem Dad, mit dir. Ich bin so verdammt sauer, dass du mir das mit Brian nie erzählt hast. Und ich bin noch wütender, dass du sie nicht aufgehalten hast, als sie damals einfach abgehauen ist. Der Tod deines Vaters war nicht ihre Schuld. Ich fasse es nicht, dass du sie dafür verantwortlich machst! Sie hat dich gebraucht. Du hast sie gebraucht."

„Ich gebe ihr doch gar nicht die Schuld! Das habe ich nie getan, Jack. Ich habe sie auch nie dazu gedrängt, von hier wegzugehen. Diese Entscheidung hat sie ganz allein getroffen. Ich dachte immer, sie wäre fortgegangen, weil dieses Haus sie zu sehr an unseren Vater erinnert oder weil sie enttäuscht darüber war, wie ich mein Leben führe oder so. Ich wünschte, sie wäre geblieben. Verdammt! Wie kommt sie darauf, dass ich sie verantwortlich mache? Ich kann nicht glauben, dass sie das wirklich denkt."

Jack nickte. „Sie hat mir erzählt, dass du ihr auf der Beerdigung allen möglichen Scheiß an den Kopf geworfen hast. Zum Beispiel, dass sie schon gleich beim ersten Mal hätte anrufen sollen, als Brian sie misshandelt hat. Dass sie dich statt deines Dads hätte anrufen sollen, als sie hierher zurückgekommen war. Schließlich hätte sie doch wissen müssen, dass es zu einer Tragödie führen würde, wenn sein Temperament mit ihm durchgeht. Du hast sie egoistisch genannt und glattweg behauptet, der Tod eures Vaters sei ihre Schuld gewesen. Das ist grausam, Bruder."

„Verdammt, ich war völlig besoffen! Ich erinnere mich an gar nichts, was an dem Tag passiert ist. Ich war außer mir, ich habe mich allein gefühlt, und sie war so besessen davon, wieder abzuhauen, dass ich mir noch einsamer vorgekommen bin. Wenn ich wirklich so etwas Blödes gesagt habe, dann hätte sie doch wissen müssen, dass ich es nicht ernst meine. Verdammte Scheiße! Wir müssen sie finden", sagte Slade besorgt.

„Das versuche ich dir die ganze Zeit begreiflich zu machen, du Idiot!", fuhr Jack ihn genervt an.

Es war schon früher Morgen, als Chrissy endlich in ihrer kleinen Wohnung in Miami ankam. Da sie so impulsiv gehandelt hatte, lagen all ihre Sachen inklusive ihres Handyladekabels noch in Tarpon Springs. Und dummerweise war der Akku ihres Handys bereits leer, nachdem sie eine Stunde unterwegs gewesen war. Sie fragte sich, ob überhaupt jemand mitbekommen hatte, dass sie weg war. Sie war davongelaufen, so wie auch schon vor elf Jahren, aber sie hatte ihre Gründe dafür. Schließlich stand ihr Herz auf dem Spiel.

Es war eine gute Entscheidung. Es war die richtige Entscheidung, redete sie sich noch einmal ein, ehe sie sich völlig erschöpft auf ihr Bett warf und einschlief.

Am späten Nachmittag stand sie auf und fühlte sich noch immer wie gerädert. Als Erstes würde sie sich ein neues Ladekabel besorgen müssen. Anschließend würde sie sich mit dem Miami West Hospital in Verbindung setzen und den Job annehmen, den man ihr angeboten hatte.

Sie war total niedergeschlagen und wusste gar nicht, warum. Nicht einmal, als sie damals aus ihrer Heimatstadt weggefahren war – nach dem Tod ihres Vater, nachdem sie von Brian so schwer misshandelt worden war, nachdem sie Slade zurückgelassen hatte –, war ihr so schwer ums Herz gewesen. Ja, der Tod ihres Vaters hatte unendlich geschmerzt. Sie hatte Jahre gebraucht, ehe sie das verarbeitet hatte, und sie würde nie wieder dieselbe sein; aber sie wusste inzwischen auch, dass sein Tod nicht von ihr verschuldet worden war. Es war einfach Schicksal gewesen. Aber dies hier – Jack zu verlassen –, das war allein ihre Entscheidung gewesen. Es ging auch nicht nur darum, dass sie ihn verloren hatte, es ging … um mehr. Hatte sie einen großen Fehler begangen? Konnte sie jemals mit einem anderen Mann so glücklich werden wie mit Jack? Obwohl es nur wenige Tage gewesen waren, hatte sie mit Jack die glücklichste Zeit verbracht, an die sie sich erinnern konnte. Doch letztlich machte sie es wie immer: Sie schob alle Gefühle beiseite, verschloss ihr Herz und stürzte sich in die Arbeit.

Sie musste weitermachen und an die Zukunft denken, nicht an Tarpon Springs.

Nachdem sie sich ein neues Ladekabel gekauft hatte, fuhr sie ins Krankenhaus und ging zur Personalabteilung. Während sie in dem kleinen Wartebereich saß, wanderten ihre Gedanken wieder zu Jack. Was war das nur mit ihm? Er hatte sie immer wie eine kleine Schwester behandelt. Er war genauso nervig gewesen wie ihr Bruder, nur ein bisschen attraktiver. Die beiden Jungs galten damals als eine echte Landplage. Wenn er und Slade nicht in organisierten Hinterhof-Schlägereien kämpften, waren sie in der Schule in irgendwelche Raufereien verwickelt, manchmal als Teil des Wrestling-Teams, manchmal auch nicht. Ständig steckten sie in irgendwelchen Schwierigkeiten. Heute meldeten sich die Männer, gegen die er kämpfte, freiwillig. Und obwohl er Profikämpfer war, war er auch Polizist, der tagtäglich Menschen half.

Jack war heute ein anderer als damals. Die elf Jahre, die seit ihrer letzten Begegnung vergangen waren, hatten ihn verändert. Er war jetzt ein Mann, und er behandelte sie ganz und gar nicht mehr wie eine kleine Schwester. Aber sie war damals nicht in ihn verliebt gewesen. Wenn überhaupt, dann war es nicht mehr als eine Teenager-Schwärmerei. Und Jack? Er war damals ganz sicher auch nicht in sie verliebt gewesen, genauso wenig wie jetzt.

„Dr. Martin?“

Eine Frau mittleren Alters begrüßte sie und riss Chrissy aus ihren Gedanken. „Ja, das bin ich.“

„Ich bin Margie, Leiterin der Personalabteilung des Miami West Hospitals. Bitte kommen Sie doch in mein Büro.“ Margie führte Chrissy in einen großen Raum, wo sie ein wenig über die Bedingungen für Chrissys Anstellung redeten. Zwanzig Minuten später kam Chrissy mit einem Stapel von Papieren, die sie ausfüllen musste, wieder heraus. Sie würde das alles genau durchlesen, und wenn die Bedingungen für sie akzeptabel waren, würde sie den Vertrag unterschreiben und innerhalb eines Monats im Miami West Hospital anfangen zu arbeiten.

Als sie wieder in ihre Wohnung kam, ließ sie sich aufs Sofa fallen und befasste sich konzentriert mit dem Vertrag. Das Gehalt war fantastisch, die Sozialleistungen noch besser. Alles schien perfekt zu sein. Sie würde in der renommierten Traumatologiestation des Krankenhauses arbeiten, eine der fünf besten dieser Art weltweit. Es wäre eine Aufgabe, die ganz anders war als alles, was sie bisher getan hatte. Bisher war sie um die ganze Welt gereist, um sich um diejenigen zu kümmern, die sonst kaum auf ärztlichen Beistand zählen konnten. Sie hatte dabei manchmal zu sehr kreativen Methoden greifen müssen angesichts der wenigen Instrumente und Medikamente, die ihr zur Verfügung standen. Aber in der Unfallabteilung würde sie noch immer das tun, was sie liebte – sich unter Hochdruck um Menschen zu kümmern. Nur diesmal mit der neuesten Technik statt mit einem Taschenmesser und schwarzgebranntem Schnaps.

Chrissy sah sich in ihrem kleinen Apartment um. Es war nur mit dem Nötigsten ausgestattet und beherbergte lediglich wenige persönliche Dinge. Während der letzten Jahre hatte sie den Großteil ihrer Zeit in anderen Ländern verbracht, statt sich ein Heim einzurichten. Sie ließ ihren Blick zu dem zusammengewürfelten Geschirr wandern, das in der Spüle stand, zu dem Couchtisch, auf dem sich alte Zeitschriften und Rechnungen stapelten, hinüber zu der großen Holztruhe, die sie auf einem Flohmarkt erstanden hatte – vielleicht das einzige Möbelstück hier, das ihr wirklich gefiel. An einer Wand hatte sie eine Stereoanlage sowie einen kleinen Fernseher aufgestellt. Über dem Fernseher standen auf einem Regal ein paar Flaschen Wein, Scotch und Wodka sowie einige ihrer hübscheren Gläser, die sie eigentlich nur benutzte, wenn mal Besuch kam.

Abrupt setzte sie sich auf, weil sie plötzlich eine Eingebung hatte. Sie ging zum Regal hinüber und griff nach der kleinen Flasche Jack Daniel's hinter dem Cocktail-Shaker aus Edelstahl. Sie starrte auf die Flasche, ehe sie sie an die Brust presste. Ihr Herzschlag setzte fast aus, auch wenn sie sich leicht idiotisch vorkam, wie sie so dastand und eine Whiskeyflasche an sich presste, als wäre sie ein Rettungsring. War das, was sie beruflich machte, wirklich so grundlegend anders als das, was Jack tat? Sicher, er verletzte Menschen, sie heilte sie. Aber bei ihnen beiden steckte doch dahinter, dass sie diesen Nervenkitzel liebten und brauchten. Keiner von ihnen gehörte zu den Menschen, die sich von morgens um neun bis nachmittags um fünf hinter einem Schreibtisch verbarrikadierten und Papierstapel abarbeiteten. Sie beide lebten erst auf, wenn sie Action und Stress ausgesetzt waren. Der Saal einer Notaufnahme war ihr Boxring, genauso wie die provisorischen Zelte in den von Kriegen heimgesuchten oder von Armut geplagten Ländern, in denen sie unterwegs gewesen war. Verdammt, sie war ein Dummkopf gewesen, der mal wieder vorschnell Urteile gefällt hatte! Tief in ihrem Inneren wusste sie, dass Jack ihr niemals wehtun würde, jedenfalls nicht physisch. Die Frage war: Lohnte er den Kampf?

Sie schloss die Augen und versuchte, sich ein Leben mit Jack vorzustellen. Es war nicht schwierig. Darin kam viel, viel Sex vor. Es gab durchaus schlechtere Alternativen.

Jack war nicht Brian. Und sie war kein liebeskranker Teenager mehr, der Jack hinterherlief, selbst wenn sie sich entscheiden sollte, das Jobangebot in Miami nicht anzunehmen. Auch wenn die Sache mit Jack nicht klappen würde – und sie hoffte wirklich und aus ganzem Herzen, dass es funktionierte, denn sie wusste nicht, wie sie das sonst überleben sollte –, war Tarpon Springs ihre Heimat. Slade lebte dort, und dorthin gehörte auch sie. Dort wollte sie sich ein eigenes Heim aufbauen und Wurzeln schlagen. Mit all diesen Verrückten wie Esther und

Melinda, mit den brodelnden Gerüchten, die irgendwelche Geschichtchen in Windeseile verbreiteten, mit den freundlichen Nachbarn, die an Geburtstage dachten und zu Weihnachten Kuchen für andere backten. Hier in Miami gab es, abgesehen von dem Job, nichts, was sie hielt. Es war an der Zeit aufzuhören, vor ihren Problemen davonzulaufen. Doch genau das würde sie tun, wenn sie den Job annahm. Vor elf Jahren war sie schon einmal weggelaufen, aber diesen Fehler würde sie kein zweites Mal begehen. Sie musste ein ernstes Gespräch mit Slade führen und sich bei ihm entschuldigen. Aber vor allem musste sie ihrem Herzen folgen. Sie brauchte Jack. Sie liebte ihn, also musste sie zurückfahren und sich diesen Mann schnappen.

Genauso schnell, wie sie am Tag zuvor Tarpon Springs verlassen hatte, war sie jetzt wieder aus der Tür und ließ Miami hinter sich. Sie musste mit Slade und Jack reden, selbst wenn es letztlich umsonst sein sollte; ehe sie die Dinge zu Hause nicht geklärt hatte, konnte sie den Job nicht annehmen. Dieses Mal hatte sie ein paar Dinge mehr eingepackt, hatte das noch immer nicht aufgeladene Handy, das noch eingeschweißte Ladekabel sowie die kleine Flasche Jack Daniel's in ihre große Handtasche gestopft und war zum Auto geeilt.

„Kennst du ihre Adresse? Vielleicht ist sie wieder in Miami", sagte Jack zu Slade.

„Nein, Mann. Ich weiß nur, dass sie erst kürzlich umgezogen ist, nachdem sie aus Indien zurück war. Ich habe keine Ahnung, wo sie in Miami wohnt. Meinst du, sie ist dorthin gefahren?"

„Alter, du solltest besser auf deine Schwester achtgeben."

„Ich weiß. Mir wird so langsam klar, dass ich ein selbstsüchtiger Idiot bin."

„Da würde ich dir nicht widersprechen", erwiderte Jack. „Mann, ich weiß es nicht." Jack fuhr sich mit den Händen übers Gesicht und rieb sich den Kopf, während er nervös auf und ab ging. „Ich habe die Sache in den Sand gesetzt. Ich hätte sie nicht gehen lassen dürfen. Ich hätte ihr, was den Kampf angeht, die Wahrheit sagen müssen. Warum habe ich nur auf dich gehört?"

„Mach mich nicht verantwortlich, Bruder. Das ist deine Sache. Wie auch immer, sie wäre sowieso abgehauen. Chrissy ist stur. Wenn sie sich einmal was in den Kopf gesetzt hat, kann man sie nicht mehr davon abbringen."

„Scheint bei euch Martins wohl in den Genen zu liegen." Jack tigerte durchs Zimmer, unfähig, auch nur eine Sekunde lang stillzuhalten. „Ich liebe sie, Slade."

Slade legte seinem besten Freund die Hand auf die Schulter. „Ich weiß, Bruder. Das weiß ich schon lange."

„Scheiß drauf! Ich fahre los. Pass auf Drogo auf." Er riss die Haustür auf.

„Wo willst du hin?"

„Ich werde sie finden. Versprich mir, dass du mich anrufst, wenn du was von ihr hörst."

„Ich komme mit dir", sagte Slade.

„Nein, tust du nicht. Jemand muss hierbleiben und mich anrufen, falls sie zurückkommt oder anruft."

„Na schön. Aber sag sofort Bescheid, wenn du sie gefunden hast. Wie willst du das überhaupt machen? Nach Miami reinfahren und dann ziellos durch die Straßen laufen und ihren Namen brüllen?"

„Ich werde, wenn nötig, an jede verdammte Tür klopfen." Jack rieb sich wieder den Kopf, als könnte er ihn so davon abhalten, zu explodieren. Er war nervlich ein Wrack.

13. KAPITEL

„Nein! Nein! Nein!" Chrissy schlug mit der Faust gegen das Lenkrad. Ein Déjà-vu. Nur diesmal war es schlimmer, denn es regnete auch noch.

Sie war zwei Stunden Fahrt von Tarpon Springs entfernt. Sie schnappte sich ihre Jacke vom Rücksitz, drapierte sie über den Kopf, um sich vor dem Regen zu schützen, und stieg aus ihrem Auto aus. Dieses Mal war es kein platter Reifen; ihr Wagen hatte schlichtweg den Geist aufgegeben. Und sie besaß nicht einmal ein funktionierendes Handy. Es war bereits fast Mitternacht. Sie befand sich am Arsch der Welt. Die Everglades lagen rechts des zweispurigen Highways, Mangrovensümpfe mit Binsenschneiden links von ihr. Sie hatte genau zwei Möglichkeiten. Erstens: Sie konnte in diesem sintflutartigen Regen losmarschieren. Allerdings würde es wohl Stunden dauern, ehe sie Hilfe fand. Mal ganz davon abgesehen, dass in den Sümpfen Alligatoren lauerten. Man stelle sich nur vor, ein Alligator würde sich über sie hermachen – niemand würde jemals ihren Körper finden. Sie hasste Reptilien und begann sich bildlich vorzustellen, wie sie von einer dieser wilden Kreaturen in der Nacht angefallen wurde. Oder sie könnte von einem Auto überfahren werden, wenn sie jetzt hier in der Dunkelheit auf der Straße entlangmarschierte. An die Verrückten, die hilflose Frauen entführten, wollte sie lieber gar nicht erst denken.

Die zweite Möglichkeit: abwarten. Sie würde morgen bei Anbruch der Dämmerung losgehen. Sie hatte weder Wasser noch etwas zu essen und war leider schon halb verhungert, aber letztlich blieb ihr gar keine andere Wahl. Also stieg sie schnell wieder ein und verschloss alle Türen. Dann schnappte sie sich ihre große Handtasche und kippte sie auf dem Beifahrersitz aus, um zu sehen, was sie vielleicht noch an Essbarem in all dem Durcheinander finden konnte. Erleichtert stellte sie fest, dass sie tatsächlich einen Schokoriegel und eine kleine Tüte mit Erdnüssen zutage gefördert hatte. Ha, selbst einer unordentlichen Handtasche konnte man etwas Gutes abgewinnen! Zum Glück hatte sie ja auch noch den Jack Daniel's. Leider war es nicht der Mann aus Fleisch und Blut, den sie liebte und nach dem sie sich sehnte, aber zumindest konnte die bittere bernsteinfarbene Flüssigkeit sie vor dem Verdursten bewahren. Jedenfalls redete sie sich das ein. Warum bloß hatte sie keine Wasserflasche in der Handtasche? Anscheinend befand sich doch auch alles andere darin, verdammt! Sie kurbelte ihren Sitz nach hinten, öffnete das Fenster einen Spalt, um Luft zu bekommen, und biss vom Schokoriegel ab, bevor sie einen Schluck Whiskey trank.

Im nächsten Augenblick erleuchteten helle Scheinwerfer das Innere ihres Wagens, bevor Bremsen quietschten und der Geruch von verbranntem Gummi ihr in die Nase stieg. Was dann folgte, waren nur noch Schmerz und schließlich nichts als Dunkelheit …

Jack wusste schon gar nicht mehr, wie oft er versucht hatte, Chrissy anzurufen, während er unterwegs war. Die Nachrichten, die er ihr hinterließ, klangen mal verzweifelt, mal wütend. Eine besonders kitschige Nachricht war ihm besonders peinlich. Da hatte er Chrissy seine Liebe gestanden. Er hoffte, es war nicht viel zu früh, doch er wollte sichergehen, dass sie von seinen Gefühlen erfuhr. Aber sie rief nicht zurück.

Ungefähr zwei Stunden nach seiner Abfahrt in Tarpon Springs blieb ihm fast das Herz stehen. Zwischen zwei gleißenden Gewitterblitzen sah er Chrissys Wagen auf der anderen Straßenseite stehen. Es war ein glücklicher Zufall, dass er das Auto überhaupt entdeckte, denn hier gab es keine Straßenbeleuchtung, und es goss in Strömen. Aber er war sicher, dass es sich um Chrissys Auto handelte. Es war unverkennbar. Es war der beschissenste Wagen, den er je gesehen hatte. Er würde daran denken müssen, mit dem Geld, das er bei dem Kampf gewonnen hatte, ein neues Auto für Chrissy zu kaufen. Und zwar so schnell wie möglich!

Da die Straße völlig unbefahren war, wendete er umgehend, doch als er näher kam, stellte er fest, dass seine schlimmsten Befürchtungen wahr geworden waren. Er hatte den Motor kaum ausgestellt, da war er auch schon aus dem Auto gesprungen. *Nein, nein, nein – das darf nicht wahr sein!* Das Erste, was er bemerkte, war ein weiterer Wagen, ein roter Pick-up, der auf der Seite lag, halb verdeckt von den Mangroven, während die hintere Wagenhälfte aus dem Graben herausragte. Von der anderen Straßenseite hatte Jack ihn nicht sehen können, zum einen, weil es so stark regnete, zum anderen, weil Chrissys Auto und der Graben ihn verdeckt hatten. Im nächsten Moment sah er, dass das Heck ihres Wagens komplett zertrümmert war – jeder, der auf dem Rücksitz gesessen hätte, wäre tot. Es kam Jack vor, als würde auf einmal alles in Zeitlupe ablaufen. Er musste sich regelrecht zwingen, sich Schritt für Schritt zu bewegen, als er nach vorn zum Auto ging. Erst rechts, dann links, rechts, links … Die Knie gaben fast unter ihm nach, als er sah, dass die Windschutzscheibe des Wagens zerborsten und Blut auf dem Lenkrad und dem Armaturenbrett zu erkennen war. Noch nie hatte er sich so hilflos gefühlt und eine solche Angst ausgestanden. Er blickte sich noch einmal um, ob irgendwo Anzeichen eines Abschleppwagens, einer Ambulanz oder eines Polizeiwagens zu sehen waren, aber es schien, als wäre der Unfall schon vor einiger Zeit passiert, denn man hatte den Unfallort mehr oder weniger gesichert und die Opfer fortgebracht. Aber wohin?

Mit zitternden Händen zog er sein Handy heraus und rief auf seinem Revier an. Er brachte die Worte kaum hervor, doch schließlich gelang es ihm, seine Kollegin O'Donald zu bitten, sämtliche Polizeistationen und Krankenhäuser in der Nähe abzutelefonieren, um nach einer Christine Martin zu fragen, und ihn anschließend sofort zurückzurufen. Er stand neben dem zertrümmerten Auto, der Regen prasselte auf ihn herunter, Blitze zuckten immer wieder über den Himmel, und um ihn herum donnerte es. Aber er spürte, sah und hörte nichts davon. Seine Sinne waren außer Gefecht gesetzt, und er funktionierte nur noch auf Autopilot. Leider war er nicht völlig betäubt, denn dann hätte er wenigstens den Schmerz, der seinen Körper ergriffen hatte, und diese entsetzliche Angst nicht gespürt. Er holte tief Luft und wappnete sich: Der nächste Anruf würde der schwerste werden.

Slade nahm beim ersten Klingeln ab. „Hast du sie gefunden?"

„Hey", erwiderte Jack mit ernster Stimme.

„Nun sag schon, Mann. Ich kann dich kaum hören."

„Tut mir leid. Es schüttet hier wie verrückt. Slade … ich … äh …" Der Kloß in seinem Hals machte das Reden schwer. Und selbst wenn er hätte reden können, hätte er nicht gewusst, was er sagen sollte.

„Sie hat dich Idioten nicht wiederhaben wollen, was?", neckte Slade ihn.

„Slade …" Seine Hände zitterten so heftig, dass er kaum das Handy festhalten konnte. „Äh, Mann … Ich habe Chrissys Wagen ungefähr zwei Stunden südlich von Tarpon Springs am Straßenrand gefunden." Jack räusperte sich.

„Was meinst du damit, du hast ihr Auto gefunden? Wo ist Chrissy?", fragte Slade.

„Ihr Wagen … sieht ziemlich übel aus, Slade."

„Wovon redest du? Wo ist sie? Wo ist meine Schwester?" Slades Stimme überschlug sich.

„Ich fahre jetzt in die nächstgelegene Stadt, um das dortige Krankenhaus zu suchen. Auf dem Revier versuchen sie auch schon, sie ausfindig zu machen. Du musst hierherkommen, Slade."

„Warte, ich verstehe das nicht. Ihr ging es gut. Sie war doch nur sauer. Was willst du mir sagen, Jack? Das ist nicht lustig, Bruder."

„Es tut mir leid, Slade. Ich wünschte, ich hätte dich nicht anrufen müssen, um dir das zu erzählen, aber du musst dich auf den Weg hierher machen. Und zwar sofort!"

„Wie schlimm?"

„Sehr." Jack war nervlich ein Wrack, aber er wollte Slade nicht beschreiben, wie entsetzlich es hier am Unfallort aussah. Es würde nicht helfen, und er wollte vor allem, dass Slade die zweistündige Fahrt heil überstand.

„Sag es mir, verdammt noch mal!"

„Die Windschutzscheibe ist zertrümmert", platzte Jack heraus.

„Verdammt! Ich bin auf dem Weg." Und schon war die Leitung unterbrochen.

Jack stand auf dem Seitenstreifen der verlassenen Straße, völlig durchnässt, und starrte auf den Wagen. Er konnte es einfach nicht glauben. Konnte es nicht begreifen. Da hatte Chrissy eben noch sicher in seinen Armen am Strand gelegen und sich herrlich befriedigt an ihn geschmiegt, und jetzt …

Es war zu schmerzhaft, sich das Schlimmste auszumalen. Als Polizist hatte er schon so einige Unfälle gesehen, und er wusste zu genau, wie das manchmal endete. Dieser Unfallort sah nicht so aus, als hätte es gut geendet.

Er hatte keine Möglichkeit mehr gehabt, ihr persönlich zu sagen, dass er sie liebte. War der Unfall schon passiert, als er die Nachricht hinterlassen hatte? Hatte sie sie gehört?

„Verdammt, Chrissy!" Er hämmerte mit den Fäusten aufs Autodach. Wie hatte das passieren können?

Dann bemerkte er etwas auf dem Boden vor dem Fahrersitz. Vorsichtig, um sich nicht zu schneiden, streckte er den Kopf durch das zerbrochene Fenster und holte es heraus. Als er erkannte, was es war, musste er die Hand auf die Brust legen, um den Schmerz zu unterdrücken – ihm tat im wahrsten Sinne des Wortes das Herz weh. Was er in der Hand hielt, hätte genauso gut ein sorgfältig verfasster Liebesbrief sein können. Es war eine kleine, halb leere Flasche Jack Daniel's. Es war so, als wäre er bei ihr gewesen. Und die Flasche hatte den Unfall unversehrt überstanden. Das hatte doch sicherlich etwas zu bedeuten! So schnell er konnte, lief er wieder zu seinem Wagen und brauste los.

Während er nach einer Tankstelle oder irgendetwas anderem Ausschau hielt, wo er sich nach dem nächsten Krankenhaus erkundigen konnte, klingelte sein Telefon. Es war Officer O'Donald. Sie hatte Chrissy ausfindig gemacht und nannte ihm die Adresse des Krankenhauses. Sie erzählte ihm, dass sie lediglich in Erfahrung hatte bringen können, dass der Unfall vor etwa zwei Stunden passiert war. Die Beamten und Sanitäter konnten nur berichten, dass Chrissy noch am Leben, aber bewusstlos gewesen war, als sie zum Unfallort gekommen waren. Jack gab die Adresse hastig in sein Navi ein und dankte Gott, dass er nur circa fünfzehn Minuten bis dahin zu fahren hatte. Er rief Slade an, gab die Informationen an ihn weiter, sprach ein kurzes Gebet und gab Gas.

Jack rannte in die Notaufnahme des St. Richard's Hospital, völlig durchnässt und außer sich vor Sorge. „Ich suche Christine Martin." Ungeduldig tippte er mit dem Fuß auf den weißen Linoleumboden, als der junge Mann an der Rezeption, dessen Namensschild ihn als Jonah Andrews auswies, etwas in den Computer eingab, während er ins Handy sprach, das er sich zwischen Ohr und Schulter geklemmt hatte. Am liebsten hätte Jack über den Tresen gelangt, das Handy zerschmettert und den Computer sowie Jonah geschüttelt, damit es schneller ging. Stattdessen trommelte er voller Sorge mit den Fingern auf den Tresen.

„Christine Martin", wiederholte Jack, aber dieses Mal etwas langsamer. Vielleicht hatte Jonah ihn nicht gehört. „Also C-H-R-I-…"

„Ja, ja, ich habe Sie gehört", sagte Jonah zu Jack, während er gleichzeitig sein Telefonat fortführte.

Jack hörte auf, mit den Fingern zu trommeln, stattdessen legte er die Handflächen auf den Tresen und beugte sich so weit vor, bis sein Gesicht nur noch wenige Zentimeter von Jonahs Nasenspitze entfernt war. „Junge, ich habe eine entsetzliche Nacht hinter mir. Wenn du nicht willst, dass ich dir das Handy und den Computer in den Arsch schiebe, schlage ich vor, dass du aufhörst, hier rumzuquatschen und mir stattdessen sagst, wo ich Christine Martin finden kann."

Sofort beendete Jonah sein Telefonat und fummelte nervös am Computer herum. „Ah, hier hab ich sie. Sie sind …?"

„Ich bin ihr …" Was zum Teufel war er? Ein Freund? Ihr Freund? Ihr Liebhaber?

Fuck! Von jetzt an würde er ihr Freund sein. So viel stand mal fest. Sie würde ihn nicht wieder verlassen; dieser Scheiß mit dem Weglaufen war ab heute vorbei! Er schloss die Augen und betete stumm: *Bitte, Gott, lass sie am Leben sein, damit ich sie schütteln kann, bis sie das begreift …*

„Sir?", fragte Jonah erneut.

„Ich bin …" Er räusperte sich. „Ich bin ihr Freund."

„Tut mir leid, Sir. Ich darf Ihnen keine Informationen geben. Nur unmittelbaren Familienangehörigen. Gibt es jemanden, den wir anrufen können?" Obwohl er vermutlich nur seinen Job erledigte, wirkte der Junge ziemlich selbstgefällig. Jonah hatte einen unverhofften Schlag in Jacks Magengrube gelandet, und den spürte er nur allzu deutlich. Wäre er vor dreißig Sekunden etwas geduldiger gewesen, hätte der Typ ihm vielleicht etwas gesagt.

Jack ließ die Schultern hängen. Er fühlte sich besiegt. „Sie hat keine Familie. Ich bin ihre Familie. Bitte, ist sie okay? Ist sie schon in einem Zimmer? Wo ist sie, verdammt!"

„Es tut mir leid, Sir. Ich wünschte wirklich, ich könnte Ihnen helfen, aber ich darf Ihnen keine Informationen geben."

„Bitte, gehen Sie einfach zu ihr rein und lassen Sie sie wissen, dass ich hier bin. Ich versichere Ihnen, sie wird Ihnen bestimmt sagen, dass es in Ordnung ist."

Jonah blickte auf den Bildschirm und antwortete nicht sofort. „Ich kann Ihnen nicht …"

Die Vorstellung, dass Chrissy allein in einem Krankenhauszimmer lag, verletzt und verängstigt, ließ bei Jack die Sicherungen durchbrennen. Er packte Jonah am Schlafittchen, und zwar so heftig, dass der Junge mit dem Oberkörper auf dem Tresen lag. „Wenn du mir jetzt nicht sofort sagst, wo sie ist …"

Zwei kräftige Hände packten Jacks Schultern und rissen ihn von Jonah zurück, aber der Nebel, in dem er sich seit einer Dreiviertelstunde befand, verhinderte, dass er begriff, was wirklich passierte. „Wo ist sie?", brüllte Jack.

„Beruhigen Sie sich, Sir", ertönte eine tiefe Stimme hinter ihm, als der Mann Jacks Hände hoch auf seinen Rücken zog. In dieser Position konnte Jack sich nicht umdrehen, um zu sehen, wer ihn festhielt, aber gemessen an der Kraft des Mannes vermutete er, dass es sich um einen äußerst muskulösen Typen der Sicherheitstruppe handelte, denn so einfach war er sonst nicht zu überrumpeln. Und angesichts der Tatsache, dass er dermaßen die Beherrschung verloren hatte, war der Griff umso fester.

„Sagen Sie mir nicht, ich soll mich beruhigen!", zischte er. Sein Brustkorb hob und senkte sich, als er gequält ein- und ausatmete. Der Mann zog ihn in ein nahe gelegenes Zimmer.

„Beruhigen Sie sich, Sir", wiederholte er streng.

Jack atmete tief durch. Eins, zwei, drei …

„Ich lasse Sie jetzt los. Wenn Sie auch nur daran denken, sich zu bewegen, rufe ich die Polizei, und die werden Sie festnehmen, sodass Sie keine Möglichkeit mehr haben, denjenigen zu sehen, den Sie hier sehen wollen", sagte der Mann, während er Jack noch immer festhielt.

Jack nickte. Langsam ließ der Typ ihn los. Jack rieb sich die Handgelenke und wirbelte zu dem Wachmann herum. Er war viel älter als Jack, aber noch immer ein Koloss – in der MMA-Szene bezeichnete man das als „Kraft der alten Männer". Er sah in seiner dunkelblauen Uniform wie ein Türsteher aus, als er da mit gespreizten Beinen und verschränkten Armen vor Jack stand. Einige Sekunden lang sagte keiner von ihnen etwas.

„So, und jetzt, wo Sie sich ein wenig beruhigt haben, kann ich hoffentlich davon ausgehen, dass Sie heute Nacht niemanden mehr angreifen?"

Jack nickte und meinte: „Ja, aber ich habe ihn nicht wirklich angegriffen. Ich wollte ihm nur etwas sagen."

„Okay. So, und jetzt, da Sie ruhiger zu sein scheinen, gehe ich mal los und höre, ob ich etwas für Sie herausfinden kann, und während ich das tue, setzen Sie sich ins Wartezimmer und warten ab. Ruhig, okay?" Die Stimme des Mannes und seine Haltung duldeten keinen Widerspruch.

Jack folgte ihm aus dem Zimmer. Der Wachmann redete kurz mit Jonah, der genervt zu Jack hinübersah. Anschließend wurde Jack ins Wartezimmer geführt. „Was Jonah Ihnen versucht hat mitzuteilen, ehe Sie versucht haben, ihm den Hals umzudrehen, war, dass er die Patientin nicht fragen kann, ob Sie willkommen sind, weil sie bewusstlos ist." Jack öffnete den Mund, um etwas zu sagen, aber der Mann hob zwei Finger und legte seine Hand auf Jacks Schulter. „Mehr weiß ich nicht. Jonah kann Ihnen auch nicht weiterhelfen. Niemand wird Ihnen Informationen preisgeben, Junge. Wegen all der Datenschutzbestimmungen muss man blutsverwandt sein. Gibt es jemanden, den Sie anrufen können?"

Bewusstlos? Hat er das gerade gesagt? Jack war dankbar, dass hinter ihm ein Stuhl stand, denn sonst wäre er vermutlich zu Boden gegangen, als er sich einfach so fallen ließ, ohne sich die Mühe zu machen, sich vorher umzuschauen. Sie war bewusstlos gewesen, als der Krankenwagen sie hier eingeliefert hatte; er hatte keine Ahnung, was es für sie bedeutete, dass sie seit mehr als zwei Stunden ohne Bewusstsein war, aber ihm machte es Angst. Diese Neuigkeiten schockierten ihn. Aber er musste sich zusammenreißen, nicht nur um seiner selbst, sondern auch um Chrissys willen. Er stützte die Ellenbogen auf den Oberschenkeln ab und bedeckte das Gesicht mit den Händen. „Ja. Ihr Bruder ist bereits unterwegs, aber er wird noch ungefähr zwei Stunden brauchen, bis er hier ist."

Der Wachmann nickte verständnisvoll. „Diese Datenschutzrichtlinien sind die reinste Hölle."

Jack schaute auf. „Wem sagen Sie das!"

Der Mann warf ihm einen mitleidigen Blick zu und drückte Jack die Schulter. „Ich lasse Sie jetzt allein und vertraue darauf, dass Sie Ihr Temperament unter Kontrolle halten."

„Ja. Bitte sagen Sie Jonah, dass es mir leidtut. Ich warte hier auf Christines Bruder."

Der Mann nickte, bevor er hinausging.

Einige Minuten lang saß Jack regungslos da, doch auf einmal hatte er das Gefühl, als würden die Wände ihn erdrücken, und der Stuhl fühlte sich an wie ein Schraubstock. Er stand auf und tigerte auf und ab. Die Vorstellung, dass Chrissy allein im Krankenzimmer aufwachen würde, ließ ihn fast verrückt werden. Er sollte bei ihr sein, ihre Hand halten, egal, was die Datenschutzbestimmungen sagten, verdammt! Aber als ein anderer Gedanke sich in seinen Kopf schlich, wurde ihm ganz schlecht, und das Zimmer schien sich um ihn zu drehen. Er wollte hundert Mal lieber, dass sie allein und verängstigt war als bewusstlos oder womöglich noch schlimmer …

An das ‚noch schlimmer' wollte er gar nicht denken. Er kannte Chrissy seit über fünfundzwanzig Jahren. Sicher, zwischendrin hatten sie sich elf Jahre lang nicht gesehen, aber das war irrelevant, denn in dem Moment, als sie sich an jenem Abend neulich auf der Straße wieder in die Augen geschaut hatten, hatte sich etwas verändert. Seine Welt war auf den Kopf gestellt worden.

Und was war, wenn sie aufwachte und ihn noch immer nicht sehen wollte? Er hatte kein Recht, etwas von ihr zu verlangen. Das Was-wäre-wenn trieb ihn langsam an den Rand des Wahnsinns. Er ging weiter im Zimmer auf und ab.

Schließlich marschierte er ruhig, oder zumindest so ruhig es ging, den Gang hinunter zur Rezeption und sah, dass Jonah noch immer dort saß. Als Jack näher kam, zuckte Jonah zurück.

„Es tut mir leid wegen vorhin, Mann."

Jonah nickte.

„Ich wollte nur … Ist sie schon aufgewacht? Können Sie mir irgendwas Neues sagen? Irgendetwas?" Jack konnte sich nicht erinnern, jemals vor Fremden geweint zu haben. Genau genommen konnte er sich überhaupt nicht mehr daran erinnern, wann er das letzte Mal geweint hatte. Aber Tränen brannten in seinen Augen, und seine Worte klangen erstickt. Er räusperte sich und holte tief Luft. „Ich komme um vor Sorge, Mann. Bitte. Irgendetwas. Ist sie wach?"

Jonah nickte und griff zum Telefon. Nachdem er kurz mit jemandem geredet hatte, legte er wieder auf. „Ich habe das Schwesternzimmer angerufen. Sie ist noch immer bewusstlos, aber die lebenswichtigen Organe arbeiten. Sie sagen mir Bescheid, sobald es etwas Neues gibt."

Jack räusperte sich erneut und streckte Jonah seine zitternde Hand entgegen. Der ergriff sie widerstrebend. „Danke, Mann."

Jack ging zurück ins Wartezimmer, das ihm wie eine Gefängniszelle vorkam, und wartete. Er ging auf und ab und betete, tigerte wieder durchs Zimmer und betete erneut. Irgendwann hörte er vom Flur her einen Tumult, ehe kurz darauf der Wachmann ins Zimmer kam, der vor zwei Stunden schon Jack hier hereingebracht hatte. Er eskortierte Slade auf die gleiche Weise, nur dass ihm Slade noch mehr Schwierigkeiten bereitete.

„Nimm deine verdammten Hände von mir!“, zischte Slade.

„Ich rufe gleich die Polizei und lasse Sie verhaften. Der arme Jonah hatte ohnehin schon eine schlimme Nacht.“ Er blickte zu Jack. „Gehört der zu Ihnen?“

Jack nickte und deutete mit dem Daumen auf Slade. „Der Blutsverwandte.“

„Dachte ich's mir doch.“ Er ließ Slade los, der herumfuhr zu dem Mann, der ihn quasi abgeführt hatte. So wie Jack vorhin auch rieb Slade sich die Handgelenke, weil er den eisernen Griff des älteren Mannes noch spürte. „Jonah hat Ihnen bereits gesagt, dass er nach einer Krankenschwester geschickt hat, die Ihnen in Kürze Weiteres mitteilen wird. Bis dahin bleiben Sie hier.“ Slade machte einen Schritt auf ihn zu, doch Jack packte ihn am Unterarm und zog ihn zurück. „Halten Sie ihn in Schach“, sagte der Wachmann, der sich von der schieren Körpergröße von Jack und Slade nicht einschüchtern ließ. Jack nickte, und der Wachmann verschwand wieder.

„Lass mich!“ Slade riss sich von Jack los und marschierte auf die Tür zu.

„Wenn du dich verhaften lässt, kriegst du sie nie zu sehen. Ich darf nicht zu ihr. Wir werden nicht erfahren, was los ist. Du bist der Einzige, dem sie Informationen geben. Also versau das jetzt nicht, nur weil du dein Temperament nicht zügeln kannst.“

„Willst du damit sagen, dass du sie noch nicht sehen durftest?“

„Nein. Sie haben mich nicht zu ihr gelassen und haben mir auch nichts weiter über ihren Zustand gesagt.“

„Das heißt, wir wissen lediglich, dass sie in einen Unfall verwickelt war und bewusstlos ist?"

Jack nickte.

„Fuck! Sie ist abgehauen, weil sie sauer auf mich war. Was ist, wenn …" Slade ließ sich auf einen Stuhl fallen.

„Nein, sie ist abgehauen, weil sie sauer auf mich war", korrigierte Jack.

„Wir haben das echt versaut, Mann."

Jack nickte zustimmend. „Aber richtig."

Eine Krankenschwester kam ins Zimmer. Beide Männer sprangen auf. „Slade Martin?"

Slade machte einen Schritt nach vorn.

„Ich bin Marlene Muller. Die diensthabende Schwester. Können wir kurz reden?"

„Ja, natürlich."

Die Schwester blickte zu Jack und lächelte entschuldigend. „Unter vier Augen." Slade blickte zu Jack und folgte dann der Schwester aus dem Zimmer.

Wieder war Jack zum Warten verdammt, und es kam ihm wie eine Ewigkeit vor. Schließlich konnte er es nicht länger aushalten und ging nach draußen. Überrascht stellte er fest, dass Slade nirgends zu sehen war. Er hatte gedacht, er würde vor der Tür mit der Schwester sprechen. Wieder wartete Jack, ging auf und ab, betete und ging weiter auf und ab, bis Slade schließlich wieder auftauchte, bleich wie ein Gespenst.

„Was ist passiert? Wo warst du?"

„Die Schwester hat mich zu ihr gebracht." Slade sank auf einen Stuhl. „Oh Gott, sie sieht richtig schlimm aus."

Jack umklammerte die Stuhllehne, während ihm Tränen in die Augen schossen, aber er ließ Slade fortfahren. „Der Arzt hat gesagt, dass die nächsten vierundzwanzig Stunden entscheidend sind. Sie hat massive Kopfverletzungen. Ihr Gesicht ist total zerschnitten und voller blauer Flecken."

Slade drehte sich zu Jack herum. „Sag doch was."

„Ich glaube, ich kriege gerade einen Herzinfarkt." Jack griff sich an die Brust, kalter Schweiß lief ihm über den Rücken, und vor seinen Augen verschwamm alles. Der Schmerz war unerträglich, er erstickte ihn fast. Slade hockte sich vor Jack und packte seine Schultern.

„Atme, Mann. Ein und aus. Ein und aus. Langsam. Tief durchatmen. Ich brauche dich, Mann. Chrissy braucht dich. Du musst dich zusammenreißen, denn ich schaffe das nicht allein. Was soll ich denn machen? Du kennst sie besser als ich. Das war schon immer so. Bitte, Jack, reiß dich zusammen!"

Slade hatte recht. Er kannte sie am besten. Er versuchte, sich zu beruhigen, indem er noch einige Male tief durchatmete, die Augen schloss und stumm ein weiteres Gebet sprach.

Slade stand auf und verließ das Zimmer. Jack nahm an, dass sein Freund ihm auf diese Weise etwas Zeit geben wollte, um sich wieder zu fassen. Einige Minuten später war Slade jedoch mit einem Seesack in der Hand wieder da. „Geh dich umziehen. Du bist völlig durchnässt. Ich hatte noch meine Sporttasche mit frischen Klamotten im Auto." Er reichte Jack die Tasche, damit der zur Toilette gehen und sich trockene Sachen anziehen konnte.

„Sie ist stark, Slade. Sie schafft es. Bestimmt. Ich habe ihr noch so viel zu sagen, und sie darf nicht … Sie schafft das", sagte Jack, kaum dass er wieder im Zimmer war.

Slade nickte und ging zur Tür, drehte sich dann aber noch mal um und umarmte Jack. Keine dieser halben Umarmungen, kein schlichter Schlag auf die Schulter, wie Männer es normalerweise machten, sondern eine echte Umarmung. Eine, die all das sagte, was sie nicht in Wort fassen konnten. Als Slade schließlich nach draußen ging, hatten beide Männer Tränen in den Augen.

Jack wappnete sich, weil er mit einer langen quälenden Wartezeit rechnete, doch Slade kam fünfzehn Minuten später schon wieder. „Komm! Ich habe ihnen erklärt, dass du zur Familie gehörst und sie sehen musst."

Jack stand auf und drückte Slades Unterarm, ehe er ihm folgte.

Chrissy lag in einem Raum, der nur durch einen dünnen Vorhang abgetrennt war. Wenn nicht all die Schläuche und das Piepen der Geräte – die ihn total nervös machten – gewesen wären, hätte er gedacht, sie würde schlafen. Ihr schwarzes Haar fiel ihr über die Schultern, und trotz all der Verletzungen war sie schön. Sein Dornröschen. Er beugte sich vor und strich ihr sanft über die Wange. Eine Träne rann ihm aus dem Augenwinkel. „Oh, Baby, es tut mir so leid. Was würde ich dafür geben, derjenige zu sein, der an deiner Stelle hier liegt. Du musst stark sein und wieder aufwachen, okay? Ich brauche dich, weil ich dir doch noch von Angesicht zu Angesicht sagen möchte, dass ich dich liebe. Ich brauche dich, weil ich dein Kichern hören möchte. Ich brauche dich, um mich mit dir über etwas total Belangloses streiten zu können. Ich brauche dich, damit du Drogo dazu bringst, mich anzuknurren. Ich … brauche dich einfach. Bitte", flüsterte er, während Tränen ihm übers Gesicht liefen. Es war ihm egal, wer ihn hörte, wer ihn sah.

Slade saß auf der anderen Seite des Bettes. Er wollte ihre Hand halten, aber wegen des Infusionsschlauches ging das nicht. Der Arzt kam herein und sprach mit ihnen über Chrissys Zustand. Sie atmete selbstständig, wenn auch schwach. Ironischerweise war ihre schwerste Verletzung die Gehirnerschütterung, die sie sich zugezogen hatte, als sie gegen die Windschutzscheibe geprallt war. Er erklärte ihnen, dass das Team alles in seiner Macht Stehende getan hätte; jetzt war es an ihr, wieder aufzuwachen. Er ging nicht davon aus, dass sie im Koma lag, aber er meinte auch, dass es Stunden, Tage, vielleicht sogar Wochen dauern konnte, ehe Chrissy das Bewusstsein wiedererlangte.

Beide Männer saßen still an ihrem Bett und schauten ihr beim Atmen zu. Eine Stunde später war der Arzt wieder da und informierte sie, dass Chrissy während der nächsten vierundzwanzig Stunden rund um die Uhr unter Beobachtung stehen musste. Außerdem fügte er hinzu, dass nach Auskunft der Polizei der Fahrer des Pick-ups wegen des Regens die Kontrolle über sein Fahrzeug verloren hatte und auf Chrissys Wagen aufgeprallt war, der ohne Beleuchtung auf dem Seitenstreifen stand. Dem Mann ginge es gut, und man habe ihn bereits entlassen können. Jack erwartete, dass er Verbitterung gegenüber dem Unfallverursacher verspüren würde, aber letztlich wurde ihm klar, dass der andere nichts dafür konnte. Es war niemals sicher, ohne Beleuchtung am Straßenrand zu parken, schon gar nicht im Regen. Und im Augenblick konnte Jack sowieso keinen Ärger verspüren. Dafür war in seinem Herzen kein Platz. Er wollte einfach nur, dass Chrissy aufwachte, daher blieb er an ihrer Seite sitzen und wartete … und wartete …

14. KAPITEL

Jack stand vor dem Spiegel und zog seine schwarze Krawatte zurecht. Er hatte sich für seinen besten schwarzen Anzug entschieden und trug ein weißes Oberhemd dazu. Wie sich sein Leben in den letzten zweiundsiebzig Stunden doch verändert hatte!

Slade kam in Jacks Schlafzimmer, ebenfalls im schwarzen Anzug mit weißem Hemd, doch er hatte sich gegen eine Krawatte entschieden.

„Was ist los mit dir?", fragte Slade. „Bist du so weit?"

„Nein. Noch nicht." Jack setzte sich auf die Bettkante. „Ich fasse es immer noch nicht, was alles passiert ist."

„Ich weiß. Wem sagst du das?"

„Nach allem, was geschehen ist, ist das wirklich der letzte Ort, wo ich jetzt hinwill."

„Ich weiß, aber du musst. Entspann dich. Es ist doch nur ein kleiner Empfang zu deinen Ehren. Chrissy würde dir niemals vergeben, wenn du den verpasst. Du brauchst ja nicht lange zu bleiben, Bruder, du hast nur gerade die wichtigste Verhaftung in der Geschichte von Tarpon Springs vorgenommen, und du wurdest zum Lieutenant befördert. Du musst da hin. Chrissy würde es so wollen."

Jack nickte ernst, und die beiden Männer machten sich auf den Weg.

Der Empfang wurde im Pier abgehalten. Es waren nur einige Kollegen aus seinem Revier anwesend, dazu deren bessere Hälften. Wie sehr wünschte Jack sich, Chrissy wäre dabei – seine bessere Hälfte. Stattdessen hatte er Slade mitgebracht. Da Jessica noch immer im Krankenhaus lag und noch nicht wieder arbeiten konnte, bediente Jamie Lynn an diesem Abend in der Bar. Slade saß am Tresen und unterhielt sich mit ihr, und nachdem Jack eine schnelle Runde gemacht und sich mit seinen Gästen unterhalten hatte, setzte er sich ebenfalls auf einen der Barhocker und blickte hinaus aufs Meer. Das Wetter war warm und schwül, so wie meist in Florida. Jack zupfte an seinem Kragen und trank gedankenverloren einen Schluck Bier.

„Du grübelst zu viel, Daniels. Kopf hoch. Das hier ist deine Party, Herrgott noch mal!“

Jack wirbelte herum.

„Was machst du denn hier?“ Besorgt riss er die Augen auf und war im nächsten Moment aufgesprungen und zu Chrissy gestürmt, um sie zum nächsten Stuhl zu bringen.

„Nach flehentlichem Bitten hat Dr. Stevens mich einen Tag früher entlassen. Ich musste ihm versprechen, dass ich nicht die Nacht durchtanze. Ich wollte dich überraschen. Es ist dein großer Tag – du solltest feiern, Lieutenant.“

„Baby, du solltest nicht hier sein, sondern dich lieber ausruhen. Ich hatte sowieso schon ein schlechtes Gewissen, weil ich dich heute im Krankenhaus allein lassen musste. Du solltest noch nicht wieder auf den Beinen sein.“

„Ach, ehrlich gesagt, der Arzt hat gemeint, ich könnte ruhig anfangen, ein bisschen mehr als nur über die Krankenhausflure zu gehen. Ich bin nicht aus Glas; es ist völlig okay, wenn ich ein paar Stunden hier bei dir bleibe.“

Jack strahlte sie an.

„Freust du dich nicht, dass du endlich nicht mehr auf diesem schrecklichen Krankenhaus-Stuhl-Bett-Dings da schlafen musst? Wobei es ja eigentlich gar nicht nötig war, dass du die ganze Zeit bei mir Wache gehalten hast“, sagte sie zu Jack.

„Ich wollte bei dir sein. Ich wünschte, ich hätte gewusst, dass du heute nach Hause darfst – ich hätte das Gästezimmer im Erdgeschoss für uns fertig gemacht.“

Chrissy lachte. „Was das angeht. Ich denke nicht, dass …“

Jack legte ihr eine Hand auf den Mund. „Weib, wenn du mir jetzt erzählen willst, dass du nicht bei mir wohnst, dass du nicht in Tarpon Springs bleibst oder irgendeinen anderen Scheiß, dann schwöre ich, werde ich … ich … ich weiß gar nicht, was ich dann tun würde. Nachdem du jetzt wieder fast gesund bist, bleibst du bei mir, und Schluss! Da ist es mir auch egal, dass Slade auf einmal meint, er müsste den fürsorglichen Bruder geben. Ich habe echt darum gekämpft, dass er aus dem Krankenhaus verschwindet und zugelassen hat, dass ich bei dir bleibe. Ich kann mir genau vorstellen, wie schwierig er sein würde, wenn ich mit dir in seinem Haus wohne."

„Ja, er benimmt sich wirklich seltsam. Sehr fürsorglich. Was ist passiert? Wir hatten seit dem Unfall noch gar nicht die Gelegenheit, uns ernsthaft zu unterhalten. Ich weiß nicht einmal, was …"

„Wir sprechen später, okay?" Er zog sie in die Arme, und sie nickte. „Du siehst übrigens atemberaubend aus."

Chrissy löste sich ein wenig von ihm und sah ihn entgeistert an. „Ja, klar doch, mit all den Schnitten und Kratzern, ganz zu schweigen von den grünblauen Flecken auf meiner Stirn … Wirklich sehr attraktiv", sagte sie und berührte ihren Kopf.

„Für mich bist du atemberaubend, Chrissy."

Sie lächelte. Gemeinsam genossen sie die Party, bis Jack darauf bestand, dass es Zeit für sie war, sich auszuruhen.

Keine zwei Stunden später fuhr Jack Chrissy nach Hause. Slade hatte beschlossen, noch weiterzufeiern, da die Party noch lange nicht vorbei war, auch wenn der Ehrengast sich entschieden hatte, zu verschwinden.

„Wir hätten nicht gehen müssen, Jack."

„Doch. Dir tut bestimmt noch alles weh, und du bist gerade erst aus dem Krankenhaus entlassen worden. Es ist mir egal, was der Arzt gesagt hat – du solltest dich hinlegen und dich ausruhen."

„Ehrlich, Jack, es geht mir gut."

Seine Hand lag auf ihrem Oberschenkel, und als er sie schweigend nach Hause fuhr, wanderten seine Gedanken zu den höllischen Stunden zurück, als Chrissy im Krankenhaus gelegen hatte. Er war ihr nicht eine Sekunde von der Seite gewichen. Er hatte sämtliche Leute im Krankenhaus verrückt gemacht mit seinen Fragen und Forderungen, die alle darauf abzielten, dass es Chrissy so bequem wie möglich hatte und die beste Pflege bekam.

Er erinnerte sich daran, wie er und Slade stundenlang ungeduldig wartend neben ihrem Bett gesessen hatten. Dann, viele Stunden nach dem Unfall, hatte sie langsam den Kopf in seine Richtung gedreht und die Augen einen winzigen Spalt geöffnet.

„Chrissy? Baby?" Noch während er sprach, hatte er per Knopfdruck die Schwester alarmiert.

„Jack", krächzte sie. „W...was ist passiert?"

„Du hattest einen Unfall. Du warst bewusstlos."

Sie zog die Brauen zusammen. „Mein Kopf tut weh."

Noch einmal drückte er auf die Ruftaste. „Versuch nicht, dich zu bewegen, mein Liebes. Die Schwester ist auf dem Weg, und sie wird dir etwas gegen die Schmerzen geben."

„Jack?"

„Pst. Es wird alles gut, Baby. Ich bin hier."

Slade nahm ihre Hand. „Chrissy! Gott sei Dank, Chrissy." Langsam drehte sie den Kopf in seine Richtung, und Slade lächelte ihr aufmunternd zu. Jack bemerkte die feuchten Augen seines Freundes.

Die Krankenschwester kam und untersuchte Chrissy kurz, bevor sie ihr ein Schmerzmittel verabreichte und ihnen erklärte, dass sie den Arzt benachrichtigen würde. Jack streichelte Chrissys Haar und drückte sanft ihre eine Hand, während Slade die andere hielt. Er versuchte, sie so gut es ging zu beruhigen und versprach ihr, dass alles wieder in Ordnung kommen würde, obwohl er sich selbst nicht sicher war.

Nachdem sie in Jacks Haus angekommen waren, sorgte er dafür, dass Chrissy es sich auf der Couch gemütlich machte. Drogo hüpfte sofort zu ihr und schmiegte sich an ihre Hüfte. „Ich sehe, dass dein Gehirn zu rattern beginnt", sagte Jack zu ihr. „Ich weiß, dass wir kaum Gelegenheit hatten, seit dem Unfall in Ruhe zu sprechen. Worüber möchtest du reden?"

„Sag mir, was passiert ist. Wie hast du mich gefunden?"

Jack erzählte ihr, wie er sich auf die Suche nach ihr gemacht und zufällig ihr Auto am Straßenrand entdeckt hatte. Wie er die Flasche mit dem Jack Daniel's auf dem Boden des Fußraums gefunden hatte. Und dass ihm im Krankenhaus zunächst niemand etwas über ihren Zustand hatte sagen wollen.

„Wow! Das sieht ja so aus, als hättest du meinetwegen einiges durchmachen müssen, was?"

„Das ist noch eine böse Untertreibung."

„Ich war auf dem Weg zurück nach Tarpon Springs, aber mein Auto hat seinen Geist aufgegeben, und mein Handy war nicht aufgeladen."

„Das erklärt vieles."

„Ich brauche übrigens ein neues Telefon. Ich weiß nicht, wo meins geblieben ist." Während sie sprach, kraulte sie Drogos Bauch.

„Ich habe es. Es wurde Slade zusammen mit deiner Handtasche und deinen anderen Sachen im Krankenhaus ausgehändigt. Was dein Auto angeht, tja, das hat einen Totalschaden. Aber du brauchtest sowieso ein neues. Ich habe deine verdammte Rostlaube ohnehin gehasst."

Sie beugte sich vor und nahm Jacks Gesicht zwischen beide Hände, bevor sie ihn zärtlich küsste. Sie erinnerte sich an den sorgenvollen Blick, mit dem Jack sie angeschaut hatte, als sie aufgewacht war. Danach hatte man sie wegen all ihrer Verletzungen so mit Schmerzmitteln betäubt, dass sie bisher gar nicht in der Lage gewesen war, viel zu reden. Aber sie erinnerte sich auch, wie er jedes Mal, wenn sie zwischendurch aufgewacht war, ihr Haar gestreichelt, ihr sanft mit dem Handrücken übers Gesicht gestrichen und sich zu ihr gebeugt und sie geküsst hatte. Sie erinnerte sich, dass sie das Gefühl gehabt hatte, zum ersten Mal geküsst worden zu sein. Es war ein bisschen schwierig gewesen wegen des Krankenbetts und all der Geräte um sie herum, aber es war auch zärtlich und beruhigend gewesen, und in dem Moment hatte sie ihn mehr als je einen Menschen zuvor geliebt. Sie hatte es ihm sagen wollen. Sie hätte es am liebsten in die ganze Welt hinausposaunt, aber stattdessen hatte sie ihn nur angelächelt. Er hatte seine Stirn vorsichtig an ihre gepresst und die Augen geschlossen, und das war alles, woran sie sich erinnerte.

„Chrissy, du machst mich noch verrückt. Bei dir weiß ich nicht, ob ich komme oder gehe“, sagte er jetzt. „Aber du weißt schon, dass es gefährlich ist, mich einfach nur so zu küssen, oder? Dann will ich mehr. Von dir will ich immer mehr, Baby. Aber du bist noch verletzt, also lass uns lieber ein bisschen auf Distanz bleiben, okay? Ich möchte dir nicht wehtun.“ Er zog sie behutsam in die Arme und küsste sie sanft, genau so, wie er es auch im Krankenhaus getan hatte.

„Oh, du kommst definitiv.“ Sie wackelte mit den Augenbrauen. „Kapiert?“ Sie kicherte, als hätte sie gerade den Witz des Tages von sich gegeben.

Er lachte ebenfalls laut auf, ehe er aufstand, um etwas aus der Küche zu holen. „Leg dich auf die Couch, meine Schöne, bevor du etwas tust oder sagst, was du hinterher bereust. Übrigens, Drogo hat dich schwer vermisst – er war noch nerviger als sonst. Er ist so traurig durchs Haus geschlichen, dass sogar ich ihn streicheln konnte, ohne dass er versucht hat, mir die Finger abzubeißen.“ Jack lächelte. „Hier ist übrigens dein ganzer Kram. Ich habe dein Telefon aufgeladen.“ Er reichte ihr die Tasche mit den Sachen. „Meinst du, du schaffst es, dich nicht in Schwierigkeiten zu bringen, während ich nach oben gehe? Ich würde gern schnell duschen und diesen blöden Anzug ausziehen."

„Ich werde nicht zusammenbrechen, Jack. Mir geht es gut."

„Okay. Ich bin gleich wieder da."

Jack verschwand nach oben, und Chrissy durchwühlte ihre Tasche. Ein Großteil der Sachen war ruiniert von dem Regen, der sich durch die zerbrochene Windschutzscheibe ins Auto ergossen hatte. Sie schaute auf ihr Handy, das jetzt völlig kaputt aussah, aber trotzdem noch zu funktionieren schien. Sie schaltete es an und sah, dass sie in der Nacht des Unfalls Dutzende von Textnachrichten und eine Reihe von unbeantworteten Anrufen erhalten hatte. Einige waren von Slade, aber die meisten waren von Jack.

Sie stellte den Lautsprecher an und begann, ihre Mailbox abzuhören. Nach ungefähr zehn Nachrichten kam Jack, nur mit einer Pyjamahose bekleidet, wieder nach unten. Er setzte sich neben sie.

Die nächste Nachricht ertönte. Wieder eine von Jack. „Chrissy, ich bin auf dem Weg nach Miami. Es tut mir so leid, Baby. Es tut mir leid, dass ich dir nicht gesagt habe, was ich für dich empfinde, ehe du weggefahren bist. Es tut mir leid, dass ich dich habe gehen lassen … wieder einmal. Ich wollte dir das hier persönlich sagen, aber du gehst nicht ans Telefon. Chrissy, du bist die mutigste Frau, die ich je getroffen habe. Du hast Jessica gerettet. Wärst du nicht zu ihr gegangen, um mit ihr zu reden, dann würde sie wahrscheinlich immer noch mit diesem gewalttätigen Kerl zusammen sein. Du warst diejenige, Chrissy, die ihr den Mut gegeben hat, für sich selbst einzustehen, sich zu wehren und zu kämpfen und letztlich zur Polizei zu gehen. Sie ist jetzt in Sicherheit, und das hat sie dir zu verdanken. Wäre sie bei ihm geblieben, wer weiß, was noch passiert wäre. Außerdem hast du mal wieder deinen Bruder gerettet. Die Anklage gegen ihn wurde fallen gelassen. Du bist so mutig, Liebling! Und ich möchte, dass du mutig bist und zu mir zurückkommst. Ich liebe dich, Chrissy. Ich liebe dich mehr, als ich es je für möglich gehalten habe. Vielleicht habe ich dich sogar damals schon geliebt. Himmel, ich weiß es nicht. Ich erinnere mich nur daran, dass es mich gestört hat, wenn du mit den Vollpfosten, mit denen dein Bruder und ich rumgehangen haben, zusammen warst. Ich wollte nicht, dass du auf die schiefe Bahn gerätst. Ich wollte dich in Sicherheit wissen, und die Sachen, die dein Bruder und ich angestellt haben, waren alles andere als sicher. Es war dumm und waghalsig. Du warst immer so klug, und ich wollte, dass du aus dieser Kleinstadt rauskommst und was aus deinem Leben machst. Es tut mir auch leid, dass ich dich damals, als wir noch jünger waren, immer nach Hause geschleppt habe, wenn ich dich irgendwo gefunden habe, wo ich meinte, dass du da nichts zu suchen hattest. Ich sah, wie du langsam zu einer schönen jungen Frau wurdest, und die Jungs fingen an, das ebenfalls zu registrieren, und das gefiel mir nicht. Ich wollte nicht, dass dich jemand anderes so ansah. Du warst dieses alberne kleine Mädchen, das an Slades und meinen Lippen gehangen hat, aber ehe man sichs versah, hattest du dich in ein äußerst hübsches Mädchen verwandelt, das uns auf einmal nicht mehr hinterherlief. Ich weiß nicht, was ich sagen soll. Ich hätte dich nicht anlügen dürfen, was Slades Kampf anging, aber ich wollte nicht, dass du dorthin gehst. Ich habe das getan, damit dir nichts passiert. Das sollst du wissen. Scheiße, das hätte ich dir gestern sagen sollen, statt diesen Macho-Mist, den ich von mir gegeben habe, von wegen, dass ich dich nicht um Erlaubnis fragen muss. Ich weiß, dass ich schwafle, aber du musst mich dringend anrufen. Und tu nicht so, als würdest du nichts für mich empfinden. Es ging nicht nur um Sex. Vielleicht liebst du mich nicht so, wie ich dich liebe, aber ich werde dir beweisen, dass wir zusammengehören. Ich werde mit dem Kämpfen aufhören, ich kündige sogar meinen Job und such mir einen sicheren Schreibtischjob, wenn du das möchtest, Baby. Ich tue alles, was du willst. Oh Gott, hör mich an. Ich bin solch ein Weichei. Chrissy, deinetwegen fange ich gleich an zu flennen. Ich liebe dich, Chrissy. Außerdem, wenn du nicht zurückkommst, muss sich Drogo mit meinen miesen Kochkünsten rumplagen, und dann wird er depressiv und läuft weg. Ich schwöre, dieser verdammte Hund ist meine schärfste Konkurrenz. Er liebt dich und hört nur auf dich. Bitte ruf mich an."

Als der Anruf endete, hatte sie Tränen in den Augen. Sie blickte zu Jack hinüber. Er wirkte nervös. Einen Moment lang sagte keiner von ihnen etwas. Vielleicht, dachte sie, bereut er diese Worte inzwischen; vielleicht hatte er sie nur aus Angst ausgesprochen, und jetzt, da der Adrenalinschub verebbt war, fühlte er vielleicht gar nicht mehr so.

Schließlich sagte sie: „Jack …"

„Warte, Chrissy. Lass mich erst etwas sagen." Er strich ihr eine Haarsträhne hinters Ohr. „Diese Nachricht war ein Fehler." Ihre Lippen zitterten, doch sie blickte ihn unverwandt an und wappnete sich – jetzt würde das Unvermeidliche folgen, er würde ihr sagen, dass er es nicht so gemeint hatte. Er liebte sie nicht. Die Worte waren nur Ausdruck dafür, dass er sich hatte hinreißen lassen.

„Du brauchst es mir nicht zu erklären …"

„Es war ein Fehler, Chrissy, weil ich dich gar nicht erst hätte gehen lassen dürfen, ohne es dir zu sagen. Ich hätte dir in die Augen schauen müssen und es dir sagen sollen. Also tue ich es jetzt." Er beugte sich zu ihr, und ihr Herz begann schneller zu schlagen. „Ich liebe dich, Christine Martin. Wenn dir etwas wirklich Schlimmes zugestoßen wäre, dann weiß ich nicht, was ich getan hätte, denn ich kann mir eine Welt ohne dich nicht mehr vorstellen. Eine Welt, in der ich nicht jeden Tag dein wunderschönes Gesicht sehe. Es tut mir so leid, dass ich dich angelogen habe. Ich habe all das, was ich da gesagt habe, ehrlich gemeint. Ich kündige meinen Job, wenn du dich dann sicherer fühlst. Aber bitte, fühl dich von mir niemals bedroht. Ich werde immer für deine Sicherheit sorgen. Und was auch immer nötig ist, ich werde dir beweisen, dass du mir vertrauen kannst."

Sie schniefte. „Du hast mich angelogen. Lüg mich nie wieder an, Jack."

„Ach, darüber willst du jetzt reden? Ich gestehe dir gerade meine unsterbliche Liebe, und du hattest vor ein paar Tagen einen schrecklichen Verkehrsunfall, der mich um Jahre hat altern lassen, und das Einzige, worüber du reden willst, ist Slades Kampf? Du meine Güte, du bist echt eine Nervensäge, aber ich liebe dich, also bitte, fang an." Er lächelte.

„Ich weiß, dass es dir jetzt irrelevant vorkommen mag, aber ich möchte, dass du es mir versprichst."

„Chrissy, ich verspreche dir, dass ich dich nie wieder anlügen werde."

„Jack, weißt du, warum ich zurückgekommen bin? Ich war auf dem Rückweg hierher, weil ich dir sagen wollte, wie leid es mir tut, dass ich dich mit Brian verglichen habe. Du bist ganz und gar nicht wie er. Du würdest mir niemals wehtun. Im Gegenteil, du rettest mich andauernd, selbst vor Dingen, vor denen ich gar nicht gerettet werden will. Das weiß ich inzwischen." Sie lehnte sich noch weiter vor und küsste ihn langsam, ehe sie sich wieder zurückzog. „Ich liebe dich, Jack. So sehr! Und nicht nur, weil du bei mir im Krankenhaus geblieben bist und mich umsorgt hast, weil du Angst um mich hattest und mich beschützt hast. Ich habe mich schon vorher in dich verliebt. Ich bin aus Miami zurückgekehrt, um dir das zu sagen. Es tut mir leid, dass es so lange gedauert hat, bis mir das klar geworden ist, Jack, aber ich liebe dich."

„Na, und ich dachte schon, du willst mich nur um dich haben, damit du jemanden hast, der dir all die platten Reifen wechselt, die du anscheinend ständig hast."

„Haha."

Als Jack jetzt lächelte, kamen seine Grübchen zum Vorschein, die sie so liebte. „Chrissy, das sind die schönsten Worte, die ich je gehört habe." Er schlang die Arme um sie und zog sie wegen all ihrer Verletzungen ganz vorsichtig an sich.

„Ich weiß ja, dass dir mein Hobby nicht gefällt, Baby, und ich weiß, dass wir auch manchmal miteinander streiten …"

„Häufig."

Er lächelte. „Ja, wir liegen uns oft in den Haaren. Aber es gibt niemanden, mit dem ich lieber kämpfe als mit dir. Genau genommen ist es vielleicht an der Zeit, dass ich mich zur Ruhe setze und ausschließlich mit dir kämpfe. Du bist es wert."

„Ich möchte dich nicht davon abhalten, etwas zu treiben, was du liebst."

„Ich würde nicht damit aufhören, etwas zu treiben, was ich liebe. Ich würde anfangen, es mit jemandem zu treiben, den ich liebe."

Sie schnaubte. „Oh mein Gott, das war ja nun echt abgedroschen."

„Da siehst du mal, was du in mir anrichtest."

„Nein, ernsthaft, Jack. Ich weiß, dass du mir nicht wehtun würdest. Ich unterstütze deine Kämpfe, wenn es etwas ist, was du gern tun möchtest. In Miami ist mir bewusst geworden, dass wir beide gar nicht so unterschiedlich sind. In gewisser Weise kann ich es nachvollziehen, warum du diese Adrenalinstöße so liebst. Für mich ist es das Gleiche, wenn ich in einem exotischen Land oder in einer Notaufnahme bin und Menschen helfen kann, und bei dir ist es der Ring. Ich will dich nicht anlügen – mir macht es keinen Spaß zuzusehen, wie du verletzt wirst –, aber ich verstehe, dass du hart dafür trainierst und dass du es liebst. Also, wenn du damit leben kannst, dass deine nervöse

Freundin an der Seitenlinie steht und ihren Notfallrucksack dabeihat, dann kann ich auch damit leben, dass du kämpfst."

„Ich finde es toll, dass du gerade ‚Freundin' gesagt hast. Und ja, damit kann ich leben. Weißt du … Hier gibt es auch Krankenhäuser und Kliniken. Nimm den Job in Miami nicht an, Chrissy. Bleib hier in Tarpon Springs … bei mir."

„Ich habe den Job in Miami nicht angenommen."

„Also bleibst du?"

„Wenn mein Bruder nichts dagegen hat, dass ich wieder nach Hause ziehe, dann bleibe ich, ja."

Drogo wedelte immer schneller mit dem Schwanz. Anscheinend hatte er jedes Wort verstanden, das Chrissy gerade gesagt hatte.

„Nein. Du ziehst nicht zu deinem Bruder. Du kommst hierher und ziehst bei mir und Drogo ein."

„Okay."

„Okay?"

„Du klingst überrascht, Daniels."

„Bin ich auch. Denn du machst ja nie das, worum ich dich bitte."

„Tja, diesmal scheinst du gewonnen zu haben. Ich bleibe." Sie lächelte, doch eine Sekunde später musste sie gähnen.

„Komm, Baby. Es war ein langer Tag. Lass uns ins Bett gehen."

„Bett." Sie lächelte verträumt. „Mein Bett."

„Ja, Baby. Dein Bett in deinem neuen Heim." Er hob sie auf seine Arme und trug sie nach oben, während sie ihr Gesicht an seinen Hals schmiegte.

„Es ist lange her, seit ich das letzte Mal das Gefühl hatte, ein Heim zu haben."

„Na, dann gewöhne dich ruhig dran, denn das hier ist ab jetzt dein Zuhause." Das war das Letzte, was sie noch wahrnahm, ehe sie einschlief.

„Jack, Liebling, kannst du mal kommen, bitte?"

Chrissy lag nackt in der Badewanne. Jack versuchte zu schlucken, doch es gelang ihm nicht wirklich. „J...ja?"

„Kannst du mir kurz den Rücken schrubben, bitte?"

Er ging zu ihr und schnappte sich Schwamm und Seife. „Chrissy, Schätzchen, kann es sein, dass du schon wieder versuchst, mich zu verführen?"

„Jack", jammerte sie, „es ist schon über eine Woche her, und du hast mich nicht ein Mal angefasst."

Jack lachte, während er begann, ihr den Rücken zu waschen. „Chrissy, ich glaube nicht, dass du schon bereit dafür bist, dass ich dich anfasse. Du bist immer noch nicht wieder gesund."

„Aber ..." In dem Moment klopfte es an der Haustür.

„Das ist Slade. Zieh dich an und komm nach unten. Er wollte schon die letzten Tage andauernd mit dir reden, aber ich wollte nicht, dass du dich aufregst, deshalb habe ich ihn immer wieder vertröstet und ihm gesagt, du seist noch nicht so weit, um ... na du weißt schon, über alles zu reden. Aber da es dir anscheinend wieder gut genug geht, um Sex haben zu wollen, geht es dir auch gut genug, um mit deinem großen Bruder zu sprechen."

Chrissy stöhnte laut auf. „Ich habe keine Lust, mich anmeckern zu lassen."

„Ich vermute, dass du überrascht sein wirst, wenn du hörst, was er dir zu sagen hat." Er reichte ihr ein Handtuch. „Wir sehen uns unten."

Chrissy trocknete sich ab, zog sich an und ging zögernd die Treppe hinunter. Slade saß am Esszimmertisch.

„Hallo." Slade stand auf, als er sie kommen sah.

„Wo ist Jack?"

„Joggen, am Strand. Wollte uns wohl allein lassen, damit wir ungestört miteinander reden können." Sie nickte. „Willst du dich zu mir setzen?" Slade deutete auf den Stuhl neben sich.

„Natürlich.“ Chrissy setzte sich, und auch Slade nahm wieder Platz. Kaum hatte Slade den Mund geöffnet, um etwas zu sagen, begann Drogo zu knurren.

„Drogo!“, schalt Chrissy ihn. „Genug jetzt! Hör auf, Slade anzuknurren. Geh nach oben!“

Slade lachte. „Er ist kein Mensch, Chris, der wird dir nicht gehorch…“ Entgeistert sah er zu, wie der Hund mit eingekniffenem Schwanz und ziemlich niedergeschlagen wirkend nach oben trottete. „Wow! Das war ja … wow!“

„Ich muss mal sehen, ob ich ihn nicht doch dazu bringen kann, dich zu mögen. Er scheint wirklich nicht sonderlich begeistert von dir zu sein. Das wird eine Herausforderung werden“, meinte sie lächelnd.

„Du siehst aus, als würde es dir besser gehen. Diese Verletzung hier …“, mit der Fingerspitze strich er vorsichtig über eine Wunde unter ihrem Auge, „sah gestern noch schlimmer aus. Du hast mir echt eine Scheißangst eingejagt, Chris. Als Jack angerufen und mir erzählt hat, dass du einen Unfall hattest, da dachte ich … Na ja, ich dachte so einiges.“ Er holte tief Luft, ehe er fortfuhr: „Jack hat mir berichtet, was du ihm über Brian und Dad erzählt hast.“ Sie nickte, schwieg aber. „Hör zu, Chris, ich glaube, du hast einen falschen Eindruck von all dem, was damals passiert ist.“

„Was meinst du damit?“ Sie war den Tränen nahe und definitiv nicht in der Stimmung, noch einmal für ihr Handeln zur Rechenschaft gezogen zu werden. Wann würde sie endlich ihre Schuld beglichen haben? „Ich weiß, dass es alles meine Schuld gewesen ist. Ich weiß, dass Dad meinetwegen tot ist. Daran musst du mich nicht erinnern, Slade. Damit muss ich für den Rest meines Lebens klarkommen. Ich weiß nicht, was ich noch tun soll, um das Verhältnis zwischen uns wieder zu verbessern. Auf der Beerdigung hast du mir gesagt, was du empfindest. Ich habe es verstanden. Ehrlich, du brauchst es mir also nicht noch einmal zu sagen.“

Er legte eine Hand auf ihren Mund, um ihren Redefluss zu stoppen. Er war normalerweise kein Freund großer Worte und auch kein sehr ernsthafter Mensch. Dass er sie jetzt sehr ernst ansah, verunsicherte sie. „Gott, du bist immer so düster und pessimistisch“, meinte er. „Hör mir doch mal einen Moment lang zu. Jack hat mir von dem Gespräch erzählt, dass du und ich auf Dads Beerdigung geführt haben. Chris, warum hast du das so viele Jahre in dich hineingefressen? Du hättest mit mir darüber reden sollen. Ich schwöre bei Gott, Chrissy, ich erinnere mich nicht im Geringsten an all diese schrecklichen Dinge, die ich da wohl zu dir gesagt habe. Ich kann es auch kaum glauben. Wenn ich das alles gesagt habe, dann aus Wut und Verzweiflung und weil ich ein betrunkener Hohlkopf war. Aber ich habe das nicht so gemeint. Ich habe zwei Wochen im Vollrausch verbracht. Wenn in irgendeiner Flüssigkeit Alkohol war, habe ich sie runtergekippt. Es war blöd, aber ich war ja auch blöd. Ich wusste nicht, wie ich das alles bewältigen sollte, also dachte ich, es wäre einfacher, gar nicht so recht was mitzubekommen. Als ich schließlich wieder nüchtern wurde, warst du weg, und ich war allein. Vor über zehn Jahren habe ich meine Schwester und meinen Vater an einem Tag verloren. Ich weiß, dass du mich für einen beschissenen Bruder hältst, und vielleicht war ich das wirklich, aber, Schwesterchen, du hast dich auch nicht immer so richtig toll verhalten. Ich meine, ich habe dich häufig angerufen, aber du warst ja nie zu erreichen. Ich weiß, dass du um die ganze Welt gereist bist, aber du bist nicht mit mir in Verbindung geblieben. Ich bin mir sogar ziemlich sicher, dass ich dich öfter angerufen habe als du mich.“

„Ich dachte, du machst mir immer noch Vorwürfe. Jedes Mal, wenn ich gesehen habe, dass du angerufen hattest, habe ich eigentlich nur darauf gewartet, dass du mir wieder vorhältst, was ich dir angetan habe. Uns angetan. Und Dad.“

„Ich mache dir keine Vorwürfe, Chris. Wie könnte ich? Ja,

ich war sauer, dass du die Sache mit Brian geheim gehalten hast. Ich war sauer, dass du nicht zugelassen hast, dass ich dem Kerl eine Abreibung verpasse. Aber all das war doch nicht deine Schuld! Nichts von all diesen verdammten Sachen! Dad und ich haben unser Möglichstes getan. Mom ist gestorben, da warst du gerade einmal zwei Jahre alt. Einen Tag ging es ihr noch gut, und am nächsten hatte sie Brustkrebs und war innerhalb von einem Monat tot. Plötzlich musste Dad ein kleines Mädchen allein großziehen, und während wir beide aufwuchsen, hatte ich zwar das Gefühl, dass ich dich beschützen müsste, aber ich wusste eigentlich gar nicht, wie das gehen sollte. Es gab keine Frau in unserem Leben, die mir als Vorbild hätte dienen können. Und du warst manchmal eine echte Nervensäge, hast immer wie eine Klette an uns gehangen, während ich versucht habe, dich von dem Scheiß, den ich angestellt habe, fernzuhalten. Ich wollte dich vor Unheil bewahren. Ich hatte doch schon Mom verloren, da wollte ich dich nicht auch noch verlieren. Vermutlich habe ich alles falsch gemacht. Statt dir Sicherheit zu bieten, habe ich mir dich vom Hals gehalten und dich aus dem Haus getrieben. Ich war nicht sonderlich gut darin, dir Sachen zu sagen wie ‚Ich liebe dich' oder dir Umarmungen und all diesen anderen Weiberkram zu bieten, den du vermutlich gebraucht hättest. Aber das heißt nicht, dass ich dich nicht geliebt hätte oder dass ich dich nicht heute auch noch liebe."

„Du hast mich nicht aus dem Haus getrieben. Ich dachte, du hasst mich. Ich dachte, du würdest mich nur als Plage empfinden. Und als Dad meinetwegen starb … weil ich zurückgekommen bin und ihm von Brian erzählt habe …"

„Du bist meine kleine Schwester, Chris. Ich wollte nie, dass du von hier weggehst, und ich gebe dir ganz sicher nicht die Schuld an Dads Tod."

Sie schniefte. „Wir hätten wohl schon vor langer Zeit darüber reden sollen, was?"

„Ja. Das hätten wir. Oh Gott, Chrissy, ich hatte solche Angst um dich! Ich dachte, du würdest sterben. Ich dachte, ich bekomme keine Chance mehr, dir zu sagen, dass ich dich lieb habe und dass es mir leidtut, solch ein beschissener Bruder gewesen zu sein.“ In dem Augenblick hörte sie, wie die Tür geöffnet und wieder geschlossen wurde. Jack kam herein und lehnte sich gegen den Türrahmen. Er schenkte ihr ein Lächeln, und sie erwiderte es. Aber sie musste jetzt erst einmal dieses Gespräch mit ihrem Bruder beenden. Das war im Moment das Wichtigste.

„Es tut mir leid, dass ich so sang- und klanglos verschwunden bin, Slay ... beide Male. Und es tut mir leid, dass ich dir Angst eingejagt habe. Mir geht es jetzt wieder gut. Wirklich. Du brauchst dir meinetwegen keine Sorgen mehr zu machen.“ Sie blickte hinüber zu Jack.

„So hast du mich seit Jahren nicht mehr genannt“, meinte ihr Bruder. „Ich habe dich vermisst. Es tut mir wirklich leid, dass ich so ein Scheißbruder war und dich ständig angerufen habe, damit du mir aus irgendwelchen idiotischen Situationen hilfst. Ich war sauer, dass du weggegangen bist, und ich habe dich wohl auch ausgenutzt, indem ich dich ewig gebeten habe, mir aus der Patsche zu helfen. Mir ist jetzt klar, warum du geglaubt hast, ich würde dir die Schuld geben. Du hättest etwas Besseres verdient gehabt. Ich bin dein älterer Bruder, und ich hätte für dich da sein, mich um dich kümmern sollen. Ich liebe dich, Schwesterchen. Und ich würde mich freuen, wenn du wieder nach Hause kommen und bleiben würdest. Gibt es nicht hier in der Stadt vielleicht auch eine Möglichkeit, wo du arbeiten könntest? Wenigstens dann, wenn du nicht wieder auf Reisen bist?“

„Ich habe meinen Vertrag nicht verlängert. Ich werde nicht mehr reisen“, erklärte Chrissy.

„Tatsächlich?“

„Ja. Ich hatte ein Jobangebot von einem Krankenhaus in Miami und war schon drauf und dran, es anzunehmen. Genau genommen habe ich am Tag des Unfalls mit jemandem aus der Personalabteilung gesprochen. Doch statt den Job anzunehmen, habe ich mich entschlossen, hierher zurückzukommen."

„Du hast den Job nicht angenommen?", wiederholte Slade, als könnte er es nicht glauben.

Sie schüttelte den Kopf. „Ich bleibe hier, bei Jack." Sie blickte hinüber zu dem Mann, den sie liebte. Er belohnte sie mit seinem Grübchen-Lächeln.

„Das wird auch endlich mal Zeit. Das habe ich doch schon vor zwanzig Jahren kommen sehen", meinte Slade und zeigte mit dem Finger auf sie beide. „So, und jetzt muss ich los, weil ich nach Jessica sehen will. Ist zwischen uns alles wieder gut?", fragte er Chrissy.

„Besser denn je", erwiderte sie. Slade zog Chrissy in eine Umarmung und gab ihr einen Kuss auf die Stirn.

„Ich bin froh, dass wir endlich darüber geredet haben."

„Ich auch. Bis später, Slay."

„So ...", meinte Jack, als er sich aufs Sofa fallen ließ und durch die Fernsehprogramme zappte.

„So ...", erwiderte Chrissy. „Willst du den ganzen Tag einfach nur da rumsitzen und heiß aussehen?"

„Du findest mich heiß?"

Chrissy schnappte sich eins der Kissen vom Sofa und warf es ihm an den Kopf.

„Wie mir scheint, geht es dir wirklich besser." Er beugte sich zu ihr hinüber und küsste sie auf die Stirn.

„Jack, mir geht es gut. Ehrlich. Ich bin jetzt schon seit über zwei Wochen wieder zu Hause. Dr. Stevens hat mir heute Morgen grünes Licht gegeben. Ich fasse es nicht, dass du immer noch nicht mit mir schlafen willst."

Chrissy rückte näher an ihn heran und strich mit der Fingerspitze an seinem Kinn entlang, während sie einen Kuss auf seinen Hals presste. Obwohl die meisten Verletzungen verheilt waren – lediglich ein paar grüngelbe Flecken waren noch auf ihren Wangenknochen zu sehen –, fand Jack, dass sie immer noch zerbrechlich wirkte. Natürlich begehrte er sie. Ehrlich gesagt hatte er sie schon an dem Tag wieder gewollt, als sie aus dem Krankenhaus entlassen worden war. Aber was ist das für ein perverser Mistkerl, der es mit seiner wunderhübschen Freundin an dem Tag, an dem sie noch immer angeschlagen und verletzt aus dem Krankenhaus kommt, treiben will? *Tja, anscheinend jemand wie ich.* Aber das war etwas, das er schön für sich behalten würde. Noch immer verspürte Chrissy fast täglich einen dumpfen Kopfschmerz. Er glaubte einfach nicht, dass sie schon so weit war, um mit ihm ins Bett zu gehen, und außerdem hatte er höllische Angst davor, ihr wehzutun.

Aber, das hatte er inzwischen gelernt, wenn Chrissy sich erst einmal etwas in den Kopf gesetzt hatte, dann verfolgte sie ihr Ziel unerbittlich. Sie bewies es, als sie jetzt zärtlich an seinem Hals knabberte, ehe sie ihn hinter dem Ohr küsste. Und Sekunden später schummelte das kleine Biest die Hand unter sein Hemd und strich mit den Fingernägeln über seine Brust. Sie hockte auf den Knien neben ihm auf der Couch und rückte immer näher, während sie die Hand auf seinem Oberkörper auf und ab wandern ließ und mit dem Mund jeden Zentimeter seines Halses erkundete, sich von dort aus weiter zu seinem Kinn küsste, ehe sie seinen Mund eroberte. In dem Moment hatte ihre Hand auch seine Brustwarze gefunden, und sie kniff ihn spielerisch.

„Oh, zur Hölle! Bist du sicher, dass du bereit bist, Chrissy? Denn das, was du da gerade gemacht hast, hat harte Auswirkungen auf mich, und jetzt weiß ich nicht, ob ich noch Nein sagen kann."

Sie fuhr fort, ihn zu küssen. „Dann sag doch einfach nicht Nein“, flüsterte sie.

Er zögerte nicht länger, sondern stand auf und hob sie auf die Arme.

Sie lachte. „Ich kann allein gehen.“

„Na klar kannst du das, aber wo bleibt denn da der Spaß?“

Als sie zu seinem Schlafzimmer kamen, blickte er auf den glücklichen Hund hinunter, der schwanzwedelnd vor der Tür stand. „Tut mir leid, mein Junge. Heute gehört sie ganz allein mir, und du bleibst draußen.“ Er streckte Drogo die Zunge heraus, ehe er die Tür mit dem Fuß zutrat. Der Hund antwortete mit einem Knurren.

Vor dem Bett stellte er Chrissy vorsichtig auf die Füße, ehe sie sich gegenseitig auszuziehen begannen. „Wie gut geht es dir genau?“, fragte Jack.

„Sehr gut. Solange es für dich in Ordnung ist, dass meine Beweglichkeit noch ein wenig eingeschränkt ist und dich meine hässlichen Verletzungen nicht stören.“ Sie deutete auf ihren Kopf.

„An dir ist nichts hässlich. Aber ich werde vorsichtig sein und ganz besonders sanft.“

Als sie nackt waren, legte er sie auf sein Bett und blickte hinab auf die Frau, die er liebte. „Deine Augen sind im Moment so was von blau.“ Er küsste erst ihr eines Augenlid, dann das andere. Anschließend verteilte er kleine Küsse auf ihrem Hals, während Chrissy zärtlich seinen Rücken streichelte. „Du hast die vollkommensten Brüste, die ich je gesehen habe.“ Er senkte den Kopf und schloss die Lippen um eine der Brustwarzen. Chrissy bäumte sich unter ihm auf, und statt ihn sanft zu streicheln, klammerte sie sich jetzt an ihn. Jack ließ sich Zeit und verwöhnte erst die eine Brust, bevor er sich genauso ausgiebig der anderen widmete. Als beide Spitzen sich hart aufgerichtet hatten, glitt er tiefer und verteilte kleine Küsse auf ihrem

Körper. Schließlich legte er ihr eine Hand auf ihren Venushügel und streichelte sie auch dort hingebungsvoll. „Ich liebe es, dass du immer schon feucht für mich bist.“ Seine Worte waren genauso erregend wie seine Zunge und seine Hände. Er schob ihre Beine weiter auseinander und setzte den Anschlag auf ihre Sinne fort. Als Chrissy begann, sich lustvoll unter ihm zu winden, schob sich Jack wieder hoch und drang vorsichtig in sie ein. Sie reckte sich ihm entgegen und stöhnte. „Ich möchte dich lieben. Die letzten Male waren atemberaubend, doch dieses Mal werden wir es ganz langsam angehen lassen.“

Chrissy spürte, dass sie ihr Verlangen kaum noch unterdrücken konnte. „Ich glaube nicht, dass ich das kann. Ich brauche dich …“

Er brachte sie mit einem Kuss zum Schweigen. „Schließ einfach die Augen und entspann dich.“ Nachdem er ihre Stirn geküsst hatte, presste er die Lippen erneut auf ihren Mund.

Jack sah sie an, wie noch kein Mann sie je angeschaut hatte. Chrissy schlang die Arme um seinen Nacken und klammerte sich an ihn. Langsam glitt er in sie hinein und wieder hinaus und erzeugte damit eine fast schmerzliche, aber wunderbare Spannung in ihr. Sie merkte, dass sich der Höhepunkt ankündigte, aber Jack bewegte sich so langsam, dass die Erregung sich einfach immer nur noch weiter steigerte. Dabei sehnte sie sich nach der Erlösung, die er noch nicht bereit war, ihr zu gewähren. Er flüsterte ihr liebevolle Dinge ins Ohr, während er in sie eindrang, sich zurückzog, wieder zustieß und dabei die Hüften kreisen ließ. „Oh Gott! Ich will mehr, Jack.“

Sie legte die Beine um ihn, und ihre Hüften bewegten sich mit seinen im Einklang. Bei jedem seiner Stöße reizte er ihre Klit, und Chrissy stöhnte auf, während sie die Fingernägel tiefer in sein Fleisch krallte. Jack griff hinter sich und löste ihre Hände von seinem Rücken, bevor er jeden einzelnen ihrer Finger küsste. Anschließend hob er ihre Arme über ihren Kopf und hielt sie mit einer Hand dort fest. Jetzt konnte Chrissy sich so gut wie gar nicht mehr rühren. Jack veränderte leicht seine Position, und dann lag er ganz und gar auf ihr und drückte seine Lippen auf ihre.

Zärtlich umspielte er mit der Zunge die Konturen ihres Mundes. Es war kaum mehr als ein Hauch auf ihren Lippen. Ihr gesamter Körper kribbelte förmlich vor Lust. Jack senkte den Kopf zu ihrem Hals, küsste sie, leckte und knabberte, während er gleichzeitig seinen freien Arm um Chrissys Taille schlang und sie noch näher an sich zog. Diese Stellung war noch erregender, und Chrissy bog sich ihm entgegen. Sie wand sich lustvoll unter ihm und hob und senkte die Hüften.

„Oh, Baby, das fühlt sich so gut an", brachte Jack stöhnend hervor und erhöhte langsam das Tempo seiner Stöße.

Er war tief in ihr, glitt zurück und stieß wieder zu, und es erschien Chrissy, als würde er das schon eine halbe Ewigkeit tun. Dass er es so behutsam angehen ließ, vergrößerte die Spannung auf kaum vorstellbare Weise. Doch dann merkte sie, dass es auch um seine Beherrschung geschehen war, denn er begann immer schneller, immer härter zuzustoßen. Sie erwiderte seine Bewegungen, und sie fielen in einen perfekten gemeinsamen Rhythmus. Es war so köstlich, dass Chrissy vor Vergnügen die Augen schloss.

„Du kommst gleich", murmelte Jack. „Ich spüre es. Deine feuchte Pussy schließt sich schon um meinen Schwanz."

Insgeheim liebte sie es, wenn er so redete. Obwohl, genau genommen war es gar kein Geheimnis, er wusste, dass er sie damit verrückt machte. Seine Worte waren der Auslöser für den unglaublichsten Höhepunkt, den sie je in ihrem Leben erlebt hatte, sogar noch besser als alle anderen, die Jack ihr beschert hatte. Sie schrie seinen Namen heraus, während Welle über Welle purer Ekstase durch sie hindurchbrandete. Noch ein letzter Stoß, und schon folgte Jack ihr ins Reich des Vergessens.

Diese unbändige Lust forderte ihren Tribut, und völlig erschöpft sackten sie zusammen. Chrissy war trunken von seinen Küssen und seinem Liebesspiel, als sie seinen Kopf auf ihren Bauch bettete und der Schlaf sie übermannte.

Minuten, Stunden, Tage später ... Die Zeit hatte aufgehört zu existieren.

„Hey, Jack. Darf ich dir eine Frage stellen?“ Chrissy zeichnete träge ein paar Kreise auf Jacks Rücken.

„Was du willst“, brachte er krächzend hervor.

„Ich habe mich gerade gefragt ... Wenn du den Namen Jack so hasst, warum nennst du dich denn nicht einfach John?“

Er vergrub seinen Kopf an ihrer Brust und stöhnte.

„Was ist?“, fragte sie amüsiert.

„Mein richtiger Name ist nicht John, sondern Jack. Jack Daniels ist mein ganz legaler Name.“

Chrissy schnaubte und musste dann unkontrolliert kichern.

„Lachst du mich etwa aus?“ Er klang ernst, doch sie sah, dass er versuchte, ein Grinsen zu unterdrücken.

„Es tut mir leid. Ich wollte dich nicht auslachen. Ehrlich nicht. Aber was haben deine Eltern sich nur dabei gedacht?“ Sie lachte noch immer.

„Was soll ich sagen? Meine Eltern sind leicht exzentrisch. Das ist nun mal ihr Lieblingsgetränk. Sie hielten das für einen coolen Namen. Schließlich ist es ein echter Männer-Drink. Echte Männer trinken Whiskey. Also, nur damit du es weißt, Jack Daniels ist ein sehr männlicher Name.“

„Oh, mein armes Baby. Das ist einfach ... absurd.“ Sie lachte inzwischen so sehr, dass sie kaum noch Luft bekam.

„Hör auf, mich auszulachen, sonst gebe ich dir gleich mal was zum Lachen. Dir ist bestimmt bewusst, dass die Leute den Jack Daniel’s auch als ‚Gentleman Jack‘ bezeichnen, oder? Wenn du dich über mich lustig machst, dann erwarte ich von dir, dass du mich zukünftig Gentleman Jack nennst.“

Aber sie konnte nicht aufhören. Es war so, als hätten sich die Schleusen geöffnet. Sie bog sich geradezu vor Lachen.

„Du, Sir, bist definitiv kein Gentleman", sagte sie schließlich völlig außer Atem und bohrte ihm einen Finger in die Brust. Er war so muskulös, dass es ihr vorkam, als würde sie Eisen berühren.

Leidenschaft flackerte in seinen Augen auf. „Oh, Baby, damit liegst du so was von richtig. Ich bin ganz gewiss kein Gentleman." Mit einer geschmeidigen Bewegung drehte er sich auf den Rücken und zog Chrissy auf sich. Mit einer Hand hielt er ihre Hände auf seiner Brust fest, während er sie mit der anderen durchkitzelte.

„Jack! Jack! Hör auf!", flehte sie keuchend. „Ich krieg keine Luft mehr!"

„Versprichst du mir, dass du aufhörst, mich damit aufzuziehen?"

Sie nickte.

„Sag es."

Sie versuchte, etwas zu sagen, doch er kitzelte sie noch immer, daher brachte sie kein Wort heraus.

„Oh Gott, ich liebe dein Lachen."

Erst als er hochkam und ihren Hals zu küssen begann, hörte sie auf zu lachen. „Hör." *Kuss.* „Auf." *Kuss.* „Mich." *Kuss.* „Jack." *Kuss.* „Daniels." *Kuss.* „Zu." *Kuss.* „Nennen."

Sie nickte und wurde auf einmal ernst. Und während der nächsten Stunde fuhr Jack fort, Chrissy zu beweisen, dass er kein Gentleman war.

Schließlich lagen sie völlig ermattet im Bett. „Ich bin wie wahnsinnig in dich verliebt, Christine Martin. Es gibt niemanden, mit dem ich lieber kämpfen würde, und ich kann es kaum erwarten, es für den Rest unseres Lebens zu tun."

„Und ich kann es kaum erwarten, den Rest unseres Lebens Idiotektomien an dir vorzunehmen. Ich liebe dich, Jack."

EPILOG

Zwei Monate später …

Jack kam nach einem höllisch anstrengenden Arbeitstag nach Hause. Er war müde, verschwitzt und offen gestanden ziemlich übel gelaunt. Es war mitten in der Nacht, und er wollte Chrissy nicht wecken. Doch sein Schlüssel klapperte blöderweise so laut gegen das Metall der Türklinke, dass Drogo anfing zu kläffen. Schnell schloss Jack die Tür hinter sich, hockte sich hin und zischte Drogo an, ruhig zu sein. Als der Hund sah, dass es sich nur um Jack handelte, knurrte er noch ein letztes Mal, zeigte seine winzigen scharfen Zähne und marschierte dann zurück nach oben ins Schlafzimmer. Leise zog Jack sein Hemd aus und warf es in den Korb im Waschraum. Gerade als er das Licht in der Küche anschalten wollte, kam Chrissy herein und prallte mit ihm zusammen.

„Verdammt!“, rief Jack aus und griff sich an die Brust. „Zum Glück hatte ich meine Waffe schon abgelegt. Du hast mich zu Tode erschreckt, Weib.“

„Tut mir leid. Ich habe das Bellen gehört.“ Sie stellte sich auf die Zehenspitzen, um ihn mit einem anständigen und züchtigen Kuss zu begrüßen. Allerdings waren Küsse bei Jack nie züchtig … und auch nicht anständig. Er schlang die Arme um ihre Taille und zog Chrissy an sich. Ihre Füße verloren den Halt unter dem Boden, und sie bog den Rücken durch. Sie war inzwischen wieder völlig gesund, abgesehen von ein paar kleinen Narben, die man jedoch kaum sah. Sie war wieder die Chrissy, die er vor dem Unfall gekannt hatte.

Unwillkürlich stöhnte sie leise.

„Tut mir leid, dass ich dich geweckt habe“, murmelte er an ihrem Hals.

„Ich war noch wach“, sagte sie seufzend. Er liebkoste noch immer ihren Hals mit den Lippen.

Jetzt hob er den Kopf und sah sie an. „Warum? Alles in Ordnung?“ Die Uhr zeigte ihm an, dass es bereits nach zwei Uhr morgens war. „Geht’s dir gut, Baby?“, fragte er besorgt.

Sie schnaubte. „Nein. Ich habe mich gelangweilt und habe angefangen, mir diese Fernsehserie anzuschauen, die du so magst, ‚Game of Thrones‘. Ich wollte mir mal diesen Drogo anschauen, nach dem du unseren armen kleinen Hund genannt hast. Na ja, das Ende vom Lied war, dass ich mir die gesamte erste Staffel angesehen habe.“

„Ehrlich?“ Er schloss sie noch fester in die Arme. „Meinst du, du könntest auch mal dieses winzige Outfit tragen, das die blonde Lady für Drogo anzieht, meine kleine Khaleesi?“, fragte er und hob die Augenbrauen.

„Ach, du meine Güte, du bist echt pervers.“ Sie gab ihm einen spielerischen Schubs. „Und ein Nerd. Ich glaube, ich sollte anfangen, dich ‚Geek of Thrones‘ zu nennen.“ Sie lachte laut auf und schlug sich sogar aufs Knie. Jack liebte es, wenn sie über ihre eigenen Witze lachte, als wären es wirkliche Kracher.

„Nerd? Also bitte! Du bist die halbe Nacht wach geblieben, um dir die Serie anzusehen. Dann bist du wohl auch ein Nerd.“

„Nein, ich habe mir das hauptsächlich wegen Drogo angesehen. Mann, der ist echt heiß!“

Jack stieß ein tiefes Grollen aus, was Chrissy wieder zum Kichern brachte.

„Oh, sei nicht eifersüchtig, Baby. Es ist doch nur eine kleine Fernseh-Schwärmerei. Das ist noch gar nichts verglichen mit meinen Liebesromanhelden. Also, die sind richtig heiß!“, neckte sie ihn.

„Komm, Weib, lass uns ins Bett gehen, bevor ich dich nackt ausziehe und direkt hier auf der Küchenarbeitsplatte nehme.“

Chrissy wackelte mit den Augenbrauen. „Na ja, in dem Fall … Ich glaube, da sollte ich dich noch ein bisschen weiterärgern."

Jack packte Chrissy und hob sie hoch, um sein Versprechen wahrzumachen. Die Küchenarbeitsplatte würde verschwiegen sein.

Am nächsten Morgen tischte Chrissy Jack gerade ein verspätetes Frühstück auf, als Slade aufgeregt hereinkam, woraufhin Drogo sofort ausgelassen zu bellen begann.

„Ich habe super Neuigkeiten." Er schleuderte einen Stapel Papiere auf den Tisch und hätte dabei fast Jacks Orangensaft umgekippt.

„Hey! Pass auf!" Jack schob das Glas auf die andere Seite seines Tellers.

„Was für Neuigkeiten?" Chrissy kam um die Ecke, Slade blickte auf und gab ihr einen Kuss auf die Stirn.

„Hallo, Schwesterchen. Könntest du bitte diesen verdammten Hund einsperren? Der hat mir letzte Woche fast den Daumen abgebissen."

„Komm, Schätzchen. Onkel Slay hat Angst vor dem klitzekleinen Hündchen." Chrissy hob den Hund hoch und brachte ihn nach oben.

„Klitzekleines Hündchen, so ein Schwachsinn", erwiderte Slade grummelnd.

„Er hat ein Viertel Pitbull in sich, Alter. Das habe ich dir schon tausend Mal erzählt."

„So langsam fange ich an, dir die Sache mit dem Pitbull abzukaufen, Bruder." Slade hob seinen verletzten Daumen und schmollte.

„Also echt, mein kleiner Chihuahua ist einfach nichts weiter als ein winzig kleiner Chihuahua. Benehmt euch endlich mal wie echte Männer, Jungs!", schimpfte Chrissy die beiden aus, als sie wieder in die Küche kam. „Wie auch immer, was gibt es für aufregende Neuigkeiten und was sind das alles für Papiere?" Sie begann, sie durchzublättern.

„Mauricio sucht nach einem Partner für sein Trainingscenter. Er hat mir all die Papiere gegeben, damit ich die mal durchsehe. Ich war heute Morgen schon bei Tim in der Kanzlei …"

„Bei Tim, dem Anwalt?", fragte Jack.

„Ja. Er hat sich die Unterlagen angeschaut und meinte, dass das alles in Ordnung zu sein scheint. Ich denke, ich werde es tun. Also, die Hälfte der Anteile vom Trainingscenter kaufen. Ich bin doch sowieso die meiste Zeit dort."

„Ist das die Trainingshalle, in der ihr auch immer trainiert?", fragte Chrissy. Beide Männer nickten. „Ja, da scheint gut was los zu sein. Da trainieren doch viele, oder?"

„Woher willst denn du das wissen?", fragte Slade.

„Ich … äh …" Sie hatte ihm nie davon erzählt, dass sie ihn da mal heimlich durchs Fenster beim Sparring beobachtet hatte.

Jack rettete sie. „Sie war letzte Woche mal mit mir da", log er, bevor er sich die Papiere schnappte und sie sich ansah.

„Alter, ich fasse es nicht, dass dir bald WtF gehört. Echt cool", sagte Jack. „Na ja, wenigstens zum Teil gehört."

Chrissy schnaubte belustigt. „Du solltest es umbenennen. Es klingt so, als würdest du in Abkürzungen fluchen."

„Auf keinen Fall", widersprach er. „WtF Academy ist praktisch eine Institution hier. Außerdem würde Mauricio ausflippen, wenn ich das ändern würde. What the Fuck oder Worth the Fight, ich finde beides okay."

„Ich finde, What the Fuck Academy klingt doch auch ganz nett", warf Jack harmlos ein. „Denk doch nur mal drüber nach. What the fuck hat sich der Besitzer dabei gedacht, den Verein What the Fuck zu nennen?"

„Sehr witzig, Kumpel. Wie auch immer, ich kann es immer noch nicht glauben, dass der Alte einen Partner haben will", sagte Slade. „Diese Gelegenheit kann ich mir nicht entgehen lassen. Seine Tochter Francesca kommt aus Brasilien hierher, um sich um die geschäftliche Seite des Unternehmens zu kümmern, aber sie will nichts mit den Kämpfern und dem Trainingsbereich zu tun haben. Mauricio ist nicht mehr ganz gesund und will sich zurückziehen. Daher suchen sie jemanden, der den Laden wieder auf Vordermann bringt und neue Geräte anschafft, denn sie haben ein paar ziemlich bekannte Kämpfer gewinnen können, die künftig hier trainieren wollen."

„Das ist doch wunderbar, Slay." Chrissy umarmte ihren Bruder. „Hast du es schon den anderen Jungs erzählt?"

„Nur Cain und Travis. Die sind im Moment drüben bei mir. Sie wollten auch mit herkommen, aber ich wollte euch beiden die Sache erst einmal allein erzählen. Nur für den Fall, dass ihr es für eine blöde Idee haltet und mich deswegen fertigmacht oder so."

„Quatsch, Bruder. Das sind doch tolle Neuigkeiten", erklärte Jack. „Babe, ist es okay, wenn die Jungs herkommen?"

„Natürlich", erwiderte Chrissy.

Slade ging nach draußen und war zwei Minuten später wieder da. Als sie Jack, Slade und die beiden anderen Männer sah, hatte Chrissy das Gefühl, eine Szene aus dem Comic-Film „300" vor sich zu sehen, nur dass all diese riesigen Männer hier angezogen waren, und sie saßen in ihrer Küche.

Jack begrüßte die beiden auf typische Männerart, sie grunzten und stießen sich spielerisch an. Chrissy begriff es nicht.

„Hey, Whiskey, wie geht's?", fragte Travis.

Jack runzelte bei dem Spitznamen, den er ganz offensichtlich hasste, die Stirn, aber Chrissy fand das ziemlich lustig. „Ja, Whiskey, wie geht's?", neckte sie ihn.

Travis schenkte ihr ein strahlendes Lächeln und zwinkerte zu ihr hinüber. Daraufhin warf Jack seinem Freund einen bösen Blick zu und zog Chrissy an seine Seite. Chrissy lachte über

Jacks alberne Eifersucht, doch irgendwie war es auch ergreifend auf leicht archaische Art und Weise.

Cain sagte wie immer nichts. Er war schlanker als Slade und Jack, aber noch größer und sah aus wie ein Wikinger. Sein blondes Haar hatte er im Nacken zusammengebunden, und seine kristallklaren blauen Augen und die blonden Wimpern ließen ihn furchterregend und finster erscheinen.

In dem Moment klingelte Slades Telefon. Er hörte kurz zu, ehe er erwiderte: „Ich bin bei Jack und Chrissy, direkt nebenan. Komm rüber.“ Er beendete das Gespräch.

Sekunden später klopfte es. Jack öffnete einer großen Frau mit langen roten Haaren, die zu einem Pferdeschwanz zusammengebunden waren, die Haustür. Sie war mindestens einen Meter fünfundsiebzig groß, aber mit ihren turmhohen Stilettos knackte sie locker die Marke von einem Meter achtzig. Sie besaß eine makellose weiße Haut und grüne Katzenaugen. Und ihr Körper … Na ja, Chrissy würde ihr Erstgeborenes für solch einen Körper hergeben. Die Frau war der reinste Sex auf Stilettos, sinnlich und selbstbewusst.

„Diese wunderschöne Dame hier ist meine neue Geschäftspartnerin Francesca“, stellte Slade sie vor. „Sie ist Mauricios Tochter. Francesca, das ist meine Schwester Chris. Jack ist ihr Freund. Das finde ich übrigens immer noch ein wenig abartig.“ Die anderen lachten. „Ernsthaft, ich finde dieses liederliche Zusammenleben nicht in Ordnung. Mach eine ehrbare Frau aus ihr, du Weichei!“ Er versetzte Jack einen spielerischen Schlag gegen die Schulter.

Wieder klopfte es an der Tür.

„Das wird Jessica sein“, meinte Slade. Er und Jessica waren unzertrennlich, seit er erfahren hatte, dass sie im Krankenhaus lag. Nach ihrer Entlassung hatte er ihr geholfen, zurechtzukommen. Er war sogar so weit gegangen, sie bei sich im Haus aufzunehmen und sie zur Physiotherapie und zu den Ärzten zu fahren. Chrissy hatte Slade schon das eine oder andere Mal nach ihrer Beziehung ausgefragt, doch er war in der Hinsicht nicht sonderlich mitteilsam. „Wir lassen es langsam angehen", war das Einzige, was sie aus ihm herausbekommen hatte. In der Öffentlichkeit spielten sie nicht die Turteltäubchen, aber Chrissy war ziemlich sicher, dass zwischen den beiden nicht nur freundschaftliche Gefühle herrschten.

Slade öffnete die Tür, nahm Jessica bei der Hand und zog sie herein. Chrissy freute sich, sie zu sehen. Slade war nicht der Einzige gewesen, der sie häufig besucht hatte. Wenn er keine Zeit hatte, ging Chrissy nach drüben und half aus. Während der vergangenen Wochen waren die beiden Frauen gute Freundinnen geworden, obwohl Jessica das Thema Dennis meist mied. Das war etwas, worüber sie nie sprachen, auch wenn ihnen beiden bewusst war, dass das Thema immer im Raum stand. Aber Chrissy war stolz, dass Jessica den Mut gefunden hatte, sich zu wehren, und eines Tages, wenn Jessica bereit war, es zu hören, würde Chrissy ihr auch sagen, wie stolz sie auf sie war und wie dankbar, dass sie so viel riskiert hatte, um ihren Bruder vor dem Gefängnis zu bewahren.

Slade stellte Jessica seinen Freunden Travis und Cain vor, die ihr lächelnd die Hand schüttelten. „Und das hier ist meine neue Geschäftspartnerin Francesca. Francesca, das ist meine Freundin Jessica." Jessica riss die Augen auf, und Chrissy sah, wie sie schluckte, ehe sie Francesca höflich die Hand reichte.

Nachdem die Vorstellungsrunde beendet war, setzten sie sich alle hin und redeten über die anstehenden Veränderungen im Trainingscenter.

„Nächsten Monat fangen wir an, Antonio zu trainieren. Sie haben ihn Scarface getauft. Er ist der nächste heiße Tipp. Niemand hat ihn bis jetzt im Zaum halten können. Er ist unberechenbar und, fuck!, echt selbstherrlich. Allerdings ein begnadeter Kämpfer. Hat schon ein Dutzend Trainer verschlissen. Wir müssen ihn bei Laune halten und gleichzeitig dafür sorgen, dass er konzentriert bleibt. Wenn wir es schaffen, dass Tony wieder fit ist und wenigstens einen der großen Kämpfe gewinnt, dann können wir der WtF Academy neuen Ruhm einbringen."

Francesca lächelte sinnlich. „Mach dir keine Gedanken, Schätzchen. Ich werde ihn bei Laune halten." Sie legte eine perfekt manikürte Hand auf Slades Unterarm.

Chrissy bemerkte, dass Jessicas Wangen sich röteten. Sie konnte die Reaktion gut verstehen. Wenn eine andere Frau Jack Schätzchen nennen oder ihn berühren würde, hätte Chrissy der Frau auf jeden Fall die Augen ausgekratzt. Aber Chrissy kannte ihren Bruder und wusste daher, dass er die Flirtversuche von Francesca nicht einmal mitbekam. *Männer! Die sind manchmal wirklich blöd und so blind!*

Im selben Moment sah sie, wie Jessica Slade etwas ins Ohr flüsterte, der daraufhin sehr enttäuscht aussah, seufzte und sie zur Tür brachte.

„War nett, euch alle kennenzulernen, aber ich muss los", rief Jessica ihnen noch zu. Die anderen winkten ihr zum Abschied hinterher. Eine Stunde später waren Chrissy und Jack wieder allein.

„Na, Whiskey, was hast du heute Abend für Pläne?"

„Oh nein! Nein, nein, nein! Ich habe schon genug Ärger mit meinem eigentlichen Namen. Da brauch ich nicht auch noch einen bescheuerten Spitznamen."

„Ich find's niedlich."

„Nein, Babe. Nicht niedlich."

„Also dir gefällt Whiskey nicht, und du magst auch Jack Daniels nicht. Was magst du denn dann, Liebling?"

Jack holte tief Luft. „Ich habe über etwas nachgedacht, was dein Bruder gesagt hat. Ich will dich ja nicht erschrecken, und so hatte ich mir das eigentlich auch nicht vorgestellt, aber ich liebe dich so sehr, Baby. Und auch wenn wir noch nicht so lange zusammen sind, kennen wir uns schon unser Leben lang." Er hielt kurz inne, und Chrissy spürte, dass er nervös war. „Ich weiß genau, wie ich von dir gern genannt werden würde."

„Ja? Wie denn?"

„Ehemann", sagte Jack und lächelte.

Chrissy schnappte nach Luft und legte eine Hand auf den Mund. Noch immer lächelnd, stand Jack auf und ging kurz aus dem Zimmer, während Chrissy fassungslos zurückblieb. Eine Minute später war er wieder da, setzte sich und zog Chrissy auf seinen Schoß. „Alles okay? Rede mit mir."

„W...was willst du damit sagen, Jack?"

„Ich möchte damit sagen, dass ich dich gern meine Frau nennen würde. Heirate mich, Chrissy. Dein Bruder hat recht. Warum wohnen wir nur zusammen? Du liebst mich. Ich liebe dich. Wenn etwas richtig ist, ist es richtig, und es gibt niemanden sonst, mit dem ich den Rest meines Lebens verbringen möchte."

Chrissy strahlte ihn an. „Bist du dir ganz sicher? Kommt mir ein bisschen plötzlich vor. Da frage ich mich natürlich, ob du dir das auch gut überlegt hast."

„Das kommt nicht plötzlich. Ich habe mir das gut überlegt, und ich hatte all diese Pläne und Ideen, wie ich dir einen Antrag machen könnte, aber ... Ach, ich weiß nicht, es fühlt sich einfach richtig an, dich jetzt zu fragen. Heute. Ohne großen Schnickschnack." Jack setzte Chrissy wieder auf die Couch und griff in seine Hosentasche, aus der er eine kleine schwarze Samtschachtel herauszog. Er kniete vor Chrissy nieder. „Christine Martin, heirate mich."

„Ist das eine Frage oder ein Befehl? So richtig nach einer Frage hat es sich nicht angehört", neckte sie ihn, doch gleichzeitig traten ihr Freudentränen in die Augen.

„Du hast recht." Er griff nach ihrer Hand und steckte ihr einen wunderschönen zweikarätigen Diamanten an den Finger. „Es ist keine Frage. Du heiratest mich. Das ist beschlossen."

Chrissy lächelte trotz ihrer Tränen. „Du hattest schon einen Ring“, flüsterte sie.

„Hatte ich. Siehst du, es kam doch nicht so plötzlich.“

„Er ist wunderschön, mein Verlobter und zukünftiger Ehemann.“ Dieses Kosewort war alles, was er hören wollte. Jetzt wusste er, dass sie Ja zu ihm gesagt hatte. Zu ihnen. Für immer.

– ENDE –

DANKSAGUNG

2013 war ein unvergessliches Jahr. Ich ‚traf' einige der wunderbarsten Frauen, die ich je die Ehre hatte kennenzulernen, und ich fühle mich wirklich gesegnet, dass wir die Chance bekommen haben, miteinander zu arbeiten. Da ist zuallererst einmal Sarah E. Younger. Was soll ich sagen? Weltbeste Agentin! Du hattest dich von Anfang an in die Geschichte verliebt und warst durchgehend die beste Cheerleaderin. Du hast mir geholfen, mich durch die stressigen und verwirrenden Gewässer der literarischen Welt zu navigieren. Und natürlich liebst du alles, was mit Drogo zu tun hat! Deinetwegen hatte ich zweifaches Glück: Du hast mir die unglaubliche Junessa Viloria zur Seite gestellt. Ich kann gar nicht genug wunderbare Dinge über Junessa sagen. Es ist eine Autoren-Lektoren-Beziehung, die im Himmel geschlossen wurde. Junessas Unterstützung und ihre Ratschläge (sowie die Tatsache, dass sie meine Geschichte liebt) haben mich stets angetrieben, noch härter zu arbeiten, und das hat mich zu einer besseren Geschichtenerzählerin gemacht (und die erotischen Szenen sind deshalb noch erotischer geworden). Also … aus tiefstem Herzen, vielen Dank euch beiden, J. und S.

Als Nächstes die wunderbaren Frauen auf #ladieswritenight. In einer Welt voller neidischer Menschen seid ihr großartig und habt mich immer nur unterstützt … ganz zu schweigen davon, wie witzig ihr seid! Hättet ihr mir nicht Abend für Abend Mut gemacht, hätte ich bestimmt dreißig Jahre gebraucht, um das zweite Buch fertig zu schreiben und das erste zu korrigieren. Danke Rachel, Violet, Anna und Tif. Ich wünsche euch viel Erfolg mit euren Romanen und kann es kaum erwarten, eure Bücher in den Regalen zu sehen. Bis heute Abend, ihr Lieben!

Blogger sind in diesem Metier so wichtig. Ihr alle nehmt euch trotz eures hektischen Alltags Zeit, unsere Bücher zu lesen, sie zu beurteilen und dann Mundpropaganda für uns zu machen – alles aus Liebe zu Büchern und guten Geschichten. Es sind einfach zu viele Blogger, auch wenn ich gern jedem einzelnen von euch persönlich danken würde. Ihr alle wart eine unglaubliche Hilfe, und ich bedanke mich bei euch allen.

Ein ganz lieber Dank geht auch an Adriana dafür, dass sie diesen Roman und alles, was ich sonst so geschrieben habe, gelesen hat. Vielen Dank für all deine Hilfe. Ich liebe dich. Eines Tages werde ich deine Kommentare veröffentlichen, denn sie gehören zum Witzigsten (und Hilfreichsten), was ich je gelesen habe. In diesem Sinne auch herzlichen Dank an meine anderen Beta-Leserinnen Leisha (rolopolobookblog.com) und Michelle Q., die diesen Roman schon im Anfangsstadium gelesen und sofort geliebt haben.

Natürlich danke ich auch meinen Eltern, die mir so viel mit meinen Kindern geholfen haben, damit ich die tausend Dinge tun konnte, die ich jeden Tag tun muss. Vielen Dank, Dad, dass du aus mir eine Leseratte gemacht hast – wenn ich nicht so gern lesen würde, hätte ich niemals eine Leidenschaft fürs Schreiben entwickelt. Und ich danke auch dir, Mom, dass du das hier (*Schauder*) gelesen und gemocht (*Schauder*) hast. Ich liebe euch beide. Vielen Dank auch an meine Kinder, die vielleicht nie und nimmer meine Geschichten lesen werden (vor allem nicht Slades Geschichte) – Mommy liebt euch.

Und last (ABER DEFINITIV NICHT LEAST) … vielen lieben Dank an meinen Schwarzgürtel/Jiu-Jitsu/MMA-Enzyklopädie/Cheerleader/Super-Dad-Ehemann. Ich kenne keinen Mann, der seine Frau so sehr unterstützt wie du. Du bist wirklich einzigartig. Ein Jahr lang bin ich jeden Abend zu Starbucks gegangen, während du zu Hause die Stellung gehalten hast. Du hast mich immer unterstützt und nie den Glauben an mich verloren, sogar dann nicht, als ich selbst zu zweifeln begann. Ich liebe dich so sehr und hoffe, du weißt, dass ich mich jeden Tag dadurch gesegnet fühle, dass du der bist, der du bist. Es ist ein unfassbar großes Glück, mit dir zusammen zu sein.

Heiß und sexy – Der Auftakt zu Lauren Danes aufregender „Rockstar"-Trilogie.

Lauren Dane
Das Beste, was passieren kann

Band-Nr. 25893
9,99 € (D)
ISBN: 978-3-95649-260-0
eBook: 978-3-95649-508-3
384 Seiten

Heiß und sexy – Der Auftakt zu Lauren Danes aufregender „Rockstar"-Trilogie.

Die Frauen liegen dem berühmten Rockstar Patrick Hurley zu Füßen, doch er will nur eine: Natalie! Selbst nach Jahren im Musik-Business hat Patrick nie die beiden teuflisch heißen Wochen vergessen, die er einst mit ihr verbracht hat. Aber Natalie ist mittlerweile zufriedener Single – und dummerweise fest davon überzeugt, dass ein sexy Typ wie er nichts als Ärger bedeutet. Zumindest, wenn man so wie sie immer alles im Leben unter Kontrolle haben will. Was muss Patrick sich noch alles einfallen lassen, damit seine Auserwählte endlich einsieht, dass er das Beste ist, was ihr passieren kann …

Band 2 der „Rockstar"-Trilogie.

Band-Nr. 25921

9,99 € (D)

ISBN: 978-3-95649-296-9

eBook: 978-3-95649-539-7

352 Seiten

Lauren Dane

Im Rhythmus unserer Herzen

Partys, Frauen, Alkohol – Rockstar Ezra Hurley hat ein Leben auf der Überholspur geführt und nichts ausgelassen. Doch er ist fest entschlossen, all das hinter sich zu lassen. Bis er auf Tuesday Eastwood trifft, die eine wilde Begierde in ihm entfacht. Mehr als eine heiße Affäre sollte sie eigentlich nicht sein. Aber bald erkennt Ezra, dass dies niemals genug sein wird. Er begehrt Tuesday nicht nur, er braucht sie mit einer Verzweiflung, gegen die er einfach nicht ankommt …

Gena Showalter

Broken Hearts: Gefährliche Nähe

Lass dich tätowieren, spring vollbekleidet in einen See, schlepp einen Kerl ab – Brook Lynn hat sich geschworen, mehr Spaß zu haben, und sich einiges vorgenommen …

Band-Nr. 25909
9,99 € (D)
ISBN: 978-3-95649-278-5
eBook: 978-3-95649-527-4
448 Seiten

Christina Lauren

Sweet Filthy Boy – Weil du mir gehörst

Eine brave College-Absolventin. Ein verführerischer Franzose. Eine schicksalhafte Nacht in Las Vegas …

Mia Holland will noch ein bisschen Spaß haben, bevor mit dem Studium endgültig der Ernst des Lebens beginnt. Alles ist vorbestimmt – bis sie in Las Vegas diesen supersexy Franzosen trifft …

Band-Nr. 25889
9,99 € (D)
ISBN: 978-3-95649-252-5
eBook: 978-3-95649-503-8
352 Seiten